U0529005

人民艺术家·王蒙
创作70年全稿

小说编

踌躇的季节

· 6 ·

人民文学出版社

王　蒙

第 一 章

久违了,我亲爱的朋友。是什么样的庸俗龌龊的事务缠住了你!电话和采访,仪式和聚会,名誉头衔和上不上镜头,意气之争与阴谋诡计,泼污水的快意与一锤子打不出一个响屁来的木头墩子,打翻了的醋罐与绝望的震怒旋涡中的稻草,迅速的反应与短平快的出手,碍于情面的约稿与半是文场半是官场的公关……王蒙,你就这样地浪费着你的才华和来之不易而又深知老之将至的大好光阴!

而我时时想着你,这且写不完的长篇小说,和我一样地重要,和我一样地老去,青春已经像小鸟一样地飞去不再飞回,又是和我一样地大化微尘、不足挂齿。你追求的是龙种,而收获的是跳蚤!谁能不幽默呢?它是我自己的与同代人的心路历程。一代人又一代人慢慢地逝去着,难道已经是陈谷子烂芝麻的旧事重提了么?曾经是多么刻骨,多么炎热,多么疯狂和勇敢,奔腾如滔天巨浪,威严如万仞高峰,神圣如雷霆天启……而年轻的朋友是多么不愿意听这些在他们眼睛里已经老掉了牙的旧话,他们是多么多么的希望一切从荒凉的野地开始,从盘古的混沌与伊甸园的智慧之蛇开始,从零来开始他们的崭新的一页呀!

而我仍然想念你们如想念童年的伴侣,有什么办法呢,童年还没有过完,命运却已经使我们各自东西。想着一笔远远没有还清的债,欠债的人是睡不安稳的哟!想着一曲还没有听完就因为空袭突然中止的演奏,那指挥的手臂永远冻结在不得歇息不着边际的空间里——多么突然而来的汽油炸弹与寒潮滚滚！我想着一条永远向东奔流的河，河面上的浪花起起伏伏，每一个都转瞬即逝，每一个都了无新意，这样的长河是更加可怜还是更加珍贵了呢？我想着我的已故的亲人，到死我也没能好好地侍候他们，现在，我的年纪已经超过他们告别人世的时候了。愧疚，究竟是使善良的人更善良还是使残忍的人更加残忍呢？反正已就是已就了。想着生活，到了儿你也像还没有生活过！我们生活了吗？我们有过、得到过并失去了——例如七岁、十二岁、二十一岁、三十岁或者四十岁了吗？深刻的怀疑啮噬着蹊跷的心。而我还要顽强地乃至于是快乐地生活下去写作下去，因为，这世上还有你，我还没有完成你！

我谋划着你。我的谋划是何等的软弱与低智！一切业已铸定，铸定后又消失得无影无迹。那也就不会得到太多的同情。以今天的眼光看旧事，他们是多么糊涂！需要同情，这本身就是弱者的毛病！每一个上辈人都认为自己为后世子孙做牛做马流血流汗翻天覆地建造了历史的丰碑，至少是自己的各种愚蠢都将成为后人的神圣警鉴与路志，就是说他们认定自己的血泪不会白流。真的吗？而许多后人却惊异于上一代人的愚蠢、偏执、自以为是与碍手碍脚……历史为什么永远那样不可思议得难以置信？我们不要历史，我们讨厌历史，让我们忘记历史吧，为什么不呢？历史的再现那么快就被漠视了。尤其是一个已经痊愈，日子过得相当可以的人向旁人描绘自己的胸腔做外科手术的情景，你又怎么能抱怨旁人没有以足够的耐心来听取你的精彩的叙述和描绘？好了伤疤忘了疼，也许这正是人类得以存活下来的根由。请设想，如果一次受伤一辈子不忘，人类或者早就因为不堪疼痛的重负而灭绝了。

伤痕累累而又打起精神好好地活下去，还要小说这劳什子做什么？

只能够从远处说起。中国的传统小说叫做楔子，叫做得胜头回：不做小说，你又能做什么呢？

于是我想起了祝正鸿的表舅,他做买卖,到处讲吃亏是福。无论如何该轮到他老了,冥冥中的小说之神,或者更准确一点说是文学界的鲁班祖师爷这样指挥着我的手指,而我对于表舅的了解又太有限。年轻时他曾经跑外蒙古新疆做骆驼客——行商。他早就喜欢喝砖茶吃酥油了。跑一个单程半年,到了边疆地区做生意半年——用一个手电筒换一匹马,再用一板子茶叶换十张生羊皮。当然,这半年他免不了要进几次窑子。回程再来半年,回到内地再歇半年,两年一个周期。他做过六七个周期呢。等一等,让他回忆一下在新疆的星星峡嫖妓的经验吧。在一个铺着红褥子的大土炕上,擦得满脸血红的姐姐和妹妹都是一嘴的酸牛奶加洋葱头气味。远离家乡,路途险恶……他在窑子里挨了喝醉了酒的同伴的一枪,枪弹擦着心脏从肋条骨的缝隙中穿过去了,没有伤着心脏也没有伤到骨骼。万岁,表舅的青春年华!

一九四七年,当北平天津的大中学生唱着与他在窑子里学到的小调毫无二致的调子,以平津学生大联欢的名义开展起反对国民党的英勇斗争的时候,他傻了眼了。学生们唱的是:

> 哪里来的骆驼客呀,
> 沙里红巴唉哎哎……

而他唱的词是:

> 姐姐好呀妹妹好呀,
> 哪个可心哪个好;
> 西瓜甜呀甜瓜甜呀,
> 哪个可口哪个甜!

一九四九年解放以后会是怎么样呢?以他的灵活及与各族同胞做生意混生活的丰富经验,他也许会成为工商联的积极分子?一解放他就把自己的绸子大褂收到箱子底去了。两年以后他发现绸大褂已经招了蠹虫,他有点遗憾和惶惑吗?他感谢蠹虫帮助他离开了过去。他觉得这个国家可真有意思。他不相信就这么人人都穿干部服,他不相信从今以后再没有人穿绸挂缎。他也琢磨过,农民在田间耪地,工人在高炉边炼铁,那都是不可以穿绸大褂的,那么,那么到了共产主义,到了共产主义,谁来穿绸缎衣服呢?前所未有的,令人战栗又令人匍匐的工农国家!他带着这个大问题诚惶诚恐地问起了党支部的书记,书记毕竟是书记呀!书记一笑,说:

"到了共产主义,科学高度发达,脑力劳动与体力劳动的差别也就消灭了,工人坐在仪表旁边炼铁,农民坐在图纸面前操纵拖拉机,连面条都不用擀,全是机器轧出来的,一样薄厚,一样粗细,普天下的人都吃一样的打卤面。那个时候的人民,不但穿着绸子大褂,而且还穿高勒皮靴布拉吉呢。那时候的人民,连拉屎揩腚也用雪白的,绵软而又肉头的纸——听说现在苏联就差不多啦!"

书记真是高瞻远瞩。表舅喜笑颜开,连连称奇:"书记您讲得我心明眼亮。过去,我就算是白活了半辈子,您看看!敢情共产主义就有这么好,我连这个都不知道!我今年四十四岁了,就当一岁过!旧社会过的那四十多年,怎么能算是人生呢?我爹我娘都是没有等上解放就死了,他们可真是白活一世呀!您看看!我打从知道了共产主义的美好以后才算新生出世呀!想一想,旧社会有多么可恶,让我糊里糊涂地过了四十四年!我是掉在了黑井里头啦,是共产党搭救的我呀!我的命是爹妈给的,可我这个人的觉悟呢,那是共产党给的呀!我的魂儿是共产党给的呀!有命没有觉悟,那和一只老鼠有什么分别呢?我真想见到共产党就扑上去叫一声亲爹!您看看!"

问题不在于书记听了表舅的话以后满意愉快,问题是表舅说完这话自己特别踏实、快乐,干脆应该说是非常幸福。那话刚出口的时候他还有点玩弄讨好伎俩的意思,推销手电筒与砖茶以换马匹的意思,抽一口大烟就松人家的裤腰带的意思,他自觉到了自己的不够笃诚,他暗暗得意而又惭愧。他惭愧自己不忠不孝不诚不信:在人屋檐下,哪得不低头?米汤人人爱灌,戏法人人会变,高帽儿谁不愿意戴,臭脚谁不受捧？得空就捧，有机会就拍，能下舌头咱们就舔，上天言好事，回宫降吉祥，一句好言三冬暖，一句歹言六月寒，小小蚁民，还能有什么活法？还能有什么别的思想？当书记笑着告诉他欢迎他以后多来汇报思想的时候他脑门上冒了汗，赶紧声明：

"我没思想，我没思想啊！"

书记哈哈大笑起来，他一开初的拘谨，渐渐也放开了，便假装放肆实际察言观色地也随着哈哈大笑起来。

这一笑他就完全相信自己的"积极"表态完全是真诚的了。旧社会，当着前清的或者北洋军阀的或者国民党的官，他敢这样放声大笑吗？他与书记谈话的时候两个人都坐在式样相同规格相同的木制椅子上，这就叫平起平坐呀。这在旧社会怎么可以想象！旧社会碰到官阶地位比他高的人，打死他他也不敢坐呀！自己也没有想到啊，与书记一谈话，觉悟硬是提高得这么快。天下最可贵最幸福的莫过于由衷地拥护领导了，拥护的由衷带来了安全感和得利感，带来了自信心，带来了自豪感，更带来了认同的沉醉与乐观的夯实了的地基。思想好是让人多么的快乐呀！反过来说，思想不好您还怎么活下去！"三反""五反"当中他的一个老哥们儿死了，结环上吊了，据说舌头吐出来了一尺。这不是自找吗？思想好的快乐与幸福真是黄金万两也换不来的呀。那么思想坏的危险呢？

与书记谈完共产主义，当天晚上他回到家挑灯学习时事手册，更认清了为争取财政经济状况的根本好转而斗争与击败美、英、法三国在柏林地区的挑衅保卫世界持久和平的伟大意义，认清了发行人民胜利折实公债的伟大成就，认清了三大纪律八项注意与运动战十大原则必胜与蒋军必败，认清了反革命分子首恶必办、胁从不问、立功受奖的政策威力，认清了人民的江山万年长、中苏友好力量大及各种深刻的道理。

恰好第二天工商联开学习会，表舅溜溜地发了一个小时的言，他的发言后来被摘要刊登在报纸的第三版上。三个月以后，表舅被补选为工商联的第八位副主席。

比从前做买卖强多啦！表舅笑嘻嘻地到表妹家报喜。

谁想得到一九五五年紧接着胡风事件在全国范围内进行的肃清反革命运动中，表舅被揪了出来。这一年的肃反与五年前的镇反大不相同。镇反侧重的是明面上的反革命，像对于担任过日伪或国民党政府高级职位而又罪行累累的人，抓起来，审一审，判一判：关、管、杀掉。敌伪时期表舅最爱看的《小实报》的社长管翼贤就是以汉奸罪在这一年被毙掉了的。而五年后的肃反侧重的是揪出混入革命队伍内部的"暗藏的反革命"。怎么揪？由群众背对背地进行揭发，揭发别人的可疑的言论和行为，揭出一点点，捋出一大串。表舅被揭出来的是三条言论：一个是他有一次看到报纸上的宋庆龄副主席的照片，他说："哎呀，孙中山是国父，那么说宋庆龄就得算是国母了呀！"一个是有一次说起资产阶级是唯利是图的时候，他说："你当是唯利是图容易吗？为了得这点利，你也得起早贪黑，不辞辛苦，你也得和气生财，公平交易，童叟无欺，当三孙子！我们学徒的时候……"

最后一条最严重，表舅有一次说到"以苏联为首的社会主义阵营"的时候，他说："我看再过几年，咱们中国再发展发展，就得是咱们中国为首啦，咱们中国地大物博，历史悠久，社会主义阵营的头把交椅咱们是当仁不让！"

他本来以为这样说是积极的表现，没想到人家说他是"企图分裂社会主义阵营"，"适应美帝国主义的需要挑拨中苏关系"，一听这个罪名他顿时两眼发黑，差点没背过气去。

揪出来也就没有救了，三批两斗，把表舅给从工商联——也是革命的机关呀——里给开除出去了。

表舅第一次尝到挨斗的滋味，一开始吓坏了，他还以为人民政府要枪毙他。这么大的革命，这么翻天覆地的变化，像他这样的旧社会的余孽，还不是毙了也就毙了？毙他个千儿八百个又算什么？后来只给了一个开除了事，他真心真意地感谢党的宽大处理。

开除也就开除了,他的妻子解放前是家庭妇女,一解放就参加了工作,先当售货员,后来又通过招考当上了小学教员。表舅被开除了,就靠舅妈养活着,好在他们的子女都已经成家立业,不但不需要他们的接济,而且还可以多少给父母一点支援,那时的物价又便宜,表舅并没有感觉到有什么困难。见到人,他就说:"唉,我犯了错误了,我要改造呀!"犯错误,本来似乎是共产党干部的专利名词,如今表舅也用起这个词来了,他只感觉自己与革命更靠近了一步,把这个词用到个人头上,羞愧中似乎又蕴藏着几分光荣和进步。

到了一九六二年,政策放宽,表舅开了一家小杂货店。先是春节时期他去给表妹拜年,听表外甥祝正鸿处长讲了讲"调整、巩固、充实、提高"的八字方针。那时候正鸿已经不在区里当卫生局长而是高升到市里当处长去了。市里的一位部长对于祝正鸿的文笔和头脑、诚恳与持重十分器重,祝正鸿的前途一片光明。祝正鸿劝表舅找点对人民有利的事情做做,没有别的就义务地每天在自己住的"片儿"上扫扫大街。言者无心,听者有意,也许祝正鸿与表舅谈话的意思是劝自己的这门远亲努努力,争取再次回到"革命的队伍",就是说再成为某个机关单位的一员,有工资,有公费医疗,有时时指明方向的政治学习,有领导——小领导上还有大领导,大领导上是领导着中国与世界革命的当代伟人。一旦回到革命队伍你就一切都有了依靠有了意义有了指望有了同志有了朋友有了名分有了活下去的权利与出路。而一旦被革命队伍清洗你就没有了活下去的依据了。祝正鸿的革命前途一帆风顺,祝正鸿相信世界一定会按照文件与会议精神很精确很符合计划地发展下去进步下去。他希望他的这位一度很积极过的远亲能洗刷自己的被开除的耻辱,能拥有一个与他的表外甥的现状与前景更相称的职业。

表舅得到的启发却是别样的。他回家不久就向政府提出了申请,他愿意承包那一家位于胡同拐弯处的仅有一间门脸的小杂货店。他得到了批准,他说了许多好听的话,主题是活一天就要为人民服务一天。他也顺便提到了他的表外甥。批准以后他焕发出来了无比的精力,抬出了所有货柜和货物,抢掉了所有的墙皮,刷了一层大白,又齐腰画了一道深赭石色的横线。他求人用毛体草书写了主席的诗作:

春风杨柳万千条,六亿神州尽舜尧。
…………

室内的刚刚刷过墙的新鲜气味与墨汁的既臭且香的气味,混合在一起,使表舅大为兴奋。他甚至于哼哼起河南坠子《小寡妇上坟》来:

……花开花落年年有,
人过了青春(他)没(有)少年(哪),
嗯嗯嗡嗡吭吭哎哎哟号……

他除了保留原来杂货店的针头线脑火柴电池以外,又添设了大量小食品:绿豆糕、起子饼、瓜子、铁蚕豆、棒棒糖、酱豆腐、臭豆腐、糖葫芦、果丹皮、挂面、红糖、黑枣、柿饼、酸枣、酸枣面、榨菜和大头菜。点心挂面他是收粮票的,他从食品店和粮店批发了进来,以不低的零售价出售。其他小食品则是他从自由市场进的原料,然后自己加工,卖给顾客。他专门进了一些别的店找不到的零星日用品,什么耳挖勺、修脚刀、梳头篦子、分簪、小型镊子、牙签、夜壶、搪瓷与陶瓷尿盆、老太太用的裹脚布和老头乐。由于六十年代的粮食困难,各家买了粮食,买了吃的,都要约斤盘两,表舅便进了一批简易的秤,其中还有两个旧物,是苏联制造的弹簧秤。由于那年月也时或停电,他进了一批煤油灯和蜡烛。所有这些物品都深受欢迎。

在两排货架子后边,通向表舅表舅母的卧房的通道上,表舅摆了一张大概当初没有刷过漆的八仙桌,由于年代久远,桌子已经变成了深褐色,而且油亮油亮。桌子前只放得下一个长方面的单人板凳。

遇到寂寞的客人,他就卖给他二两散装白酒,再请客人挑选一点吃食。客人可以静静地在这一个僻静的角落啜饮辣而臭的酒,也可以与表舅搭讪着说一点不咸不淡的话。即使是在发着牢骚,骂着自己的儿子忤逆自己的妻子懒惰,也还要时不时地加上歌颂新社会,歌颂共产党的革命内容:

"您说现在的社会这么好,我儿子他怎么就不学好呢?"

"您说新社会谁不知道劳动光荣呀?她怎么就抻不开这根懒筋呢?"

"党的教育,党的教育,都听党的话,不是早就什么都好了吗?怎么他们硬是不好好听呢?"

"他认识这几个字,还不是共产党的恩典?我说你小子牛的个什么?"

小杂货店的成功使表舅大为焕发青春。表舅把"为人民服务"挂在嘴上,深刻认识到新旧社会的不同。心里却得了便宜卖乖:怎么样,我就知道世道不可能老是一个样子,你共产党再厉害也得穿衣吃饭娶妻生子,到头来还是得过太平日子。老百姓,老百姓还能怎么样呢?为人民服务的调门唱得再高你买货也得掏钱,马列主义讲得再天花乱坠也还得我这样的二混子经营杂货。书记,书记是好,再好也不能来卖夜壶吧?我什么样的大买卖没见过?卖点糖豆大酸枣还不是手到擒来?您就擎着好儿吧。

但是这些话他并没有跟谁说,连老伴他也不说。他只是高高兴兴地说是愿意为人民服务。他的下巴渐渐垂了下来,他的眼睛常常眯缝着一闪一闪,他说起话来谦虚和气却又摇头晃脑,他的腔调男不男女不女,有人说表舅一和气起来说话就有一副太监腔。表舅的下巴硬是光滑圆润,寸须不长。一见到顾客他就笑成了一团:您用点什么呀?您来点儿这个吧?这个可是真不错。钱,唉,街里街坊的,您就带着吧,甭啦,您就甭给啦您哪。您不再坐会儿啦?您慢走哇,您哪……

久违了,这种老式的礼貌语言,这种谦和的笑脸,这种宾至如归的气氛,这种亲切的小杂货铺,这种太监的文化味儿。归根到底,除了皇上,别人也照样需要太监不是?像是怀旧,又像是散心,男女老少都喜欢到他的这个铺子来,不仅是买货而且是重温或者享受一种温馨,哪怕明知道他的温馨里有浓重的招揽生意的实利目的,因而很大程度上是做出来的也罢。

他自己明白,他卖的货并不便宜,质量也不好,现在进货有就是好,根本没有挑拣。他的店铺更是狭小憋气,阴暗潮湿,各种气味混成了一团,他还怎么做买卖?现在大家都不愿意做买卖了呀,他能够做到的只有客客气气罢了。而这个时候,人们已经把北京店铺的和气生财早就丢到脑后了。大铺子小铺子,只要是国营,那就是组织,而顾客呢?顾客说到底也只是个人,谁敢在商店里抱怨呢?抱怨商店就是抱怨组织,就是对社会不满呀!过去,就为了学会在顾客面前站要有个站样,说话要有个说话样,递烟递茶也要有一个待客的模样,您得学徒三年!现在呢?

每天上班下班的时候,他这里的生意特别多。一阵忙过去以后,等顾客走掉了,他就漫步走到店铺门口,搬一个板凳,坐在板凳上欣赏过往的行人与胡同拐角处的大槐树。见了行人他认得的不认得的,都礼貌招呼"您早啊?""您上班去呀?""您下班啦呀?""您吃了没有?""遛弯儿哪您啦。"

在没有什么过往行人的时候,那一棵老槐树也使他感慨万千。从他很小很小的时候,这棵槐树就是这么个样子。最大的区别是从前有许多"吊死鬼儿"(蝶、蛾的吐丝的幼虫)挂在树上,儿时他在槐树下边玩耍,常常会弄一脸的"吊死鬼儿"。而从五十年代中期,树木年年打药,刷白;从五十年代末期,又为保护这株古槐而专门砌了一个高大的砖台,从此没有吐丝的虫子随风摇摆了。清爽干净之余,又使表舅惘然若失。

新社会是真好呀。吊死鬼儿没有了,抽大烟扎吗啡的没有了,野妓拉皮条的没有了,哼声哼气的靡靡之音也没有了,教私塾的念诗曰子云的算卦的相面的也没有了,买空卖空收银元袁大头的投机倒把的没有了,走到墙角掏出来就尿的没有了,烧香的拜佛的叫街的要饭的耍猴的耍猴栗子(傀儡戏)的卖布头的卖梳头油的卖红绒花的代写家书的赊账的抽签(买糖葫芦和卤鸡)的也没有了,剃头的再也不用撸那个大镊子似的土造音叉与给顾客捶背了,澡堂子洗澡脱下衣裳来自己塞到竹筐子里,再也不用伙计给你往墙上挂了,半夜里再也不担心警察会来查户口了,去馆子里叫菜再也没有跑堂的唱歌似的给你报菜名了。人人都学习,人人都发言,人人干革命,大家都是新社会的主人,谁都听毛主席的,说什么就是什么,发言都发积极进步的,唱歌都唱光明革命的,连唱歌跳舞也都是锵、锵、喊锵喊,一个点儿呀,真好啊。想也想不到会这么好啊。

而这棵老槐树依旧。枝叶婆娑,满脸灰尘,树冠巨大,树荫遍地,小有摇曳,经常无语,不再生长,也见不到衰老了。

你看看,一切都变了,一切都没有变。一切已经不比当初,一切……老没见您啦,您老……

表舅身上一阵凉意。他觉得不踏实起来。

这天晚上他想提前打烊,他想他应该去看看中医,他的身上好像进入了一点邪祟。正关窗隔扇的时候进来一位嘴唇略向外翻的大个子。顾客的到来使表舅立即打起了精神:"是您哪?您用点什么呀?"表舅说话的那个样子倒像他们是老相识似的。

大个子左右巡视了一下,找到了黑亮黑亮的桌子,实实着着地往那里一坐,用手一拢,作了一个饮酒的姿势。

表舅稍稍犹豫了一下。他问:"您就点什么呀?"

他的问话里有一句潜台词:"不要干喝酒,干喝酒,那是伤身体的。"

大个子根本不回答。

表舅知道,这个人情绪不好,不能不卖给他酒,也不能完全放任不管,对于这种顾客防止出事应该说是比赚他的钱更重要。表舅便不再问,顺手拿来一盘开花豆,再拿来一嗦子四小两散白酒,一个带缺口的小酒盅。酒盅缺口,你就倒不满酒了,也是奉劝顾客少斟慢饮的意思。然后一面给顾客拿筷子,一面自言自语:"您来得还真巧,您猜怎么着,还就这点酒啦,您再多要一两也还就没了。"

大个子却不搭茬儿,手抚弄着酒嗦子,却不急于斟酒。表舅盯着他,他却毫不注意表舅,沉默了好大一会儿,他仍然只是抚弄酒器,不斟也不喝。

这样一来,表舅沉不住气了,他干脆凑到了客人的对面,问:"您还用点什么吗?"

他吓了一跳,顾客在哭,两只肿眼泡里流出了混浊的眼泪。

顾客坐了一个多小时,酒并没有喝,撂下几毛钱,他走了。

这位顾客的出现使表舅深为不安。他是什么人?会不会是反革命?会不会是逃犯?会不会是美蒋特务?会不会是什么右派分子?现在的人怎么能是这种面容、这样行事的呢?

他又觉得自己没有意思,自己不是也被揪出来过吗?自己不是也差一点成了反这个那个的吗?怎么又去瞎琢磨旁人去了呢?

不久这翻嘴唇的顾客又来了,情绪正常得多了,他没有要酒,只买了一包劣质香烟,东张西望,有点心不在焉。

忽然,他走了,走得很急。表舅不由得悄悄跟了出去。他看到大个子与另一位女士在老槐树下相聚,然后走在一起,那位女士在女性当中更属大个子了。

他明白了,他这个铺子,已经成为了这两个男女的约会地点。这样约会,不会有好事。他觉得很讨厌。

这样的约会又发生了两次。第三次上,他竟然不顾腿脚已经并不怎么利索而倏地跟了上去。他追到了这两个人,大口喘着气,问道:"同志,你是哪个部分的?"

问完了这句话,他吓得直哆嗦,因为如果人家问他是谁,他实在无法回答。而且问别人哪个"部分",这显然是国民党兵的问法,而新社会,应该是问哪个"单位"的。

想不到的是他一问,那两个男女竟然吓得脸都苍白了。

他走近了,认出了那女同志是表外甥的老同事,他赶紧打圆场,说:"对不起对不起,我没有别的意思,是您,我是希望您常来照顾小店。我也只是想为人民服务就是了……您再来点槽子糕怎么样?粮票免收,哟,您老没有看出来呀,我是祝正鸿的亲戚呀。真叫人羞于出口呀,我是思想改造太差了呀,没有脸面见我的表外甥呀,我要向你们学习进步呀……"

又说了许多废话。然而双方仍然都很不自在。

开业七个月了,表妹传来了正鸿的口信,让表舅赶紧歇业。

表舅一怔,却又觉得事出有因,大外甥是不会平白无故地说话的。祝正鸿在他开业后不久,来过一次。他那次是坐华沙牌小汽车来的。那些年,坐小汽车的人极少极少,坐小汽车的人说的话是不会差的。祝正鸿是在他表舅过生日的那一天到来的,他母亲委托他送了一匣子酥皮枣泥点心来。表外甥从苏联造汽车上走下来,直如天神从云端下凡,表舅光荣得喘不过气来。表外甥四下看了一下,撂下点心匣子,没有回答表舅的战战兢兢的问话,皱了一下眉就走了。

表外甥不大高兴。是嫌我的衣着不好?是想起了我肃反当中的问题?是讨厌我店铺里的味道太差?讨厌的散装白酒!还有点灯用的煤油呢。

表舅凄凄然,惶惶然。觉得事情不大对劲儿。

如今半年过去,表妹来了。表妹悄悄地说,正鸿说了,你赶紧歇业。他是知道上面的精神的,你这个杂货铺是经营不下去的,这条道是走不通的。他不能再多说什么了,因为这里边有一个保密的问题。

接连几天几夜,表舅睡不着觉。

于是,歇了业了。唉,为人民服务呀,为人民服务也是这么不容易呀。小铺不开了,可怎么为人民服务呢?

再说大个子男女,自从他去查问"哪个部分"以来,再也不到这边厢来了。他好几次在门口的古槐四周徘徊,伸着脖子东张西望,等待这两位男女的到来,一次又一次地落空了。

表舅专门去了一趟表妹家,鬼鬼祟祟地向祝正鸿汇报了周碧云与他不认识的那个大个子在他的店门口约会的情况。祝正鸿未置一词,脸上也没有任何表情。表舅对自己的表外甥敬佩得要死:像个人物了呀。

我是不是有点缺德呢?小时候老家儿教育我,讨人嫌的事可是干不得的呀。结果若有所失的是他自己。

而小店的歇业更使他关心起那二位的约会来,小店已经没有了,昙花一现的约会也从此没有踪迹。

人生一世,如果当时在边疆的窑子里,他挨了那一枪子儿就回了宫(他不知道,为什么他们这一辈人喜欢把人死叫做回宫),不也就什么事都没有了么?

想不明晰了就喝点散白酒。别的东西都处理了,酒留给了自己。到了一九六二年了,他排一阵队,不但能买上猪肉罐头咖喱鸡罐头,有时候还能买上猪耳朵、棉籽油炸胡萝卜豆面丸子和炸咸带鱼。对于这些个熟食,他的评论是:"可以!又臭又香!"

喝上两嗦子酒,他就开始谈论国家大事,关于财政经济的基本好转,关于苏联挫败了英、美、法三国在柏林的挑衅,关于一定要把淮河修好……他的政治学习一直是一九五〇年担任工商联第八副主席的水平。再晚近,他还记得一个"嘿啦啦啦啦嘿啦啦啦,天空出彩霞,地上开红花,中朝人民力量大,打败了美国兵啊……"

谁知那天喝着酒谈中苏友好反对美帝的大好形势的时候,轻易不来的表妹立即指出:"现在苏联出了问题啦,苏联出了叛徒啦,苏联已经背叛了马列主义啦,你再说什么苏联好,那就是反动啦!幸亏是我,要不,你又该挨斗啦。"

表舅一身冷汗。虽说是表妹,他仍然不安,表妹是个人精,连唐诗都会背。表外甥更是革命人,他们要是一合计,给他汇一报,他就没了活路啦!

从此表舅只是一个人的时候才喝酒。喝酒的时候从不说一句话。他越发地胖了起来,只觉得每根手指头都在肿胀。人是愈来愈胖,劲是愈来愈小。拉完屎硬是起不来身,有一次坐到了砖坑口上,要不是坑口小,他就掉到粪坑里去了。坐粪坑的结果是扭了腰,他干脆连茅房也不能上了,拉屎拉尿都要用盆子。人家都说是心广体胖,表舅为什么是心越烦越长肉呢?没有人说得清楚。半年以后,表舅见了人只剩下喘的份儿了。接着下肢瘫痪。接着口眼歪斜。接着大小便失禁。接着便一命呜呼了。没了。有他不多,没他不少,谁又能逃脱这样的命运呢?

附近的街坊说,表舅死后,从此,这边再没有这么好脾气的掌柜的,再没有这样和气生财的商店了。即使是三十年后改革开放时期的自由市场的摊贩,虽说是为自己经营理应招揽顾客,还是常常发生摊贩与顾客乱吵乱骂的事情。粗野,已经是中华大地上的顽症了。

在我们的一个新的"季节"开始的时候,让我们祝祷表舅的在天之灵安息。

第 二 章

也许你会问,你的季节有多少个呢?人们都知道一年四季,知道春、夏、秋、冬周而复始的方形轨道。在东南亚一些国家,则分为雨季与旱季,两个季节把年度分割,或此或彼。

但是也有另外的小季节。比如,在树叶差不多已经落光了的十一月底,突然,阳光灿烂,天气温煦,每一年发芽最早而落叶最晚的垂柳在金灿灿的阳光下,锈迹中出现了油绿,你甚至怀疑,是不是柳树发出了新枝。天空,鸽哨驱逐着又是一年的寂寞和对于寒冷的忧虑,你相信一切又回到了舒适宜人的轨道上。已经穿上了棉衣的工薪人员脱下冬衣,重新穿上春秋两用外套。幼小的孩童们重又在户外跑跑跳跳,抛飞盘踢足球。在湖边,前几天清晨已经冻上一层薄冰的湖水重又碧波粼粼,枯荷的近旁红艳与绛紫的睡莲在阳光中得意舒展,似乎时光天长地久地属于它们。几只小鸟在枝头啁啾,"这是什么季节?"它们在好奇地研讨,互不相让,各执一词。一会儿,它们不怕人地跳跃到了土地上。半黄半绿的草丛中几朵野菊花招展得耀眼。情侣们双双对对地出动。这样的不是春天的春天,比所有的春日都更令人珍惜。即使只有五六个小时,即使下半天马上就会凄厉地刮起七级西北大风,气温即将急剧下降,严冬从此将不可逆转地占领大地……当你徜徉在上午的阳光中的时候,你会认为它是冬天么?

一九六一年十二月,中国文化部党组与文联党组发布《关于当前文化艺术工作若干问题的意见》——"文艺八条"。

"文艺八条"充分肯定了文艺工作包括反胡风斗争与反右斗争（其中特别提到了"粉碎丁、陈反党集团"）的成绩。同时指出：

> 某些文化艺术领导部门……没有正确理解和认真执行百花齐放、百家争鸣的方针……进行了简单粗暴的批评、限制和不适当的干涉，妨碍了生动活泼的艺术和学术上的自由探讨。没有很好地贯彻执行党的知识分子政策，忽视同党外作家艺术家的团结合作……
>
> 文学艺术创作的题材应该丰富多样，作家艺术家有选择和处理题材的充分自由……
>
> 鼓励……个人独创性，提倡风格多样化……
>
> 组织创作应该按照作家艺术家的自愿和可能……文学艺术创作要以个人为主。不要把个人创作和个人主义等同起来……
>
> 有讨论的自由，有批评的自由，也有保留意见和反批评的自由……
>
> 文艺批评文章可以……着重分析作品的艺术形式和表现技巧……
>
> 保证创作时间，注意劳逸结合……
>
> 不许用对敌斗争的方法去解决人民内部的……问题……不许用行政命令的方法，少数服从多数的方法去解决……世界观……学术……艺术问题……
>
> 党组织……不应该不适当地干涉学术性质和艺术性质的问题……

还在南郊的生产基地，人们就已经听说了有关文艺八条的消息。他们不敢大声谈论这八条，因为他们没有谈论文艺、谈论党的政策的资格。党的政策当然都是正确的，这样制定是正确的，那样制定同样也是正确的；可以说这个政策是多么好，却不可以说那个政策有什么不够好。在提出那个政策的时候，那个政策自然就是最好的。提出这个政策的时候,同样,当然这个政策就是最好最理想的了。而且,一切政策的提出都正是时候,不能早提,也不能晚提,早提了就早了,晚提了就晚了。早了不成熟,晚了耽误事。不早又不晚才是最好,而这个最好的政策恰恰是在最好的时机提出来的。至于对于他们这些罪恶滔天面目狰狞为党和人民所唾弃的家伙来说,政策愈是严厉批判愈是凶狠就对他们愈有好处。他们已经深刻痛切地认识到对于他们的严肃批判,批倒批臭才是对于他们的最大爱护、最大关怀、最大温暖,他们绝对不应该痴心妄想会对他们亲爱温柔,会把政策放宽放松,妄想对他们亲爱温柔放宽放松那就只能说明他们没有改造好!也就是说明确实是不能对他们亲爱温柔放宽放松。真是颠不烂也扑不破的逻辑呀。

所以他们觉得不敢相信,党竟然发出了那样和平亲切,甚至可以说是反对过"左"的声音。这样的声音就像陆浩生书记对于他们的看望,对于他们的慰安,令他们从脑瓜顶热到了脚心!让他们感到受宠若惊,超出了奢望,只能十分的不好意思。他们只觉得自己像一些可恶的惹得父母动怒的顽童,挨了父母一顿痛打以后,忽然又见到了父母张开的手臂,那温暖的胸怀仍然向着他们——虽然他们惭愧,他们负疚,他们还不敢投入父母的怀抱,他们只是兴奋得又哭又笑满地打滚。一位国际知名的大科学家也写过这种动情的与诚挚的文章,他说他学习了政治学习了马克思列宁主义毛泽东的哲学思想以后立即用到了学科研究上,而且立即尝到了甜头,有了学术成绩。于是他的心情像是一个在海滨捡拾石子和贝壳的小孩子,刚刚捡到一点东西便急于向妈妈——亲爱的党报喜……世界知名的科学家比南郊的改造者们年龄大得多地位高得多处境好得多,他经常会见外宾与出席宴会,经常与国家高级政要人物见面。他的名字常常在报刊上出现。他是在没有任何压力的情况下自己挑选了这种儿童的语言来抒情表态的。在党的面前,世界知名的大科学家天真娇怜可爱可掬如哇哇哇哭笑的无瑕的婴儿。南郊的改造者们读之而益发惭愧忏悔,为什么自己就未能这样单纯洁净玲珑剔透？感情就是不一样,精神面貌就是不一样呀！改造的路呀,还漫长着呢。

　　文艺几条云云,表面上不大在意,实际上最为关心得紧的是钱文。他听着那种种美好的规定如夏日黄昏瞻望天边的一朵美丽的云,如幻梦一个令人羡慕得喘息的美人影像。这样的消息甚至于使他联想到了这几年自己在乡下做过的梦,他梦见吃冰镇豆沙切糕,黑红的豆馅里搅和着甜香得让人能晕过去的桂花白糖。他梦见在一个大红宅门庭院式的餐馆（同和居还是四川饭店？）吃饭,庭院里盛开着夹竹桃和玉簪花,房间里挂着李可染与傅抱石的字画。他也梦见春天泛舟于北海公园的太液池,梦见在电影院里看电影,梦见与东菊久别重逢相依为命鱼水交融缱绻销魂……甚至做梦的时候他也保持着高度的警惕——梦到好事莫当真！梦到好事他就严肃地告诫自己：这是假的！这只是一场梦而已。一切好梦他都不相信,只有做噩梦的时候他才放弃怀疑抵抗,一切照单全收。如果是梦见狼在追他,他会绝对地信以为真,他会吓个半死,半天半天也醒不过来。梦见自己在大庭广众之下没有穿裤子他也十分当真,一种当众出丑的感觉梦里梦外攫住了他的心。而一梦见吃肉,他就在梦里提醒自己,不要高兴得太早,不要枉费了期待惊喜然后一场空空……做梦吃肉包子,你想得美！他的梦里竟然有歇后语出现,这算是梦吗？而同时梦里他又不满意自己,不该这样清醒,不该这样无情,其实没有什么,其实他并没有想入非非,无非是吃个包子或与自己的妻子而不是别的女人亲热一下而已——即使在梦里想入非非一下又有什么罪过什么责任什么后果！为什么他连在梦里放松一下自己都得不到自己的允许！为什么他连梦里的肉包子也不敢染指！他的高度清醒明明让自己十分压抑。他在梦见了好事又告诫自己不要相信不要快乐不要这不要那以后,他定会十分沉重地醒转过来,醒过来以后既为梦而痛苦又为清醒而遗憾,而且还为自己竟然梦里也没有糊涂上一下两下,傻乐上一下两下而更加遗憾和痛苦。

文学,钱文想起这两个字来只觉得热泪盈眶。

一九六二年春季,钱文正在菜地里为小萝卜浇水。那一天刮着温暖的小风,空气里弥漫着一股泥土与腐烂的植物茎叶的芳香,杨花正在飞飘,树梢上一派新绿。在远远的地平线上,稀薄的氤氲冉冉上升,改变着人们的视觉印象。野马,钱文想起了庄子对于这种氤氲的描述,忽然感觉到浑身充满了活力与温热。春天,春天又来了,万物重新复活,万物重新开始,万物重新蓬勃而且兴旺。他已经经过了炼狱,他已经赎回了清白至少是一半清白的自身,他经过了革命者——敌人——人民的否定之否定,他火热地革命之后又火热地改造,他生活了一个轮回以后又一个轮回,而他才只有二十多岁!二十多岁,一切重新开始!让我们从头来!单单这么一想已经是兴奋若狂了!春天,就把一九六二年的春天当做自己的人生的第一个春天吧。我已经是这么丰富,又是这么年轻,我拥有多少时间,多少前程,多少精力啊!

他想起了苏联电影《勇敢的人》,一个打入法西斯德国占领者内部的苏联志士,一个扒上了火车救援了乡亲父老与自己的情人而消灭了法西斯侵略者的孤胆英雄。钱文甚至于觉得自己也不是不可以做这样的勇敢的人:

> 我们,有时间,有信念,
> 有无穷的力量,
> 条条大路都畅通无阻。
> 我们渴望成功,
> 但是不害怕失败,
> 我们争取幸福,
> 但是不回避考验……

这是他最早最早为自己写过的一首诗。我还能有许多机会吗?有。没有。有。没有。有与没有两者都是一样的可能,一样的正确。他真想跪在地上亲吻、表白与祷告啊。

这时来了一辆像山羊一样跳跃着驶来的自行车。乡村的道路,骑车人骑得太快了。是邮递员,摇晃着好似喝醉了酒。

恰恰是给钱文的一封信。邮递员没有把握地问,你就是钱文吧?钱文点头,心中好生奇怪,他并没有与邮递员打过什么交道。邮递员开心地向钱文一笑。"瞧,您的信!"邮递员又是会心地一笑。

钱文略觉异样地接过了邮资总付的公事信件。一个陌生人连续向他显露笑容,这使他觉得心中有异,再加上这样的信件。他已经很久没有接到过公事信件了。从那个夏天以来,一切的公事都与他无缘了,而且除了叶东菊以外,也再没有人给他写信了。呵,他收到过一封读者的来信,那来信是从四川一个遥远的县份写来的,那个读者就像天使,要不就是像白痴。他似乎完全不知道近一些年中国发生了什么政治风暴发生了什么翻天覆地的变化。他在信里狂热地迷恋地提到的钱文的那些诗,都是在运动中受到尖锐批判的,有的批判已经见诸报端。那些诗已经成为钱文的罪状钱文的耻辱。钱文一听到人家提到这些诗,或者干脆一听到人家提到诗就心跳气短脸红盗汗。读者说:"你是我最崇拜的诗人……"读者说:"我背会了您的五首诗……"这太可怕了,钱文思考了半天,不知道是否有必要把这封糊涂读者写的糊涂信上缴给组织,并建议组织领导对"该读者"加强思想教育。

而现在收到的是一封牛皮纸竖写公事用信封,信封上写着:

本市南郊农业副食生产基地
　　钱文同志启
　　　　　　文学出版社张银波缄

一看信封钱文就感觉到了一股热流从心头升起。他兴奋地打开了信封,拿出了信笺,只见上面用清秀而潦草的笔迹写道:

钱文同志:

几年来音信杳然,我们都很挂记你。下乡劳动,相信定会有许多收获吧?在留下了沉重的脚印的同时是不是也留下了动人的诗篇呢?

什么时候有空,给我们打个电话,别忘了我们啊。有精彩的诗作,那更是我们求之不得的喽……

钱文心跳得如喝多了茅台酒。诗人,他又被认为是诗人了。这信的口气他是怎样地久违了啊。音信杳然,谁杳然呢?敬爱的张银波同志、张社长同志呀,你的丈夫不是很清楚我钱文身在何处人在何方怎么样人不人鬼不鬼丑态百出狼狈万状的么!

他想哭,他更想笑。音信杳然,这四个字用得多轻巧又多矫情!倒像是他远走高飞上了高枝了似的。他能杳然么?

然而也只能这样轻描淡写地一说了。无非是说一切都已经过去了,他确实是杳然了也就是消失了那么几年,像一次神秘的失踪,像一次离奇的梦游,像一次长梦长醉或者一次假死,甚至对于市委书记的妻子老干部张银波同志来说,这也是一个解释不明白的故事。杳然,就是说谁也不知道怎么回事。而尤其重要的是说,他现在已经不杳然了,已经回到了社会,回到了自己应有的地方了。那还不行吗?你还想让人家说什么呢?

于是又只能苦笑了。

不杳然了便又人五人六地被人文明客气地说话了。沉重的脚印,动人的诗篇,倒好像他的卑微耻辱的生活充满了浪漫的诗意,他是到大雁岭到南郊寻诗去了么?别忘了我们,我算什么东西,敢忘记您!我只想感谢您,我只想给您磕头呀!

白日放歌,须纵酒,青春做伴,好还乡!这比劳动当中休一次假强多了呵!

真的?这是真的吗?

回到了人民队伍,这就叫回到了人民队伍呀!任你有天大的本事,任你有天大的雄心,你脱离了人民队伍,你被人民所驱逐排除,你变成了党的对立面,于是你就成为了向隅而泣的可怜虫。多么明显,多么千真万确的真理!从此明明白白的了!从此只有一条心一条路,再没有三心二意!

钱文把信交给了组织。他掩饰不住自己的快乐,他控制不住自己的组织性的高涨,组织爱他,他爱组织,从今往后,什么事都要请示汇报,每一步路都绝对地听组织上的。他也不否认自己的一点私心,一点——也许可以说是狡狯,他是想让组织上知道,市委书记的爱人、出版社的领导已经是怎么样客客气气地、尊敬有加地对待他了啊!他是多么希望副食生产基地的并不知文艺为何物,不知反右斗争与知识分子改造为何物,但绝对知道市委书记处书记及其夫人意味着什么的原行政科副科长现基地办公室副主任知道他钱文回到人民队伍来以后,已经立即人五人六起来了呀!

三天后,副主任找大家开会,说是上级来了通知,所有的原来当干部的同志立即返回城里待命,他们的通过体力劳动改造思想的任务业已胜利完成——不叫完成也行,叫什么来着?对,叫告一段落了。结结巴巴地说了这几句话以后,副主任的紧张表情松弛下来,竟然当着众位刚刚回到人民队伍里来的"同志"们发起了牢骚:"我早就知道,你们哪里可能老是干这个?你们是喝过墨水的人儿呀!革命,革命有啥用?革命还不如不革命呢。贫农,贫农有啥用?你贫农没上过学,能有你什么?我倒是革了半辈子命了,这不是,你们资产阶级右派全进城坐办公室去了,剩下我这个贫农老干部在这儿和这个盐碱地崴咕!共产党呀!就是……"

这一套反动议论本来是足可以把他们吓个三魂出窍的,可是让他们回城市工作的喜讯正在使他们心花怒放,再说经过几年的思想改造他们也已经懂得,同样的言论,谁说了算是右派乃至现行反革命,谁说了就屁事没有,全看联系起来辩证地进行具体的活生生的分析。这不是他们这些思想改造的任务还很重很重的人的事,也不是他们能掌握得了的,他们自己已经转变了立场,已经痛改了前非,已经脱了胎换了骨,已经只剩下了一条党叫干啥就干啥的道儿,这就全齐啦。这就明晰啦。他们已经是感激涕零,五体投地,只想着戴罪立功,把一百多斤全部交给党啦……他们管得着人家副主任吗?

钱文更是想到,他所接到的张银波同志的信很可能对于让他们回城起了促进作用,他甚至暗暗得意了。他并不是个乳臭未干的雏儿,他知道,把他们揪出来那是雷厉风行,当机立断,迅雷不及掩耳,说干就干的了,可是现在把他们收回去,重新给他们分配工作,那就是很难很难的喽。谁愿意要摘帽右派?谁敢那么积极顺当地一家伙给好几个右派安排工作?哪儿来的那么多空职位?局长同意了,处长同意接受个把前几个月还是人民的敌人的人来工作吗?处长同意了,科长与副科长同意吗?局长副局长处长副处长科长副科长都同意了,革命的左派、善良的中间派、险些失足的中间偏右派,总而言之人民们,他们同意吗?他们敢同意吗?就算他们都十分善良十分仗义十分注意政策给他们出路,一个办公室里突然出现了一个或几个原来的资产阶级反党反社会主义的右派分子,谁能不硌硬得慌呢?谁能不感到如同吃了一只苍蝇一样呢?这就是他们几个虽然摘了帽子虽然受到了极温暖极美好的对待却迟迟不能回城工作的原因。

然而现在不行了,社会力量已经涌上来了。堂堂的国家出版社已经向钱文致敬向钱文伸出手来了。你总不能让一个已经没了帽子的诗人继续在乡下劳动吧?你总不能让钱文一边在这么个地方为改善机关同志的副食供应而贡献青春(杜冲语)一边充当诗人这一美好而且浪漫的角色吧?

钱文为之而得意。但是钱文奇怪的是,得意之中,他似乎又有些失望,怎么闹了半天,杜冲啊郑仿啊高来喜啊,都是和他一起调回城里呢?按照钱文最初的预计,他送去了张银波同志的约稿信以后,应该是他钱文一人首先调回城市的,戴上帽子一个熊样子,摘了帽子呢?谁是诗人谁不是诗人可就不一样了。那几年郑仿甚至可说是改造的上游,而他钱文只是中游……现在呢,萝卜是萝卜,韭菜是韭菜,可就分出个三六九等来了,这难道还有什么疑问吗?否则,为什么不是别人而唯独是他钱文一人收到了这种令人立即感到十分体面十分提气的堂皇的来信呢?

这算是一点遗憾也罢,反正已经顾不得那么许多了,总算是乌云开散见太阳了。

说也可叹,他们改造了这么久,写了那么多一辈子铁心劳动,一辈子向工农学习,一辈子改造思想的汇报总结决心,甚至还编了歌朗诵了诗流了泪泣了血……如今一旦获得了重返城市的机会,一旦减少了零点零一毫克的压力,他们怎么把几年来信誓旦旦的一切全丢到了九霄云外了呢?竟没有一个人一听让他们回城就六神无主如丧考妣,没有谁是留恋农村留恋体力劳动的。他们直觉得身轻如燕,神清气爽,一块石头落地,一个大包袱卸光,个个的脑门上鼻尖上嘴角上都带着喜兴,想掩饰也掩饰不下去,全都是容光焕发,年轻了十岁呀!这也罢,那也罢,一个个的有什么了不起!谁又能有多大出息!多少的理论,多少的壮志雄心,多少的美梦,怎么一碰到现实利害就是这样的不堪一击啊。我服了我服了,我是真服了啊。我只是一个卑微的人,我只需要最正常最渺小的幸福,只需要与东菊生活在一起。只需要有一张睡觉的床,下雨的时候有一块遮雨的屋顶,冬天有一个围脖,把我的怕冷的脖子也保护起来吧。一天三顿饭,在城里,有油饼和豆浆,炒扁豆的时候能放油和葱花,有了富余钱,进到馆子里可以要到木樨肉和干炸小丸子,夏天的时候还可以花一角钱要一杯生啤酒。我的天,我再没有此外的需求了。做到了这一点,上级让我干什么我就乖乖地干什么吧,绝对没有价钱要讲啦。

简单的一点行李,说走的时候才发现一切是这么轻而易举,提起一个大提包,再提起一个放洗脸盆和牙具的网袋,转一个身,说声再见,就把一段历史,一段血泪,永远地抛在了身后啦。

几年来他常常回家,特别是到了南郊生产基地以后,他每两个星期一定回一次家。回家的路与去生产基地的路他是一样地熟悉,但是这一次他的感觉却是全然不同。他上了路。他缓缓地出了一口气。似乎事情立即超出了快乐,他感到的竟是一种空虚和懈怠,类似失重和失去了记忆。多么激烈和不寻常的岁月——快把那炉火烧得通红,你要是打铁还得趁热——已经过去了啊。

于是他到了家,放下行李,拿起了扫把。事情的发展就是这么快,他甚至于没有来得及通知东菊。他现在就回来了,再不用去了,永远不再离开东菊了。他把房屋打扫干净,等东菊一回来,呵,多么好!人生本来就是蛮好的嘛,所有的麻烦还不都是不安分的人自己找出来、自己制造出来的?

扫地的时候他看见了床底下东菊的一双半高跟、翻皮鞋面光皮鞋帮的皮鞋,那女鞋的袅娜温柔令他落泪。这样的鞋竟走过南郊的田间小道,呜呼哀哉!

像是吃多了酒,满足之中又有些虚空。像是登上了高峰,胜利之后又有些晕眩和疲乏。像是刚刚洗完一个热水澡,轻捷之中又有些松垮和飘摇。倒是东菊比他沉着,"真的?"她问了两遍,然后围上围裙参加房屋的大扫除。东菊一来,钱文便变成了配角,发觉自己已经做的打扫全不合格。尴尬与被动之中他突然想起了最最重要的话题:

"你知道么?文艺八条?中央的最新精神?"

"模模糊糊……"

"怎么能模糊?这可是我们的身家性命的大事呀!你知道吗?说是题材是多样的,作家有选择题材的自由,说是创作以个人为主,不能把个人创作与个人主义等同起来……还说是不那个干涉学术与艺术性质的问题呢……"

钱文兴奋地喘着气,如同是发现了新大陆,如同是得到了关于天堂的许诺。

"本来就是么,本来就是这样么……"东菊好像无动于衷。

钱文瞪大了眼睛,他急急地说:"本来,本来就是?本来就是什么呀?前几年什么时候这样说过呀?整天就是批判斗争,把人都吓死了……"

东菊看了他一眼,似乎觉得有点可笑,但又不愿意让钱文扫兴,便随声附和地说:"是呀,是呀,前几年就不这样讲呀,那么前几年又是怎么讲的呢?"

钱文翻了翻眼睛,怎么东菊会问这样的问题呢?难道她不知道他——他们这些年的遭遇吗?她不知道这几年报纸上、文件上、学习材料上都是怎么说的吗?

"阶级斗争啊,谁战胜谁啊,脱胎换骨呀,猖狂进攻呀,反党反社会主义呀,个人主义是万恶之源呀,转变立场呀……"东菊的全不入门使钱文也失去了回答的兴致,他念念叨叨地罗列着。

"噢……噢……噢,"东菊似听非听,"我顶不爱听这些个了。为什么我们要听这个?你把这几块揩布投一投,我们还要擦玻璃……那么,现在就不讲了么?现在不讲你说的这些个了么?"

"也不是说现在就一定不讲呀……"东菊的冷淡使钱文甚至丧失了信心和兴味,他只觉得自己的回答也是理不直气不壮的了。

"也许过几天又讲了呢!钱文,反正讲也没用,我就是我这个样子……"东菊似乎是在对钱文说话,又似乎是在自言自语。

钱文大惊,因为他竟然无法批驳东菊的漠不关心。东菊的冷漠与他的欢欣鼓舞形成了多么鲜明的对比呀。

东菊觉察出自己的态度扫了钱文的兴,于是她向钱文做了一个鬼脸。她说:"跟你逗着玩呢,瞧你什么时候都这么政治,我现在呢,大脑平滑,什么也不想,你回来了,这还不行吗?管他三七二十一,爱是几条就几条吧。说的让你高兴,你也用不着太高兴了,谁知道过几天怎么说?说的让你丧气,你也别太丧气了,谁知道丧气完了会怎么调整呢?要调整,还不是一句话的事儿?也许调整完了会更好呢……我是不灵了,就是上中学时候那一阵,也就是闹哄了一阵,我现在是什么政治也不懂的了。"

她说得钱文哈哈大笑起来。钱文投洗好了揞布,把它们递给了东菊。他高兴地搂住了东菊的腿,大笑道:"你这个小糊涂虫呀!管他多少条呢,反正我不骗你,我也不会骗我自己。现在的气氛好多了,也许,我们的好时候又来了。你还记得那个苏联的话剧吗?我说的是《达尼娅》,军委总政话剧团上演的,林默予演的女主角达尼娅,你看这个戏的时候哭得好不伤心啊。"

东菊要了半天揞布,只在玻璃上划拉了两下,她跳下来,扬一扬眉毛,她问:"什么达尼娅?我怎么一点也不记得了呢?"

呵,东菊,呵,我的东菊呀,钱文只觉得眼泪都快流出来了。提到了达尼娅,他涌出了一种特殊的温柔,一种清新与单纯,对于忘记了达尼娅的人,他还能说什么呢?

"我是说,"他嗫嚅着,"主角是林默予演的,林默予的嗓音非常动人。我跟你说过,解放前我看过林默予演的《魂归离恨天》,她适合演悲剧,她的嗓子有一点哑。人,是听不得有一点哑的嗓子说话的,那有一点儿哑的声音实在是太苦太苦。人需要说话,这实在是太苦了,你一肚子的话要与别人说,别人听不懂你的,于是你把嗓子都说哑了。"

"我想起一点儿来啦,是有一个哑嗓子的演员让我感动,那个时候我们都太容易感动了。钱文,我要劝你的就是,别那么容易感动好吗?人生本来没有那么多非感动不可的事情。再说,老是感动又有什么用?达尼娅,你为这达尼娅感动什么呢?"

"你记得剧作家阿尔布卓夫的题记吗?那也许是圣经上的话吧?他说,我被创造了,我是为了再一次被创造才创造出来的。是不是许多人都要生活两次呢?达尼娅有过许多悲伤。其实话剧的情节我也忘记了。但是达尼娅还是挺过来了。等到她挺过来以后,许多事情就都不一样了。"

"你说的,什么是挺过来呢?为什么要挺过来呢?"今天不知道东菊是怎么了,她什么都不懂了么?

"萧连甲就没有挺过来呀!"钱文为了说明问题,可以说是为了开东菊的"窍",他抬出了重磅炸弹萧连甲。

"我觉得你们,你也好萧连甲也好,你们怎么都拴在一根绳子上头呢?摘了帽子就高高兴兴,挨了批斗就心灰意懒,这样说话就是正确的,那样说话就是错误的,这都是谁规定的呀!你管那么多究竟是为了什么呀?我再也不管这些个了。我只不过是一个最最普通的人。达尼娅我已经忘记了,许多的事情我都忘记了,自从那一年病过以后。但是我没有忘记你,钱文,这就是我唯一的了……"

东菊眼圈红了,钱文也动情了。他还不能了解东菊,他还不能忘记达尼娅,即使苏联出了赫鲁晓夫也罢。毕竟苏联是一个出过达尼娅的国家,毕竟苏联是达尼娅的祖国。毕竟我还不能忘记俄罗斯姑娘达尼娅……他终于热泪盈眶了,他与东菊紧紧地拥抱在一起。不能分离,不能分离,别的都是可以忘记的,而这是不能忘记的,东菊说的不是很对吗?

而他确实是太容易感动了,东菊说得对。人生本来就用不着那样感动,所以也就用不着那样失望。改造了这么多年,不就是为了明白这个理吗?

当天晚上钱文就给张银波打了电话,他没有找到张社长,张社长大概是到什么地方开会去了。领导干部是要开许多会的,他们在会上研究着我们的事业和方向,他们的巨手掌握着我们每一个人的小船的沉浮与去向。钱文是多么希望能够听到张社长的声音啊,只一拨电话,他已经非常充实非常快乐了。

正式回来的第一天晚上他这才知道他的回来有多么重要,他的回来与不回来是多么的不同。人不是一个孤孤单单的东西。几年来他是活得多么干瘪,多么抠唆,多么朝不保夕、莫知所措、低人一等、窒息局促、畏畏缩缩、左顾右盼,他自己把自己开除出了生活。只是在与东菊结合在一起、永不分离地结合在一起的时候他才是真正的他,强壮、快活、温柔,充满希望和憧憬,燃烧起激情的火焰,洋溢着做一个男人的自豪,高扬生命的风帆。确实是像鱼得到了水,像花儿在春天的阳光下开放,像驼子忽然伸直了腰,像瞎子忽然睁开了眼睛。啊啊啊啊,一匹小马迎风长大,一株杨柳雨后参天,连他的个子也比原来长高了好几公分。

我活着呢。活着,很好。

而东菊甚至于激动得流下了泪水。她说:"你再也不要离开我。我这一辈子什么也不求,什么也不图,什么也不要了,我只希望你再不要离开我……"

"我不是在这里吗?"

"呵,你不知道,每天我是多么盼着你。我害怕夜半的风声,风吹过电线,会出现一种十分尖厉的哨声,我真害怕呀。我也怕夏季的雷雨。为什么,我们到底怎么了,为什么我们不能够大胆地在一起?我们犯了什么罪呀?我现在一切都明白了,我什么别的想法也没有了。人活一辈子究竟能做什么又一定要做什么呢?和你在一起和你在一起,这就是我的至上的追求,我是多么渺小呀。我不需要更多的。我也不想知道更多的,搂住我,搂紧了我吧,春天夜间天气,仍然是那么冷呀。"

"东菊我对不起你。是我不好。是我对不起你。你瞧,这些个都已经是过去了,你瞧,我们俩不是挨得这么近这么近,近得没有办法再近了吗?"

第二天早上,东菊快活地告诉钱文说:"你知道我做了什么梦了吗?我梦见我一弯腰就变成了一个月亮。弯弯的,飘浮在天上,我的身上长了许多花草,我是一个草坪,我也是一个花坛。我知道月亮是那么芬芳漂亮,那个气味像是葡萄。云朵就在我的怀抱里聚散,星星就在我的身边眨眼,天上好像也有一座座的山峰,也有清风吹来,也有一道道的河,也有浪花拍击,我就摇呀摇呀飘起来了。然后我变成了一千只蜜蜂,飞得满处都是。呵,做一个月亮有多么好!"

"你是月亮,我呢?"钱文问。

"你,你是天空上奔跑着的一匹小马,一匹小马又变成了许多小毛毛虫,你在月亮上乱爬,月亮打了一个嚏喷,你就从天上掉下来了……"

"胡说!"

他们哈哈大笑。

原来,他们也是可以哈哈大笑的。

第 三 章

钱文在回到城市的第二天终于打电话找到了张银波。张社长很忙,她不可能自己接电话,这一点钱文是想到了的。接电话的人问钱文,"你是谁呀?"这个问题使钱文很紧张,我是谁呢,这变成了一个复杂的和令人不安的问题。"这个我姓那个钱,我就是那个钱文。"他不说自己是钱文而说自己是"那个"钱文。那个,就是指他的被规定了的一切属性:革命青年、共产党员、革命干部、诗人、右派分子、现已摘帽等等。他不能隐瞒这些,不能不提这些,他必须让对方也就是组织和人民掌握他的情况掌握对他的政策——这也算是自觉地改造自我。

偏偏对方没有听清楚,对方问:"什么,你是田云?"这就使他更觉狼狈。那一年以后,钱文这个名字已经难于出口。但是无法,他只好再报了一遍自己的名字。他还补充说,他在南郊劳动(说这个干什么),收到了张社长的信,这个,他是写过诗的(说这个用得着么?当然,就是说看这个意思,我就干脆可以说是你们张社长的作者了),是张社长要他给她打电话的(不要以为是我无端厚颜打搅领导同志的工作)。

对方——是一位说话带陕西味的女同志(老革命?只要不说标准的普通话的,多半都是老革命)——似乎没有为之所动:你在南郊劳动也好,你写诗也好,你当过右派也好,全都与她无关——本来嘛,她吃饱了撑的管他的"那个"做啥——她回答说:张社长正在开会。

这又使钱文多了心:不知道我是谁以前,不说在开会;一知道我是钱某人了,就说开会也就是不接电话了。如果我不是钱文呢?如果我是李文是不是就不开会或者虽开会也可以来接这个李文的电话了呢?

为什么钱文这个名字现在这样叫人过敏呢?

然而开会是不该打搅的。他懂,他也没少开过会,开会有多么重要,开会会决定多少人的命运,开会才能行使权力,开会才能推动历史,开会才能创造生活。开了许多会,才推翻了帝、封、官三座大山,战胜了蒋介石八百万武装到牙齿的反动军队,才建立了屹立东方、坚如磐石的中华人民共和国!

放下电话后他责备自己,他说话的声调细细的软软的抑扬顿挫的,一面说一面假笑干咳,活像一个马屁精。或者,干脆说是像一个太监,割去了睾丸的那一种。他其实是多么想讨好接他的电话的以及所有的出版社的以及所有的有正当革命工作无不良"那个"的人哪!他需要的是所有的人宽恕他、信任他、对他高抬贵手呀。饶了我啊,人民!人民要是不饶你你可就惨大发了呀。他其实用不着说那些无关的话,你越是发毛就越要掩饰,越是要掩饰就越会露馅,他究竟有什么"犯私"的呢?毛主席说得是何等好啊!他就是"愈怕愈有鬼"呀。

但是我还是回来了。东菊不是说了么,回来了也就行了,还有什么别的呢?

于是,他有点凄凄然。

> 昨天已是昨天,
> 今天从零开端,
> 告别自寻烦恼,
> 踟蹰也得向前。

下午两点他接到了公用电话的传呼,是出版社要他回电话。他跑步到了公用电话处,"喂喂",他急急地叫着,口气已经比上午大大增加了自信。还是那个陕西口音女同志,她说:"张社长叫我问你一下,今天晚上去看话剧《城下之盟》好不好?就在民族宫剧场,晚上七点十五分。"

"好哇,太谢谢啦。"他不假思索地回答。

"那就在剧场门口见吧,请提前五分钟,我会在那儿拿上票等你。"

"好,好。是,是。谢谢,谢谢。可是,您认识我吗?"

"能认识的。"对方笑了。这使钱文感到非常温暖。上午接他的电话的时候没有笑,而现在笑了,这说明,张社长已经表达了对于他钱某人的善意,这个领导的善意的种子已经播撒下来了。妙!他用左手手指打了一个榧子。

电话挂上他又矛盾起来,刚回来的第二天,他去看话剧,叫东菊一个人呆在那间小屋子里吗?那是多么遗憾呀。如果他能与东菊一起去看话剧该有多好!他们已经很久很久没有一起去看过话剧了。也没有分别单独看过……为什么他不想法多要一张票呢?他于是立即给出版社再拨电话。刚拨了两个数字立即停止。不,不行,怎么能这样得寸进尺,不知自爱呢?人家会说,钱文刚刚从劳改的地方回来一天半,才刚抬举了他一下他就不知道自己姓甚名谁啦!

然而最后他的电话还是又挂通了。他已经记不清自己最后是怎么想的了,即使他想了一千条理由说服自己不要挂这次电话,即使他认为他没有一条理由再挂这一次电话,反正他还是挂了电话。事后他想了好久,真正的行为是不受思想支配的,愈是想的道理多,就愈不会有对于行为的制约或者启动作用。所谓对于思想问题的讨论,其实对于行为又能有多少意义呢?没完没了地谈思想,之所以产生某种效果,其实是由于没完没了地谈论也是行为,而这种行为可以产生压力。仍然是行为影响了行为,而不是思想决定了行为。

他不顾思想地在这一次电话里向张社长手下的工作人员提出了

多要一张戏票的要求,对方很冷淡,她甚至连"等一等"这一类的话也没有说就暂时搁下了电话。钱文知道对方是去询问去了,因为他没有听到对方挂断电话的声音,他便坚持等待着。他似乎听到了人们用厌烦的口气谈论他的多要戏票的问题,这就是那个终于会笑的女同志吗?怎么一声不吭就走开了。也许这些年他受到的屈辱太多了,他对于对方的这种不礼貌至少是不周到毫不介意。还好,等了不过一分多钟,对方说:"好的,你带你爱人来吧。我在门口等你,两张票。两张够吗?"

"够了够了够了……两张足够了……"钱文连连称是,感恩戴德,受宠若惊。

真好!

电话大获全胜,最后付电话费的时候,钱文分外精神。临走的时候比他刚来拨电话的时候,他的精、气、神要好得多。

果然东菊也很高兴,她为了晚上去看戏,下午专门去了王府井四联理发店,回到家分外容光焕发。她甚至在额头上吹起了一个波浪。她说她理了一次发就用了三块钱。这使钱文心中暗自恐惧:是不是资产阶级了?资产阶级,这四个字好像是一种有毒的禁果,像一杯能令人目眩神迷的药酒。她换上了一件还是他们结婚时钱文给她买的茶褐色襟前织有梅花图案的敞领毛衣,换上了那双光皮帮翻皮面的两拼半高跟鞋。她曾穿上它去南郊副食生产基地看望钱文而引起了一心改造成彻底革命者的人们的议论。钱文也找出了他新婚时买的毛哔叽中山服和唯一的一双、号略嫌小一点的"三接头"皮鞋。他想起了他穿着叫花子般的衣服汗流浃背地挑水上山浇鱼鳞坑里的松树苗的情景,似喜似愧似悲。他又想到如果让白小龙穿上一身毛哔叽料子衣服去首都剧场看话剧,他会有兴趣吗?他娶上媳妇了吗?他终于会书写自己的名字了吗?他的妈妈大香哥呢?她那么壮观,她的体态和气质多么像一个苏联老大姐呀!如果请她穿上布拉吉,穿上高跟鞋和丝袜子呢?如果她生在苏联呢?她哪里有在苏联"变修"的福气呀。

　　他倒是获得了一个宝贵的机会体验了一下大香哥与她的年轻力壮而且娶不上媳妇的儿子的生活。可是什么时候才能轮得到大香哥和她的孩子们能体验一下他们,城里的干部、知识分子乃至职工的生活呢?即使这个城里人被戴上一回右派帽子也罢。这是多么不公平呀!农村里那些娶不上媳妇的青壮年男子,他们的故事、他们的笑话、他们的类似手淫和日毛驴子的丑闻背后,是多么辛酸和残酷的真实!

　　于是他赞美和感谢党,历史上从没有这样的党给知识分子以真切地体验农民的生活与苦乐的机会!历史上从来没有哪个知识分子得到过这样真切地体验农民生活的机会!而那些只知道城市只知道读书和吃冰激凌然后想出个名词来瞎激动和绞脑汁一番的文人是多么虚弱和没有良心!他幸而得到了认识人生和社会的良机!他从此在脑子里多出来了一个农民,多出来了一个白小龙多出来了一个大香哥,从今往后,他不论遇到什么事情他都会想起他们,想起他们的处境利益和观点……这是了不起的,与这了不起的收获相比较,甚至萧连甲的死的代价也不算太高!

　　他怀着庄严、惭愧、喜悦、沉重而又兴奋的心情来到了民族宫剧场。他们是坐10路公共汽车来的,汽车上的女售票员的北京话说得真帅。他们坐在车上相视微笑居然有点高雅的意思了,不信现在让他们上政协俱乐部去跳一个舞他们也会风度翩翩。在微笑与雍容中他们到达了剧场。那红色的霓虹灯招牌!那豪华的柱子!那门上的浮雕!那一个个舒适的软椅与观众手里拿着的橘子汽水!汽水瓶的曲线令人自惭形秽。那高雅和文明的气氛!所有的观众都穿得整齐清洁,都自我感觉良好,你招呼着我我招呼着你。张社长手下的工作人员,拿着他们的票等着他们。电话里她似乎有点冷淡,其实见了面她也挺正常。她年纪有一把了,上下打量了一下钱文再专注地打量了一下叶东菊,脸上现出了纯朴的笑容。许多年了,钱文很少看到这样纯朴和善意的笑容了,有这一个笑容,一切隔膜和顾虑也就冰释了。

然而到了剧场钱文也就顾不上这位女士了。人群一阵骚动,有一个在反右派运动后发表了许多作品,近年来大红大紫的青年作家赵青山来看戏了。赵青山写农村里"大跃进"的新气象,像是清晨报喜的喜鹊,像是清凉的山风,像是潺潺流淌的山泉,真是清爽极了。特别是他写农民对于党的热爱,他写一个农民误食了农药,最后在党的关怀下被救活了,农民说:"让我掏出心窝子叫一声亲爹,咱们的党!"这令钱文激动和羡慕不已。钱文现在也一心歌唱党的伟大与温暖,他还没有找到这么富有工农气息的语言,他似乎总是对于这样的语言不太好意思。

居然有许多熟人,文艺界的。自打五七年出了事,钱文就再没和他们有任何联系了,想不到他们都没有忘记他,若无其事地与他打招呼,就像是什么事情也没有发生过一样。这使他轻松——他并没有被另眼看待;也使他恐惧和沉重——原来他的那些撕心裂胆刻骨铭心的遭遇对于别人什么都不是。就像——比如说一场急性大脑炎,发作了,传染了。死了的也就死了,没有死的也就没有死了。朋友之间见了面,谁还愿意重提旧事?

有一位儿童文学杂志的女编辑,说话齿音特别重的李秀秀使他蓦然心动。想当初,是廖琼琼介绍他们相识的啊。钱文当时还说过,一个叫廖琼琼,一个叫李秀秀,怎么两个人的名字互相呼应得这么好!他的话引起了她们的一阵哄笑,他为自己的善于辞令而得意了半天。李秀秀长得细皮白肉,苗条娴雅。她爱笑,而且笑得很有过程,从眨眼睛开始,到嘴角的纹路移动,到鼻孔一张一翕,到脸上的肌肉发生变化,到嘴唇微张,到整个面孔生发出一种光芒,完整妥帖,循序完成,有始有终,一丝不苟,着实可人。她的唯一缺点是眼睛太小,两眼相距又太近,一个本来可以是相当漂亮的人儿,眼睛一眯就给人一个小老鼠的感觉。

那时候李秀秀约他写儿童诗。李秀秀说,"原来以为钱文同志有多大架子,其实,一接触,知道了,原来,钱文挺乖的嘛。"她的这个说法使他觉得有趣而又莫名其妙。更有趣的是,当李秀秀发现钱文脖子后面长有神经性皮炎的时候,她竟专门买了一种新药给钱文送到家里。多么殷勤的编辑!这些都是过去的事喽。

阔别五年,这次看戏李秀秀正好坐在他的前一排。他犹豫了一会儿,要不要与她打个招呼。他是先坐下的,然后李秀秀来了,她只顾得自己找座位,没有抬眼看到钱文。他轻轻叫了一声李秀秀的名字,李秀秀回过头来,果然立刻是一个完整的笑的过程,然后她热情妩媚地向他与东菊问好。然后,不等他说什么,她急急忙忙地离开了自己的座位,因为她看到了文坛新星赵青山。她找到了赵青山,急着与他打招呼。这种表现本来使钱文有些不快——心想这人也太势利了。但还没有轮到他想下去,李秀秀竟然把赵青山拉到了钱文这一排。她叫钱文出来,说:"青山来看你来啦!"钱文何德何能,竟敢让红彤彤亮灿灿的作家赵青山来看自己,于是他忙不迭地起立往外走。东菊皱了皱眉,咕哝了一句,那意思似是让他不要穿来穿去,惹人讨厌。他完全没有注意东菊的态度,连忙走了过去。赵青山大头大耳大眼睛,一副老实憨厚的模样。他与钱文握握手,表示:"我读过你的诗。"钱文面红耳赤,连连说:"太惭愧了。"并真诚地说:"我要向你学习!"赵青山伸出两只手摆手:"我哪儿行去!咱们都是听党的。我知道你犯了错误啦,改了就好!我也得警惕,搞文艺这个玩意儿,危险呀!可不敢翘尾巴,要不我也会栽大跟头的呀!"似乎是套话吧,可打从赵青山嘴里像谈家常一样地说出来就特别真诚。几句话钱文就深信不疑了,赵青山的血管里流的是党的嫡亲儿子的血液,这样的人怎么能不是人民的好作家呢?各方面的大门,怎么能不对这样可爱的作家完全地敞开呢?钱文真想把自己改造成青山这个样子呀。这时开幕前的第二遍铃响了,他们俩再次紧紧地握手,分手了。

他与李秀秀各自回到自己的位子上,李秀秀便再转过身来与他说话。李秀秀问他:"有琼琼的消息么?"他觉得奇怪,因为这个问题他本来是准备问李秀秀的,而且他认为这个问题是应该问李秀秀的,毕竟李秀秀与廖琼琼是老相识,是搞儿童文学的同行,而他与李秀秀有一面之交也是由于廖琼琼的介绍。为什么反过来李秀秀要问他关于廖琼琼的情况呢?是说明李秀秀早已经与廖琼琼断绝联系了么?谁知道廖琼琼的近况啊!劳动教养,不算刑事处分,就更加无边无期,反正琼琼是没有机会来欣赏话剧的了。他是因之而自我庆幸吗?瞧,我毕竟比琼琼自由得多了。否则,叫东菊怎么办呢?东菊竟然不太情愿他去与青山相识,她认为他是在巴结红人吧?她毕竟没有去过山区也没有去过南郊啊。

而革命呀,这就是革命呀,在革命的权威与强烈面前,怯懦和娇嫩就是死罪,面子和矜持又是多么的一文不值!

在李秀秀问他以前,他又什么时候想起过廖琼琼?李秀秀虽然问了他,她又哪里算得上是关心了廖琼琼?瞧她上赶着找赵青山的那个样子!她发现没有发现,赵青山脖子上或者脚后跟长着什么皮肤病没有?

人民的事业就是这样一往无前地奋勇前进,而一些陈旧的泡沫和碎片时时被冲刷淘汰到一边。人生就是这样的,事业也就是这样的啊。

你的心必须渐渐硬将起来。

天地不仁,以万物为刍狗。是不是这个意思呢?老子几千年前明白了的东西,他现在也还不明白呀。

而廖琼琼,还有忠实而又积极的啰里啰嗦的费可犁呢,他们怎么样了呢?

在剧场里还匆匆看到了歌词作者朱小成,他脸上长着麻子,说话一副河南土腔,却写过最适合小姑娘唱的抒情歌曲:

> 我们的辫子迎风飘荡,
> 我们的眼睛闪闪发光,

  我们的歌声欢快幸福。
  毛主席,您听见了么?

  我们的歌声像鲜花开放,
  我们的歌声像春水波浪,
  我们的歌声是鲜花的海洋。
  毛主席,您看见了么?

  我们的辫子迎风飘荡,
  我们的旗帜高高飘扬,
  我们的生活灿烂辉煌。
  毛主席,我们天天向上!

  童声合唱的这首歌曲曾经是红极一时,特别是由一个小女孩领唱的前四句,每每使钱文为之泪下。世上没有比小女孩对于领袖的爱更动人的了。五十年代初期钱文看过莫斯科世界青年联欢节的纪录片,他看到了那么多整齐美丽健康的女青年高举着鲜花向由活人组成的斯大林画像欢呼,他是多么感动呀。除了斯大林谁能受到这么多女孩子的挚爱?而当那么多女孩子爱斯大林的时候,谁又能无动于衷呢,谁又能不呕心沥血地爱斯大林不止呢?同样,当一个小女孩用天真、纯粹、激动得近乎沙哑的声音歌唱起对毛主席的想念的时候,谁又能不热泪盈眶呢?天啊,太感动人了!

  但是这首让他感动得心欲碎的歌曲却也碰到了麻烦,五七年以后传出了某个文艺界领导同志说这个歌有问题——说是唱得太软了吧——的说法。倏地,这个歌便从电台广播与群众演唱中消失了。这曾经使钱文黯然神伤。

  时隔数年,朱小成别来无恙,钱文颇感欣慰。

  过去了。也过去了吧。

  还有一位年纪比钱文大十好几岁的、早就不大行时了的女演员,五七年前他在一个老诗人的家里见过她。她善于向每一个男人卖弄风情,对于比她小十几岁的钱文也不例外。她把手搭在钱文的肩上,说:"诗人,专门给我写一首供朗诵的诗吧。要光滑一点,抹得亮亮的,很感情的。从头到尾……就像一串蜡烛,一串灯泡,一串水晶球一样……

> 早晨,你美丽的早晨啊,
> 我就像重新降临到人间,
> 太阳,你炎热的太阳啊,
> 你就是我的爱情,我的大地,我的信仰!"

女演员内行地熟练地说着说着,突然做狮吼状大声朗诵了起来,钱文吓了一个激灵。那一次他深深地感到了步入文艺界的缤纷、有趣、空洞与庸俗——另一种形式的庸俗可鄙。

五七年报纸上刊登过女演员批判右派的文字。那时钱文产生过一个冲动:要不要写一封检举信,检举一下这位女演员的资产阶级言语与作风。当然,这个冲动转眼就像肥皂泡一样地破灭了。

在人流中,他看到了她。她向他娇媚地一笑,依然故我。只是笑完了钱文有些嘀咕:她是向我笑了吗?她并没有招呼他,没有招呼却笑得那么千娇百媚。然而她不从来都是千娇百媚地笑了又笑的吗?也许她就是靠这一笑才当上了演员,靠这一笑过了一辈子轻松飘浮空虚的生活的吧?

还有几个很面熟而一下子叫不出名字的辛辛苦苦的编辑人员,他们也都与钱文打了招呼。钱文发现,有的人是自己认识人家,人家不认识自己,这大体上是一些比他更有地位更有名声,也就是说混得比他好的人。另外一些,则是人家认识他而他忘了人家,那意味着什么呢?不用说了。人生什么时候公平过呢?愈追求公平不就愈是得不到公平吗?钱文深深为之叹息。

铃声响到了第三遍,人群渐渐安静了下来。天鹅绒大幕徐徐拉开,顶灯一点点地亮了,脚灯也亮了。舞台前侧的各色聚光灯射向了舞台。化了妆的男女演员带着浓厚的舞台腔说话,味道很特别。全场一片肃静,随着剧情的发展舞台下面出现了一些小的响动——也有两次哄堂大笑。

说来不可思议,话剧里最最吸引人的是表现国民党军队的那几场。国民党的军服比较讲究挺括,领徽帽徽袖章白手套黑马靴都很漂亮,歪戴着紫红色船形软帽的女秘书女特务别有风味,她们反动却又娇媚得楚楚动人,危险却又搔得你心里痒痒的。真想搂住她们狠狠地咬她们几口呀。美丽的毒蛇呀,除了舞台上,你上哪里找去!还有国民党官员家里的大沙发小软椅直到彩陶茶壶与高脚酒杯都新鲜而又奢侈。他们之间说起话来也比较别致,小姐先生,称兄道弟,共军共党云云,半文半白,不像人话。若不是话剧,你也无处可以听到。

最最引人注目的是国民党军政要人举行舞会的那一场。熟悉的往日流行歌曲《我的心里两大块》《人生何处不相逢》《心上的人儿》又响起来了:

啊——蔷薇蔷薇处处开,
青春青春处处在,
望不见的风儿吹在花上,
蔷薇蔷薇处处开!

最后一句还有一点激越呢。

原以为这些都是亡国灭种的靡靡之音,都是空洞无聊已极的陈词滥调,以为它们与蓬嚓蓬嚓的舞步节拍,红红绿绿的霓虹小灯,特别是一个又一个的国民党官太太和官小姐——烫头发、抹口红、戴项链、穿旗袍、高跟鞋、花花绿绿、扭腰摆臀、似人似妖、非鬼非魅——这些旧世界的腐烂渣滓们一道已经永远地被革命、被人民埋葬了。为什么,舞台上这些反动与腐朽的出现竟让人感觉到是那么亲切和失落!

有一滴看不见的眼泪突然在他的眼睛里一转。

也许这只是自思自叹,是责怪自己。

我们的国家我们的城市曾经是这样腐烂。现在终于结束了陈旧的一页,一切干干净净地从头开始!

那里边也有我!我就是那参加学生运动的革命者,那革命有我的一份,我只能属于革命属于新生。

然后是人民解放军的完全胜利。你衣服穿得再漂亮也没有用,只能乖乖地向人民投降。工农兵学商,彩旗缤纷,鼓乐齐鸣,口号如潮,排山倒海。人民革命的胜利,我们的胜利就是这样的啊!解放的时候钱文参加学生的宣传队在大街上接连扭了两天秧歌。唱呀跳呀疯呀乐呀,革命事业的凯歌行进,新生活的摧枯拉朽,人民解放军的一个胜利接着一个胜利……自从盘古开天地,三皇五帝至于今,谁享受过这样的快乐欢欣!我钱文是当之无愧地与天同乐与民同乐与革命同乐的呀!毕竟,这个革命是我的革命呀!

散场的时候人人有一种喜气洋洋的表情。即使只是一个解放战争中围困住敌人,再软硬兼施,神出鬼没,要他投降的故事也好,总算是带来一点新鲜的空气。几年来,不是批斗就是跃进,几乎让人忘记了还能有别的题材,更让人忘记了还能有某种类似敌方举行舞会之类的热闹的记忆。精神呀,这就是政策精神呀,十条呀八条呀!

这一场是彩排,专门给文艺界看的。来看戏的人意识到自己的身份,也感觉不同。像钱文这样的,也许不止一个两个吧?他们像是被赶出家门的不肖之子,经过悔过,经过回头,经过置之死地而后生,经过痛哭流涕捶胸顿足剖肝沥胆……又是一个好儿子了也。

于是钱文忆起了许多文艺界的活动。关于诗的情理并茂的讨论,老诗人妙语解颐,他喃喃地说:"那位诗人好像在搬家,一首楼梯诗里什么东西都拿出来晒太阳来了。"他又讽刺另一位诗人说:"他倒是一位著名诗人,可惜的是从来没有著名诗作。"文联大楼楼下有茶点小吃——就叫文艺茶座,《文艺报》才出了几期"文艺茶座"栏,反右就开始了,副主编萧乾也就揪出来了。一套套的编辑语言:处理、枪毙、发稿、二校、对红、抽换……所有这些名词都足以叫初学写作者美美地哭上一壶。位于北海琼岛山坡上的文化联谊社,那是北京市文联举办的,柏树丛中的古老建筑,绿色的发出古香古色的碑碣,看到古人写出的那样完美的字直觉得自己完全是野蛮人——是尚未完全人化的猴子。台球,墨绿色的绒底令人不敢大声呼吸。文艺人的服装、谈笑、举止的诱人之处。也有过联欢,有过舞会,有过像今晚这样的看彩排,作家艺术家编辑记者云集,人们说说笑笑应对问答,透着一种自命优秀自我欣赏自成一体的劲儿。

还似旧时游上苑,车如流水马如龙,花月正春风……

甚至像反右派斗争这样大的运动冲击批判整顿也没有能令他们趴倒不起,只要有了一点机会,他们就又都活跃神气起来了。

你,我,和他她,我们每天都在写下一些生动的故事。

散场的时候已经是十点过五分。近些年,钱文从来没有这么晚还在外面活动过。因此,一散戏他就摆出一副夺路速走的架势,不像刚到的时候那样东张西望。然而,出门的时候,他又被李秀秀叫住了。

是文坛的大人物犁原。犁原青年时代写过诗,后来早早地去了解放区,后来成了很权威的文艺评论家。他担任着文学院的院长和一家文艺评论刊物的主编,他好像还在高高在上的中国作家协会担任了领导职务。常常会在《人民日报》《文汇报》上看到犁原同志的兼有文采与权威性正统性的文章,这样的文章,钱文读了只能是五体投地。李秀秀说:"钱文,你等一等,犁原同志想认识认识你。"

一听这个名字钱文就兴奋起来了,他又一次体会了那种受宠若惊的滋味。他涨红了脸去与犁原同志握手。他奇怪犁原同志的手是这样细腻,像是女人的手。男人如果保养得太好就会变成女人,这样的念头在他心中一闪而过。犁原同志的面孔,十分周正,特别是那两只秀丽的眼睛与适中的鼻子。他一下子想起了老年发胖时期的梅兰芳。他觉得自己非常尊敬、羡慕这样的人,但面对活生生的犁原而不是舞台上的赵玉蓉或者杨玉环,他又觉得有些不大自在。

"钱文同志,我很想认识一下你,"犁原说,他的吐字也像戏曲道白一样清晰,发音完美。"我喜欢你的诗。我知道你这几年经历了一点风浪……我看很好,大作家大诗人的人生都是坎坷的。"

"是,是,是……"钱文不停地点着头,像一个最乖最乖的孩子。他想起了李秀秀对他做过的评价来了。

犁原的极标准与似乎过于流畅的普通话使钱文略感失望,标准的与流畅的普通话是学生、语文教师以及相声演员的专利,大人物可没有讲这样的话的。以他的直觉判断,如果犁原同志的话是湖南或者四川口音,如果他说话的时候多一些沉吟与磕绊,那就会显得地位高得多了。

他们一道说着话走到了剧场大门口。一辆灰白色的汽车开了过来——这车是来接犁原同志的。汽车的尾灯闪着红光,钱文毕恭毕敬唯虔唯诚地看着汽车,如看着一尊神像。当然,这样的车是与光荣、贡献、神圣的事业与对于人民的巨大责任和在人民中拥有的崇高威望联结在一起的,这样的汽车是我们的生活中的一切美好与辉煌、胜利与骄傲的载体。送一个这样的同志上汽车,钱文觉得自己的规格也蓦地提高了。

犁原同志已经开始上车了,他的头已经钻入了车门。李秀秀突然又与犁原同志说了一句什么,钱文没有听清,犁原同志又缩回了头,转过脸听李秀秀讲话。钱文不由得也凑了过去。李秀秀回头看了看钱文,做了一个驱赶的手势,示意他退离。她与犁原同志有话要说,那话他钱文是不可以旁听的。钱文退开,不由得脸红了一下。怎么这样没有教养?怎么会凑上去听人家的谈话?

没有几句话,他们谈完了,犁原同志与李秀秀握手,上车。突然,犁原又想起了什么,回过头找到钱文,再次走过来专门与钱文握了手,表达了对于钱文的特殊重视与友好,使钱文兴奋若狂,使钱文完全忘记了方才被李秀秀驱逐的尴尬。然后是犁原同志仪态万方地进入车内，稳稳地坐好，优雅地向钱文——显然首先是向钱文而不是向李秀秀——挥手。汽车尾灯与前灯同时闪亮，还轻轻鸣了一下喇叭，排气管喷气，钱文闻到了汽车废气的一种香味。他也忙不迭地挥手，目送汽车远去，心头热烘烘的。

回到家里，钱文不想睡，他想说话，想唱歌，想跳舞。或者——如果天晚不便于在一个小杂院里唱歌跳舞的话——就练习一回广播操再睡也行。他只觉得自己是一条小鱼，被晒在沙滩上或者烤在铁锅里好久好久了，现在突然发现自己又被扔到水里了，真不知道怎么扑腾扑腾才好。其实他本来就是生活在水里的，而现在，他竟然不知道水的冷热水的深浅和生活在水里的滋味儿了，水使他兴奋和陌生得要疯。啊，我疯啦！他忽然跪下给东菊磕了一个头，又给他想象中的什么神灵伟人磕了一个头。这时想到蜷缩挣扎的小旱鱼的命运和形象，他一刹那间几乎落下了泪水来。

东菊挑开蜂窝煤炉火，熬了一点红枣糯米粥。他们就着京酱小菜，吃着在那年月算是相当奢侈的夜宵，边吃边谈。他们回忆着话剧演出更津津有味地说着剧场里的种种见闻和印象，抚今思昔，嗟叹不已。一兴奋，钱文说是饿了，于是又烤剩馒头又炒鸡蛋。钱文趴到地上在床底下找酒，偏偏一点酒也没有了。于是他不饮自醉地高一声低一声，站起来再坐下，忽然大笑忽然长叹，蓦地兴高采烈蓦地垂头丧气。东一句西一句，不知说点什么才好。"真想不到，真是想不到呀……"这句话他重复了又重复，不知道说了多少遍。

忽然，他似乎找到了话题。他冷静了一下，整理了一下思绪，相当严肃地谈起了他进入剧场的时候对于白小龙与他的母亲的想念，对于权家店的乡亲父老们的想念。他谈了自己这几年政治上的急风暴雨，生活上的陡然转弯，各种新的经验新的体会新的心绪新的发现。他说他要写一部长诗，歌颂党的改造知识分子的政策，歌颂革命带来的翻天覆地的变化，他说：

"不管怎么说,我要歌唱的是生活,生活的艰难也许更增加了我去讴歌的激情。我喜欢这些好人,队长、权大生、白文才、大香哥……人生本来就不可能一帆风顺。酸甜苦咸辣,悲欢喜乐,生离死别,这才是人生……无论如何,萧连甲是不对的。他应该挺住,他应该经历这些人生,活着就不能怕活着,我就是要写出活着的滋味来!"

叶东菊没有出声。

钱文意识到了自己的失言。他为什么这个时候说起了萧连甲?他看了一次未必高明的话剧彩排,然后,他……如果他不是准备为萧连甲哭一场——因为他并没有为萧连甲哭过,如果他没有虔诚的追悼之心,他不应该打搅萧连甲的在天之灵。他完全有权利选择生活,但是他有什么权力批评萧连甲呢?他就不能选择死么?人死了还不能安宁一下么?

钱文低下了头。他不敢再想萧连甲这个名字。他愿意承认,他是世界上最怯懦的人中的一个。

过了一会儿,叶东菊突然问他:"你觉出来李秀秀对咱们有什么变化吗?"

"没,没有啊。"

"你不觉得她其实没有心思跟咱们说话,她忙忙叨叨的其实是在应付着咱们吗?"

"这个……"钱文惶惑了,"这个,她对咱们也还不坏嘛,她主动介绍赵青山与我们认识。这个她也跟咱们问起了廖琼琼,尤其是,她最后还介绍了犁原同志给我。这是没有办法的事,你不承认也不行,不服气也不行,也许,犁原同志今后能够决定我们的命运……我们对别人不要,我是说不要太那个……"钱文有点不知道说什么好了。

东菊浅浅地一笑。停了两拍,她悲哀地说:"我不愿意听这样的话,谁谁能决定我们的命运。我不让他们决定。"

钱文只有苦笑。

第 四 章

犁原本名叫做李进宝,小时候他是一个养尊处优的公子哥儿。他爸爸是古玩商,做过几宗极漂亮的生意,极盛时期在北京有两个铺面,在天津与保定还各有一个铺面。至于房产,他家共有七处。李进宝小时候家住在北长街,故宫紫禁城角楼下边、筒子河、太庙、中山公园后门都是他最常去的地方。他从小聪明伶俐,学校的功课不费吹灰之力就弄好了,回回考试成绩名列前茅,理乎每天粘蝉捉雀、玩猫逗狗、喂蝈蝈、斗蟋蟀以及吹拉弹唱,张斛斗竖直溜打把式练站桩……无所不能。读起书来他更是一目十行过目成诵,八岁时读了《小五义》,九岁时读了《格林童话集》,十岁时读了《儿女英雄传》。到了十一岁那一年,他读了《寄小读者》《啼笑因缘》《说岳全传》《家》,十二岁以后各种中外名著传奇话本生吞活剥饥不择食已经达到了博览群书满腹经纶学贯中西文通古今的程度了。虽不扎实,说什么他都能插嘴应付一气。十六岁那一年卢沟桥事变,他与父母搬家到了天津,与比他小八岁的舒亦冰住邻居。舒亦冰虽小,也是一个读书迷,他立即成为了舒亦冰的课外书的主要供应者。三年以后,李进宝进入南开大学。入学没有多久,他就在一位青年老师的带动下,与家里不辞而别,毅然去到了延安,投奔革命投奔共产党,从此开始了人生的新阶段,把种种玩心闲心心猿意马收起,一心一意地实实在在地革起了命来。

与日本军队占领下的贫困萧条恐怖的京津相比,延安是一片万众一心艰苦朴素清正廉明欣欣向荣的崭新气象。犁原——他到解放区以后更名犁原，丢掉了昨日那天真烂漫的生活,也丢掉了那腐朽陈旧的姓名——真是兴奋若狂。多少理想，多少幻梦，在这里变成了现实！新中国的雏形就在这里，几千年来没有过也不可能设想的历史的新的篇章正是从这里开始！他改名犁原是因为他爱读屠格涅夫的《处女地》与肖洛霍夫的《被开垦的处女地》，他深信革命者的事业是用巨大的犁铧翻耕沉睡的处女地，然后得到全面的苏醒、丰收和幸福。他从此将像犁铧一样去耕耘伟大的沉睡的中国！起这个名字也因为他在出发投奔革命的同时已经下决心献身革命的文学事业，他需要起一个文学色彩浓厚的名字作为将来的笔名。果然，他到达延安不久，他的歌颂延安的诗歌就发表在《解放日报》的副刊上了。

然而有一件事情他大惑不解，半年之后，带领他走上革命道路并来到了延安的原南开大学历史系青年教师突然失踪。保卫部门正言厉色地找了犁原，告诉犁原那位老师是敌方派遣特务，要犁原写揭发他的材料。犁原大惊，但还是如实地写了他所知道的一切有关老师的情况，百分之九十九的情况都是好情况，老师怎么对日寇和国民党不满，怎么向往苏联向往解放区，怎么把各种进步书籍传播给听他的课的青年学生们。只有一处略略有点蹊跷，就是老师说过："革命并不像我们小资产阶级想象得那么浪漫。你看看革拉特考夫的《士敏土》，那是多么严峻呀。我印象最深的是那个场面：布尔什维克清党当中决定把一个有问题的人清除出党，那个人当场用手枪打穿了自己的太阳穴，而上级派来的领导清党的人员，面无表情，连脸上的肌肉也一动不动。"犁原当时听了实在是心惊肉跳，他实在不明白为什么老师要给一个向往革命的青年讲这种话。他把这一情况如实写给了组织，他觉得内心特别平安。他相信组织上一定会做出英明正确的判断。

从此，他再也没有见过那位历史教师，没有人敢问这个人的状况，没有人回答这样的问题。他从人们的表情上判断，这个人已经不存在了。他胆怯地去问过当初要他写材料的保卫工作人员,被问的人脸上的肌肉一动不动,就像老师转述的、他自己也早已读过的革拉特考夫在《士敏土》中描写过的一样。他直觉到那个教师已经被处决了。他不由得毛骨悚然。与此同时,他也更进一步地体会到了革命的强劲与威严。

他在延安抗大学习了四个月,他的觉悟大提高——过去那么多糊里糊涂的思想一下子就理得清清楚楚。过去那么多漆里麻黑的问题,敢情一学革命的理论,就立时小葱拌豆腐青(清)的青(清)白的白。过去那么多生命里的空白,敢情人家革命早就把什么都填满了,革命已经使他充实得要胀破了。他真高兴呀。他认为自己已经变成了一个崭新的革命人了。

然而他申请入党却没能被接受。领导上明确地告诉他,一个是他身上小资产阶级味儿还是太浓(例如他无事时唱过意大利歌曲《我的太阳》与爱尔兰歌曲《夏天的最后一朵玫瑰》,他的军帽戴得也不够正,等等),一个是他与敌特分子——那个教师的关系还须要组织上的进一步审查与考验。再说他出身于地主资产阶级,要彻底背叛原来的阶级,还须要进行艰苦的努力改造,他离一个无产阶级先锋队员的规格还差得远。

犁原是又惊又喜又服又怕。惊的是敢情自己与革命的距离还有这么大,而既然革上了命,不是跟上干就是没顶灭亡,没有别的选择,捉蟋蟀看闲书的日子从此一去不复返喽。喜的是,活了小二十年了,如今毕竟找到了闪闪发光照亮一切的锐利的理论武器。在这里,人们喜爱这种理论,人们时刻愿意为了这种理论而献出自己的生命。孔子说,朝闻道夕死可也,他在抗大学到的就是革命的大道,他即使现在染病死掉,他这一辈子也没有憾事了。为革命而牺牲是人世间最光荣的事情,没有革命,一个人又有什么意义?服的是批评与自我批评,组织上给他提的这三个问题,那真是是非分明,正误清晰,几条线,几个圈,几个点,一切都比几何图形还标准——他过去怎么会不知道呢？青春的一切苦闷，人生的一切烦恼，不都是因为不知道不会运用这革命的法宝批评与自我批评才产生的吗？他五体投地，他羡慕得流涎，他是真服呀！怕的是革命的威严，革命不由分说，革命铁面无私，革命的巨轮只能无情地把一切抵抗革命的势力轧个粉碎！而他，出身不好，小资产阶级味道，又与一个他无法相信是敌特又无法相信不是敌特的老师掰扯不明晰，那么，他自己可能不可能无意之中——由于觉悟低，由于理论修养差，由于立场不对头，由于鼻子不灵眼睛不亮，更由于小资产阶级温情主义什么的——也变成了革命的敌人呢？想到这里，他不由得不寒而栗。

还好，虽然没有入得了党，但是由于他的多才多艺和好脾气，也由于他年轻单纯，他文笔好——革命阵营里对于文笔是很重视的，要宣传要报材料，要随时发表讲话嘛；他又是一张娃娃脸，眉清目秀，眼大下巴尖，自来带笑，总之他受到了一些首长和老同志的欢迎。他经常被拉去帮助首长起草讲话稿。不到半年，一位喜欢他的首长发话："我看他表现不错，怎么还不是党员？"他毫无阻碍地入了党而且被调去给这位首长当秘书去了。他深知自己的命运完全系于领导的看法，他是更惊更喜更服更怕表现得也更好了。

有一件事没有任何人说得清楚。他在首长那里也没有能呆住，据说是因为"作风问题"，那就是说他小小年纪就和异性有了一些不那么合法的瓜葛了。有这样那样的作风问题的人也不少，为什么他竟因此丢掉了在首长那里从事机要工作的资格，他的作风问题到底为何那样不能得到首长的原谅，无人知晓。那时候党风比后来不知好多少倍，不该说的话不说，不该问的话不问，不该传的事不传，不该议论的事不议论。大面上，对于犁原的工作变动的解释只有一句话：正常调动，组织需要。这样，犁原的这一段遭遇也就只能是永远的秘密了。

秘书没有能当下去，犁原改行从事专门的文艺工作，他个人倒是得其所哉。他写了一些诗歌和歌颂解放区军民业绩的特写，写过两个小话剧一个秧歌剧,并从而小有了名气。有了名气以后他就常常在报纸副刊上发表一些文艺评论。一发表评论,他的身份显得更高了,因为那时候人们都相信理论是指导文艺创作的,写评论的人当然也就是指导写小说写诗歌写剧本的人的了。

几年之后他结了婚,他的妻子是一名文工团的戏剧演员,长着一副古典绘画式的椭圆面孔,她的面容十分规整而且润泽有光,令人羡慕怜爱。都认为他们俩十分般配理想,他们的婚姻使许多人感慨赞叹,梦魂依依。只是三天之后两个人就离了婚,这是不能用正常变动或革命需要来解释的。所以就传出了一些说法:如说是新婚第一夜两个人学习了一夜《在延安文艺座谈会上的讲话》,女方后来忍不住催犁原上床睡觉,犁原硬是只知学习讨论不知其他云云。这个情况人们是怎么知道的?还有,如果犁原的情况如此,那么当初怎么可能有作风问题呢?那也同样是一个千古——这样说太夸张了,那就说是百十年——之谜了。

之后犁原又有多次恋爱史,他多次受到女性的垂青,其中有女作家女演员女领导女学者,他没有拒绝过这些有头有脸有模有样的女子的好意,因此他甚至受到许多男子的嫉妒,受到组织生活会议上的批评。然而没有一次这种爱情故事开花结果——最后都是在爱他的女性的怨恨与不解中,在他的浑若不觉的麻木中,一个又一个的故事以零的记录结束。

犁原同志在解放战争期间到一个部队的政治部宣传部工作,解放后他被一个老领导要到一个国防工业部门去担任宣传教育司副司长。不巧的是,副司长没有当几天他患了肺结核症,一养病就养了两年。这两年他倒是写了不少文学评论文章,一时名声大噪。结果病好了,他就被调到文学院当院长去了。

犁原和气,开明,知识面宽,与人为善,助人为乐,有求必应。上班的时候是在他的办公室,下班以后是在他的家,从来都是高朋满座,贵客盈门,他与众位文艺工作者特别是青年文艺工作者关系很好。同时，在所有大问题上，在关键的政治问题上，他又是极为警惕，坚持正确的原则立场，一切都是以党的说法为说法，说一不二。在与众位文艺工作者的接触中，在亲切随和放松说心里话乃至理解众人的或有的牢骚的同时，他总是不忘记时不时地提醒大家我们是要听党的喽，党怎么说咱们就怎么办喽。当然，难道能够不是这样么？

这样，犁原在"上边"反映也很不错。

而且，人们都说犁原是一个"福将"。一九五二年他看了电影《武训传》，不太欣赏，有人让他写评论文章，他一直拖着不肯写。不久电影挨批，他被认为颇有先见之明。三年后，他写了一篇关于路翎的小说的评论，文章已经排了版，他忽然听到了上边对于胡风集团包括路翎的批评，他立即索回了原稿，千钧一发，硬是没有让稿子发出去。后来胡风一伙人定性为反革命集团，他赶忙把稿子销毁，吓出了一身冷汗。联系到在延安的种种经验，他想了又想，掂量了又掂量，有几条道理他算是彻底弄通了。到了一九五七年春季，又是反对教条主义，又是反对官僚主义与宗派主义，他也很激动，跃跃欲试，想就文艺工作的环境与气氛问题讲一些意见。没想到准备好了发言稿，到了开鸣放会那一天，突然患了急性肠胃炎，上吐下泻，腹痛如绞，高烧三十九度并轻度脱水，幸亏及时住院输液，才没有发生危险。住院当中又因为发错了药引起药物过敏，他呼吸急促，心跳过速，遍体冷汗，十分危急。这样一来，一连住了十九天医院，等出了院形势已经大变，他读到了毛泽东主席撰写的《事情正在起变化》一文，一身大汗，蓦然清醒，赶紧转变，险些失足。于是他又应邀参加起各种文艺界的右派批判大会来。几十年来，他常常是先发点小牢骚，说点心里话，犯点自由主义，然后赶快学习文件领会上级精神转变自己的想法，一边惊心动魄，一边习以为常，愈来愈相信如果不经常敲打敲打，整顿整顿，就是不行。

然而有一件事他心乱如麻而没有人可以一吐衷肠。一九四九年进城以后不太久，他在一次儿童文学座谈会上认识了廖琼琼。廖琼琼的某种高雅的气质和她的会说话的眼睛引起了他的好感,他知道这是拟喻不伦,但是他一见到廖琼琼就想起了旧俄作家笔下的女性——例如普希金的达姬雅娜和屠格涅夫的丽莎——叶丽莎维塔·米哈依洛芙娜。丽莎后来做了修女,而达姬雅娜与幸福之间也总是横亘着不可逾越的鸿沟。也许是廖琼琼的左眼皮下面的一粒隐约的褐色痦子使犁原感到了悲戚,还有她的略高的颧骨和由于抿得过紧而显薄了的嘴唇,都使犁原怜爱得怦然心动。

廖琼琼也正需要像犁原这样的权威领导兼评论家的扶植。廖琼琼也很喜欢这位外表风流倜傥,说话咬文嚼字,举止聪慧儒雅的领导同志的风采。尤其令琼琼惊喜的是,她的为数不多的几篇童话,他都读了。提起这些习作,她激动得心跳而又害羞得流眼泪。她是多么想像安徒生写《海的女儿》一样地写作呀——写出爱和美,写出悲哀与善良,更难得的是这一切之上的童心,一双老单身汉的泪眼和一颗孩子的心。然而,她没有写得出来。在安徒生面前,她真心认为自己发表的那些只能算是小学生的习作。至于旁人写的儿童文学作品其实连习作都不够格。犁原看了她的这些远远没有令她自己满意的作品并且说了一句:"你写的还是美的。"有这一句话就够她哭一鼻子了。此后他们有过多次接触交往,包括在中山公园的来今雨轩共品香茗和在大华电影院楼上包厢座看苏联彩色故事片《在和平的日子里》与根据尼古拉耶娃的同名长篇小说改编的《收获》。他们还在一起吃过几次小馆——康乐、东来顺和华北楼。犁原在与琼琼见面的时候不仅理了发而且穿过一件小翻领青年服,尤其是他把雪白的衬衫衣领翻到了外面。廖琼琼与犁原见面的时候常常显出一种悲戚的和梦幻的笑容,这种笑容会使所有的男人的冰冷的心化作春水。这引起了广泛的注意和议论,因为廖琼琼是一直没有结婚,而犁原自从多年前一次不成功的婚姻以来,也是一直独身。大家都认为这是天作之合,两个人如果能成佳偶,即使不算是普天同庆也够得上文坛佳话的了。

但是,一段时间下来,热心的人们起急了,双方的友人按捺不住地询问他们的佳期的时候,两个人或是装聋作哑,或是认真地解释说他们两个只是同志、朋友或者再加上廖琼琼的一个说法——他们是师生关系。廖琼琼动不动强调说:"我们两个人连手都没有相互拉过一下。"听了这种说法的人无法相信自己的耳朵,但是没有人怀疑琼琼的话的真实性。

这个事甚至引起文艺界的一场争论——究竟异性之间可能不可能建立纯粹的、不会导致男女之情和婚姻的友谊。大部分人认为不可能,因而他们认为这两位必有隐情或必然会在未来的一天走上爱情婚姻之路。一部分人认为可能,并认为这样的关系最美丽诗意,是"小资产阶级"最理想的天国。他们还说这种暧昧的关系是旧社会艺术与文学的起源。人们听不明白:这样说,究竟是在肯定还是批评他们俩的事儿呢?

了解犁原的人说,经过了几次与女性的失败的交往,关于他的婚姻生活不无各种传闻。广泛流传的一个故事是说解放大军进城前夕,一位性情奔放的女诗人看中了他,去到犁原的房间里不舍得走,直到深夜。据说他开始很高兴有异性与他谈天,谈兴极佳。但眼看时间已近午夜,客人竟不打算告辞,他于是如坐针毡,最后向人家下了逐客令。顽强热烈的新女性轰也不走,底下还有若干细节不是亲临其境的人难以代为描述的。反正最后他报告给了保卫科……从此他在女性中的威信一落千丈,甚至他的故事被当做奇谈笑柄,乃至有的女性说起他来恨得咬牙切齿。他也从此回避起与女性的接触来了,女性也都纷纷回避起他来了。那么现在与琼琼厮混到这种程度,是不是说明他对廖琼琼是情有独钟?是他已经因为与廖琼琼的邂逅而改变了自己?也许将会出现奇迹!

了解廖琼琼的人说,廖琼琼是个自视比天还高的小姐脾气的人,她渴望爱情却又看不上几个男人,渴望文学却又看不上一个当代中国作家。据说解放初期她因为追求一个电影导演未能成功而几乎自杀……获救后她为了争一口气而艰苦为文,终于在儿童文学领域闯出了自己的名声自己的路。她拒绝人们习以为常的介绍男朋友的办法,领导与同志们对于她的"个人问题"的关心,她都不领情。她酸酸地定要等待自己的亲自遭遇与发现,等待奇迹和浪漫平地而起,等待爱神丘比特的箭直中她的心窝。她在爱情问题上的这种"酸臭",使人们不敢告诉她犁原的怪僻与奇特的故事。而她的这种"酸臭",一直使她与本单位的同事处不好关系。这,在后来,明显是她被定为右派并在别人大摘帽子的同时反被加重处理——劳动教养——一个并非不重要的因子。

  人们说,五十年代她这样乐于与犁原在一起绝不会是单纯地谈诗论文,然而,你又硬是发现不了他们二人爱将起来的迹象——绝无另一种亲昵。他们两个人都太严肃了,熟悉他们的人说,他们太缺少幽默与情趣。有一位老心理学家听说了这个事例,分析说两个人自尊心都太强了,两个人可能都有过性关系上的不愉快的记忆,这使他们有所期待地走到了一起,却又充满警惕,谁也不敢越雷池一步。他们害怕失败所以也就不敢成功。一位小说家说,正是这样的关系才最有味道:亲密,默契,尊严,试探,期待,渴望,躲避……这才是文学家的爱情,娇嫩如乳酪,含蓄如花蕾,蕴藉如雨前的云,朦胧如漫天的雾。也有人为他们感到累得慌,尤其是对于犁原。廖琼琼这样是可以理解的,女作家嘛,出身又不好,没有受过什么革命锻炼,一脑子的迷蒙梦幻还有不可无有也不可真有的诗。可犁原呢,毕竟是老延安老八路老领导,毕竟已经经过了整风、抢救、三查、三整、镇反、肃反、批王实味、批萧军、批胡风以及结婚和离婚……如果喜欢琼琼,抱到怀里啃就是了,还哪儿来的那么多小资产?

  这些舆论渐渐传到犁原的耳朵里,开始他毫不在意,后来他忧心忡忡,他心情十分矛盾。一方面他觉得非常讨厌,怎么什么事都要管呢?他没有配偶,廖琼琼也不是有夫之妇,他们的接近于人于社会于道德于风气有什么妨碍呢?另一方面他又深信,像自己这样的知识分子文化人,如果不经常敲打着点儿,就会变坏——叫做"出问题"的。革命如许多年,他已经理解已经习惯了。那么,敲打,敲打什么呢?敲打他们不要再接近?为什么?

要不我干脆与琼琼结婚?我应该明确地追求她。人又怎么能免俗呢?可能他这样想过。很可能他准备好了在下一次见面的时候向她提出正式明确恋爱关系的问题,虽然他十分厌恶"明确关系"这一类他听起来像是肃反语言或是情报语言的词儿。他至少愿意探讨与琼琼共同生活的可能性,也就是大大改变自己的与琼琼的生活的可能性。谁知道呢?后来据说他们见面了,一见面就谈起了陀思妥耶夫斯基,两个人争论起来。根据高尔基的评价犁原是完全否定陀思妥耶夫斯基的创作的,而廖琼琼说起《白夜》和《白痴》的时候激动得流下了泪水。二人没有谈拢。他们确实交谈得如同一次文学论战,他们确实交谈得缺少情趣和幽默,他们两个都忘记了再谈别的事情。事后犁原想起了马烽的名著《结婚》,作家描写一个农民在做新郎的日子一路上只知道热心公益与助人为乐,结果把结婚都耽误了。他想为公事正事而延误婚礼的套路其实还是有生活依据的。

谁知道反右运动刚刚开始就把廖琼琼揪出来了。廖琼琼是完全没有见过这个阵势的,她只好一次又一次地去找犁原求援。而当时刚刚出医院的犁原也很紧张,拉了十九天肚子,一切面目全非。他听了廖琼琼的叙述先是大怒:我了解你,你绝对不是右派!他宣称:怎么能这样给人扣帽子!他质问。那是一副不惜一搏的样子。过了两分钟后,他就只剩下了倒吸凉气,哐哐哈哈。琼琼来上个把钟头,他会进四五次厕所,这令琼琼无法忍受。再说犁原家宾客出出进进,他们根本无法倾谈。

犁原既然因住院而没有错误议论,非右即左,作为千金难买的左派的犁原同志当然要负责文学院的反右领导工作。他又动不动被拉去参加批判丁玲,批判艾青,批判刘绍棠,一拉去还就得发言。他为此而深感侥幸,对组织感激涕零,下决心努力站稳立场,向右派分子猛烈开火，为党为人民立功赎罪——虽然旁人没有说他自己也没有交代他有什么罪，但是他内心深处确实觉得自己有罪。发言发得多了也就实在坚固了，就像本来松软的地面多夯几次也就瓷实了，拿来当地基盖楼房也经得起。

"夯实"了以后，自己也相信自己是左派以后，作为一个正在领导着本单位的运动的党员干部，他感到不断地与一个被运动揪出来的候补右派分子接触是不得体的，是令人尴尬的。廖琼琼的处境使他眉头深锁，廖琼琼与他谈问题的时候他是一言不发和频频如厕。他年轻时吸过烟，后来因为慢性支气管炎遵医嘱戒了烟。廖琼琼的来访使他又吸起烟来了。廖琼琼向他紧急求援的时候他就喷云吐雾一个劲地抽烟，而且一边抽烟一边咳嗽，一咳嗽就显出年龄大显出身体弱来了。廖琼琼就更加心疼他。廖琼琼从他这儿得不到具体的帮助，但是廖琼琼仍然确信犁原是她的心灵的密友。激动中廖琼琼一反素常的矜持之态，她像一个落了水快要灭顶的人那样拉住了犁原当做救命的稻草。她竟然在兵荒马乱之中提出要与他结婚，这可把犁原吓坏了。愈想愈怕，怕不打一处来。犁原听到了廖琼琼的婚姻要求的时候他的牙齿打起战来，他倒吸一口冷气，然后两排牙齿咯咯地响。当然他拒绝了琼琼。拒绝就拒绝吧，他还说了"这叫什么？这怎么可能？我没有这样想过呀。我们交谈的只限于文学呀"之类的在琼琼看来属于另一种"打官腔"的话，不但拒人于千里之外而且翻脸不认人。琼琼失望已极。她去了，犁原忘不了临别时分她的仍然天真、仍然不能相信、仍然期待着他的眼睛。他不敢看这一双幽怨而又稚气的眼睛，那眼睛似乎在说："不，这不是真的，这不可能。犁原怎么可能拒绝我呢？反右怎么能反到我身上来呢？告诉我呀，什么时候这一切噩梦能够过去，美好的人生能够回转来？"

犁原的喉咙里咕哝了几下，他没有说出任何话来。

不久，琼琼所在单位来人向犁原了解有关廖琼琼的政治思想情况特别是"问题"。犁原很厌恶，但他只能据实说来，他没有不向组织上据实说话的习惯。他说,他于接触之中感到琼琼政治上不成熟,对于革命的认识还相当肤浅,"有一些小资产阶级意识",他犹豫了一下,终于这样说,但是没有发现她有什么反党反社会主义的思想。就是说,总起来说他对于廖琼琼同志的印象还是好的。他说到这里,前来外调的两个同志中的一个不怀好意地轻蔑地一笑,这一笑使犁原觉得如同胸口挨了一刀。他知道,运动正如烈火烹油之盛,上面有话,同情右派支持右派的人就是右派;还有话,现在小资产阶级也就是资产阶级。他心里明白,一个反右领导小组组长,可以在一个晚上变成人民的敌人。他更加不自在起来。于是他补充说,看来,廖琼琼同志在文艺问题上还是有一些糊涂观念即资产阶级思想认识的。他强调是观念是思想是认识,他自认为这样说是保护了琼琼。他举例说例如廖琼琼同志曾经说过为什么中国就没有安徒生?为什么不能给儿童多写一点美的童话?等等之类。显然她对于革命的文艺工作者所创作的儿童文学作品的划时代的成就估计不足。对于文艺为工农兵服务为无产阶级政治服务的重大意义认识不足。

  前来外调的同志直言不讳地询问他们两个人的关系。犁原大皱其眉。然后他坦白说,他们之间本来只有同志关系业务探讨切磋的关系,只是最近,可能廖琼琼同志心情不太正常,她忽然提出了建立更加亲密的关系的要求。"我没有同意。"他说。他这样说完了立即觉得自己非常不对。这是一次叛卖,他不是不明白。然后他反复分析,他要有力地说服自己:他没有出卖廖琼琼。为什么要说这个?他简直想把自己打一顿。

  此后他半年多没有再见过琼琼。他心情沉重得不得了,连早先结了一次婚不久就离婚也没有让他这样沉重过。后来在他听到了廖琼琼被定为极右分子,送下去强制劳动改造的情况,他连饭也吃不下了。我是不是害了琼琼了?我在一个人——一个他有好感的,与他来往了一段时间的,甚至在绝望的时刻向他求婚向他伸出了求援之手的女人——面临灭顶之灾的时候未能援之以手。求婚,这是怎样的求婚呀！毕竟有这么一个人，一个绝对不是讨厌不是无聊不是纠缠不是轻浮不是肉欲膨胀的女作家爱上了他。他虽然与一些女子有过一些感情的瓜葛，但是像廖琼琼这样的只有她一个呀。

是我害了她？他不停地问自己这个问题。一会儿回答是，一会儿回答不是。我不想娶她我不想娶任何人我一想起与一个女人睡在同一个房间同一张床上我就起鸡皮疙瘩。她不能强人所难，我拒绝她并不是我落井下石对不起人，并不是我想升迁怕连累，我要是一心升官早就谋取到比现在更高的职位了。所以我没怎么样，他安慰自己。但是你为什么在外调人员来到的时候没有为琼琼说话？另一个犁原愤怒地质问道。

我说了我说了，我说了没有发现她有反这个反那个的言论……

什么话？什么叫没有发现？你没有发现，你的意思是让他们去"发现"么？你的意思是她虽有问题而你尚未发现从而是说再过些日子你就会发现罪证，就能胜任愉快地检举廖琼琼了么？你是说她隐蔽得很深从而令人难以发现她的反动面目么？

发现，好一个发现！你不认为这两个字本身就是杀人的么？

我说了，我说了只是认识问题……

只是认识问题你还说什么？他们来外调的是琼琼的敌我问题，你不知道么？你自己就是反右的领导人呀！一般的"认识问题"多了，你说得着么？你说了就是检举她的敌我问题呀，这还有什么疑问吗？

我……

尤其可耻的是，你居然还汇报了琼琼追求你的事情，你太卑鄙了！你太恶劣了！你既然拒绝了人家，还有什么必要提它！向你求婚也算是右派言行么？按照反右的逻辑，那些人甚至会批判她向犁原求婚就是对抗反右派运动。没有你不停地与她黏黏糊糊磨磨唧唧，或者干脆说没有你实际上在追求她她可能追求你么？你怎么不告诉人家是你招着她引着她吊着她的胃口呢？第一次两个人出去活动是你找的她呀！特别是这些事你向一心要把她打成右派,不,已经把她打成了右派的人说个什么劲？你是小孩子么？你是政治上的白痴么？你是与廖琼琼同志有仇么？你是故意伤害人故意羞辱人么？

我……我得说明白,我们俩不是那种关系,像许多人议论的那样！

呸！你是什么意思呀！你看到一个天真的女作家一个明明对你很有好感你也对人家确有好感的人处境危险,于是你赶快落井下石,以求自保……

然而我并不是为了我个人,我个人有什么好为的。你知道,我们的事业……而且,不自保又怎么样？我能够帮助她么？如果她已经陷入政治上的泥潭陷阱,市委书记也保不了她！政治局委员也保不了她！国务院副总理也保不了她！也许毛泽东刘少奇周恩来这三个人当中有一个出来说话能起点作用。我算老几？丁玲不比我资格老地位高名气大,她保住自己了么？企图保护一个被定为右派的人的结果只能是自己也陷进去。如同是触电,你没有拉断电源,你去向她伸手？如同是落水,你没有学会急救,你也跳下去？除了多一个陪绑的触电的没顶的,你不能帮助她却白白地牺牲了自己,究竟谁需要这样呢？

一声冷笑。谁？犁原骇然。

他吃了许多安眠药,仍是睡不好觉。他常常处于一种似睡非睡的状态中——在这样的状态中度过一个夜晚实在是比通宵不眠还累人。他睡得是多么紧张呀。他急急忙忙要自己睡,要自己别想什么,要自己慢慢呼吸,要自己慢一点心跳。于是他清醒而又失魂落魄。在这样的状态中他常常如同去到了旷野,形只影单,苍茫无际,天地不仁,哭告无门。我是快要睡着了么？那就这样孤独地睡下吧。然而心仍如乱麻,如烈火熬油。这时漆黑中略显微光,是在暗中呆久了就能略有分辨了么？似乎有风有野兽嘶吼有哭喊,但一侧耳细听便又什么都没有了。为什么为什么还不入睡！世上只有小资产阶级才失眠,而无产阶级永远因为充实和忙碌而随时可以入睡。最最令人喘不过气来的是一团模糊的黑色,像是黑雾,也像仅仅是阴影。每遇到这种时候他就提醒自己,该看到廖琼琼了,廖琼琼该出来了,他想呼喊,但喊不出。他告诫自己,这只是梦,只是幻觉,这都不是真的,即使在梦里见到了廖琼琼也不会清楚,不会确定,也于事无补。没用,没办法可想的了。可以试着咬一下自己的手指,不会疼的。但这些告诫并不能减弱他的期待降低他的激动。他已经等了很久,他要与琼琼谈一谈。他什么也做不到,他帮不了琼琼,他实在够不上她的朋友,他也没有勇气娶她。再说现在什么年月,还说什么娶不娶的事,这一辈子他是不会——不敢与任何女人永结百年之好了。他对不起琼琼,他没有颜面见琼琼,他太痛苦了。但是他总要安慰一下琼琼,琼琼生活得太严峻了。他应该让琼琼知道,琼琼还有一个朋友,有一个虽然不够格但还是希望能成为她的朋友的人,就算这个人太不怎么样,就算这个人提不起来,但是这个人总还是一面不帮她一面又在心里暗暗地为她祝福。他总还敢于也应该对琼琼说一句"多保重了"……哪怕只说一声"再见",然后他们永不再见了也行。

然而这个黑影黑云或者黑气就是变不成一个人形,你靠近它,你急切地想看清它,它就退开了,它就消失了,它就没有了。是的,廖琼琼拒绝与他见面。他掉出了一滴虚伪的眼泪。虚伪的眼泪,他自己默默地念着,如咀嚼吮吸致命的毒鸩。于是他长叹一声,从床上坐了起来。夜凉袭人,然而他不想披衣服,他穿着背心裤衩呆呆地坐在床上,他打起喷嚏来,他流出了鼻涕。他的身体开始发抖。就这样得一场肺炎吧,死了活该!他挨着冻点起一支香烟,火星落到了被面上,他闻到了一种烧煳了的棉花气味,会着得起火来吗?他怪笑了一声。他像死了一样。

他死了——睡着了。虽然是内心激荡,最后他还是睡过去了——他知道睡过以后事情就会不同——就像虽然悲喜如潮,人最后都是平静的一死一样。死后也就一切不同。

其实这种激动的心情对他来说也不太稀罕,激动——平静——再激动——再平静——最后睡下,他也惯了。

然后黑夜过去就是白天。即使没有睡好,白天仍然是白天。白天亮亮堂堂,形势大好。白天他忙忙碌碌,他出席会议,被领导接见,向广大文艺工作者宣讲大好形势,批评抽象的错误倾向。我们应该正确。真的。为什么要错误呢?错误对谁有利?没有理由坚持错误,同志们,亲爱的同志们。读文件,传达文件,你们不为这么多好的文件而感动么?你们好好地看看这些文件,哪一个文件不是为了中国为了人民为了正义、理想和真理?人们孜孜不倦地制定这些文件,难道你们却不知感恩?这些文件贯彻了,哪怕只实行一点点,中国将会是多么美妙!高屋建瓴,势如破竹,孜孜不倦,奋斗就是幸福。

到了一九六一年了,全中国因为挨饿顾不上那么狠斗斗狠了。他终于忍不住找他的延安老同学老战友张银波打听一下廖琼琼的下落。他设想着一种得体的与琼琼会面一次共进晚餐一次的途径。他毕竟还有一些稿费收入。琼琼是太苦了,他这样想的时候自言自语说出了声。她不应该太孤独,他含着泪自言自语。张银波对于他与廖琼琼的关系有所耳闻,尽心尽力地通过她丈夫的组织系统去了解。回话是这个人犯了新的错误,已经送去劳动教养——简称"劳教"了。

听了这个沉重的消息,犁原只是不停地摇头,当着张银波摇,自己一个人了也是摇,一想起廖琼琼就把头摇。怎么,怎么,她成了劳教人员了,没有希望了,没有未来了,她就这样完结了。而且是新的错误,她怎么她为什么这样混蛋,她听什么莫斯科的广播!偶尔听了就听了,那个玩意儿能说给旁人吗?她怎么硬是这样不可救药!她辜负了他犁原!她这样的人怎么可能做立场坚定对于革命从无三心二意的老同志犁原的朋友?她甚至还想嫁给他!真是开玩笑!如果他娶了这样的女人,莫非他要欢送她去接受劳动教养?莫非他能挽救她不至于发展到被劳动教养的程度?或者,会不会事情恶化到他也奉陪她一道去劳动教养呢？这个可怕的劳动教养呀，这使他想起解放初期对于妓女的改造来。有那么一些不觉悟的女人，她们宁愿当妓女就是不肯告别罪恶黑暗耻辱，不愿正当劳动走向新生，耍赖皮出洋相发射糖衣炮弹，怎么办？打也不行骂也无用，逮捕判刑未免小题大做，只好送她们去劳动教养。后来对那些坚持吸毒拒绝戒除的人，那些二流子寄生虫严重不服从组织分配不听话一贯顶撞领导的人，对那些思想反动不接受教训屡教不改的人，以及其他种种可以称之为害群之马、渣滓败类、不可救药、腐化堕落的人，也都可以经过一定的手续送去劳动教养了。说是不算刑事处分，其实比轻微的刑事处分更可怕。因为刑事处分是有明确的期限的，有期徒刑三年，三年满了就可以释放，剥夺公民权利二年，二年到了就又恢复了公民权。而劳动教养由于不算处分就反而没有期限了。不算处分却又是强制性的，尤其是比如廖琼琼，一个温文尔雅二目如星会写童话故事的女子去劳教，把她关起来，与暗娼、流氓、赌徒、巫婆、懒汉、鸦片鬼、老牌国民党特务各种调皮捣蛋的坏分子列为同类，想到这里犁原不寒而栗。于是他更加痛惜廖琼琼的命运，他更加痛恨廖琼琼的不知自爱自保。他更加后怕于他与廖的曾经的亲密来往，更加侥幸于自己的处境与琼琼相比真是一个天上一个地下，一个是座上客一个是阶下囚，一个仍然能够辉煌，一个差不多可以说是业已完蛋了。

　　他深深地皱起了眉。他倒吸一口冷气。他喟然长叹。他整理整理自己的衣领和衣角。他扭动一下又伸了伸脖子。他吸一口香烟，然后剧烈地咳嗽个不住。他闭了一会儿眼睛。他拿起了一大叠刚刚送到的邮件，多种报刊、会议通知、约稿信、求助信、致敬信。其中最重要的是一个在文化部开会的通知，前几天他已经得知，中央要搞一个关于文艺政策的文件，不提反"左"，但实际上是反"左"的。他隐隐感到了一丝暖意，一丝生机，一种跃跃欲试的兴奋。毕竟党是英明伟大的哟！为什么实际上反"左"而又不能提反"左"呢？他有点纳闷。他觉得有点不痛快但又更加神秘庄重。他甚至预感到一个新的转折,新的起点。是的,正是经过了反右派,经过了整风,经过了扫五气,经过了批丁玲批艾青批刘绍棠批大大小小的毒草,现在是"金猴奋起千钧棒,玉宇澄清万里埃",现在是精神振奋意气风发力争上游再没有过去的奴隶相六亿神州尽舜尧了。不是一切包括文学文艺会有一个崭新的开始吗?他感到了自己的重要自己的使命,他感到了生正逢时天降大任的幸福与充实。他的使命是拯救与帮助祖国的文艺事业祖国的精神生活,他没有工夫为个人的什么事抒情伤感胡思乱想。

还有一封信是舒亦冰写来的,犁原早在五十年代初期就帮他解决了工作问题。说他现在担任 S 大学中文系的一个教研室的主任了。唉,小资产阶级们呀,要不就像我这样,从李进宝变成犁原,从小资产阶级变成老革命;要么就像舒亦冰那样,老老实实地承认自己不过是个小资产阶级,反而有了希望有了改造的光明前途。小资产阶级而又自以为是革命得不得了,那不是自找倒霉自取灭亡么?

他叫通了电话,与陆浩生通了通气。调整巩固充实提高,这是当前工作的总的精神。是不是中央准备在文艺工作上也做一些调整呢?目前打算做的制定文艺政策新文件的工作,究竟有多大来头多大动静呢?对于目前的知识分子状况,思想理论界、新闻界、教育界、文艺界的状况中央到底是怎么看的呢?我们应该怎么样提才符合中央的意图而又确实有利于当前的工作呢?说着说着陆书记说是有人来访了,他邀请晚上犁原到他那里去吃炸酱面,与张银波一道谈谈。是的,张银波和他说过,他们那里有十几部书,都是准备好了乃至业已发了稿的,后来反右运动开始,出书的事搁浅。张银波想请犁原帮她把把关,她希望能出版这些书。这其实也是一件麻烦事,当初出了也就出了,枪毙了以后再救活,那就要反复斟酌,想出几条说法来。这时犁原听见了大门外的汽车喇叭响,知道是来接他出席重要会议的。他只好中止电话。上了车,他才顾上考虑到会上怎样发言。

复杂呀。他心里说着皱起了眉头。

第 五 章

犁原同志在民族宫见到了钱文,有一点激动。他过去与钱文素昧平生,剧场的邂逅却使他隐隐觉得与钱文有一种亲近。他想起了几年前的一件旧事:他接触过钱文的一些诗,觉得不错。但让他动心的是别人看来可能是最不重要的一首。那是一首写童年的诗,写家乡的小河边,写一个儿童与牛与燕子与鹅的对话,写水里的时隐时现的石子,写河对岸的牧童的嗯哨与放歌。这使他不仅得知了诗人的才华,诗人的语言,诗人的情感,更感知了诗人的心,无心之心。不像别的诗,你一读就知道它要说什么要表达什么。那首钱文的小诗使他想起了自己的童年,使他的心柔软了那么一会子——柔软得使他害怕,使他心碎。他赶紧躲开了自己柔软的心,不敢多看一眼。

在剧场见到钱文,他想起了这首诗,想起了最初读这首诗的时候的他的感受。不知为什么,这首诗曾经使他回忆起自己童年时期养过的一只鸟。那鸟长着黄褐色的羽毛,淡红色的喙子,惊惶的眼神,鸣叫起来牵动着你的心。童年的他计划要把鸟养得很大很大,让这只鸟生蛋——他那个时候并不知道分辨鸟的雌雄——让它孵化出更多更多的鸟来。他希望所有的鸟都爱他都围绕着他飞,因为他真心地爱它们。长大以后他发觉他对于鸟的幻想与贾宝玉对于女孩子们的幻想差不多。那时他跟大人要了钱专门去小市买由糜子米与小虫配好了的鸟食。然而没有几天鸟就死了。一觉醒来,鸟已经蹬直了腿,爪子蜷成了一束,眼皮显得肿胀而且拖沓。没想到它有那么巨大的眼帘呀。李进宝——小时候的犁原哭了个死去活来……

后来到了延安,学习、进步、总结和改造思想的时候,他甚至于考虑到自己的各种不健康的思想:浮生若梦呀,生命无常呀,知音难觅呀,独自徘徊呀,都是从这个鸟儿的死亡事件开始露头的……他向同志们交代了自己的这个产生问题的思想根源,真可以说是痴人说梦,大家听得莫名其妙。许多年了犁原不让自己再回想这一段往事,这是他的软弱他的羞辱他的迷茫的过去。是钱文的诗的出现使他想起了这不光彩的一段儿。钱文可真是个好诗人呀。

但是我们生活在一个严峻的时代,我们不能靠回忆童年吃饭。我们常常不得不把心肠硬起来,就像高尔基的《忆列宁》里所描写的那样:列宁喜欢听贝多芬的阿克萧纳塔——热情奏鸣曲,列宁说听了这样的曲子他想摸一摸创造出美妙的乐曲的知识分子的脑瓜子。但是不能,现在不能,那时列宁的任务是敲碎那些反革命知识分子的头颅。诗人,请把你的心肠硬起来!他想告诉诗人这一点,他相信他的这一点忠告对于诗人非常重要非常有用。

太硬了,变成钢砣,变成石头,还能有诗么?梆梆梆,梆梆梆……天!

他太忙。每天有太多的会议要参加,有太多的文件与作品要阅读,有太多的来访、电话、来信来电,他还有太多的问题需要思索。他不但评价文学作品还要分析文学形势,判断文学倾向,梳理文艺思潮,领会、阐释、掂量中央的文艺方针政策。他活得太不寻常了,太多变故了,一会儿需要他这样想一会儿又需要他那样想的事情太多太多了。他想说的话想见的人,还有不想说也得说的话、不想见也得见的人也太多太多了。也就是说,想与他说话想与他见面的人太多太多了。于是他常常感到自己进入了一种丢三落四、顾此失彼、捉襟见肘、十面漏风的状况。他常常感觉到自己没有工夫成为自己,他一直等待着自己能成为自己的那个时刻的到来。

他一直记着要与钱文谈谈,见到热情的——常常是狂热的有才能的文学青年,他就又高兴又忧愁。他作为一个过来人有责任帮助他们,他希望他们避免他已经模模糊糊看到的向他们逼近的威严的厄运。

他与钱文一直没有谈。

我是多么忙呀。这样的叹息充满了甜蜜的哀伤,还有骄傲与隐隐的得意。这样的叹息如同啜饮名贵的装潢豪华的醇酒。

后来他听说了诗人"反右"运动中落马的消息。我要早早与他谈一下就好了!他不再想什么与说什么。太多的有才能的青年被揪出来和打倒了,好像是从他的心里撕下了一道又一道的皮肉。撕完了,他的胸腔里感到了空洞和疼痛,这种感觉多半来自半睡半醒时分。好像是他在白日里冲了一个盹儿,他的头沉下来了,他的头变得沉重如铁,在大致入睡的情况下他将泪如泉涌。泪即将涌出来时,他的头猛一下坠,他猛一激灵,他醒了过来,他眨一眨眼,他深吸一口气,开会去。

这些个右派混蛋!他们这么不知自爱!这么幼稚天真!这么自取灭亡!他们就不想想应该干什么不应该干什么应该说什么不应该说什么?谦虚使人进步,骄傲使人落后,连小学生都明白的道理他们硬是不明白么?他们以为我们是活在真空里的么?战争,革命,抗日,抗美援朝,我们死了多少人!白骨堆山,血流淌河!在我们没有得到政权的时候,当政者反动派是怎么样屠杀我们车裂我们揉搓我们的,难道你们就硬是一点也不知道吗?我们生活在谁也没有权利天真的岁月啊!想到这里犁原眼泪都流出来了。他恨起让他心疼的这些右派青年作家来了,恨得咬牙切齿。

一九六二年在看一出话剧时候的偶然邂逅使犁原突然心头温暖起来。经过了一番急风暴雨,现在好像什么事也没有发生。钱文夫妇安然地坐在剧院的座位上看话剧,轻松地从剧场里走出来。他与钱文握手寒暄。钱文的精神很好。看他的样子你想不到前一个星期他还在南苑劳动,半年以前他还戴着敌我矛盾右派分子的帽子。他的面色比过去也许是稍稍黑了一点?有了一点点——只是一点点阳光和风霜?钱文见到犁原似乎是分外快乐。一般的诗人忧郁型的多,很少有这么无保留的快乐的。毛泽东的知识分子政策就是厉害,你能不服气么?这么说,几年来的惊涛骇浪并没有摧垮钱文而是使钱文他们更加健康茁壮。本来么,知识分子就是要经过些摔摔打打。同时犁原为时间的愈合作用与冲淡作用而叹息。马不停蹄,马不停蹄,革命就是马不停蹄,永远地忙碌的今天与美好的明天,谁还会沉溺在昨天里呢?我们没有工夫想昨天的事。

从剧场,他的车已经开出去好几里地了,犁原仍然在若有所思地点点头再点点头。在我们这个年轻的社会主义国家,生活是多么强大呀,什么伤口都能够愈合,什么困难都能够克服。犁原很高兴。

回家以后,他忍不住给张银波去了一个电话:"我刚看了一出话剧……"他开始说。"我本来也要去的,"张银波说,"后来老刘找我谈话……"老刘是中央一个领导机构的成员之一,是领导层中的意识形态的权威,他又是张银波的老同学与密友,犁原是知道的。所以他立即感兴趣起来,他连忙问:"噢,有什么新的精神吗?"

"很重要,"张银波无法掩饰自己口气中的兴奋,"你知道海默的电影《洞箫横吹》吧,五九年给批了一通,还把海默打成了右倾机会主义分子……最近,××同志看了他的电影,××同志很高兴嘛,说这是一部好片子嘛……为什么在我们的文艺作品里讲一点基层干部的缺点就不行呢?"

"太好了太好了,"犁原欢呼不止,"最近一些年是搞得太'左'了嘛,这让人怎么受得了,报纸上甚至于宣传应该欣赏大粪。小说《达吉和她的父亲》本来写得很动人,搞成了电影改得瘟得很,什么都不敢写,生怕碰上了'人性论'。没有一点人性的东西,文艺还能是文艺吗?可一个'人性论'的大帽子一扣,全傻了眼了……连这样的事都要总理亲自过问。周总理说,文艺作品该让人哭的时候就让人哭嘛。可电影《达吉和她的父亲》硬是让你哭不出来,遇到你被感动得要哭的时候,导演赶紧把你的视线转移开,让你哭不出来……你看你看,连怎么写电影都要周总理手把手地教!我们的作家是多么笨拙呀,我们就这样地没有出息吗?"由于激动,犁原说话结巴起来了。

"……我们党是反对教条主义的老祖宗,领导同志说过,我们是靠反对教条主义吃饭,靠反对教条主义起家的。十年内战,'左'使得革命力量在苏区丧失百分之九十,而在白区,革命力量丧失百分之百,'左'的危害实在太大了。解放以后也不知怎么了,这个教条主义是愈反愈厉害了……五七年整风本来是要反对教条主义宗派主义官僚主义的,结果出来一个右派进攻——历来如此,只要一批'左'右派就进攻,右派一攻就赶紧反右,一反右,'左'又保住了。这倒好,谁反对教条主义谁就是反对党啦!好多年了,谁还敢写文章,谁还敢搞创作!"

……两个人你一言我一语,电话里交谈了五十几分钟。由于过于兴奋,犁原先是结巴,后来又剧烈地咳嗽起来。张银波知道她的这位老朋友的特点,便劝告他说:"天不早了,有什么我们明天再接着扯吧,你该休息了。"

"这可真是心潮难平,心潮难平啊!"犁原一面挂着电话,一面还兀自抒发着。

电话刚刚挂上,犁原又叫通了张银波:"这个这个,你瞧我糊涂的,我给你打电话本来是要告诉你,我今天在剧场看到钱文了……"

"呵,他去了吗?是我给他解决的票啊。他还是不错的。"

"是啊,我也是这样想。结果一说起'左'来,什么都忘了。你看我有这么一个建议,我们找他聊聊吧。你那里不方便,书记的家嘛,"犁原笑了笑,"就到我这儿来好不好?"

他们商定了时间,并且说好由出版社的同志设法通知钱文,然后再次地互道晚安再见。

一天过去了,他做了许多事,说了许多话,该做的该说的差不多全说了做了,原来没有计划说的和做的也说了和做了,他身体并不好,他该休息了。

然而他不想休息。

他住在一个两进的大院子里,这个大院落一共住了九家人。他住的是后院的三间北房,即是正房,位置高于其他房屋。门前有四棵大柱子支撑的宽宽的前廊。柱身的老旧,红漆的斑驳暗淡,铺地的方砖由于剥蚀而变得麻麻点点坑坑洼洼,旧式的窗棂子,与偏暗的光照,都使犁原有些个愤愤不平。五十年代,在中国的一些大城市才刚刚兴建新式的公寓式单元式楼房住宅建筑,搬入楼房的新社会的主人公们惊喜于公寓楼房的崭新、方正、水电卫生与取暖设备的齐全,认为住楼房才是新生活的幸福,甚至认为这种公寓楼房是从苏联学来的,住进去就证明自己的生活与苏联人民的生活更靠近了一步。犁原对于自己没能够住进新建的社会主义公寓楼一直感到委屈。

只是在这所两进大院子里,他的住房是这里最好的,这标志着他在这所院子里属于绝对第一号的地位。他当然是这所院子里的级别最高身份最重要的人物,这使他于遗憾中又得到一点点满足。同时,旧房子住长了,他也产生了一点感情。他了解北京,他也算是老北京,古旧的房屋院落似乎向他透露着一些消息。这里会有关于陈旧的往事的记忆,这里发生过一些旧社会的百无聊赖的故事。例如,这样的房屋与院落的主人的身份决非一般,他可能是达官贵人,可能是钜富豪商,可能是没落皇族,也可能是唱戏唱得红里透紫的"角儿"。而这些人的生活全无意义可言。这些人全部是一些行尸走肉,蝼蚁爬虫,他们丝毫也不懂得历史、阶级、正义与革命,他们像是一群影子,浑浑噩噩地自顾自地存活着、蠕动着、挣扎着,自生自灭,消逝于无形……而现在,是他,是一个革命者一个老延安一个文艺理论家一个历史的自觉创造者住在他们住过的老旧的房子里。他讨厌这里的旧生活的阴影,他讨厌这里的陈旧的人与事的痕迹,他自豪于自己的全新的革命者的人生,他又不自觉地意识到自己身上还有些与旧世界没有完全脱离决裂清爽的东西,他就更渴望着搬入崭新的楼房,摆脱陈年旧事的阴影。然而,他搬不走。他真没有办法。想起来,他只能喑然叹息。

房子算不上特别宽大。但是他只有一个人,而且旁人普遍住得是那样窄小拥挤,比较起来他就像是住在宫殿里。他养了一些花草。他有一个辈分上是他的表姨实际上年龄比他还小几个月的远亲,隔三差五地过来替他照顾一下花草。五十年代,靠他发表的几篇文章的稿费,他从旧货商店以不可思议的低价买了不配套的几个座椅。那时候的家具是愈豪华价钱相对就愈便宜。一个绿色金丝绒面的双人沙发,质量很好。沙发面已经褪色。犁原猜测,这件沙发来自一个非常高层的有教养有地位的家庭,而这个家庭肯定是在历史的暴风雨中崩溃瓦解了。如果不是崩溃,怎么会让这样一张豪华的沙发流落到旧货商店里?如果是完全毁灭了呢,也不大像,那也不会有如今的完整的虽然饱经沧桑仍然保护得很不错的沙发归他使用了。

另外还有一张欧洲式的花背硬椅,他怀疑这张椅子是前清时代的法国或者比利时国驻华使团人员的财产,如果不是一九〇〇年的八国联军司令瓦德西的座椅的话。再一张大藤椅也极为不凡,它给坐者的屁股留了那么大的面积,而椅背又是那样宏大曲折有致。对于它的经历,犁原不想做过多的猜测,他能肯定的是,截止到这张大藤椅来到他这里为止,大概没有任何中国的无产阶级和贫雇农使用过它。

使用着这样的家具,住着这样的房子,犁原常常做一个抛弃这一切换一个崭新的住宅环境的梦。他在自己的房间里踱着步子,一边欣赏,一边摇头。

除了这几张座椅,犁原的家里最突出的就是书报和杂志了。书报和杂志膨胀着拥挤着,他常常感到自己是在书报杂志的空隙中生存。家是他自己的一个世界。他由于忙碌而很少有白天在家呆着的机会,他却又由于独身而赢得了在家的时间与空间。即使天时已晚,他一旦结束了白天的生活,仍然觉得他在家有许多的时间。这天就是这样,与张银波通完电话,他反而更不想睡。他鼻子莫名其妙地哼个不住,用哼鼻子代替自言自语。他缓缓地点起一支香烟,他不断地用左手和右手以及不同的手法夹烟,只把烟轻轻一吸就连忙吐出来。他又想起了程砚秋《锁麟囊》里的一段悲腔,用鼻子哼哼了两句,哼得颇有滋味。悲腔的时代也正在成为一去不复返的往事了么?想起来从今往后没有悲腔也没有小嗓,没有温情也没有伤感,没有周璇没有流行歌曲也没有——反修斗争开展以来——聂恰耶夫和培卜托夫,没有票戏也没有——例如斗蛐蛐……只剩下了前进、进行曲、《社会主义好》与《天大地大不如党的恩情大》,他觉得肃然,也许是茫然。

于是他拆阅各种邮件印刷品。他每天收到许多种报刊,他相信他的报刊比一个县镇的阅览室还要多。在新来的报刊上他看到了许多名家的散文、游记、风光、山山水水、花花草草。作家们可真听话,"大跃进"的时候大家歌颂跃进,畅想未来;"大跃进"搞不下去了,干脆就去写云山雾水、碧柳红桃、蜂蝶虫蚁、碑亭坟冢,然后说是散文丰了收。他摇摇头,一声长叹。

他继续翻弄邮件,忽然,从比较长的与宽大的印刷品封套中落下一个肮脏的与皱巴的小信封,信封上歪歪斜斜地写着他的名字,地址中门牌号数写颠倒了——把七十三写成三十七了,看样子因此而推迟了信件投递到他手里的时间。他顾不得仔细看邮戳,先撕开了信。他心里有几分狐疑,有几分——他觉得是恐惧。他觉得这个揉搓得不成样子的信封有一种不祥的暗示。他打开了信:

亲爱的犁原同志:

只是这上款就使犁原像是被蝎子蜇了一下一样。他的手一抖。他哭了。

我等了又等,我盼了又盼,终于这全新的生活到来了。终于这全新的我诞生了。过去种种比如昨日死,此后种种比如今日生……

　　就是这片树林,深秋,山鸟飞来的时候,多么美丽!没有风也没有太阳,没有亮光也没有阴影,没有动作也没有声音。柔软的空气中弥漫着秋天的气息,像是葡萄在泼醅。薄雾覆盖在黄黄的田野上,透过光秃秃的褐色枝丫,可以看到宁静而苍白的一动也不动的天空。高大的乔木上还挂着最后的几片金色的叶子,脚下的潮湿的土地是松软的,没人高的干枯的野草保持着庄严的沉默,灰白的蛛丝在枯草中闪着光。胸膛平静地呼吸着,心中却涌起一股莫名的惆怅。这时,许多可爱的形象,许多可爱的脸孔,有死者的,也有生者的,都来到你的脑海,早已沉睡的印象突然苏醒,想象像鸟儿一样地展翅飞翔。心于是颤抖起来,跳动起来,向前奔跑或者沉入往事,一个劲儿地沉下去。整个一生像画卷一样地展开,人便看透自己的一切,看明白自己的全部感情、全部经历和全部心灵……而周围也就什么都不存在了。

　　我知道你会帮助我,你会救我,你会……

信笺落在脚下了。信是烫手的,不仅是由于内容。

信是廖琼琼写的,她怎么寄来的信?

　　这一段这一段……慌乱中犁原咀嚼起信上的风景描写来。这个这个,似曾相识,为什么为什么似曾相识?

　　他又点起一支烟,他稳了稳自己,重新拿起信来,又看了一遍。他拿起信封,他看了看邮戳,信件已经发出一个多月了。

　　屠格涅夫!犁原突然找到了感觉。他判定,这写景的文字出自屠格涅夫的手笔。这是屠格涅夫!他站立起来走向书架,找了又找,偏偏没有屠格涅夫。

　　他的书架上堆着太多的书,横七竖八,他差不多天天翻书查书读书有时候还抄书,他对自己的书心中有数,"书是我的奴隶",他常常引用这个不知出处的名言,得意地体会着他对于书的全权。

　　然而他现在心太乱了,乱得一塌糊涂。他找不着屠格涅夫的名著《猎人笔记》了,但是他坚信自己的博闻强记。他相信他的判断不会错的,廖琼琼的风景描写取自屠格涅夫的《猎人笔记》。这是怎么回事?

他十分疲劳。他这才想起,已经是午夜一点二十多分了,他明天一早八点半还有一个会议,而且会议是他主持。这时好像有什么外物催促着他,他匆匆地刷牙洗脸,拉开棉被,倒头便睡。他的习惯就是这样,他常常睡得很迟,愈晚愈闹腾,入睡前神经兮兮……闹到了极点,他会突然困倦得一败涂地,他只觉得浑身都散了架,一睡不起,连衣服都顾不得脱好放好。

睡眠就是死亡,一次又一次的小死亡。这是他的理论。

这一天他一觉睡到了清晨六点过五分,他正像不知道自己是怎么睡的一样,也不知道自己是怎么醒的,反正一骨碌就爬起来了,爬起来的时候两眼充溢着泪水。他哭了?为什么?鸟死了。他所钟爱的小鸟死去了,眼皮肿胀,两腿蹬直,脚爪伛偻成一束,像是捆在一起的几根可怜的树枝。他梦见了童年的伤心事了么?他不知道自己做了那样的梦啊。瞧,他已经到了一面做梦一面立时忘记的程度了。然而他没有闲情去追索梦境,他没有可能那样挥霍自己的时间,他不能——从来不可能享受奥勃洛莫夫式的躺在床上不起来咀嚼自己的生活、咀嚼自己的无聊和病态的乐趣。他醒了就起,他一骨碌爬起来径直奔向了厕所,不是为解手,而是因为他的书太多,房间里放不下,便把两个小书架放到了厕所里。他手到擒来地取下了屠格涅夫的《猎人笔记》,一翻,就翻出了"笔记"的最后一章:《森林与草原》。他找到了被琼琼引用的那个段落,基本上一个样。他首先惊异于琼琼的背诵能力,因为他不相信劳动教养的高墙与铁丝网之内会提供屠格涅夫的作品供改造者们阅读。旧俄的贵族作家屠格涅夫无论如何不会帮助一个知识分子形成无产阶级的革命世界观的走向,也许屠格涅夫其实也应该送去劳动教养一个时期?

那么,她为什么要背诵这些呢?这与她现实的严峻的生活又有什么关系能够有什么关系呢？莫非她的劳教所在地具有如此美丽的风光？莫非她在艰苦的劳动中还保持着游山玩水的近似俄国猎人的闲情逸致？莫非这里边还有什么含义？树林和深秋，这是什么意思？苍白和灰色，这又是什么用意？枝丫和落叶，宁静和庄严，这究竟意味什么？现在是什么时候，为什么要攀扯一个屠格涅夫与《猎人笔记》？她难道到今天还不明白，革命归根结蒂不需要也不喜欢屠格涅夫！琼琼，你怎么这般地执迷不悟！看信的开头，她好像情绪高涨，虽然这高涨让犁原窃自肝儿颤。这高涨有点邪恶，这高涨会被认为是不好好认识自己的错误与不老老实实地改造。而信的结尾呢，她是在呼救呀。她到底出了什么事情？

气死我了。犁原平地上滑了一跤，他跌倒在方砖地上，全身重量压在了右腿上，他的右腿扭了筋，疼痛异常，豆大的汗珠沁出在额头上。他半躺在地上达五分钟之久。他挣扎着爬到了绿绒面沙发旁边，试了几次才爬到了沙发上。就在他撅着屁股爬上了沙发的时候，他的表姨进来了。他被送到了医院，扭来扭去，他疼得呻吟起来。透视照 X 光，没有骨骼方面的麻烦。最后只给他开了一些止痛药。

犁原因伤在家休息了几天。到了约好的日子，他在伤痛的情况下与老朋友张银波一起接见了钱文。他一面说着话一面不停地扭动他的右腿，愈疼愈想动，愈是警告自己的右腿不要动就愈是要动。他一面扭动伤腿一面谈话一面因为疼痛而发出一种呻吟的调子。在钱文听来，他老几乎是哭着说出来的：

"要慢慢地磨呀，慢慢地磨。写作是艰苦卓绝的事业。"说到这里他不但呻吟而且摇头，叹气，"哎哟哎哟，惊涛骇浪，我们的文学生活里充满了惊涛骇浪哟！哪一个时代的作家有我们今天中国作家的生活这样丰富，你看普希金，你看莱蒙托夫，你看雪莱和拜伦，他们的生活是何等的苍白、停滞，其实是何等的空虚！个人，个人，都是个人，为了情人去与别人决斗。这样的死有什么价值……而我们今天的作家面对的是瞬息万变的生活。这是我们的骄傲，也是我们的麻烦。"说到这里他突然变了颜色,脸孔灰白,一头冷汗,哮喘起来。

坐在一旁的张银波与诚惶诚恐而又受宠若惊的钱文都站立了起来,他们走近斜倚在绿面沙发上的犁原。犁原衰弱地摆摆手,示意自己没有什么事,并让他们坐回原位去。

犁原的异常来得快去得也快。他慢慢恢复了正常,他继续揉着自己的腿呻吟。

张银波的风格与犁原完全不同,她说话很干脆。她说:"现在最要紧的是发表你的近作。有几篇新作品——不但是新写的而且具有一种新的气势新的面貌新的感受——观感马上就会不同了。诗人就是报春的花朵,就是报喜的喜鹊,我们要为新生活而开放,为新生活而鲜妍,为新生活而歌唱。无论如何,我们是相信你的,你是新生活培养起来的歌手,你是为新生活而唱赞歌的。最近周扬同志一再讲,文艺创作还是要繁荣,繁荣创作才是最重要的。斗争也好,批判也好,那终究不是我们的目的,我们的目的是繁荣创作是实现东方的文艺复兴。资本主义资产阶级在四五百年前做到的,我们社会主义无产阶级更要做到而且要做得比他们好得多,否则,我们将怎么向马克思恩格斯交代呢?我们是有着古老的文明传统的文学大国,我们在封建社会产生过屈原李白杜甫罗贯中曹雪芹,我们现在生活在崭新的世界,我们不但应该有今天的李白杜甫曹雪芹,而且应该大大地超过他们……你这几年有什么诗作?"她说着说着大道理,突然又十分具体地向钱文提出了问题。

"我……这几年就是劳动和改造思想,我没有写什么东西。"钱文脸红了,他不但对于这个具体问题嗫嚅着不知道说什么好,同时对于张银波同志的提问觉得不可理解。他心里想,别人不知道,你还能不知道吗?你的爱人就是抓文教界反右工作的呀。我们是怎么下去的,到了农村对于我们是怎么样要求的,我们有没有时间有没有可能有没有心境去歌唱去鲜妍呢?谁说的我们在那种情势下还可以歌唱和开放花朵呢?如果我在雁北台权家店不是一心劳动改造,而是装模作样地继续写诗吟唱,我会被怎么样对待,您老人家就不知道么?让一个被宣布为党和人民的死敌的人唱出欢乐的颂歌,可真亏您想得出。您的爱人您的爱人所领导的那些工作人员,那些直接管我的这主任那领导,他们什么时候讲过我应该继续写诗,哪怕是说过我可以偷偷地躲在一边写诗呢?不让我写诗了的不也是你们吗。现在又来问我"你写了什么诗"来了。一切的主动,一切的道理,全在你们这里呀,我还能有什么呢?

然而他毕竟幸福,从一接到通知他就幸福得流泪。犁原与张银波的身份和地位,特别是那种溢于言表的对他的关怀和亲近,令他匍匐。他想起了旧小说中关于叩头流血的描写。他真希望自己也能以叩头流血至少是痛哭流涕的表现来表达自己的感情。当然叩头流血那说的是对皇帝,是能杀能生能恩能威天恩浩荡重如泰山的万岁爷。现在不是封建社会了,现在是党的领袖人民的领袖,现在的权威才是实打实的浩荡的如山如海的更加宏伟和有效的权威。如果——他其实不敢这样想,如果是毛主席接见他一次勉励他两句,他能不叩头流血、感激涕零、匍匐觳觫、山呼万岁、只想把自己的心自己的血自己的肝脑来它一个涂地而后快吗?党啊,从此我时时忠于你事事忠于你,比对待爹娘还要爹娘地对待你,比赵青山还要赵青山地一心歌颂你,还不行吗?可也是,不歌颂你我又歌颂谁去呢?不向你匍匐叩头,我又向谁匍匐叩头去呢?

所以,对于犁原与张银波的话他只能连连惭愧地点头。他知道自己的样子非常懂事乖觉忠顺诚恳,他仿佛看到了自己的那会讨人喜欢令人信任的样子。他暗自叹息,我算是改造过来——或者用高来喜的话:我算是"骗净"——了的喽。

但是他没有痛哭流涕,他没有哭出来。他就像被改编过的《达吉和她的父亲》,他再也哭不出来了。

"……最近领导同志谈了好几次,我们文学的路子还是很宽的,"张银波继续说,"经过了政治思想战线上的革命,经过了反右,又经过了整改,引火烧身、扫五气、交心,形势已经不一样了嘛,旧的上层建筑的摧枯拉朽之势已经是大势所趋了嘛,顽固不化的花岗岩脑袋只是极少数嘛,我们大多数人不要过于紧张了嘛,总还是要搞创作的嘛,偌大一个中国,总不能一年只出几篇散文嘛。我现在在出版社工作,我们需要书稿,我们最最需要的是好的书稿呀!周扬同志就说过,谁有好的作品,我们给他磕头嘛。我们怎么会不鼓励创作呢?我们怎么会只知道整人呢?没有那样的事嘛。你考虑考虑,能不能写一点大作品,比如说叙事诗,篇幅大一些的,有点史诗的气概的,总是要有激情,要有形象,要有语言,要有点浪漫主义的吧?犁原,你说,诗是不是应该比小说戏剧更浪漫一些?"

犁原点点头,他说:"当然当然。可不是神鬼同台,畅想未来式的浪漫。其实理论呀批判呀那都是有具体的针对性的,那是思想认识阶段的事,更是政治斗争阶段的事。一个作家一进入创作,就是说一进入状态,那些个理论呀观点呀全用不上了。这就和一个运动员进入比赛一样,真打起球来,全靠自己的本事自己的反应自己的直觉自己的条件反射。你们怎么赢的球?这样的问题运动员其实是答不出的,只有记者们才会在球赛之后替他们编故事编思想编认识。那么多思想和认识压在头上,球还能打吗?你要放开了写,这就如同但丁说的,进入写作也是进入地狱,别的全忘了,别的私心杂念都要不得。一个运动员在赛球的时候,在得到球的时候,在传球攻球防守球的时候他能回想起教练的教导来吗?他能同时考虑这场球赛对于国家荣誉的影响与作用吗?骗鬼去吧。写作,那是热情的燃烧,那是灵魂的搏击,那是没有硝烟的战斗。我们是不行了,我们过去习惯于搞的其实是战争年代的文学。战时文学,这也是正义的和激越的。然而中国文学的指望在你们这一代人身上。你是可以的,我读过你的诗,那语言有一种直逼内心的冲击力,黄钟大吕之声,雄浑中又不乏温柔与细腻。很不错的。"

钱文费了好大的力气才抑制住自己没有大叫大跳起来。他傻傻地看着犁原,只觉得犁原胜过了自己的再生父母。

然后他与张银波毫不掩饰地谈论出版钱文作品的一些设想。犁原建议,在出版钱文的新作品以前,先出一本他的旧作编成的诗集,这样就可以大大改善钱文的处境,帮助钱文开辟一条阳关大道。张银波主持的这个出版社是国家最大最有权威的出版社之一,而张社长本人又是老革命,也很有政治地位。这个出版社出钱文的诗集,就等于不但从文学上而且从政治上为钱文开一路绿灯。这对于钱文是非常重要的。诗人其实都是很敏感也很脆弱的人,给他打开了路,他也就有情绪去写更好更健康更热烈更动人的新篇章了。钱文还是行的,他有潜力。

这样议论,钱文颇觉尴尬。他怎么就像一台没有出厂许可证或者没有通过技术检验的机器一样,或者,他就像一件曾经给用户带来过麻烦的劣质产品一样,被人们毫无顾忌地讨论着:怎么样安装通电操作才好使,才不会出危险不会伤害了使用者呢?

他毕竟是一个诗人,犯过错误也还是诗人。一个诗人却要领导告诉他写什么不写什么,哪怕是犁原、张银波这样的好领导来指教,他觉得无地自容。

底下的场面就更叫人尴尬。张银波压低了声音,似乎要说什么悄悄话似的。她含含糊糊地说了一些话,左一个名词右一个短语传到钱文耳朵里。那意思似乎是说毕竟钱文是刚刚摘掉帽子的右派,宣传得太过了会有各种反应,效果会是适得其反。我们帮不了钱文但至少不要给他帮倒忙,现在的事就是这样,做什么都有一个度的问题。这个,说到这里,简明干脆的张银波进一步放低了声音,钱文就更听不清,他也自觉地不去听。愈是不听却愈是听见了片言只语。听见了却听不明晰,不明晰反而更想听。愈想听愈不明晰愈觉得自己最好不要去听就愈尴尬,无地自容。他真觉得与其这样当着他的面说悄悄话还不如干脆下令让他回避一会儿才更自然。没有让他离去,就是说他们二人无意回避他。然而还是放低了声音,是一种本能,某些话就是要小声说的,这是一;这些话不准备让钱文听见,这是二;这些话即使让钱某人听见了也无所谓,这是三。于是,他产生了一种潜在的不快的感觉,就是说,这意味着他钱文是如此的人微言轻,他在场不在场无所谓。某些事宜,既不需要他知道,也不需要他回避,既不必要让他知道,也不值得让他回避。张银波说——如果他听到的片言只语他没有理解错的话——似乎有一个内部的绝密文件,文件明确规定:对于摘帽右派,其实仍然要按右派一样地控制使用。摘了帽子也是内控人物,云云。

犁原显得有点沉不住气,他连忙争辩说关键在于作品啊,好的作品优秀的作品,让人们更加热爱新社会新生活的作品,焕发着青春的朝气与优美的诗情的作品,是对党对人民有利的呀。摘帽右派也罢,总应该承认事物的区别嘛。钱文并不是章伯钧,不是罗隆基,不是要杀共产党的葛佩琦呀。这些青年作家对党是没有刻骨的仇恨的呀,他们是有才能的呀。他们有错误也罢,还是愿意改正的嘛。现在钱文是我们找来的嘛,我们是共产党的老干部,是党的文艺工作者,我们不是国民党,不是资产阶级,不是美国的当权者呀。我们党一向是批判从严处理从宽嘛,如果摘了帽子和不摘帽子一样,那么何必给钱文他们摘帽子呢……

钱文听着这些当面的对于他的议论,听到由于自己的不争气不合格而给两位老革命老前辈老作家带来的麻烦,听到自己如同一件劣质产品——例如一件皮袄——一样地被公开地讨论穿上是否合体,是否值得出例如八十块钱购买,尤其是是否会给用户带来麻烦,例如这件皮袄是不是有臭味,是不是招了虫子,是不是因为过于肮脏而会传染疾病……他真是如坐针毡,恨不得找个地缝钻进去。

然而他又是感激涕零。这两个人——他甚至觉得他们是够右的了。他们完全不是打官腔,而是以空前的好意,以对他的空前信任来为他而计议。他们说的话,他们的口气,都是他本人所不敢说的。他与他们非亲非故,他们当然也不会有求于他,他们只是从一个长者的爱护出发,从一个善良的老同志的美好心愿出发,诚心诚意地愿意为他做一些事情。他能够不感动吗?太好了。太好了。这两个老同志实在是太好了。

他们俩继续热烈地悄悄地视钱文本人如无物地商讨着。在钱文听起来,张银波说的犹如是一件皮袄已经标上了残次劣臭的标签,穿起来还是得慎重。张银波本人无意认定这件皮袄的残次劣臭,但是她毕竟是一个皮货总店的老板,她不能不考虑行情与行规,她不能为了一件哪怕是被不尽公正地认定了残次劣臭的皮袄而影响其他几百件几千件优等皮货的销路,更不能为了一件已经名声不好的皮袄而影响一家皮货商店的前途乃至存亡。而犁原说的是,目前这件皮袄虽然其貌不扬,甚至于这件皮袄还有过残次劣臭的某种标记,但是根据他这个老皮毛鉴定家的经验,他可以断定,这件皮袄质量大有希望,何况它毕竟刚刚接受了再加工:消毒、除臭、拆碎了重拼、剔除杂毛等等。花几十块钱买下来决勿吃亏,买下来再拾掇拾掇说不定能成为一件皮中之宝呢。

他只能低下头惭愧。千不该万不该不就是自己不该犯错误吗?他能怨谁呢?他深信,自尊是知识分子的顽症痼疾,只有在党的领导下通过艰苦的思想改造,才能克服这种要不得的病症。如果放在前半年,更难听的话他还不是得乖乖地听着?现在不就是摘了帽子,回到了城市,看了话剧,并且荣幸地被领导权威召见了吗?他又有什么可以翘尾巴的呢。

谢谢了,犁原同志!谢谢了,张银波同志!

两个人又议论了一回,便想起钱文还在场,回转过头来对钱文大大勉励了一番,使钱文的脸青完了白白完了红红完了又正常了起来。离开犁原家的时候他甚至幻想也许张银波坐的伏尔加牌小汽车会捎他一段。反右运动以前,他曾经搭乘过一个领导人的汽车,这个光荣和温暖他至今没有忘记,即使在雁北台权家店挑水浇树苗的日子里他也偶尔会想起乘坐伏尔加小汽车的风光的日子。这个日子的光辉和温暖始终沐浴着他。但是他毕竟是经过改造经过除臭处理的了,才这样一想立即被自己自觉地狠狠地压了下去:你算什么东西!离开犁原同志家出大门的时候他怕张银波同志心软并且因要不要让他搭车为难,因为他知道张银波的出版社与他住的地方实在是近在咫尺,如果一个人坐车走了,一个人在地上走路,这种局面会使坐车的与无权坐车的双方都感到尴尬。他临出门了与两位领导同志两位老师握手致谢。然后他赶紧溜之大吉,偏偏挑与汽车要走的路相反的方向走。我终于有了一点进步了。他欣慰地想。

他是跑步回到自己的只有十平方米的家的,等东菊下班回来,他高声报捷,兴高采烈。人活在世,不就是靠希望二字么?他激动得甚至在双人床上翻了一个前滚翻再加一个后滚翻。早知今日,何必当初?早知今日,又何惧当初?人的一生,要做多少次事后诸葛亮呀。

第 六 章

是三十多年以后了。

二十世纪九十年代初期,钱文参加犁原同志的遗体告别仪式。千篇一律的哀乐重复着,千篇一律的队伍缓缓前进着,悲伤仍然是独特的与新锐的。

对于所有的人,死都是永远的新鲜,死永远是个体的陌生的经验。它应该是一阵收缩,一阵彻入骨髓的寒战,俗话叫做心灰意冷,那是一种极端的恐怖,因而超越了恐怖,是一种最后的疯狂……然后,是永远的平安。

"我要走了。"钱文最后来看望犁原是他"走"前的第三天。犁原低声说,他很清醒,他说得明白而且连贯。他得了肝癌,他的清醒即疼痛一直延续到最后一刻。他继续说:"走也就走了,只是不要这么痛苦。钱文,你知道我是多么痛苦。我现在才懂得什么叫做'形销骨立',什么叫'身与名俱灭'。活一辈子,最后只剩下了痛苦……"

即使是最后的时候,犁原说起话来仍然那么一点絮叨和咬文嚼字。他已经有好久不说那种不完整的、没有起承转合的半句话了。

"您好好休息,您别多想,您多保重,您其实会好的……大家都惦记您,都盼着您早日康复……"钱文无力地说着这些自己也不相信的话。他又无法说您身即使灭了,名也还会存留一个时期——最多也只是一个时期而已。"您休息吧,您别说话太多了……"钱文准备告辞。钱文觉得让一个危重的病人说话无异于让他早一点耗尽自己。他觉得他其实是想逃离这已经濒临死亡的病人,他觉出了自己实质上的软弱和自私,他无法面对死神,他无能为力,他只有退却。

不知道是可笑还是可怜,每个垂危的病人都使钱文想起自己,想起自己的最后的日子,也将是这样吗?也将是?还是更痛苦更凄惶更惨不忍睹?而在这种痛苦、凄惶、惨不忍睹之后,是比一切惨不忍睹更惨不忍想的永恒的虚空。想到这里他几乎就在犁原的病房里高声惨叫起来。他的恐惧、怜悯、悲伤,甚至是绝望是如此的无边无涯,他感觉到所有的人——朋友乃至于敌人——的死其实就等于他钱文自己死一次。

一直闭着眼的犁原这时突然把眼睛睁开了,他的眼神是疲倦的与可怜巴巴的,这使钱文想起那些刚刚被批判斗争过的人的眼睛。然而犁原并不呆滞,他还是平静得多,他的眼珠闪烁着泪光。他知道钱文是要走了,他知道这已经是诀别。他的脸上出现了失望的表情,由于他的身体的轻微的活动,从他的被子下边发出了一种只有重病人才有的混合着药物与不正常的发汗的不祥与虚弱的气味。也许可以说,那就是死亡的气味。

钱文想起了那位著名的倔强的女作家、大作家来了。那位大作家在一次大会上面对千余名听众说:"过去的事都过去了,正像我们的大诗人说的,过去的一切是'空',而我说,是'无'。"

人们气恼着,争执着,计较着与拼搏着,流着泪和血和脓,冒着与生命俱来的傻气……然后,是空与无。这就是生命的不能承受的轻虚么?

钱文不忍心说走。他怕。

"你知道,"看到钱文没有马上告辞,犁原缓缓地说,"你知道我曾经很……这个这个……欣赏……也就是说……看重……"他直到这时候仍然慎重地选择着谓语,"那时候我喜欢读廖琼琼给孩子写的故事。你后来与她有过联系吗?"

钱文蓦地肃然,煦然。他几乎哭了出来。

钱文想起了从前有关犁原与琼琼的事的传言。到后来,连传言也没有了。这种干干净净的消失使他毛骨悚然。

他非常感动。在最后的时刻,犁原又和他而不是和别人谈起了琼琼,人活这么可怜的一辈子,总不会完全白活,总不会头脑空空无无地离去。

他不好意思说,他从那次在欧美同学会的午饭以后就没见过琼琼。他对琼琼的事的了解不会比犁原多。

而你为什么问我?你为什么……钱文忽然又觉得愤怒或者叫做悲愤了。

犁原闭上了眼睛。他似是自言自语地说:"你走吧。再见。"

"犁老,"钱文终于热泪盈眶了,"您有什么话要告诉我吗?"

犁原动了动眼皮。他微弱地说:"鲁迅说过,他死的时候一个也不饶恕。我没有那么伟大的肝火,我是小人物。我想的是,到了最后,谁也不能饶恕自己,谁也不要饶恕我。都过去了。一生就像一个小时。癌细胞已经把一切吞噬。关于癌,又有什么可说的呢?还是说说文学……"

他想着的是廖琼琼,即使他认为一生就像一小时也罢。关于廖琼琼最方便的说法就是"廖琼琼同志在'文革'当中受'四人帮'的迫害致死"。然而这是不负责的,很难说是哪四个或者四十个人迫害了琼琼。钱文想起了自己吃午饭后的交代问题,他也有责任。他也"迫害"至少是连累了她。他们这一代人活得并不平安,活得不平安的人不要妄想死得清爽宁静。在最后的时刻到来的时候,谁也甭想无事。

……廖琼琼在"文革"开始以后不久染病身亡。一开始,说是当时劳教农场对于琼琼的死没有任何责任。那时甚至于一部分劳教人员借"文革"批判资产阶级反动路线的机会宣布"自己解放自己",他们成立了造反团,他们离开了农场前往北京上访,他们还到处贴大字报。他们的"革命行动"在开始时期并没有受到多少强有力的阻挠,

"文革"一搞什么批判资产阶级反动路线,包括劳改劳教管理人员在内,大家全傻了,而被劳动教养的许多人乐坏了。钱文也知道,在一九七八年年底党的十一届三中全会以后,廖琼琼的妹妹、费可犁的妻子廖珠珠找过领导,要求查清廖琼琼的死因。劳教管理部门调来了一大堆档案:包括廖琼琼在劳教期间的历次鉴定和自己写的思想汇报,更包括她的医疗病历,其中有心电图、脑电图、胸部 X 光照片、多达二十几次的血液化验记录以及历次药方、医嘱、治疗方案、病危报告、死亡记录。劳教部门还要来了共五名与她一起劳动教养的人员的证词——我们中国的习惯称之为外调材料,他们无一例外地证明,廖琼琼在"文革"开始后没有受到不正常的待遇,只是她自己似乎思想负担很重,极度抑郁,日益消瘦,终因肺心病而死。

廖琼琼的妹妹不相信这些材料,她坚持她的姐姐的死一定另有隐情。她的依据是她姐姐在一九六六年十一月给她写过的一封信,那封信里高兴地欢呼荡涤旧社会的一切污泥浊水的无产阶级文化大革命的发动。她并且引用了毛主席语录,表示自己决心在无产阶级文化大革命中提高觉悟改造世界观。她表示坚决拥护把无产阶级文化大革命进行到底。琼琼的妹妹认为这样乐观豪迈的姐姐不可能突然病故——这种说法当然并没有医学依据也没有逻辑依据。当她一再地去有关部门申诉,因而搞得旁人不耐烦了的时候,她受到了领导的警告。领导向她指出,这里有一个立场问题,站在人民的立场上,就会相信廖琼琼在劳教农场受到了很好的照顾和教育,人民的立场会使你认识到劳动教养是对一个人的最大挽救最大爱护最大关心最大帮助。劳动教养使旧社会的殉葬品新社会的公敌改造成为光明崇高的社会主义的主人,使腐烂的脓疮痊愈,使健康的肌肤生长,使垂死的老朽变成活泼泼的赤子之身。而只有站在极右派的立场才会疑神疑鬼,纠缠不休,不相信组织。

比廖琼琼个子矮很多的琼琼的妹妹廖珠珠,有股子在钱文身上绝对没有的倔强劲儿,她没有放弃最后的弄清她姐姐死亡真相的希望。二十世纪七十年代的最后一两年,她给钱文写过信,那时钱文正在为自己的右派问题的改正而伤脑筋写申诉材料。经过了五七年以后的几十年,钱文已经不敢对任何事抱希望。他为自己的事写申诉无非是抱着姑妄写之,死马当活马医的心情,而且,这完全是由于老同志张银波的鼓动,没有张银波动员他写,他是根本不想再搞什么申诉的了。他收到琼琼妹妹的信以后他只是写了一封很同情的信,他表白了自己对于琼琼的去世的哀悼心情,他还说了什么永远不会忘记她。他甚至周到地说了自己想到廖琼琼的时候有一种惭愧的心情,他回想起自己几十年来自顾不暇,没有能为改善廖琼琼的处境做任何事情……

然后他说他自己十余年来一直远离北京,诚惶诚恐,他提不出什么建议。他按照常识判断,因病而死也是完全可能的。似乎没有理由怀疑一九七八年组织上关于琼琼的死因的材料。

廖珠珠的信里提到的廖琼琼的欢呼文化革命的信里的乐观豪迈的字句使钱文分外辛酸。他不认为这里边有什么需要弄清楚的问题。许多的人都死了。许多人死前都欢呼过。不论是欢呼了悲叹了还是愤怒了,反正他们没有挺过来。这不难理解。也许更需要弄清楚的是人们是怎么活过来的。

在一九七九年钱文正是惊弓之鸟。他内心里有一条明确的杠杠:他的申诉只是个人行为。个人行为即使错了或者赶上政策变了也影响不大危害不大。如果他介入的这一类问题太多,如果他还去张罗例如廖琼琼的事情,如果他的行为与某些别人的行动串连起来,就可能惹麻烦,就变成了社会行动。共产党最不怕最来气的就是那种挟众纠缠的所谓的社会行动。他如今能够作为一个个人为自己说几句话已经是万幸了,十二万分地幸运了。他没有资格和别人商议,更没有资格去管旁人的事。每一步,每一句话,他都必须让上边明白,他是如高来喜所说的"骟净"了的大大的良民。

琼琼的妹妹也找了犁原。犁原听说琼琼不在了的时候流出了眼泪,但是对于追查死因他不置一词。他嗞嗞哈哈地一面说话一面发抖,大夏天却好像是受了寒。他除了打战就是嗞哈,除了嗞哈就是打战,一句别的话也说不出来。廖珠珠感谢他的对于姐姐的死的动情,可怜他的胆战心惊,也奇怪这样的懦夫怎么可能引起心比天高的姐姐的好感,而且他还有相当的地位。她要走了,犁原又叫住了她。犁原当即给在政法部门工作的几个老关系写了信,请他们帮助廖珠珠同志查一查廖琼琼同志的事。廖珠珠才知道,他的嗞哈与打战未必完全是由于害怕,那也可能只是犁原在听到什么坏消息以后的一个习惯性反射。

直到一九八〇年十月,在犁原的那些老关系的帮助下,经过琼琼的妹妹锲而不舍的努力,她亲自去了江西姐姐劳教所在地,她在场领导帮助下一一向农场的老工作人员做了调查,她知道了一些过去无人知道的情况。

一九六三年,琼琼曾一度精神不正常,每天晚上不睡觉在宿舍外面行走,自称是进行二万五千里长征。后来农场送她去医院住了两个多月,说是好了,又回来继续教养。一九六六年初,全国批《海瑞罢官》的时候,由同是劳教人员的工农出身者"自发"地发动,利用时事学习的时间展开了对于廖琼琼的革命大批判。那些由于偷盗、旷工、渎职、吸毒、斗殴、卖淫以及在桃色纠纷中伤害他人等原因被送来劳动教养的工人、农民、基层干部、护士、打字员……早已恨透了酸溜溜的廖琼琼。廖琼琼是政治问题,这比吸毒偷盗恶劣得多危险得多严重得多。琼琼出身于资产阶级,这更比别人低下得多。琼琼写文章,这又比不写文章的人罪恶得多。而她居然是一副洁身自好自以为了不起的样子,没有比这样的样子更遭愤恨的了。人们即使原谅一个杀人犯也不会原谅瞧不起人的酸秀才。劳教女宿舍的人员尤其讨厌她。她们是睡上下铺的,琼琼睡上铺,居然不准睡下铺的人在自己的床下放尿盆与洗私处的盆子,如此等等。批也白批,斗也白斗,甚至推、打、搡、踢也不行,廖琼琼那副自高自大的样子就是改不掉。

上海《文汇报》上姚文元一批海瑞,众位女劳教立即感觉到来了机会:那时各行各业的各色人等都精通政治行情与政治运作,一个厨子可能不会烧松鼠鳜鱼,却不会不懂得怎么样写检举揭发交代材料。即使身陷劳教,人们也知道用藏行止攻守进退的效用与时机。他们知道人们的一切卑劣与崇高的期盼,这种期盼的实现,这种欲望的满足,他们的重大的得失成败,只能寄托在政治风云的变化莫测上。有了机会赶紧上,否则便是过期作废。姚文元一批吴晗,她便自觉地革起了命来——展开了颇有声势而且大得人心的对于廖琼琼的批斗。"我们是要革命的!"她们说。她们终于等到了报这样那样的一箭之仇的机会,她们终于在被革命革得狼狈不堪很久很久之后得到了过一把革命瘾的机会。她们终于得到了表现一下自己的机会。人一革命就多么痛快多么优越了啊,她们革到了把琼琼倒吊在房梁上鞭打的地步。她们只觉得气畅肝舒,心旷神怡。只是在琼琼奄奄一息的时候,她们受到了劳教场领导的制止。

后来,琼琼死了。

后来,劳教农场管理处制止女准犯吊打廖琼琼的事被说成是资产阶级反动路线。后来,中央下来了文件,说是不准劳改劳教人员革命了。于是女劳教人员转而批斗不久前带头批斗廖琼琼的自动"革命"者——几个惯窃,直到又斗死了一个半残废了两个。反正是谁逮着机会谁上,不上白不上,你有机会的时候不上去斗人家,人家有机会的时候照斗你不误。人都到了劳教的份儿上了,谁还跟谁含糊?

在某种特定的情况下,人会比狼更狠。狼的凶狠是因为无知的本能,而人的凶狠是有意为之。

这些事情慢慢都传了出来。按道理,是犁原托了人帮助廖珠珠查出来的情况,珠珠从江西的农场回到北京以后,应该首先去找犁原道谢和告知情况的。但是当钱文问珠珠是否去了犁原那里的时候,珠珠缓缓地摇了摇头。

据说后来她也没有去。犁原也没有再与她联系。也许他一切都知道了?也许他忙得忘记了?也许,他一直想与珠珠联系而找不到珠珠的地址了?都知道犁原是一个忙人,有时候一天讲五次话吃四次宴请。

廖琼琼在一九五七年被揪出来的时候也正是她由一家中学往儿童话剧院调动的时刻。她原是中学的语文教师,由于儿童文学创作方面的成绩,儿童剧院打算调她去当编剧。她的行政介绍信已经开出来了,由于报纸上出现了一篇批判她的文章,已经发出了调函的剧院临时变卦,拒绝接受她的行政关系。琼琼有七个多月无处领工资。最后,她的关系退回了中学。二十三年后,在这所中学主持工作的人根本不知道有这么一个廖琼琼。但是根据哪里错划哪里改正与处理善后的原则,一九八〇年底,经过廖珠珠的张罗,还是由这家中学在琼琼身亡十四年后举行了"廖琼琼同志"追悼会。

中学经费少,追悼会自然开不出什么"规格"。只不过在一个周末,下学以后,找了一间教室,挂上廖琼琼的二十余年前的照片,又为这永远年轻而又模模糊糊的照片披上了一条黑绸子,贴上几方宣纸,上写着不太工整的黑字:"廖琼琼同志千古",行礼如仪,也就罢了。会场摆了几个由儿童剧院、儿童出版社、作协儿童文学委员会送的花圈。还有一个突出的大花圈,上面写着"犁原敬献",这使钱文非常感动。

出席这个追悼会的人数犁原级别最高。犁原的到来使学校发生了一点骚动。区教育局的局长也来了,他毫不避讳地说:"本来我不准备来的,听说犁原同志要来,我当然要来。"

犁原来的时候前呼后拥。钱文很兴奋,他过去与犁原打招呼,学校与教育局的保卫干部都对他怒目而视。犁原也是一副百忙千忙的淡漠疲劳的样子,当钱文凑过去并且泪眼婆娑地说"您来了呀,太好了"的时候犁原连一点表情也没有。

都说在延安的时候犁原是仪表堂堂的著名美男子之一,赢得过无数女子的芳心。但是这一次,钱文只觉得犁原衰老而且虚空,尤其令人奇怪的是,他的脸显得没有洗干净,他似乎挂着眼屎,他的嘴角上似乎有没有擦净的唾沫。他时而眼皮动一下时而嘴角动一下,不知道他是否要说什么或者做什么。

追悼会在进行中,钱文不断想起曹禺的话剧《雷雨》中的一句台词,那是鲁妈见到周朴园时候所说的:"我们都老了。"这是整个《雷雨》里最精彩的台词。

费可犁参加了追悼会,他也是坐着上海牌小轿车来的。他仍然是早先的皱眉闭嘴攥拳运气的样子,但是他的气色很好。

最惊人的是苗二进,他来参加追悼会,带着一个奇丑的深度近视眼洋人老太婆,他介绍说:"我爱人玛克当娜。"熟人全傻了。

廖琼琼还有什么可追悼的?

一切都是瞬息,一切都会过去。普希金说过的。而且,都是徒然,至少差不多是徒然。钱文大哭了一场……

犁原病危时,钱文想起了这一切。犁原也不会忘记的,当然。

一切都过去了,不仅仅是被迫害致死的琼琼。想到犁原即将与琼琼在另一个世界见面,这使死亡也得到了某种包装。经过包装,人类比较能吞下这不吞也得吞下的苦水了。

钱文记住了犁原给廖琼琼的在天之灵献的花圈。后来一次偶然的机会,他与犁原谈到了这个花圈。钱文提到犁原的大花圈让他感动的时候,犁原扬扬眉毛:"是么?这些都是机关行政处办的呀。"

钱文半天没有说出话来。

我们都老了。什么含义呢?是和解吗?是弱者对于强者的幸灾乐祸与阿Q精神——反正你也得老?是一种比一切恩怨亲疏成败离合都更深重的悲伤?

犁原自己不知道,但是钱文知道:对于犁原,后来几年说什么的都有。年轻人甚至常常拿犁原开玩笑,说他是如何胆小怕事,如何动不动忙着检讨,如何一面私下发着牢骚一面在各种会议上紧跟照办地表态,如何自己挨批挨整却自作多情地一说话就是一副居高临下地做总结的口吻。说他的语言已经完全过时,除了这一方面那一方面既要这样又要那样以外,他连什么叫"认同"什么叫"共识"什么叫"诉求"什么叫"失语"都不懂。最最令钱文难堪的是,有一次犁原在大病一场之后要到海边一个风景区休息,犁原知道钱文与那边的几家报刊联系很多,就要钱文给那边去个电话,打个招呼,也是请当地的朋友们对于老文艺家犁原多加关照的意思。当地报刊的一些头面人物异口同声地说,他们热烈地欢迎老领导老同志老权威老专家老革命犁原同志前来视察指导,他们愿在宴请、安排旅馆与房间、地方首长会见礼遇、派车导游、提供文娱活动方便以及赠送当地土产、纪念品等等方面热情接待犁原同志,一定要让犁原同志满意,一定要表达吾们晚辈对于他老人家的敬意。但是……但是,对不起,请原谅,他们不约而同地说,只是请他老不要给我们稿子,不要为难我们,不要让我们与他老人家双方尴尬,不要破坏了我们对他的热烈欢迎、百般尊敬、努力招待、温暖如春的气氛。

从犁原身上钱文特别体会到一个大有作为的老人,一个猛志常在的革命者,一个一半是文艺官员一半是文人的有时候左右逢源有时候猪八戒照镜子两面不是人的可怜人的悲哀。随着时代的变迁他其实已经被一些年轻人轻视、厌烦、嘲笑乃至从精神上举行了葬礼;同时那些自诩为坚强的老卫士的一贯正确的人,也早认定他讨好年轻人因而丧失了立场和原则。但他自己毫无觉察,还在辛辛苦苦地做着已经做了几十年的他认为唯一正确、已经成为他的安身立命之道的事。他在为后辈铺路,他以为青年人至少是路子正的而不是目空一切的狂妄的青年人仍然嗷嗷待哺地等待着自己的扶持庇护。他一直是辛辛苦苦、肩负使命、爱护青年、奖掖后进、忠实贯彻、顾全大局、仗义执言、披荆斩棘、鸣锣开道、继往开来,承担因袭的重负,扛住黑暗的闸门,放青年到一片光明的开阔地。他一直要求自己做园丁、伯乐、向导、代表(替青年作家们说话)、护法、真正的有求必应的勤务员与深受爱戴的精神师长、严父与慈母一身而二任……而且他一直认为自己是当然的领导。但是青年们未必是那么欢迎他,在一片青春的喧哗中，重新响起一个左不过那么几句话几个词、已经说了一辈子的老人的絮叨，这使他们心烦。他们并非不尊重老作家，然而他们尊重的是那年事已高、寡言少语、慈祥微笑、接受鲜花、频频点首、再再祝福、把文学与文坛百分之百地给了青年而只充当香烟缭绕的先人牌位偶像的老作家，他们哪里会欢迎七十多了一脑子延安苏联主题思想时代精神社会意义典型形象的犁原跟他们瞎掺和！

是的，你们不能理解犁原这样的人，然后同样的命运立即就会降落到钱文这一代人身上。在小毛孩子们看来，犁原是软弱的、不可救药、官气十足的、没有独立人格的、过了时的、不具备写作的才华才转而搞评论、又由于搞不成评论了才转而当领导的老把戏。包括犁原和他们那一辈人的痛苦与牺牲，在某些人看来也是徒劳的、昏乱的、盲目的与自作自受——叫做"活该"的。因为犁原丝毫不懂得比如海德格尔、萨特、韦伯、索绪尔、亨廷顿、昆德拉、马尔克斯与布罗斯基，至于哈维尔的名字，他连提也不敢提。更是因为他们的牺牲与痛苦并没有给后代人带来幸福的人间天堂和花花绿绿的自由世界。我们还是这样穷！我们还是没有硬通货，没有美国绿卡，没有位于瑞士或者西班牙的别墅，没有人获得价值三十万美元的诺贝尔文学奖。《大家》杂志发一个十万元的奖就引起了十五级地震！或者用一个青年人的达到极致的话来说，叫做中国人到现在还忙着患流行性感冒，连个艾滋病都没混上！你们倒是因为成了老革命而不少得好处。我们呢我们呢？我们不喜欢你们！你们这样的人享受你的副部级待遇然后时时准备表态拥护党的指示不就够了么？还不行吗？还时不时插嘴侈谈什么当代文学！

在中国，儿子永远也不会原谅父亲。

然而身患不治之症的犁原在最后一次与钱文见面的时候，在刚刚提到廖琼琼以后，还是把话题回转到文学的前途上来。他关心的仍然是国家的未来。他像是一个被青年人认为并没有炒出什么好菜来的厨子，他坚持炒了一辈子的菜，他的菜确实曾经被许多人吃过，虽然对于他的菜的反应不一。他的菜现在已经没有太多的人吃了，人们尊敬他也可怜他，所以没有让他停止炒菜。他凭他的炒菜每月领着高额的报酬和享受公众的尊敬。他因炒菜而受人尊敬，同时，目前又是因了受人尊敬而得以继续炒菜。实际情况是什么样子呢？端上他炒的菜来，有人皱皱眉，有人转过头，有人象征性地尝一口，然后就把他的菜倾倒到垃圾桶里去了。也有些人仍然信奉他的炊艺，而决不信奉洋泾浜的见习厨子。但是这些人也只是快乐而自信地看看他炒上来的菜而已，他们并不真吃。因为他们已经吃了几十年的他的菜了，他们已经患了胃弱症。但是他们仍然愿意欣赏他炒的菜，由于习惯也是由于怀旧，或者是由于可敬的一种信念。他们已经熟悉、精通他的菜肴，他们见到他端上来的盘子，立刻胃肠就会自动反刍起来。他们在反刍中获得了极大的满足，他们早已不需要也吃不下他新炒出来的菜。而他呢，不问收获但问耕耘，仍然不停地炒着、炒着、炒着……

犁原谈起青年文艺评论家的对于他来说是稀奇古怪的主张。他上气不接下气地问："他们到底是主张什么？怎么一会儿说是艺术仅仅是形式，一会儿又说中国的作家缺少的是基督教的原罪观念呢？怎么一会儿说是要消解人物，消解道德评价与感情倾向，一会儿又责备作家们缺少终极关怀，责备作家们软骨头，没有在例如反胡风运动中、在'文革'中挺身而出，拉住那暴戾的手呢？"

犁原又说："怎么能说我们这一代人软骨头呢？我们和国民党和日本斗争的时候气壮山河，顶天立地！多少人抛头颅洒热血！我们的同志，在刑场上举行婚礼，在刑场上唱起国际歌，我们的同志，拍案而起，怒斥敌顽……现在的青年人未必能够进行那样艰苦卓绝的斗争。问题是我们服膺于革命！我们的大局是革命！一切为了革命，这才是我们的真实，我们的勇气！我们勇敢地走上了历史的舞台，他们要说成是祭坛也可以。他们懂什么？现在当然是说现在的话了，但是当时，你能够不革命么？除非你不是人！"犁原说完，喘得一塌糊涂。

钱文想说:不要管这些了,请不要管这些了吧。谁需要您的管?谁接受您的管呢?据医生说,犁原已经不可能再坚持一个礼拜了。您何必要操这份儿心要受这份儿累呢?您的生命已经所余无多,您已经快要革命到底啦。那是毛主席的说法,什么叫革命到底?毛主席说,底就是棺材底!真厉害呀。你能不服气么?您为什么不谈谈您的生活您的个人您的遗嘱您的——哪怕是您的财产呢?您不和我再谈谈廖琼琼吗?您有过什么样的心情什么样的遗憾什么样的痛苦什么样的忏悔什么样的幻想,您不想说说么?您这时候不说,又待何时呢?您那么寥寥数语,就谈完了吗?还是文学文学文学,多么讨厌的文学呀!谁都可以分析谁都可以要求谁都可以指手画脚评头论足,谁都可以打扮,谁都可以从涂抹到动手术到猥亵到强暴到阉割想怎么糟践怎么糟践,想怎么踩乎怎么踩乎,想怎么利用怎么利用的臭狗屎一样的文学啊,它已经害了您一辈子啦!

于是他没有与犁原讨论文学评论新秀们的一会儿这样一会儿那样的主张。他甚至于有点着急地说:"犁老,等您身体康复以后我们再来讨论文学评论问题吧。我现在想知道的是,您对于廖琼琼的事还有什么要说的吗?"

犁原喘了起来。他的呼吸是那样吃力那样痛苦。他的脸一点血色也没有了。他闭上了眼睛。他好像是昏迷过去了。

"他太难受了。"犁原的一个表弟,原来为犁原照顾花草的那个表姨的外甥——在他病危后临时找来看护他的——对钱文说,"他昨天告诉我他要走了。我装作没有听懂,我说我陪您去。他掉了泪。他深夜里突然告诉我他要见一个人,说是叫什么珠珠,我上哪里给他找珠珠去!"

"别说了!"钱文连忙做一个制止的手势。他看到犁原的眼睛一眨。他知道,眨眼睛,这就是一个衰弱到极点的病人的最后的反应动作了。

表弟不在乎,他说:"他睡过去了。今天他一直就这样睡,上午周老来了,他就没有醒。看来还是跟您有缘。他这一睡,十个二十个小时也不见得醒得过来。他听不见。"

钱文非常愤怒。他明明看见了犁原的动静,他明明看见了犁原的眼睛里又充满了泪,而远亲仍然肆无忌惮地说着。毕竟是独身呀,犁原没有老伴,也没有孩子。钱文心里好生难过。

"廖珠珠已经移民澳大利亚的布里斯班。她那里好像有一个什么亲属。"钱文轻轻地说。他想如果犁原能听得见,就让他听见吧——就让他死了与珠珠见一面的心吧。如果,他听不见呢,那么但愿他的轻轻的声音没有打搅他。

不是在患难的时候,而是在时来运转以后,费可犁与廖珠珠离了婚。什么都会云消雾散的。

他明明看到了犁原的眼帘与嘴角的动作,他深信犁原还是听到了。但是,他没有确实的把握。而表弟说:"听不见。别说这么小的声音了,大声他也听不见了。"然后他把耳朵凑到犁原旁边,他用相当大的声音叫道:"表哥!表哥!"

钱文呆不下去了,他逃离了医院。世界上有许多事其实是无助的。你是高级领导也罢,你是行业权威也罢,得过金牌也罢,受过领导接见也罢。然而,在你最后的时刻,最最无助的时刻,你未必能逃得脱不应该有的折磨。人生有太多的罪孽,没有人能减轻你的罪孽呵。

三天以后,午夜,电话铃响了起来。犁原!正在沉睡的钱文立即明白了。他感知着黑沉沉的世界,他感知着正在飞向另一个世界的犁原的破碎的灵魂。他好像又一次听见了犁原的声音。到了这时候,钱文忽然明白,犁原这个人太好了!在犁原之后,再没有犁原了。

等到了与犁原的遗体告别的时刻。大家等待着来一个什么级别的大人物。包括钱文在内,人们的眼睛老是看着八宝山第一遗体告别室的旁门,那是出入大人物的地方。人们以为,以犁原的级别与社会地位,似乎应该有个什么人来一下。这是最后一次"规格"了呀!

等了又等,本来答应前来的领导同志办公室来了电话,说是哪里哪里临时有一个重要会议,他不来了。

钱文觉得自己无聊。也许许多人本来就是有点无聊的。

于是他想起六十年代他诚惶诚恐地坐在犁原那里的情景。一切已经无声无息,一切已经毫无意思。他不能不怀疑这一切是必要的还是无聊的,何苦?人生就是一部充满"何苦"和问号的历史。那时候他极力想让自己的诗人的身份得到大家的承认,他希望不管怎样,出一本他写的书,书的封面上要有"钱文著"三个铅印的字。这是诗,这是文学,这是名誉,这是稿费,这是光荣,而且这是他的"回到人民的队伍"里来了的良民证。为了出这样一本书,他甚至愿意付出自己的生命。

而谁能帮助他?为他出一本书,这是犁原首先提出来的。犁原真是他心目中的菩萨呀。

犁原的想法与他的完全一样。他至今记得犁原一面吹着烟(他宁愿用"吹烟"的说法代替"吸烟"一词,因为犁原的吸烟只限于噗噗地吹,而且他点起一支烟一会儿吹两口,一会儿又随随便便地捻灭。这使钱文觉得他太奢侈和"少爷脾气")一面急急地说着半句话的情景:"我简直不明白你的诗有这个什么……这个……""怎么不可以……""对文学怎么能……""我我,我要跟他……""这个诗啊……""现在……李白,杜甫……""人家说……如果鲁迅还活着……"

为什么,为什么你不把话说出来?

这是犁原的一大风格。他在说一些半官气的话的时候滔滔不绝,口若悬河,出口成章。他说起这一类话来像是水开了口子,先是一滴两滴,然后一行两行,再后是一注两注,与此同时滴与滴汇合,行与行交叉,注与注连通,最后是浩瀚的一片汪洋。他的生命后期发表的文章差不多都是他的这一片片汪洋的记录与整理。永远一样的逻辑,时代、世界、人民、党中央……然后是五四以来的新文学传统、以鲁迅为代表的左翼文学传统、延安文艺座谈会……一直讲到"文革"

和三中全会,讲到伤痕文学与反思文学……经过了如此颠扑不破的论断,这才涉及了他所要讲的文学问题,这些问题总是包括成绩与不足,正面与侧面、负面,现实主义的主流地位与对于非现实主义的容纳,容纳中又有自己的热烈的期待,既有高标准严要求的督促,又有慈祥的与开明的理解,尤其是他永远有对于青年作家、青年评论家、青年文学爱好者的无尽的爱。在他的一篇文章里是这样写的:

"对于比我年轻的文学界的朋友,我永远饱含着爱护和期待,我希望的是他们的健康成长,是他们的光明灿烂的未来。我希望他们少走一点我们已经走过的弯路,我希望他们少跌一点我们跌过的跤子……"

钱文也听到过年轻人对于这一篇文章的嘲笑:"谁需要他的爱护?谁需要他的指引?他们伟大了奋斗了一辈子,他们给我们留下的是什么呢?面对后人,他们难道就不惭愧吗?"

是的,没有一个儿子能原谅父亲。没有一个父亲能向儿子解释清楚自己的苦衷。

然而犁原是真诚的,是一辈子的经验,是中国的现代历史、文学史,使他忽而滔滔不绝忽而吞吞吐吐,使他力图弥合种种的裂痕,使他颠扑不破只能如此,决无别样的选择与可能……

而在一九六二年的初冬,他变得又是只能说半句话了。甚至于连半句也够不上,他只是寒冷地呲呲哈哈,伤痛地嗯嗯吭吭,或者像是鼻腔发炎似的老是在那儿吭吭。这个嗯……精神……阶级斗争的晴雨表……批评了……紧张……加强……修正……这个这个……国际形势……危险……意识形态……××同志……苏联东欧……四无三和两全①……右倾,还是右了,还是要反右……连夜开会……整风……问题严重……发了脾气……想不通……站得高……提醒大

---

① 四无三和两全是当时批判赫鲁晓夫的"修正主义"理论时对赫氏观点的一种通俗概括,"四无"指无武器、无军队、无战争、无军事联盟的对峙(一说为三无,即前三项),"三和"指和平共处、和平竞赛、和平过渡,"两全"指苏共是全民党、苏联是全民国家。

家……反修防修……面临风暴……马克思主义与反马克思主义的你死我活的斗争……

半句话也就行了。钱文知道,又落空了。

然而犁原仍然在盼望着,钱文也在盼望着,后来也一直盼望着:风暴终将过去,仇恨能不稍息?大势明白如小学算术,是非清楚如白天黑夜,敌人当然俯首,偏差都愿改正,误会渐渐消除,愤怒徐徐平息,抵抗人民革命的以卵击石者自是变成了黄白相间的稀汤子,阶级斗争终因阶级斗争而消亡,镇压反革命终因反革命的全部、干净、彻底地被消灭而不再必要……斗啊斗啊严峻呀紧张呀那毕竟不是我们的目的,我们的目的是让国家消亡,是让城市与乡村工人与农民智力劳动与体力劳动这三大差别彻底消除,不要国家,不要政府,不要政党,不要军队与警察,整个社会有几个工种调度员,有几个物资分配员,有几个交通秩序的维护员与几个消防队员就足够足够了。

为了这美丽的一切!

但是现在是愈来愈紧。这只是暂时的,这只是一时的不得已,这只是变通的手段。总有一天,人们会相信人,人们会原谅人,人人都能发挥自己的特长,人人都能唱出自己愿意唱的歌曲。而到了那个时候,这一切嗞嗞哈哈,这一切困惑和恐惧,这一切祝祷和等待,回想起来能留下来的只不过是一抹甜蜜的笑容而已。

为了这美丽的……

"我们会有休息的。我们会有……"钱文在这个一九六二年的冬季,在犁原家里想起来了他在八年前在小经厂实验剧场看的青年艺术剧院演出的契诃夫的话剧《万尼亚舅舅》。为了买苏联导演列斯里排演的这出戏的票,他排了五个小时的队。现在已经不会有多少人看这样的话剧了。话剧闭幕的时候索妮娅念叨着上述的台词。而契诃夫却说《万尼亚舅舅》是一出"喜剧",契诃夫的喜剧说是多么让他扫兴啊,二十多岁的多泪的年纪,他是多么的痛恨世界上竟然有喜剧一说啊。

是喜剧么?

关于喜剧的念头竟使钱文毛骨悚然。

而在三十余年后犁原的遗体告别仪式上,有许多文学工作者包括嘲笑犁原已经过时了的新秀评论家都泪流满面。他们真诚地感觉到犁原的可贵,感觉到这一代人的逐渐淡出与自己这一代人的严峻处境。犁原如今才是真正地休息了。告别室里堆满了挽联与花圈,钱文看了一圈,该有的领导署名都有——行政科、秘书处、办公厅自然知道该给谁送花圈,我们的有经验的工作机构自然会完成人间的最后一次真情表示。钱文找了一圈然而没有找到廖珠珠的字样。他曾经嘱咐让治丧机构给布里斯班发传真。"千古""永别""安息"乃至"永垂不朽"的美好词句后面是千篇一律的虚空。近年来参加这样的告别太多太多了,钱文甚至于也就淡漠了。

说是淡漠却又悚然凄然,谁敢正视自己的感觉中的无底黑洞呢?

在一个突出的位置挂着张银波的挽联:上联"高空子夜聆高论",下联"素月中天慰素心"。动人,然而在死亡面前,对偶与平仄也都失去了自己本来的魅力。"高空高论"甚至于使钱文有一种反讽——喜剧的感觉,这也许根本不是张大姐的原意。看着这工整的挽联,钱文更加感觉到人类的软弱无助。而犁原已经不成样子。似乎一天以前犁原还在讲话,还在吭吭和哧哧,还在津津有味地吃宴请。而现在他已经仰卧在鲜花丛中。只是在死后,他才收获了那么多鲜花。他的形容竟有那么大的变化,钱文觉得认不出来。他的脸像是打了一层蜡,他的轮廓像是被死后生生捏将出来的,他的嘴角闭得严严实实,他的鼻子比素常大了许多也勾了许多。那样的鼻子显出了素常他从未表现出来的倔强的甚至是骄傲的个性。他的眼线给人一种相当痛苦乃至恐怖的感觉。但是总的来说,这具遗体更像是蜡人,而且是陌生人。

己之看人,正如人之看己。我们对于历史,将永远是陌生的一代。不要指望历史的宽恕吧,他们说了,拒绝宽容!昔日戏言,今朝眼下,百年又是几多时!钱文看到了迎面而来的坐轮椅的张银波。人们都哭了。除了几个少年气盛的家伙,多数人明白了,他们追悼旁人,也就是在追悼自己。

第 七 章

摘了帽子,回到城市,果真是重打锣鼓另开张,开市大吉,一通百通,一天等于二十天哪。一开始,他兴奋地记了日记,后来,竟然忙得日记都顾不得记了。

钱文的日记里有这样的记载:

1962 年 5 月 21 日　晴

忙了一天,把屋里的东西全部拿出来晒太阳,堆了一院子。幸亏邻居大多上班去了,剩下的几个老人似乎也可怜我刚刚下放回来,没有抱怨我的堆放妨碍院里的交通。天好,刮着小风,我们的那些阴暗的破烂大概好久没有见过太阳了,它们在风和日丽之中散发出一种霉气,轻轻一扑打,就是一片烟尘,令人惭愧凄凉。果真是那么久没有见太阳了么?

趁机给四面墙刷了大白。手拿排笔,登梯爬高,一下两下,一道白两道白,弄了一脸一手一身的白点子。新鲜的大白味道预示着一点转机。四面墙乃即焕然一新,闪闪发光。一间终年不见太阳的破屋子也罢,我们在这里居住,我们在这里回忆往事与遐想未来,我们在这里迎接了严峻的考验,又在这里时来运转,开始了崭新的一页。我们为什么不让它更可爱一些呢?从前,我不是常常给青年团员们讲用我们的双手创造我们的美好的生活的吗?我常常讲到巴甫连柯的关于手的故事,他说一个能工巧匠为一个单身汉砌了一个壁炉,那个炉子冬天烧起来会发出一种类似风笛的声音——为了安慰寂寞的单身汉。巴甫连柯对人类的双手的赞美是多么精彩！赞美人的双手的阶级和理论是多么崇高！我们怎么能不服膺这样的理论和阶级！到了用手去做事的时候。过去，连这样的事，也要花钱请粉刷工来做的。毕竟经过了五年的劳动锻炼了。

到下午四点多了，才往回搬东西。竟然从柳条包里溜出来两个土鳖，被我就地消灭。东西搬到最后出来了一只小白老鼠，不知道是原来我屋里的还是院子里跑过来的。这只小老鼠连人都不怕，向我的脚面爬过来。其实我一跺脚就可以除一次"四害"，却没有跺下去。我把它放了，事后又感叹不已。按照农业发展纲要，老鼠、苍蝇、蚊子、臭虫，都是应该除恶务尽的。我为什么舍不得下脚呢？这是不是也是小资产阶级的软弱性的表现呢？

我的心太软了。昨天深夜睡得正香，忽然被一阵远处传来的歌声惊醒了，是周璇唱的《天涯歌女》。在一九五七年初，很短暂的几个月里，突然放映了老影片《马路天使》，同时发行了新版老唱片《天涯歌女》与《四季歌》，解放前的调子又合法地出现了。不久运动开始，这部影片与这张唱片也就消失了。如今，是谁在午夜放起了这张唱片呢？他或她不怕人家说他感情不健康么？不怕人家说他或她吵了人家么？

    ……小妹妹似线郎似针，
    哎呀穿在一起不离分，嗯嗯嗯嗯嗯……
    哎咳哎咳呀，哎呀，穿在一起不离分……

听了这几句唱，想起了周璇——她演这部影片的时候还完全是个天真无瑕的孩子呀！而后来，她疯了！她成了严重的精神病患者，报上说，她要用铁链子锁起来。万恶的旧社会呀，单是因为它把周璇迫害成这个样子，也要向它算账，砸它个稀巴烂的哟！不管要付出多少代价。

而在这种殊死的战斗中,想起小妹妹与情郎之间的情义……我是涕泪滂沱了呀。

往回收东西的时候拿起了东菊的一双系带圆口黑帆布鞋子,我想起了周璇唱的歌。我感到说不出的感动。原来人生是这样值得珍贵。

东菊回来了,他看到我这个劳动模范的样子。她带来了油肉葱气味酽烈的门钉肉饼,我们又闪电般地做了一小锅棒子面粥,就着她带来的酱腌小甘露,我们吃得是多么香甜！只要是与东菊在一起！只要是你吃饭的时候看着我,我吃饭的时候看着你！只要有肉饼和棒子面粥！只要有你的系带鞋子与我的塑料凉鞋放在一起！

一晚上我们继续"大跃进"。东菊拿出了她精心保存的我们俩的结婚纪念照。在那幅照片上我穿着黑色海军呢中山服,头发梳理得整整齐齐,笑容可掬,那模样简直不像我呢。而东菊,穿的是墨绿色中式缎面丝棉袄,灰雪花呢裤子,戴着象牙项链。她的笑容令人心醉心碎,她的笑容令人觉得此后你只当为她活着。她把照片放到镜框里,挂在墙上。她说在我下放的时刻,她挂的是我一个人的几张小照片,她没有挂这张结婚照。为什么？她没有说。现在,在我实实在在地回家以后,她拿出了这张照片,快快乐乐地把它挂出来……"就像我们是今天结婚一样！"我打断了她的话,抢先说。

一切都续上了,一切都如昨日。中间一段插曲,一个噩梦,醒来还有昨天的阳光灿烂温暖。

然而,钱文不敢忘记。党的教导,人民的教导,惨痛的教训,钱文没有忘记,不敢忘记不会忘记也不能忘记。

夜半醒来,我寻找那老唱片上的歌声。大概是风向的关系吧,没有听得见。我不知为什么长叹了一声。东菊被我的翻身和叹气搅醒了,她问我"怎么不好好睡",我告诉了她我头一个夜晚听周璇的《天涯歌女》而动情。东菊搂住了我。

1962 年 5 月 22 日

今天,文学出版社的女编辑梅悦春前来组稿。梅悦春差不多四十岁了,广东人,高颧骨,大眼睛,厚嘴唇,雪白的牙齿,一说话就笑个不住。她说:"领导让我来找你写稿子呀!你要支持我们呀!可说定了呀!你要是把好稿子给了别人我是不会饶过你的喽!来来……"于是她哈哈大笑。

她使我想起在老诗人家里碰到的不行时了的女演员来了。然而梅悦春显得更天真得多。她虽然也有点咋呼,可不让人反感。也许是她那种南国女人的风姿讨人喜欢?她的嘴唇令我想起——这个比喻实在太拙劣了——动物园里的黑猩猩。被一位黑猩猩约稿,这也是很叫人愉快的啦!

紧接着来了《文学月刊》的编辑沙力。他瘦瘦的高个头,躬腰驼背含胸收颈,戴着厚厚的黑框眼镜,给人以一种人未老而先衰,身虽大而气亏,乃至唯谦唯谨,诚惶诚恐的印象。他也是来组稿的。他告诉我说,一批五七年犯错误的作家已经纷纷重新发表了作品。我最喜欢的诗人刘纱绿的组诗《北大荒的黑土》即将发表在本月份的《文学月刊》上。"神童作家"于鲁鱼的小说已经发表在上海的文学刊物上了。他的小说风格一变,变得轻松而且幽默。最有思想有才华的王模楷的一部因为那年的运动搁置起来了的长篇小说即将由青年出版社出版。他还说最近的一个刊物上发表了老作家巴金的一个讲话,他愤怒而且尖锐地批评了教条主义对于文艺的粗暴干涉。他引用了巴金的一些词句,我听了又兴奋又紧张,脸色都变了。我简直不敢相信现在能够说这样的话。莫非经过反右,经过"大跃进",经过饿肚子,现在真的已经进入了民主自由随心所欲心情舒畅畅所欲言的自由王国了?

但是经验告诉我,不要太自由,不要那么多民主。民主与自由对于我们国家是太奢侈也太浮华了。我们生活在一个严峻的时代,我们代表的是被侮辱与被损害的阶级。这个阶级除了组织以外再没有别的武器,除了纪律以外再没有别的选择。只有万众一心,只有浴血奋战,只有敢于牺牲,只有严厉地对待敌人也对待自己才有胜利的可能,只有这个阶级的胜利才有一切,包括民主。别的,都是瞎掰。

尤其令人兴奋的是,也是我做梦也想不到的是,沙力还没有走,贵客沈大哥来了!真是让我热泪盈眶呀!他们商量好了吗?不来就都不来,说来,就都来了。我想起了我与沈大哥的最后一次见面,在东单商场里的荞面摊前,已经十多年!岁月如流,革命的友谊依旧!我想起了一九四八年秋天我们在后海的约会,他在那次严肃地提出了介绍我加入中国共产党的建议。革命的道路就是这样开始的了。而现在,让我说什么呢?

他的样子很平和,就像没有过阔别,也没有过风浪。比较起解放前与解放初期,他似乎放松多了,他的脸上已经没有那么明显的战斗的严峻与自豪。当然,却有了一些领导干部的自信与沉着和微微的一丝沧桑。他进门的时候堆着一层既有老友的亲切又有居高临下优越感的微笑,这是过去他所没有的。他坐下来先是回忆我的妈妈,回忆中自然流露了对于光阴无情地逝去的怅惘。他说:"你这个小伙子呀!从前我就觉着,你幻想太多了!人总是要愈来愈实际一点的么。"

这大概就代替了一切对于我的遭遇的评论和忠告了。

我只有点头称是。

他拉了一个小板凳坐了下来,就像解放前他来我们家时似的。有正经漆木椅子,他不坐。他喜欢点起一支烟来与母亲拉家常,他说起话来我都奇怪,为什么党的一个秘密工作者会说那些陈谷子烂芝麻的旧事……同样的姿势,同样的歪歪扭扭的小板凳,同样的沈大哥的含蓄从容的笑容,而时间,已经过去了十几年,生活,已经是恍如隔世了。

沙力连忙告辞,临走的时候特别好意地与我紧紧握了一下手。我突然产生出一种同情或者也可以说是怜悯。他这个瘦高个子显得太弱了,他再好也不过是一个为他人做嫁衣裳的编辑。从他的弯腰曲背的呆笑的样子中,我似乎看出了他的一生的庸庸碌碌——我怎么会这样想呢?莫非我自己又有什么可以偷偷神气的啦?他的样子让我强烈地想起了孔乙己。听说他毕业参加工作不足一年就赶上了反右,他差一点也划进去的。他是吓破了胆啦。

送走了沙力,我继续与沈大哥说话。

"您怎么样?您好吧?"我问。

"嗯。也就是那样吧。"他含义不明地嗯哼着。

"萧连甲可惜了。"他点燃一支烟,吸了起来。

"他其实不该那样……"我说。萧连甲的入党介绍人也是沈大哥。我们不知道该说什么好。沈大哥的沉默和悠悠地吐烟,就算是我们对于萧连甲的一次默哀。萧连甲死了好几年,一千多个日夜,直到这时候由于有沈大哥的壮胆,我才为他落了一滴眼泪。这滴泪涌到眼眶里来,我终于没有让它落下来。我把它擦干。

然后他说他现在调到新成立的高教局工作去了,他担任党委书记。他说最近陆浩生书记与他们谈,希望他们帮助安排几个右派的工作。他毫不在乎地说着"右派"二字,就像说着男人或者女人,转业军人或者大学毕业生,就像那是一个完全中性的名词似的。我只觉得惭愧无地。

沈大哥说他们研究了一些人的情况,包括学历很高的郑仿与名声很大的于鲁鱼,他不准备接受他们。"就让郑仿教他的中学去吧,不必脱裤子放屁往高校里调了,"他说"我们打算要的只有你。"

这大概得算是殊荣。毕竟沈大哥是了解我的。

我想起在生产基地的"小庙",分手的时候我诚恳地征求杜冲的意见,杜冲在我心目中改造得不算真诚,大进和二进更是对他极不满意。但是事后想想杜冲还是更老练也更沉着些。他贴心地对我说:"咱们一辈子在革命队伍里混,关键是得有几个真正了解咱们的情况的老领导,有了这样的老领导老同志,不管你赶上什么'字儿',不管你碰上了什么运,也不管别人哪怕是基层组织把你说成了什么妖魔鬼怪该杀该剐的样子,反正他们实际上还是相信你的,他们早晚还能起作用帮助你,到时候有没有人'拉兄弟一把'那可是大不一样啊。"

杜冲所说的"拉兄弟一把",语出电影《南征北战》里国民党的李军长的台词。他用在这儿了,有点不伦不类。但这毕竟是杜冲的贴心窝子的话,是千金难买的金玉良言!

现在沈大哥的到来不就证明了这一点了吗?

然而沈大哥说的要谁不要谁,又让我怪不好意思。我的感觉是我们这些右派,正像是被处理的织坏了的配不上对的袜子,在那里让人家拨拉过来拨拉过去,挑挑拣拣——也许这两只可以放到一堆凑合着穿?

当然,我没有资格挑人家的用词,而且是决无恶意贬义的沈大哥的用词。我欣然同意而且说了许多感谢的话,即使是对于沈大哥也罢,一定要衷心地与不间断地表示感谢、效忠、谦虚、老实、驯服,这是绝对不能掉以轻心的,也是不能免俗的。这就是我们的规矩,这就是我们的要求,没有什么客气!几年生离,几年教训,现在还不明白这个吗?

于是我感激涕零地接受了沈大哥的好意,决定到大学里去挂一个教学的职。

……一天过后,我只觉得自己充实了一百倍。党在关心着我,文坛在召唤着我,新的工作岗位在期待着我,新的、老的朋友正在向我伸出手来。毛主席说:"我们的朋友遍天下。"我再不是向隅而泣的可怜虫了! 我再不是不齿于人类的狗屎堆了! 我再不是帝国主义和国民党反动派的代理人了!

离开党,离开工作单位,离开约稿,离开领导的笑脸,你倒是给我试试看!

人这个贱种呀,只是在失去了以后才知道自己曾经拥有过多么珍贵的一切!

我怀着狂喜的心情迫不及待地等着东菊的下班。我站在胡同拐弯的一处带铁丝网的高墙下面等着东菊,我自哼自唱着许多革命歌曲:

在祖国和平的土地上,
生活天天向上升,
青年人都有远大的理想,
老年人愈活愈年轻……

原来我还觉得这支歌歌词有点教条,有点啰嗦呢。想想,真是了不起,能够让全国人民异口同声齐唱这样乐观向上哪怕是有些教条和啰里啰嗦的歌! 除了我们伟大的党谁能做得到? 现在我也可以比较放心地唱这样健康和向上的歌曲了!

我们工人劳动最热情,
生产纪录向上升,
农民已经组织起来,
年年都有好收成……

鱼儿,就是这样地回到水里了呀。

你敢忘记失水的痛苦吗?

好像是知道了我的喜事似的,东菊今天下班时候带来了二斤大带鱼——自从自然灾害以来,我们已经没有吃过这么整齐这么白净的带鱼了,这几年我们吃的都是臭烘烘烂稀稀黄不嗞咧的咸带鱼。东菊为排队买到了大带鱼兴奋万分。我很奇怪,因为她并没有随身携带购货本,我今天还拿着购货本去买本月份的火柴、肥皂、电池、粉丝、料酒与芝麻酱,我今天还为终于能够花时间为自家买本儿上的东西而快乐异常,我毕竟有北京市的户口!我终于感受到我自己是我们家——北京的一个成双成对的小夫妻家庭的一员了。

她告诉我她在她的学校附近发现了卖带鱼的,她正因为没有带本儿而着急的时候,同一个教研组的老师竟然慷慨地把自己的本儿借给了她。我热烈称颂她的这位老师的无私助人的高尚品德。东菊说人家还是冲着我的面子:人家知道我最近回到城里来了,人家读过我的诗,人家公开地表示同情我的遭遇,人家期待着我写出更多更好的新作品。

我当然感动得说不出话来。只是我没有忘记嘱咐东菊:"如果那个老师再说什么同情我的遭遇之类的话,你千万别忘了告诉他:钱文确实是有错误,钱文在乡下劳动当中取得了重大的收获。你要强调,我们都认为,我下乡改造这几年是完全必要的,是非常成功的,是大有教益的。"

东菊看了我一眼,鼻子里轻轻哼了一下,看样子她并不赞成我的话。

没法子。她的体会跟我就是不一样。

回到家里,我连忙转移话题,向她"报捷",向她形容梅悦春的热情,沙力的诚惶诚恐,沈大哥的从天而降,我的即将踏上的新岗位,以及关于诗人刘纱绿、神童作家于鲁鱼的最新好消息。

她当然很高兴。但是我总觉得她的心情与我差着那么一截。

也许还是为带鱼和那个把购货本拿给她用的老师?我连忙

再夸带鱼,鲜、香、营养丰富,我也同时连忙表示对于那位老师的感谢,并且说既然咱们本儿上的带鱼还没有买,就把咱们的本儿给他用好了。

怎么做带鱼,我们俩也发生了分歧。我主张先用平锅干爆带鱼,因为带鱼无鳞,鱼体外的一层银白色黏液一加热就会化成鱼油,自然可以把鱼爆得喷香金黄。东菊则坚持吃带鱼要先裹上面粉用油煎。我说那样太费油,不那样也可以吃而且可以省下油——省下来的油甚至于可以多吃一次烧茄子。东菊却火了,她说如果你想着的是吃烧茄子我可以把带鱼送给邻居。我说你这样讲话不合逻辑——我想的是怎么样让食油够我们多吃一次烧茄子而不是只吃烧茄子,再说吃烧茄子与吃带鱼并不矛盾并不是说吃了带鱼就注定不可以吃烧茄子或者相反——吃了烧茄子就不能吃带鱼。我的颠扑不破的逻辑使她大怒。她竟然气得穿上衣服就往外走,我费了好大的劲才把她留住。

我小心翼翼不敢再废话,心里却不明白,为什么女人都那么讨厌论证与逻辑。早年我父亲就说过,女人不懂概念,女人不懂逻辑……我以为那是旧社会的事,难道我们这一代也难逃这样的命运?我这才回来几天?我这才刚刚缓过一点人味儿,重打鼓,另开张,我的事业刚刚起步,特别是今天,今天我高兴极了,今天是我的快乐的节日!东菊呀,你这是怎么了。

一晚上我对她说什么话她都是待理不理。急得我要发疯。我终于喊叫起来了:我死也得做一个明白鬼嘛!我到底是怎么了?我刚刚刚刚刚刚……我太委屈了。

她轻声说:"没有什么,没事。我上了一天班了,我也累了。你呢,一切都大有希望,很好。我祝贺你。睡吧。"

她的平静使我渴望再次大发歇斯底里。

直到晚间入睡的时候我才发现,她烫了发,她做了头发,她的额头上有一朵大花,而脖子后面,是一个香蕉卷。她显得成熟而且——我找不到别的词,只好说是精致多了。她的头发还透露出一种安详与娴雅。我居然迟迟没有发现。等我向她检讨我的迟钝的时候,她哭起来了。

然后慢慢地雨过天晴。然后我们都沉醉在我们的幸福之中。然后她平静地睡下了。然后我睁了半天眼睛。

1962 年 5 月 23 日

早上醒来我仍然是无比的充实。即使屋里的带鱼味儿还没有散尽,即使院里的渗沟冒出了刺鼻的臭气,即使我洗完脸泼掉污水的时候失手将脸盆摔到了地上,把搪瓷盆摔出了一块掉了瓷的铁皮,我仍然一起身就觉得高昂。

早上听的新闻和报纸摘要节目里广播了今天《人民日报》的社论:《为最广大的人民群众服务》,这可是了不起的大事!社论竟然说由于革命的胜利,由于社会主义事业的胜利,现在的文艺不但是要为工农兵服务而且要为全体人民服务了。这是真的么?我几乎不敢相信我的耳朵。

是的,生活是凡俗的琐碎的有时候是黯淡的,住房是狭小的寒碜的有时候你觉得它是歪七扭八的,道路是艰难的曲折的有时候是危机四伏的。然而,你还是感到了骄傲和充实,你甚至每每感到惊异,为什么我们的生活中蕴藏着这样强健的力量。也许我只是漂浮于一道河汊、一块水洼、一个泥塘、一团泡沫,但是只要自己挣脱出来,你连接着的一定是奔腾澎湃的江河,你奔向的一定是万道金光的大海,你听到的一定是历史的雷霆万钧,你想着的一定是搏击于长空的鹰隼。你本来是渺小的,因为连通于伟大的时代而伟岸;你本来是软弱的,因为有党的指引而坚强;你本来是孤独的,因为回应着人民的怒吼而汇入洪流,浩浩荡荡,仪态万方。于是我想念革命,想念革命者,想起渺小的我的并不平凡的历史。我没有童年,我没有幸福,我没有和睦的双亲与温馨的巢窝,然而就是我这样一个小孩子也因了革命而雄壮起来庄严起来崇高起来。匆忙,你操纵历史如操纵配电盘上的键钮。战斗,你献身于斗争如树叶扑向熊熊的烈焰。批评与自我批评,你洗涤自我意识里的污泥浊水。微笑,你每每于战斗的间隙自我欣赏,自我欣慰,自我欣悦不已。青春,"我们的青春烈火般的鲜红,燃烧在遍布荆棘的原野,我们的青春海燕般的英勇,飞翔在暴风雨前的天空!"责任,"路是我们开哟,树是我们栽哟!"①风浪,革命如逆流抢险,一次比一次更惊心动魄。错误,那该死的错误,那该死的软弱和动摇呀!那永远不能原谅永远不能心安的立场的问题呀!在阶级的殊死搏斗中,错一下眼珠就是对于同志的背叛与对于敌人的投降!我永远忏悔!我永远服罪!我永远长跪在党和人民之前!

这就是我的长诗的主题:永远革命,永远前进,永远改造自己,永远与人民肩并着肩,与党心连着心!往者已矣,光荣已矣,自豪已矣,耻辱已矣,罪孽已矣,除了前进没有别的选择!这就是人生,这就是爱情,这就是脚印与方向,这就是激情,这就是诗:

> 敲起,再敲起小鼓吧,
> 烧起,再烧起火炬,
> 决战的时刻到来了,
> 曙光,在厮杀声中涌动。
>
> 浴血奋战,遍体鲜红,
> 这就是我们的命运,
> 羡慕,你说什么?
> 羡慕一只蠕动的毛虫?

---

① "路是我们开哟……"为冼星海作曲的一支歌里的开头两句歌词。

> 往日的笑靥已经模糊,
> 路上的脚印无尽无数,
> 战斗的纪念清清楚楚,
> 冲上去,破开新的迷雾。

  这就是我的情绪,这就是我的旋律。有了这样一个旋律,一切的一切都联结起来,一切的一切都活跃起来,一切的一切都变得有声有色而不是冷冷清清……北京大学的迎春火炬晚会,国民党政府屠杀东北学生的"七五"惨案后的公祭,《跌倒算什么》与《古怪歌》的齐唱,华岗的《社会发展史纲要》与艾思奇的《大众哲学》的研读,鼓楼、天坛、后海的秘密接头,冒着生命危险加入地下党的那一刻,解放,胜利的腰鼓,吕琳琳排练的《在毛泽东旗帜下》的舞蹈与那个震动人心的大鼓。红旗与大鼓,这就是我们的事业必定胜利的奥秘所在。腐朽的昏庸的反动派呀,你们哪里知道古老的沉睡的萎靡的中国是怎样地期待着红旗的招引与战鼓的惊蛰!解放呀,一个人为了体验一下解放的快乐就是再下十八层地狱,再活活剥下七层皮来也值得!当几年右派算什么,为了革命就是不怕洒光一腔热血!

  然后是一九五七年的风雨,红旗与大鼓呼唤的不是平庸而是暴风,不是小家碧玉式的亲和而是撕裂灵魂的搏战!无数个渺小的钱文在狂风巨浪中颠簸,在惊雷闪电中灭顶,在天翻地覆中重生!背萝卜的鏖战,深翻地的大兵团,油炸糕的芬芳与糁子粥的滚烫,批判与斗争的无情,饥饿与疾病的试炼,三十六里山路的跋涉,大江流日夜,巨石满山坡,劳动创世界,人民坐天下。你能不向人民投降吗?改造起来真是遍地风光,改造起来才是豪情壮志。人生如同进军,命运如同大合唱,革命就是向前,敌人正是隐藏在自己心中。不能手软不能心软,只有以党的教导为灵魂,以共产主义为生命,以笔为鼓槌为匕首为大旗,杀出一条血路,杀出一个新我,杀出一个新世界!

下午开始狂写,得诗二百行。

长诗暂命名为《只有前进》。

我是能够为党歌唱的!一天的写作即使最后全不能用,全删除也罢,然而我树立起来了重新歌唱的信心。我相信不是别人而正是我能够唱出新生活的最美好最激越最深邃的礼赞!杜鹃啼血,精卫填海,董存瑞拉响了炸药包,黄继光用身体堵住敌人的枪眼,不唱出这样的礼赞我是死不瞑目。

晚上东菊回来得早,我把这些心情告诉了她,她也很高兴,她说她从来就没有怀疑过我的力量。她的话当然很好,但是我又觉得她不能体会我在改造之中的新面貌新收获。我说,我就是要在思想改造的道路上认真走下去。她却说她最不喜欢的就是改造两个字,而且她认为她根本就不需要改造。这使我非常苦恼困惑。

东菊建议我们到外面去吃一顿晚饭。我开始不太积极,不知道为什么,虽然人是回来了,前一段的改造生活告一段落,我仍然若有所惧若有所惊若有所虑。然而,我看她的兴致不错而且我一天忙于写诗没有准备晚饭,临时做饭光采买也来不及,便接受了她的提议。我们出门坐了四站无轨电车,来到了东华门。从南池子口往东安市场方向走,我们来到了山东餐厅。从那次在自然灾害到来前,我们在看完苏联电影《海之歌》以后去人挤人的木鞭芙餐馆吃饭,我们已经很久没有在外边吃东西了。与那时一屋子饥民,充满了惊弓之鸟的气氛比较,现在就算是正常多了。我们到得晚,已经有几桌人们吃完了走了,我挑选了一个靠窗子的座位,坐下了。东菊忽然发现桌下有一点污秽,可能是前边的人吃饭的时候把酒和菜洒到了地上。依我的意思我们俩错开那一点肮脏也就是了,但是东菊觉得恶心,便再找别的座位。有一张桌子腿是活动的,东菊不中意。另一张桌子的桌布上水渍如孩童尿布,东菊更是退避三舍。再一张桌子脚下全是痰迹。我便说还不如第一次我选的那张靠窗子的席位呢。现在那张桌子已经被一对夫妇加一个小孩所选中,服务员正在用扫帚和抹布使那里变得清洁。其实那里不是很好吗?东菊连连摇头——我不知道她为什么那样挑剔。有吃的,有钱有自由去吃,这已经很不容易了,再说挑来挑去,又能挑出个什么来?

由于我不太合作,东菊的找座位也进行得无精打采。我立刻意识到自己的不当,慌忙抖擞精神,不屈不挠不馁不厌地继续寻找座位。我们终于找到了靠厨房最近的一张桌子,差强人意。开始点菜,我说要爆三样,说是没有了,东菊说要乌鱼蛋汤,服务员不屑地说早就没有了,东菊要和她理论被我制止。又要鱿鱼卷,也说是最后一盘已被靠窗子那三位点走了。如果东菊不那么洁癖其实我们是能吃上的。我看了东菊一眼,东菊一脸的凛然正气,我吓得赶快把目光移开。最后总算点中了木樨肉一盘,宫保鸡丁一盘,甩果汤一碗。我还要了一升啤酒。随着食物的入肚,我们的表情也就渐渐温馨起来。

喝了两杯啤酒以后,我赞美山东菜就是烧得曩、香,特别是他们的葱花炝锅,如此普通又如此引人入胜。然后我大谈生活的美妙与强大,幸福不在别处,就在我们的日常生活当中。我意识到我说得太多了,便停了下来,想听东菊的话。

东菊笑着呷了一口啤酒,她问:"怎么不说话了?"

"等着你说呀。"

"我很爱听你说话,特别是喝了一点酒吃了一点肉片之后的说话。人吃得满意的时候——哪怕不是特别满意而只是有点满意——说起话来是很好听的。你其实是一个非常乐观非常光明的人……"

我听了这话有点不好意思。于是我反问:"不乐观不光明又怎么样呢?自杀还是发疯呢?"

"不要辩论。我没有说乐观和光明不好。你太爱辩论了。"

我太爱辩论了吗？我好像就是在没完没了的辩论中长大起来的。共产党和国民党辩论，马克思主义与反马克思主义辩论，与各种歪曲革命惧怕革命疏远革命的错误见解辩论，与陶里亚蒂同志和多列士同志辩论。青年团的工作党的宣传思想工作不就是不停的辩论么？甚至于我的诗歌里也充满了辩论的热忱：与帝修反辩论，与资产阶级右派有时候就是与自己辩论，与一切悲观动摇颓废怀疑委屈困惑辩论，让自己的一言一行一举一动都那么高屋建瓴颠扑不破占上一千个理……然而在家里，与东菊一起，那样雄辩不是有点多余了吗？

我便转移话题，说起了家庭的财政来了。多么可喜，这几年虽然日子沉重，还是省下了一些钱。现在银行里我们的存款多达七百多元。按现在我们俩的收入，每月至少可以存十五至二十元。东菊建议更换收音机，换一个四个灯的。她还建议买一辆二八的男车一辆二六的女车。

我很兴奋也很温暖。购买一些崭新的大件物品的念头竟然是这样令人欣喜。只是对于一下子花这么多钱——这样买下来几年的存款也就一扫而光了——我有点感觉恐怖。再说，再说，我问道：

"工业券①呢？"

"我存了一些。我想再借一些。也许不太够，那就先买一辆自行车。"

我又沉吟起来了。尽管近日的事让我很兴奋乃至激动，但是从个人生活来说，我总是觉得不宜太狂太高兴。我点点头说，先去看看商品和价钱吧，咱们再商量。

然后我们计算工业券与钱，加减乘除。我们又议论能不能

---

① 工业券是六十年代困难时期为限制购买力印发的一种购物凭证，购买短缺商品时，除货币外还要视短缺程度收取相当数量的工业券。工业券按工资比例发给工薪人员，非工薪人员则只有少量工业券可供使用。

改善我们的伙食和买一批书。我说马上先买二十块钱的稿纸,我又需要稿纸了!我提醒说,不能把多年积攒下来的钱用于一旦,因为,我把嘴往靠窗子的桌子那边——那里是一对男女带着他们的孩子———一努,我的意思是指我们的很可能即将出现的下一代,我的意思是说现在还没有到我们享受、改善生活的时机。但是这个话题的出现让我们感到十分温暖。

饭后我建议,不坐电车,让我们走回去。我们走过灯影萧疏的东华门大街,走过东安市场、吉祥剧院和东来顺饭庄,身边不断地有行人和车辆掠过。我们闻到了各种菜肴的气味,我们听到了北京味儿浓厚的交谈,我觉得平安地在北京的街道上徜徉,这实在是无比的幸福。而在平安与宁静之中,我再次地审视着与确认着自己的青春年华,确认自己的热情与精力自己的聪明与才力。一切都不晚,一切都来得及,就算我们是初生的啼哭不已的婴儿好了,我要一切从头做起。

与东菊这样肩并肩地走路,使我想起我们恋爱的时候。那是一九五三年三月,我们第一次在北京的街头散步,我们走了一圈!从总布胡同到东单,到王府井口,到南河沿天安门,到前门和平门西单。西单的街钟标示着十一点四十五分,我们继续沿着四路环行的路线走,感觉不到春寒料峭。于是甘石桥缸瓦市西四,报子胡同平安里。这时凉风吹起来了,时间已经午夜,而我们只觉得如歌如诗,我们觉得我们是在跳舞,似乎有约翰·施特劳斯的舞曲伴奏。我们的脚步轻盈,我们的心潮涌动,我们第一次发现北京的夜景是这样纯洁安详温顺,我们第一次发现我们本来可以生活得无比从容和幸福。我快乐得流出眼泪来了。厂桥东官房之后就经过什刹海和北海后门了,风虽然愈来愈冷,但是我感到的是春天的气息……

转眼,快十年过去了,我们又行走在北京的街道上。期待,信任,希望,爱,我是多么的幸福!我想起苏联电影上的天真无邪的姑娘是怎样地赞叹着:"朋友们,这是幸福!"我想起在费定的小说《初欢》里描写主人公基利尔与丽莎薇塔在夏天喝冰镇的马奶子。我想起中国革命历史影片里常常表现的农村的妻子给出发去打仗的丈夫纳鞋底子。有什么办法,我们的农民女子不会谈情说爱,只会给自己的心上人一针一针一线一线地纳一只又一只鞋底子。我真要为这些阶级姐妹痛哭一场!爱情就是这样平凡而又这样迷人!我们中国穷人也不是没有爱情!就让我不可救药地沉浸在这种无条件的幸福感里去吧,我们这一代人活着,为的是幸福!得到的是幸福!我们学会的仍然只有幸福!

我忽然想起了孟姜女。孟姜女原来是不是也有一个幸福的家呢?然而,国家需要长城。长城修起来了,万古长存,而孟姜女的一家却毁了。诚知此恨人人有……生活在大时代的渺小的个人呀!

1962 年 5 月 25 日

你为什么快乐?

你堕落成了右派,你为什么快乐?

你喝着一天两顿稀粥,你为什么快乐?

你被任意剥夺休假,你被搜身,你为什么快乐?

你住着一间窄小和黑暗的房子,你为什么快乐?

这是奇迹!因为你快乐,你真的是非常快乐。这是力量,这是理想与信仰的伟大力量的展现。这是风光,革命的胜利带来了怎样的风光无限好!这是光辉,时代的强光,滚滚的风雷,大开大阖的活剧和严峻的战斗使那些鸡毛蒜皮黯然失色。庸俗的小市民,书斋里的白痴,瑟缩在巢中的家雀,养尊处优的酒囊饭袋,你们注定了要在生活的霉锈与时间的烂泥里腐朽灭亡,你们哪里能懂得献身革命的人的心胸?你们哪里能懂得新生活的强大？你们的叹息眼泪鼻涕和满裤子里吓出来的屎尿,哪里值得我们正眼瞥那么一下!

写抒情诗《我是快乐的》。

快乐是装不出来的,也许沉痛是可以"作状"的,例如在做自我批评的时候。自己给自己找别扭嘛,这本身已经够沉痛的啦。然而快乐不承认需要和表情,装出来的快乐会比作状的沉痛更沉痛。

但是写到快乐的时候就更加快乐了。快乐也像多米诺骨牌,一提溜就是一串。

我知道我是渺小的,不完善的,有时候是软弱的丑陋的和卑贱的。但是我仍然有革命的情怀,有崇高和美善的诗。这就是人生,人生不是清纯的蒸馏水,革命不是小姐少爷们的美梦,诗也不是半空中仙女安琪儿的啼啭。像我这样的有缺点的有错误的有时候是丑陋和卑贱的人也能革命,我的灵魂正在革命的烈火中锻炼,正在诗歌的纯洁激情中净化,正在人生的波涛中起伏搏击。这本身就是革命的诗学,就是人生的真谛,就是可以令人为之成仁就义的绝对律令。经过了这一切,我好像更实际了也更热烈了。

好啊,好!

我好像更贴近马雅可夫斯基了。

……晚杜冲来,一见面他先说他与老婆仇素琴办理离婚手续的事,他说:"……好来好散,我们再也没吵没闹,也没有什么钱财纠纷。缘分已尽,我已经不是那个年轻的老革命眼看要当副局长的杜主任了。我能给她什么?屎?谁没有两个屎?划右派几年,连那玩意儿也不好使了。人家细皮白肉的,干吗不找个欢势的?女人女人,女人的劲太大呀!人家有什么可恋着我的?再说我妹妹,她一个劲儿地瞎搅和,纯粹一个自动化的搅屎棍。我还怎么和仇素琴过?得了!人活一辈子怕就怕该断不断,反受其乱。我不是你们这样的知识分子,爱情呀良心呀记忆呀留恋呀,要这么黏黏糊糊,中国早就亡了。一男一女,在肚皮底下谁跟谁还不是一样?中央领导,哪个人没离过几次婚?我们俩领了离婚证,我立刻找我妹妹一家子去吃了一顿东来顺……现在,给我介绍的对象已经超过一打了,我才不急呢。小钱,不要气馁,当了他娘的一阵子右派也罢,好歹咱们还是干部,一个月几十块钱,吃的是皇粮,你要是敞开了门找对象,排队的有的是!"他哈哈大笑,直如碰到了什么喜事一般。他满不在乎而且兴致良好地一面说一面笑,不时还有一些荤话上来,意在让我一乐。甚至于,我觉得杜冲是有意地在向我传播一种新的、在他看来是更合理也更健康、更实在也更……也许应该叫做更无产阶级(?)的观念与思路。

我确实害怕,怕他的话让东菊大怒。还好,东菊在他开始撒野的时候出去了。

如果是过去,杜冲的话会使我极度反感至少是悲哀,怎么能把爱情把婚姻把人生中最美好最难忘的事物糟蹋成这个样子!

而经过了这一段,我听了杜冲的话也只有付之一笑而已。许多许多人是活得很粗糙很皮实的,不粗糙不皮实他们就将无法活下去。"应该怎么样的"又能如何?你所幻想的人生与实在的人生,相差何其遥远?知识分子之可悲也许就在于不知道不承认这个距离啊。

而我自己是不是会因为成熟老练而渐趋木然呢?

杜冲的消息灵通。他说郑仿已经与小寡妇结了婚,但是现在是两地分居,事情还是麻烦。"自己种不了地,让人家代耕了怎么办?"他哈哈笑道。

他说徐大进也离了婚了,"我当初就知道他们两口子一定离婚,要不他能那么假模假式地积极,连休假都不回家,还说什么是老婆跟他划清了界限,真叫人牙碜!"

我只好本着非礼勿言非礼勿闻的古训如聋似哑,一声不吭。

惊人的说法是关于章婉婉的,他问:"你看出章婉婉和苗二进的事儿了吗?"我莫名其妙。他说:"你可真够傻的。从打权家店起,章婉婉和苗二进就搞上了……"

我目瞪口呆。

他解释说:"章婉婉其实是看不上苗二进的……"

"那为什么?"我问。

他做了一个脱帽动作。

他的意思是,章婉婉是为了能够早日摘帽子才接近苗二进的。

我无法相信。

我说:"可是,苗二进的爱人……不是正在申请入党么?"

杜冲撇嘴一串冷笑,他似乎觉得我是白痴。

最惊人的消息是关于费可犁的,这个被我们大家痛骂过混蛋的倒霉鬼突然时来运转,不但从劳动教养的农场回来了,帽子摘了,而且平反了——不算是右派,恢复了党籍,恢复了政治名誉,官复原职了。

"人家现在又是费主任啦!"

"这怎么可能?"谈到这个话题,我立即激动起来了。

"是真的。"杜冲拿出了香烟。显然,他也激动了,比说到他与老婆的离婚激动得多,"中央有个精神,右派问题一概不搞复查,也不可能平反。但是,费可犁有个'线儿'啊。是这样,解放前夕他奉命转移到平山地区去了。他写的一份关于国统区学生运动分析的报告受到了负责城市工作的中央领导同志的激赏——我也是这次才听说的。他被送去劳动教养以后,他老婆廖珠珠去找了这位中央领导。他老婆有两下子!中央领导同志出来说了话,说是要允许青年人改正错误嘛……"

"可有的人比费可犁还年轻啊!"我叫道。我总算在话出口的一刹那没有说我自己比他更年轻。

"你要是能找上一个中央领导替你说句话那也是大有希望呀!"杜冲不拐弯子,哪壶不开提哪壶。

我连忙摇头。这种事不是闹着玩的,弄不好不但达不到目的而且会使多少年的改造前功尽弃。

然而我仍然激动,费可犁一下子就由地狱进入了天堂。我似乎看到了费可犁,不再愣愣磕磕,不再气喘吁吁,不再两眼发直,不再急赤白脸,而是意气风发,而是从容镇定,而是高瞻远瞩,而是因了骄傲而更加谦虚,因了谦虚而更加高傲。

甚至于我忽然发现,其实费可犁是个很潇洒的男子,健壮而又文质彬彬,聪敏而又诚恳质朴。

当一个革(人家的)命的干部是多么好啊,当一个无产阶级先锋队员是多么好啊,挺着胸脯说一些有指导意义的话是多么好啊,不被戴上这样那样的帽子是多么好啊。

怎么形容我当时的心情呢?垂涎三尺?自惭形秽?悔恨莫名?上天无路?眼睁睁,眼巴巴,脸红心跳……无地自容!如果这时候费可犁出现,我只想跪下来给他磕头给他舔皮鞋!

我理解章婉婉了!

夸夸其谈的杜冲似也有了同感,他也沉默了一会儿。

他走后东菊才进来,我首先告诉她的是费可犁的事,我稍微说了一点自己的心情。她沉默了一会儿忽然不耐烦起来,她鼻孔里哼了一声,一句话没有地铺床睡觉。

她为什么不能与我的心情共鸣呢?

5月26日 补记

清凉的风吹在那个叫做钱文的我的面庞上。一阵飒飒声,满脸都是阴影与光照的推移。如纵马奔驰,如滑行冰面,如低空飞翔。

穿越着的是一片小白桦树,这是苏联么?钱文到苏联来了么?飒飒声变做了竖琴,变做了俄罗斯语的歌吟,旋律如雪球树,马车铃声悦耳,雪花飘落。钱文在山坡上打着滚。

许多年了,我寻求这白桦树,这飘浮的移动与滚转,这歌声与这降落的雪。

愈飞愈高,便愈飞愈快,摇曳舒张,众星拂面,我突然怕了起来,我像是被狂风连根卷起,我就要从高天上摔将下去。

然而你很好。你好,你好,是的一切都好。谢谢你了我亲爱的朋友,让我们举起酒杯。为什么,为什么钱文我举不起酒杯来了?我浑身酸疼,臂压千斤,胸腹憋闷,想呻吟又呻吟不出来。一株大树正倒向我的身体,我吓得发抖。

钱文死了!

我听到了这无声的威严的宣告。

一片漆黑。四肢麻木。人刚刚死去的时候似乎还有一点知觉,然后,渐渐地渐渐地,自己也清清楚楚地,我就彻底死去了。

钱文!钱文!蚊子一样微弱的呼唤。是东菊?救命呀!我正在梦中死去,可能许多人都是死在梦里的。我想的是狂呼救命,却呼不出来。东菊大一点声,再大一点声,你来推推我呀!快把我推醒吧。

我醒了,不知是吉是凶,只是心怦怦然。眼角沁出了一滴泪珠。回头侧看,东菊睡得正酣。

一闭眼,看到了费可犁的模糊的影子。天!他在抡着手杖,他在坐着吉姆车[①]!他在举着红旗!

不是费可犁。是——鬼。是鲁若,是萧连甲,是遍体的血迹。

是章婉婉,她张着大嘴,她光着身体,不,不,不要!说着不

---

① 吉姆车,苏联产高级轿车,在当时是身份和地位的象征。

要却贴了上去。

是费可犁。我终于放下了心,是面目清晰可辨的费可犁,他的嘴巴仍然又厚又大,他的笑容仍然像在权家店时一样的厚道。

"祝贺你!"我想说,但是说不出声音。

然而他听到了。哼嗯哷吭,我继续嗫嗫嚅嚅。费可犁却听明白了我的问题。费可犁说:"还不是仗着我老婆。"

(几个月后,他听了十中全会的精神,自审自己的这个梦问题太多,记下来就会成为事情。他毅然撕去了五月二十六日补记的这一节日记。)

直到二十年后,就是说让我们来到一九八二年,一切都已经成为过去。人过中年的钱文终于有机会与费可犁小酌话旧。钱文问:"你怎么那么走运,二十年前就平反了?"

费可犁一番苦笑,他长叹一声,说:"还不是仗着我老婆。"他的调子是如此熟悉,钱文几乎跳了起来。

"你怎么了?"费可犁问。

"没什么。"钱文答。"梦啊……我像是听你说过。"他呻吟了一句,惹得费可犁翻眼。

第 八 章

　　为了第一次去 S 大学与师生见面,钱文破天荒地换了好几次衣服。先是去澡堂子洗澡。炎热的夏天,他本来想在家里自己打几盆水擦洗一下也就行了。但是东菊强调他必须在正式上班之前彻底洗一个澡。他在澡堂子洗了个不亦乐乎,并且想起了许多中国有关洗澡的诗文。当然,他也想起了把思想改造运动比做洗澡的妙喻。他自己的总体感觉是脱胎换骨,飘飘欲仙,每一块皮肤,每一条肌肉都一下子显得如此轻松自由柔和。他慨叹中国人自古就不大洗澡,才有对于洗澡的如此不同寻常的感受。他慨叹自己洗了一个澡就发生了这么重大的变化——严峻拘谨的生活竟然从此变得舒适和随意了。

　　洗完澡他回到家他穿上了新买的一套蓝哔叽中山装,毛料衣服,价值百元,真是惊心动魄,破釜沉舟。一照镜子,衬衣领子又皱又脏。他想换一件衬衫,别的衬衫也是一样地污里污涂。他知道近年来由于布票发得愈来愈少,买新衬衫是愈来愈困难了。他想起东菊说过给他买了两个衬衫领子,找了半天终于找到了那两个放在脖子上酷似穿了新衬衫的套着脖子和遮一半肩膀的领子。他"穿"上这样的领子再照镜子,他有一种弄虚作假的感觉。说不出道理,他总觉得旁人一眼就会看出来,他的领子下面其实没有衬衫。但也没有别的办法了。在他的小庙——生产基地附近,农民们现在遮体的是用两三个大手帕缝连在一起的"衣服"——手帕不要布票。也真绝了。

"衬衫"换好了,又发现鞋子烂脏。钱文跑到床底下找鞋,弄了一手一脸的尘土。床下原来是别一个世界:满是蛛网灰尘团团如絮如烟如羽,并且发出阵阵的老鼠屎味道。尘网,过去钱文常常在文学作品中看到尘网这个词,他过去还不能真切地想象尘网是什么样子。他现在恍然大悟,尘网是何等的肮脏! 你想也想不到。

　　他拿出的一双皮鞋已经许多年没有穿过,形状已经扭曲,鞋里鞋外全是尘垢。他不屈不挠地再爬到床下去找鞋油鞋刷。这时他才想起来东菊上班前对他的谆谆嘱咐,应该去穿另一双早在一九五六年他在友好商店——苏联专家服务部购买的褐红色镂花面牛皮鞋。那双鞋皮底皮面,底子上带两块三角形小铁掌,走起路来咯咯作响,宛如一匹小马驹初次上了掌。由于鞋的样式太"洋",走起路来动静也太大,买了鞋后钱文老是不好意思穿出去。戴上"帽子"以后更与这双皮鞋"多斯维达尼亚"——再见了。第一次去上班要不要穿这双鞋,钱文还真有点拿不定主意。穿上这双鞋,似乎有点猖狂,有点烧包,有点不知道自己是老几。有好鞋硬不穿,又显得自己没出息,畏畏缩缩,小里小气。东菊好像知道他或许不肯穿这双苏式皮鞋,便设法打动他说:"买了好鞋,这么多年不穿,等着它发霉,这可是浪费呀,这可对不起工人阶级呀!"

　　只有在考虑到对待工人阶级的劳动应采取什么态度以后,钱文才终于下决心穿上了这一双洋味十足的鞋。

　　衣服、"衬衫"、皮鞋都焕然一新了,钱文只觉得这个人不大像自己。人就是如此打扮过来又打扮过去,从而品味这样的和那样的命运的吗? 钱文喟然叹息。

　　这样,去大学上班就给钱文一种类似去做新姑爷的感觉。而且,要知道这是大学呀,钱文自己并没有上过大学,他为了这一点曾经深觉遗憾,现在,在犯过严重错误之后,他却有机会来大学当教师来了。天底下的事真是不可思议!

　　系里的领导对他都很礼貌。戴眼镜的胖胖的女书记强调说:

"沈书记向我们推荐了你,我们当然是相信领导的了……"这就更增加了钱文到S大学来的侥幸感。然后书记直截了当地问钱文与沈大哥的关系。钱文觉得不胜荣幸,便不无兴奋地说起了他自己早在少年时代就参加了革命,沈大哥"地下"的时候是他的领导人。说着说着他又降低了调子,觉得太眉飞色舞并不得体。听完钱文的介绍书记的下巴动了动,这个下巴的动作似乎带有一种怜悯——如果不是表示轻蔑的话。是的,现在再说什么自幼革命岂不是恬不知耻!

钱文的脸微微红了一下,但是毕竟现在是新的开始,而且钱文对于自己的未来也还是充满了信心。他知道现在不是闹敏感和自尊的时候,而是要不惜一切代价地去争取领导与群众更多地了解自己,争取自己的处境的点滴改善,表现自己的能力与才华,表现自己毕竟是自幼革命的一片赤心。要不惜低声下气,不惜表白自己,不惜随俗迎合庸众讨好愚氓,总之是什么都不惜,降格以求,廉价推销,心甘情愿地为人民为党当牛做马,光明的未来才会成为现实。

瘦小枯干的系主任用一种尖厉的嗓音与他说话,说了半天不知所云。他想起别人告诉过他主任是非党员,知道跟他无须多言,当然也不能对之轻慢,更不能得罪他。他想起了杜冲的关于"抓两头"的名言,想起了杜冲所说的"苍蝇蚊子都有声音,沙子黄土都是材料",以及杜冲不放过团结任何人拉拢任何人的风格。不管系主任说什么,不管他的苏北方言与尖锐声响如何使他困惑,钱文只是一味地点头称是。起码,他要给老头一个谦虚谨慎的印象。他相信自己已经获得了初步成功,于是告辞系里,往教研室走去。

他万万没有想到的是,在教研室等候他的是舒亦冰!

仍然是那么高高的个子,一尘不染的灰咔叽布制服,有一点女性化的大眼睛,圆口千层底布鞋,沉静的笑容。钱文一眼就看出了他,说道:"原来是您,好久不见啊,舒亦冰同志!"

"欢迎你,钱文同志。我听说你来,我们很高兴。"

"您是什么时候到这个大学来工作的?"

钱文的问话里包含一个潜台词:"你(曾经是那样不革命与小资产)是怎么当上这所大学的文学概论教研室主任而且学会了一口一个'同志'的呢?"

舒亦冰完全听懂了钱文的弦外之音,他诚恳温和地向钱文一笑,这一笑里包含着一言难尽的意思,也包含着"好说好说""彼此彼此"的和解与亲切。由于室内还有别的老师——一个老年的,四个比钱文还要年轻的——当然他们不能细谈。他们只能不无拘谨地谈了谈工作。老教师姓许,教授中国文论。年轻教师中有一个两道剑眉精神奕奕身材不高的小伙子,形象令钱文回想起当年的赵林。这小伙子恰好也姓赵,亦冰介绍说他是党的系总支部委员,钱文不由得多看了他一眼,满脸赔笑地说自己来这里以后,希望赵奔腾同志多多指导帮助。指导帮助指导帮助,反正现在钱文明白了,见谁也是欢迎指导帮助,个人是渺小的,不接受集体的指导帮助怎么行呢?

一脸英气但是长相不算舒展,就是说不够大气的赵奔腾小眼珠黑亮黑亮,转动迅速,给钱文一种精明、好胜然而浮躁的感觉。赵奔腾在与钱文握手的时候眼睛把钱文上下打量了一下,然后显出了一种似笑非笑的傲然表情,使钱文一瞬间有那么一点不太舒服。但是他并不计较,他现在的处境如此,想让人家了解自己信任自己善待自己,自然需要一个过程。中间有一点小小不言的疙瘩,也属难免。作为一个已经有过一些阅历的人,作为一个政治上已经不那么幼稚的人,他不会把这些细枝末节放在心上。

另外一个女老师是广东人,弯眉大眼厚唇,姓莫。莫老师的爱人也在这个教研室,就是显得过于文质彬彬、高度近视的那一位,姓刘。

此外还有一个女老师,脸特别平板,一副不苟言笑的样子,姓张。钱文见到她就伸出手去握手,张老师毫无反应,使钱文的手尴尬地摆在了空中达半秒钟。钱文抽回了自己的手,张老师却向钱文一笑。幸亏有这一笑,不然,钱文是完全无地自容了。

……各种会面活动结束,然后是办理各种手续:图书馆的借书证,伙房的用餐证,人事处发的校徽和工作证,行政科发的出入与存放自行车用的铁牌,财务科发的工资卡——明明白白地写着每月5日发工资,工资数额87.75元。由于钱文是"老革命",由于他当了右派也没降薪,他的这个相当于十八级干部的工资在他这个年龄段的人当中,仍然算是高的。所有这些手续都使他愉快异常。瞧,我又是正儿八经的革命阵营的一员了。瞧,我是样样齐全,被各有关部门承认,可以堂堂正正地进入大学的各个部分的全权的工作人员了。看,我每月还能领八十七块七毛五呢!毕竟是不幸中之大幸,虽然弄了他妈的一个右派,好赖没有扣工资。要不,你想,如果一个月硬是给减那么二三十块,说下大天来还是有点恼火嘞,觉悟再高也是不能不肉疼的喽!

他觉得自己想得很实际,但又很卑劣。他不敢想让他最痛心的事,比减几十块钱痛苦得多的事,他的党籍被开除了,叫做他的政治生命被处决了……还有什么可高兴的!

而且,他已经明白,一旦政治上出了问题,也就什么钱都没有了。什么待遇都没有了,政治政治,岂可不察!

第二天他就以助教的身份跟着讲师舒亦冰上了一节课。班上的青年男女学生都给了钱文良好的印象。

舒亦冰在教工宿舍拥有一间方方正正的住房。午饭后他邀钱文到他的宿舍来。钱文一进来他先开窗子,他抱歉说由于他近年的吸烟的坏习惯,屋里有令人不快的烟味。钱文觉得他的客气未免过分,不论是在哪里,还不是谁想吸烟谁就吸,有什么可解释的呢。舒亦冰说是近年来染上的恶习,那么什么是近年来呢?钱文不由得想起了周碧云想起了一九五二年五一节的令人难忘的婚礼,他心里泛出一股不是滋味的味道。同时,钱文的鼻子分析着舒亦冰的房间的气味,比香烟气味更令他注意的是一种淡淡的香气,来自某一种香皂么?他知道,亦冰是个讲究人,是个——至少是个——小资产阶级。与香皂的气味一道,他闻到了一股类似药房的来苏儿水的气息,和一股——他以为是单身男子特有的味儿。虽然他怀疑舒亦冰现在是不是单身,但是他的住房泛着一种单身汉的味道无疑。从前,他自己的宿舍就有这股子味儿,不知为什么,这使他有一些不安。

好在更多的是书籍的油墨与纸张的气息,以及杏黄色书架的木材与油漆味儿。简陋的然而是崭新的五六个书架,摆满了成套成套的书:《毛泽东选集》四卷,《列宁选集》莫斯科外文出版局版精装本两卷,《斯大林文集》五卷,周扬编《马恩列斯论文艺》,周扬著《文艺战线上的一场大辩论》……然后是《中国文学史》四卷,《鲁迅全集》十四卷,《郭沫若文集》十二卷,《茅盾文集》《巴金文集》《叶圣陶文集》……一直到《红旗谱》《青春之歌》《林海雪原》《红岩》《晋阳秋》《苦菜花》《烈火金刚》……

钱文从来没有在任何一个人的住地看到过这样完全这样整齐的藏书,书都显得那么新,你甚至于可能怀疑舒亦冰是否都读过它们。书同时又使它们的主人变得可敬起来,尤其是那些革命导师的著作,舒亦冰在他心目中的形象一下子改变了。过去,他认为他自己与他的同志们是革命的,而舒亦冰之类是不革命的,革命与不革命,这区别如白天之于黑夜。后来,他自己也成了不革命乃至反革命的了,他更感到了革命的艰难与可贵。现在呢?明明是他过去以为不革命的舒亦冰是教研室的负责人,也就是革命的负责人了,革命的负责人能够是不革命的吗?过去,他以为革命导师的书是给最优秀的革命分子,给冒着危险进行殊死斗争的烈士与候补烈士们读的。不是吗,解放前只是接触一下这样的书就需要多么大的良心和勇气!只有最革命的人才能从革命导师的书里汲取精神的滋养,才能使导师们的理论与他们的革命行动联系起来,而革命的行动只有在与革命的理论联结在一起的时候才变得光芒万丈。现在却是曾经被他们认为不革命,而且周碧云因此而离开了他的舒亦冰在拥有和研读革命导师的经典著作了,而且这些书的放置排列使用绝对是书斋式的舒亦冰式的。这对于钱文周碧云式的自幼革命而今狼狈万状的家伙们,是多么大的讽刺呀!

他想起了一句老话——这句话过去是作为反动言论乃至"变天思想"来批判的——"十年河东,十年河西"。

原来革命与不革命也是在变的,有时候变得你眼花缭乱。

于是他很有兴趣地听舒亦冰谈话。

这是他第一次与舒亦冰坐得这样近谈话,他不能不认定,确实人与人是这样的不同。舒亦冰说起话来缓慢、咬文嚼字、彬彬有礼,钱文想起了毛主席对于某些知识分子的批评,毛主席说那些温文尔雅、不敢斗争的知识分子是"唱小旦的"。什么样的火与血的年代!钱文从小学会的是大声疾呼,振臂呐喊,义正词严,横扫千军……这几年又学会一面是狗血喷头,一面是低声下气;一面是唇枪舌剑,一面是深文周纳;一面是放歌壮语,一面是示弱求恕……他上哪里听那种"唱小旦的"腔调去!

而舒亦冰说起话来娓娓动听,他的每一个字的辅音与元音都发得一丝不苟,他的说话当中没有轻声,这就使他与京油子们的油腔滑调划清了界限。再有,他说起话来声音压得很低,身子无意中略有扭动,特别是他的眼角时而一挑,这就给了钱文一种类似大姑娘的印象。他在忸怩一些什么呢?钱文纳闷。

他先向钱文介绍了一下自己。他是在一九五三年经犁原同志帮忙正式参加工作的。他也学了五个月的革命理论——够用一辈子了,钱文想。接着钱文想到大概就是在那次婚礼以后吧,正是革命者的婚礼促使他走上革命的道路啦。大时代如此,谁又能坚持不革命呢?

初来到北京,来到了这所 S 大学时,舒亦冰深感自己的落伍,深感自己改造与进步的路程迢远无边。他谨言慎行,十分小心,生怕暴露了自己迟迟不革命、处处跟不上革命者的弱点。"我知道我正在进入一个陌生的世界,我要跟上一些我完全不了解的人按完全不一样的思路和方式开始我的新生活。我是多么羡慕你们啊。"

"太对了!"钱文不禁喝彩,"这就是毛主席说的,'虚心使人进步,骄傲使人落后'啊!"

"不是虚心,我怎么能和你们相比!你们的革命就像装甲战车在原野上冲锋,我的革命,就像老牛破车在后面追赶呀!"

钱文只有苦笑,舒亦冰却十分真诚。

最叫人感慨的是舒亦冰谈到了一九五七年,领导上号召大鸣大放,给党提意见。连开了三次会,愈是一贯积极自以为非常革命的人提的意见愈多。舒亦冰始终没有发言。"我没有什么觉悟,我也根本不懂什么资产阶级右派分子向没向党进攻。我只是觉得我不配提什么,也不知道从何提起。无数的革命志士为革命而流血牺牲的时候,我正沉湎于徐志摩的诗和泰戈尔的散文,我惭愧还来不及呢,我有什么意见能给浴血奋战的老革命们提出吗?"

"太好了,你讲得太好了,这就是、这才算是最高最高的觉悟呀。"钱文忍不住赞道,他为之感动得热泪盈眶了。

"我被催得紧了就说了这样一些话,几个意见提得激烈的学生和青年教师就说我是歌德派是马屁精……领导一开始似乎对我很失望,他们要我提意见嘛。后来,动员我提意见的领导一下子就被揪出来了,划成了右派。而新派来抓运动的领导却对我大加表扬起来,表扬的话和你刚才说的差不多,你毕竟是有水平有经验的呀。后来那些个骂我的人都划成了右派了,真是没有办法的事。我呢,我是心惊胆战呀,我就这样被任命成了教研室主任,一直说要发展我入党,是我自己不争气,我一再说我条件太差不应该由于我的加入降低党员的素质和降低党的威信。这不是,至今我还是白丁一个!好在咱们教研室有几个青年党员同志,他们都给我很大的支持和指导。"

钱文干脆说不出话来。听了舒亦冰的介绍他只觉得眼泪在眼眶里打转,他感到了难以名状的激动。"太好了,太好了……"他喃喃着,费了一些力气,才使自己不至于过分失态。

"你……"钱文有一点犹豫,不知道是问好还是不问好。现在他们的关系已经是领导与被领导的关系了,他不宜放肆,但又不宜冷淡,舒亦冰对他不是很坦诚的么,"这个,我是说,你现在还是一个人么?"

舒亦冰莞尔一笑,这优雅的笑容使钱文又羡慕又反感——他怎么连笑容都像是经过资产阶级训练的?

"我前不久结的婚,我爱人其实你也是很熟的。"舒亦冰轻轻地说。他似乎不很喜欢这个话题。

"是哪一个?"钱文犹豫地问。

舒亦冰含含糊糊地嗫嚅了一句,钱文竟然没有听清。

"……她现在在通县的烟酒糖业公司工作,算是业务员吧。我们的家就放在通县了,太远,太远……"

直到最后,钱文才弄清了她是谁。他几乎跳了起来,因为,舒亦冰的新婚爱人不是别人而是被赵林热恋过的女中学生林娜娜!赵林为她流了多少眼泪呀!

而舒亦冰谈起自己的新婚妻子的时候竟是那样的冷静、客观、训练有素的彬彬有礼。舒亦冰解释说,由于学校的工作太忙,由于领导对他的器重,也由于他们的家实在太远,他跟学校要了这一间单身宿舍房,一般情况下,他只是在星期六才回家。

"星期一再回来?"钱文插嘴说。

"嗯,我一般是星期天下午就回来了,还得备课什么的。星期一早上车也太挤。"

"好在有暑假和寒假。"

"是啊。假期我也不可能在家里多呆……那是一个杂院,吵闹得厉害,根本不能看书。再说林娜娜同志也忙,白天上班,晚上常有加班加点,团的组织生活,工会活动什么的……还是回学校来出活儿呀。"

钱文点头,佩服,无话。林娜娜同志,舒亦冰的这个称呼令钱文五体投地,共产党是真了不起! 他甚至想起了徐大进,他能做得到放弃休假在权家店值班,他改造得好。他离婚了。

革命的满莎"夺走"了舒亦冰的情人周碧云。后来也革命了的舒亦冰,"夺来"了早就革了命的赵林苦苦恋着的林娜娜。多么有意思!

舒亦冰呢？舒亦冰与徐大进是何等的不同啊。

在他们俩分手的时候,舒亦冰轻轻地问道:"你和他们还常见面么？近来碧云好么？"

钱文摇摇头,"运动当中周碧云也受了冲击……听说已经有两个孩子了……还是那样吧,积极,但是不那个……那年春节,她弹了舒曼的《童年》——《梦幻曲》……"他前后不连贯地说。

"哦。"亦冰在一刹那间苦笑了一下,他的脸部的肌肉动了动,然后他把垂下来的头发向后一甩。

他又像小资产阶级了。钱文想。他还称呼"碧云",倒没说什么周碧云同志。另外,他不说"最近",而是说文一点的"近来"。所以,他是舒亦冰。

一晚上他都在想着舒亦冰。这究竟是怎么回事？究竟谁才是革命的？他从少年时代就一心要革命了,他不知道世界上还有比革命更崇高更伟大更理想也更纯洁更豪迈更悲壮更雄浑更艰巨的事业。他常常想起革命群众的抬棺游行,想起革命烈士的刑场就义,想起手挽着手唱着《国际歌》向反动派的刺刀冲击,想起地下印刷所与人群中突然撒下的雪片般的烫手的革命传单,想起烈士牺牲前对于共产主义明天的向往,想起反动派统治下做一个革命者的骄傲和危险。"我们那时候是把脑袋别在裤腰上去革命的",赵林在提到他们的地下党生涯的时候常常这样说。但是钱文不喜欢这样的说法,脑袋如何如何,特别是裤腰如何如何,太俗鄙,太流里流气,因为——比如说一个土匪、一个练高空走钢丝的杂技演员、一个远走边疆的行商,他们也都冒着生命的危险,他们也都可以吹嘘自己曾经"把脑袋别在裤腰上",而那都不是革命。只有圣徒的献身,只有阶级的使命,只

136

有科学的社会主义理论才能武装出他们这样的革命者。

那么现在呢,现在的革命者应该是什么样子的呢?

显然,在整风运动中,是不革命的舒亦冰比革命的他更革命得多。他听舒亦冰谈了在整风运动中的思想情况的时候,他羡慕得几乎哭起来,几乎跪下来,他是多么的失态呀。

他与东菊说起了与舒亦冰见面的情况,他问东菊:

"你猜,舒亦冰的老婆是谁?"

"是谁?该不是丘钟惠或者郑凤荣吧?"

那时候,乒乓球世界冠军丘钟惠与女子跳高的世界纪录短暂创造者郑凤荣是怎样的名闻遐迩呀,她们俩的出现给挨着饿领导着世界革命的中国人民多么大的鼓舞呀。但是这时候东菊提出这两个名字来,却是对于钱文的认真与感叹的一种戏弄,也是对于两位为国争光的女运动员的不敬,钱文有一点不高兴。于是钱文不言语了,他以为东菊一定会好奇地追着他问的。

偏偏东菊不问。东菊是不感兴趣?东菊怎么会不感兴趣?也许,是东菊不高兴了?那又是为什么呢?

是的,东菊对他爱答不理。东菊的嘴角下垂,线条僵硬。东菊你为什么这样呢?无非是天知道的鸡毛蒜皮的小事。人生,爱情,革命,改造……哪里来的那么多恼人的消磨人的败坏人的鸡毛蒜皮呀!

但是他是没有权力对于东菊不快的,他必须时时给东菊以最快乐的笑脸。于是,他打起精神把他刚刚知道的舒亦冰的一切津津有味地告诉给她。

东菊居然没有表示特别的惊异。

于是,钱文一不做二不休,把自己关于谁更革命的问题提了出来。

东菊淡淡地一笑,从她的笑容里你会判断出她对于这个话题并不是多么感兴趣。看到钱文十分认真的表情,她才说:"你呀,你忘记了今天是什么日子了吗?"

"我的天！"钱文叫了起来。

这一天是他们俩结婚五周年。五年以前，就在反右派运动前不久他们俩结婚了。事后想起来，钱文与东菊都认为这是老天爷的安排，后来的事情太严酷了，他们只有手拉手才能平安地度过。

钱文跳起来抱住了东菊，他笑着叫着吻着东菊的头发、脖子和脸庞。东菊也笑了，边笑边推开他。钱文又把东菊搂过来，在狭窄和凸凸凹凹的砖地上跳交际舞。一面跳他一面唱：

城市里红旗飘扬，歌声响亮，
我们结婚，情深意长，无限欢畅，
度过了艰难的日子，重现辉——煌，
手拉手不怕虎豹，也不怕豺狼，
手拉手永远乐观，充满了希望！
快乐向前——欢畅！
啊，哈哈哈……
快乐向前——欢畅！
啊，哈哈哈……
快乐——欢畅！
快乐——欢畅！
欢——畅！
啊——
啊——

他唱的是《哈萨克圆舞曲》的曲调，词是他即兴编的。想当初五十年代，他们在怀仁堂里欣赏了苏联哈萨克加盟共和国的哈力玛·纳赛罗娃独唱的这个歌，她的宽阔的嗓音和豪迈的歌声是多么迷人！"啊，哈哈哈……"那时，歌唱家是开怀大笑着唱出来的，那骄傲和满意的笑声更是令中国的青年人沉醉倾倒。后来包括钱文在内的多少青年观众想学会这哈力玛·纳赛罗娃的笑呀！更有不少的中国的歌唱家也想这样笑,可是他们硬是笑不出来或者笑不好,钱文曾经想真是苏联老大哥老大姐,笑起来我们也比不上啊!

与哈力玛·纳赛罗娃齐名并且共同访问中国的有乌孜别克加盟共和国的女演员塔玛拉·哈侬,她表演的歌舞节目是《有吃有穿》。那天哈力玛还演唱了新疆歌曲《伟大的毛泽东》,唱得荡气回肠,与众不同。还有她那丰满的身体,高耸的胸脯和幸福甜美的笑容!那天钱文甚至看清楚了她描画得漆黑而弯曲的眉毛……伟大的苏联呀……从那时候起许多年已经过去了!如果不是今天临时一急,他也许永远地把这个歌忘记了。

显然,东菊也想起了这些。而且,她非常满意钱文即兴"创作"的新词,于是,她咯咯地笑了起来。

就在两个人笑成一团的时候,传来了敲门声。

已经是晚上九点多钟了,会有谁来呢?两个人慌忙整理一番衣服头发,开开门,是赵林。赵林骑着一辆崭新的自行车。他首先要求把车推到屋里来,他说,前不久他刚刚丢了一辆飞鸽车,而现在,他又买了一辆永久车。

钱文他们的房间极小,但是丢车的问题是不可以掉以轻心的,他们于是帮助赵林把车推了进来,放好。赵林穿着一件崭新的毛料翻领青年服,嘴里有一点酒气,笑容可掬,只是眼角上有眼屎,仍然是一副忙忙碌碌什么事都要张罗的老样子。他说,他前两天碰到了老沈,听说钱文到大学工作去了,非常高兴,特地来看看他们。他诚恳地说:"我呢,刚过了三十一岁的生日,我算了算,你们俩也都快三十了,三十而立。可见,三十岁以前,您是站也站不起来的喽。什么叫工作,什么叫革命,什么叫爱情,什么叫家庭,什么叫社会,您三十岁以前您上哪儿知道去!我们从前——不管怎么说——是太幼稚啦!过去的事儿,您也就甭提啦,我说。今后,好好地干吧,小伙子!"

说得钱文连连点头称是。

赵林本来不是北京市区的人,他说的话是带一点山西味道的,正因为如此,他说起话来反而更喜欢拿出一副京油子味儿来。他其实比钱文他们大不了几岁,但是他毕竟担任过他们的领导,说起话来多少有点"拿大"。拿大过程中又时时俯就、附和、打成一片,以示联系群众与交情义气。

在说到自己的情况时,赵林说,他的出国任务已经告一段落,他也是已经两个孩子了,没有他,汪珍珍的负担太重了,他自己也不再愿意出国了。他现时在机关"闹了一个""最没有实权"的"破处长",顶头上司——分管他们的副局长是一个"什么都不懂"而又"很主观"并且"不能容人"的家伙。"有什么法子?您可不是赶上什么算什么呗!"他哭笑不得地说。"混吧,凑合着吧,反正,我们的青春已经一去不复返喽!"

他最后一句话虽然是打趣着说出来的,听起来仍有一丝悲凉。

> 美丽小鸟飞去无踪影,
> 我的青春小鸟一样不回来……

赵林哼哼着《青春舞曲》。这个歌是一九四七年平津学生大联欢时唱起来的,那时唱这个歌的是左翼学生们,然而他们唱这首歌的时候竟没有体察到歌词里的无可奈何的忧伤。

"汪珍珍好吧?"东菊问,她想起了春节联欢的时候与赵林抢着唱歌的汪珍珍。她觉得,她与赵林挺合适——当然,赵林比她精明多了。

钱文想起了舒亦冰与林娜娜,提也不好,不提也憋得慌,直如芒刺在背。

赵林无声地一笑。"都好,都好,有什么不好的?爱情?爱情无非是莎士比亚和普希金他们闹出来的。我们这些个凡夫俗子,有几个人能有真正的爱情?你即使有了——天也不容你!这是……命啊!"赵林似乎有些个激动,眼泪花花的,唾液出现在嘴角上。他沉默了一会儿,继续含糊不清地说:"反正最后还不是公母俩一块儿过日子？熄了电灯，还不是一个样子？唉，我算全明白了，也就不自寻苦恼啦。我说的不包括你们，你们不一样啊……你们不容易呀，你们一定要好好过一辈子！"

传达上级精神雄辩恢宏，谈论出国感想大气磅礴，给青年上团课高瞻远瞩，分析起思想问题来严丝合缝，直到批判起右派、反革命来山呼海啸，永远自我感觉良好的赵林呀，曾几何时，怎么换了一副腔调了呢？

毕竟是推心置腹，毕竟是知根知底，毕竟是友谊长存，毕竟他是早先一起革命的同志——兄弟。这批同志——兄弟与钱文夫妇联系的已经很少了，这次赵林又是第一个前来看望不无落魄的他们。钱文颇有几分感动，心里热乎乎的。想起他与林娜娜的不成功的爱情，钱文更有一种说不出的沧桑感和失落感。也许赵林那样说话，对于人家汪珍珍来说是不公平的，然而，正像钱文在农村喝粥时候越发体会到"饱汉不知饿汉饥"的道理一样，他与东菊对于失去了林娜娜的赵林，又能劝慰些什么呢？而赵林的对于钱文与叶东菊的爱情婚姻的欣羡赞美与诚恳祝愿也使钱文不能不认真对待。这也是党常常说的"身在福中不知福"吧。

钱文看着自己的寒酸的家，真不知道该怎么招待一下赵林、怎么表达一下对于他的前来的欢迎与感谢才好。

"你吃了饭了吧？"他问。

"噢，当然，这不是还喝了点酒。"他张开嘴，哈着酒气，"我没有喝痛快，林娜娜不让我喝呀……"

突然提到了林娜娜的名字，三个人似乎都一怔。

赵林随即一笑，眉毛一扬，这神色使钱文仿佛回到了五十年代初期的日子。

"我们再喝一点好不好？"赵林问，也许是要调剂一下无意中形成的百感交集的尴尬。对于成年人，感情的流露不免叫人不好意思。

"好啊好啊。"钱文和东菊同时说。说着，东菊从破方桌的桌脚边拿出了一瓶西凤酒,瓶口裹着漆皮,还没有拆封的。

赵林摆摆手,走向他的永久自行车,将手放到挂在车把上的草绿色军用挎包里摸摸索索,他的挎包从来都是这样的,那简直是个百宝囊。钱文回想起他们一起在区里做青年团领导人的日子,不由得莞尔一笑。

赵林拿出了一个扁瓶四两(后来改大两就是二两五了)装"二锅头",他说:"喝这个吧,这个已经打开了,只喝了两小盅儿。这个酒是我在通县买的,通县的二锅头,那是正宗的呀。"

看着两个人的关切和迷惑的表情,赵林的两道浓黑的剑眉一挑,目光一闪,这表情仍然是他过去的那种机灵、好胜、滔滔不绝的神气。"我今天骑车去通县了,去一个半钟头,回来一个半钟头,一共三个钟头,我去看林娜娜去了⋯⋯"

"呵,林娜娜好么?"东菊问。

赵林并不急于回答,而是把"二锅头"的盖子拧了开来。

东菊忙着打罐头,弄了一盘虎皮鸡蛋,又炒了一盘肉丝拉皮,炸了一盘虾片,三个人坐到了方桌边。

"呋⋯⋯噗⋯⋯全吹了,烟消云散了——

　　太阳落山明朝依旧爬上来,
　　花儿谢了明年还是一样地开!

我们过去是多么幼稚呀。我就知道,我和林娜娜的事是成不了的,因为,我太爱她了。世界上的事就是这样,你太爱一个人了,你和她绝对成不了。你太想做好一件事情了,你这件事情一定做不好。你太希望成功了,你一定会失败。你太真诚了,你一定会被怀疑⋯⋯人生就是这样地常常和你的心愿戗着来的。你们信不信?"

"这个⋯⋯"钱文不知道说什么好。

"有时候,一个人,特别是一个女孩子,并不知道自己到底想要什么⋯⋯"东菊迟疑地说,她大概是想用一种模模糊糊的说法安慰一下赵林。

"我只是去看看她,看看她而已,买卖不成仁义在,做不成老公老婆了也还有友谊,是吧?我在她家坐了十五分钟,谁能想到是舒亦冰呢?开玩笑哇!谢谢她给我泡了茶,是二级茉莉花茶,五毛六一斤的那一种,唐山瓷器,盖碗,带把儿……"

赵林能在这时候详尽准确地判断和叙述林娜娜招待他的茶叶的等级、价格和瓷器的式样,令钱文夫妇一惊,他们飞快地相视一笑。

钱文心里想喊:"性格万岁!"

赵林只顾自己说话,没有注意钱文他们的反应,"……后来是我请她在外边吃的饭。京东的活鱼,有名的,放到盘子里端到桌子上,鱼鳃还一张一合的。也许我吃饭的样子就像那通州活鱼吧?这就是……可惜娜娜不吃……她心疼了吗?我使得她心疼吗?小资产阶级……不吃她也总算陪了我,陪我在饭馆坐了五十七分又四十四秒……谢谢了,我姓赵的谢谢你!"

> 美丽的姑娘见过万万千,
> 只有你——最可爱!
> 你像早上初升的太阳,
> 无比的新鲜——姑娘啊!

赵林呜咽了,钱文夫妇也悲伤得说不出话来。赵林与他们性格不同,命运也完全不同,甚至于过去,有一段时期钱文还对赵林有一点腹诽,他是不是有点浮躁呢?然而,今天夜晚,他们只是觉得完全被打动了。那些珍视自己的内心生活、感情世界的小知识分子们啊,你们有什么权力漠视与你们性格类型不尽相同的人啊。

"真糟糕,我是来祝贺钱文走上了新岗位的……我不过是穷极无聊而已。鲁迅说得好,什么而已什么而已,最后剩下来的不过是而已而已。可是我是不会忘记林娜娜的,人和人谁也不会忘记谁。五十年代初期那火热的日子！那时候我们都是英雄志士啊，您哪！我们以为地球也要在我们手里打一个滚儿！我听说了她的一切，其实，她离开了我，过得并不一定好，但也不一定不好。谁又离不了谁呢？毛主席不是说了吗？离了谁，地球还不照样地转？离了马克思都转！正像是我，离开了她，也不怎么样。话又说回来了，您到底想要怎么样呢？你们说，人又能怎么样呢？我们只可能是相互分离，成不了的，我早就知道，成不了的……她的那一双大眼睛呀！那不是我赵林的。我他妈的只知道开会和传达文件呀！我们的爱情，大概也是文件上规定了的吧——革命的伴侣，战斗的同志，连一起看一次电影都那么难，我忙啊，我没有时间啊，我安排多少次硬是不能落实与她一起看上一次苏联电影啊。现在，倒是有时间看电影了，林娜娜——没啦，苏联——也没啦！您瞧这事儿！我到处宣传苏联有最新的发明啊，苏联能把死人治活了，苏联能把美国灭上那么十次八次……为这个差点给了我处分！最后是不给处分的处分！为了林娜娜我可真是要把眼泪哭干了，钱文，你是不是这个样子呢？我觉得我们的党性也就够强的了，怎么沾了爱情，沾了捷乌什卡（俄语，女孩子），我们就一点出息也没有了呢！"

这回，钱文竟禁不住把泪流到颧骨上，东菊也是眼泪汪汪的。

"他妈的！"语无伦次的赵林又转了话题，"那个副局长是一九五五年才入的党，人比人，气死人！全国都解放了，共产党已经是执政党了，你知道他入党是什么动机？你怎么知道他是真革命还是假革命？我们革命是脑袋别在裤腰带上，现在的人革命，是眼睛盯着升官发财呀。这就叫区别。有什么法子呢？人家有点后台呀。算了，不说这些了，反正我是对得起党对得起人民的，我是只知道工作、工作还是工作的。如果，我能多拿出一点时间给娜娜，如果我不是一次又一次地失约，也许……去她的吧。你们大概不会知道，她这次与舒亦冰结婚，已经不是第一次了。她先是和一个他爸爸的学生，一个画油画的同居了半年，结果呢，那个流氓欺骗了她……同一时间，他睡着三个女的。一朵鲜花,风风雨雨……全怪我呀,我没有能保护她。人家一个单纯的中学生,我凭什么要追求人家?"

"呵……"钱文他们连连叹气,连连点头。心想真是一个人一本难念的经呀,过去,还以为人生中政治上的麻烦是最大的麻烦呢。各式各样,反正谁也甭想活得太滋润……

于是赵林不再说什么,只是喝酒。酒不多,几下也就喝完了。东菊打开了自己的"西凤",给赵林倒满,关切地说:"你们再喝一会儿,我看赵林你该回家了,别让汪珍珍惦记。"

赵林一听这话,竟大笑起来,他说:"算了吧。要说汪珍珍嫁给了我,也是我们俩的福气。说起来好笑,林娜娜的名字是娜娜,汪珍珍的名字是珍珍,就因为有这么一点联想我才愿意娶了她。她头脑简单,身体健康,爱发脾气,发完了就完。不像林娜娜,她虽说是农村里长大的,毕竟是画家的女儿。画家的女儿,咱们还是敬而远之的好,咱们……唉,我说这个话你们不要不高兴,你们俩是特殊,我刚才已经说过了……所谓爱情,还不就是那么一回事,一男一女,年龄大致相当,不秃不瞎,不坑不拐不反革命,抱到一块儿,生理也有要求,生活也有需要,点上灯说话儿熄了做伴儿,不就是爱情吗?只可惜我当初太相信爱情了,就像相信苏联发明了新物种一样……归根结蒂,人生的一切痛苦太多太多都是来自不切实际的幻想,小伙子,记住我的话吧。再不要随便相信了,哥们儿!

"哦,说走了嘴了。其实我们又有什么可说的呢?从入党那一天,我们已经把一切献给党了。我还跟你不一样,我能干什么呢?除了跟着党革命,我又会干什么呢?离了我们的伟大的党,我赵林只能挨饿的干活呀!我们算什么?我们就够幸运的啦!好好干吧,小伙子,我刚才说的那些酒后的胡言,我现在郑重声明,那纯粹是放屁!你们听见了吗?

"比如说周碧云,周碧云最近又出了事儿啦。你们知道吗?差点没有把命搭上呀!那个凌函栋……谁想得到?一步错步步错,这就是人生!爱情,爱情,我才不信那玩意儿呀……"他没头没脑地说着,发出唧唧唧的声音,像是哀哭,更像是坏笑。

他摇晃着,笑着,流着泪,踉踉跄跄骑上车,走了。

……于是,钱文和东菊,更紧更紧地拥抱在一起。

命运,该有多么不可思议!人生,该有多么变化莫测和千奇百怪!按正常的看法,周碧云与舒亦冰,赵林与林娜娜,不是没有什么理由不"成"吗?但是上苍没有让你成。命运是什么?是一种戏弄,一种残酷的考验吗?是一种掷骰子般的偶然与随机吗?一个人的悲欢离合,它的千变万化就像小说家的胡编乱造一样的随意和方便吗?人的心气人的选择又是些什么呢?是自寻烦恼,乃至于是自取灭亡吗?有多少人想着的是白玉,得到的却是乌煤,想着的是火焰,得到的却是冰雪,想着的是花朵,得到的却是狂风暴雨!有多少人,想到海里去航行,结果却走到了干旱的沙漠,想到天空去自由地飞翔,结果却钻进了密不透风的灌木丛,想永远拥抱太阳,却丢失了如豆的灯火……缘木求鱼,南辕北辙,画虎类犬,饮鸩止渴……这就是一代人又一代人的故事?这样的故事的意义又何在呢?

小的时候,我曾经想——我仅仅想让一只小鸡从鸡蛋里孵出来,这是一个多么安分守己的幻想!我并没有想让自己变成一头雄鹰甚至于也没有要自己变成一只青蛙或者老鼠,我想的只是让一个鸡蛋变成一只小鸡,这是天公地道的呀。我把一个鸡蛋放到了自己的被窝里,爸爸不许我这样做,妈妈也不许我这样做。后来呢?后来当然没有鸡雏的吱吱,也没有麻雀似的跳跃,只有我的弄脏了的被子褥子和我所承受的一顿饱打。我大一点了,我甚至已经懂了一点科学,我试验过在晴朗的夏日用凸透镜把一张报纸点燃,结果只是沤出了一些烟和把报纸熏出了一个黑洞——这已经是我伟大的科学成就了。后来,使我着迷的是演电影,因为我已经懂得,电影是由一系列静止的画面的迅速移动造成的。我用了一个多月的时间画画——那应该说是自制卡通吧,而且那时候我已经看了卡通片《铁扇公主》,万氏兄弟制作的这部卡通电影是怎样的令我神往!但是,我最后得到了什么呢?

然而,人类是了不起的,人类确实是做成了许多事情。比如,革命、生产、瓦特发明蒸汽机。比如在革命中我与东菊,永远在一起永远不分离了。也许,一千对里才有一对我们这样的,也许获得自己的爱情的比率不过如海中捞针。也许,你终生寻找而未能与之谋面,也许你终生苦求而又与他(她)失之交臂——在获得以后也可能因为自己的不加爱惜而把最珍贵的东西失去。人啊,你只知道痛苦于尚未到手的,却从来不知道爱惜已经获得的呀。而且,慢慢地开始明白,赵林也好钱文也好洪嘉也好,其实都也平凡。平凡的人也能革命,这更显见革命的伟大;革了命也还平凡,这又是革命的艰难。革一次命并不能管你一辈子,让你一辈子伟大光荣幸福美满万事如意。何况一会儿,不革命的人也会变得革命,而革过命的人也会突然丧失自己的头顶上的圆光而变成狗尿苔。然而毕竟还有东菊,还有爱情。感谢上苍吧!一个人是不可能什么都占全了的。赵林连当处长还不满意呢。而我……感谢上苍吧,你得到了这一部分。你就很可能要失去那一部分。你已经成为诗人,你已经得到了爱情,你已经得到了大致的健康。到现在为止,你没有生癌也没有中风不语——我不敢说我已经很健康,我没有那么大胆子——你能够不接受其他的试炼吗?你能够没完没了地向命运索取吗?你能够牢骚满腹吗?你能够怨气冲天吗?

只有感激,感激,还是感激。已经伟大过了,已经革命过了,已经光明过正确过先进过崇高过战斗过也热爱过温暖过相信过激动过沉醉过幸福过了。不论今后遇到什么新的考验,新的悲伤,又有什么可以怀疑可以遗憾的呢?

而爱情,谁能说爱情不是照亮全部生命的强光!谁能说爱情不是永远托举着你护佑着你的生命的航船!没有这个航船,你的下场还不是与萧连甲一模一样!爱情是无比的光明,爱情不容纳阴影,而爱情的眼睛却是盲瞽的。寻找爱情,多么像一群热情的瞎子在晴朗的白昼点着灯互相寻觅。谁找得着,谁又找不着,谁相信自己找着了,谁又认定自己尚未找到呢？在那个恋爱的季节,在包括洪有兰也忙于恋爱急于恋爱的千载一逢或者千载不逢的时刻,在那个一片光明一片灿烂的日子,透明如水晶玻璃的我们却成了走在夜路上的瞎子。也许这儿有一条光学的原理:处处光明处处消失了阴影以后,我们也就和白日里提灯的瞽者一样地什么也分辨不出,什么也看不见了。也许有过电光石火般的际会,也许有过转瞬即逝的共鸣,也许有过万里挑一的机缘,也许有过刻骨铭心的呼唤,也许有过——真的有过前世的恩爱、来世的允诺、永恒的海誓山盟和携手度过一切风风雨雨的灵魂的保证。然而,人们由于时间和角度的误差,由于常常糊涂,由于外界的误导与迷惑,由于匆忙,由于不会倾听、听到了却又不信自己内心的声音反而相信了不该相信的聒噪,由于对不准自己的灵犀,由于什么也不由于,也就是只因为上苍给我们的机会太少,多少可怜的人失去了、再也找不回来了,或者根本没有得到过他们的唯一的一次、他们的最热烈最真诚最美丽的爱情……天啊,可怜可怜那失去爱情被爱情所痛苦、再也不相信爱情不相信真诚和永恒的不幸的人儿吧。

上苍创造了爱情,却又让可怜的众生对它视而不见,见而不识,寻而不得,得而不葆。仁慈的与残酷的上苍啊！

所以我感谢。所以我幸福。所以我从无怨言。所以我对世界充满爱情而不是夸张的褊狭的嫉恨。我永远恨不起这个世界来。这是我的罪过吗？这是我的浅薄吗？这是我令你们失望的关键所在吗？

那咯咯的小皮鞋声又响起来,那脚底上的小铁掌又敲击起来了。像敲起了小鼓,像跑过了马驹,像降下了甘霖,像拨动了心弦……金色的道路,宛转的群山,松涛如海,众石如潮。你二十岁的少女,你十九岁的少年,跑啊跑啊,山径崎岖而青春傲然,天风浩荡而信心洋溢,还有那诗人的情怀和醇酒的芬芳。人人都说少年好,少年正是多烦恼！你青春的困扰和少年的迷误，你心灵的曲径和梦幻的城池呵，心魔，那就是心魔呀。那一年，我们也有过误会，也有过迷失，也有过分手和隔阂呀。道高一尺，魔高一丈，撒旦纠缠着我们的心，时时伺机毁灭我们呀。于是我们拒绝幸福，我们曾经相信鬼话，我们曾经为忠诚而烦闷，为快乐而疑惑，我们无法相信幸福，我们无法相信苦命的人儿颠簸在苦海里能够这样顺利地得到解救，于是我们决定重新投身到黑色的波涛里。

亲爱的，你在哪里？亲爱的，我为什么失去了你？

我们也度过了我没有你你没有我的一年十二个月，我们需要学习那个经验，叫做失去了才知道它的宝贵。这该死的人类的通病！从春到夏，从夏到秋，从秋到冬，我们迷失了自己，我们几乎，甚至于可以说已经开始落入深渊我们本来也会也应该失去真性，我们也会终生涕泪长流，也会自暴自弃，也会游戏人生，也会麻木不仁，也会消极颓唐乃至反目成仇、自食其果。然而，然而上苍是如何地护佑了我们！苏联制造的带着铁掌的小皮鞋在你的房门前响起，在你的心上响起。她找不着你。她找向了你。你谛听着这皮鞋的咯咯若有所动，这就是她，这就是我呀！由于那神奇的暗示，那自己也不明白的鬼使神差，那使我们再走到一起来的冥冥中的指引，那召唤着幸福召唤着人生的咯咯咯，咯咯咯……

它来自何方？他经过了白天和黑夜，经过了药片和手术，经过了斧砍刀劈的山壑，经过了暴雨的冲刷，经过了黄泥河岸，经过了洞穴和孤独的桥梁，经过了永远前进的呼喊，经过了半夜迎面而来的信号灯火，一颗星，又一颗星……

咯咯咯，咯咯咯，召唤的鼓声敲起来了。

然后是多少热泪，多少温存，多少幸福，多少回忆！那令人喘不过气来的幸福呀，比死还要坚强，再没有谁能分离我们！我们飞翔，飞翔，那小皮鞋的咯咯声送我们直到云霞之上，没有什么可以恐惧，再也不怕魔鬼的幻影，任凭风雨交加……

第 九 章

然而,我们要活下去,要咯咯咯地迈出虽不阔大却是坚定不移的步伐。我们要咬紧牙关,露出微笑,唱出最新最美的歌曲。即使已经两眼昏花,我们仍然要描摹缤纷的色彩。即使已经重听依稀,我们仍然要赞美激越的铿锵。即使已经一跛一拐,我们仍然要展现竞争马拉松冠军的顽强。即使已经满眼的苦泪,我们仍然要肯定奇妙的人生。

即使已经丢盔卸甲,即使已经遍体鳞伤,即使已经气喘吁吁,即使已经伤筋折骨,即使已经被命运打倒在地,不免怀疑自己是不是再也没有还手的力量,在数到十以前,我们仍然要一跃而起,仍然要立好个门户,握紧拳头,调理内息,大喝一声"呔!"再搏他一个天昏地暗。

因为我们选择了生活,选择了诗,选择了长篇小说。在活着还是不活着的问题面前,我们无法困惑,我们无权犹豫。我们投入了时代,我们相信了正义,我们献身给理想,我们崇敬于精神,我们牺牲于解放全人类的壮丽事业。我们得到的,永远永远多于我们失去的。

因为我们经历了浴血的战斗,我们在刑场上高歌,在刑场上举行婚礼。不能理解我们的坚强勇敢的黄口小子又怎么能理解我们的忍辱负重、俯首甘为快乐的牛?

眼泪并没有从我们脸上擦干,然而我们已经唱出了快乐的风。苦恼并没有从我们的内心扫除,然而我们已经在吟咏雄健的雷。庸俗和琐碎的霉锈烦闷着吞噬着我们的血肉,然而我们献出的是英雄的礼赞。失误和混乱碾轧着我们的心思,打落了的牙齿吞到了肚里,然而我们给予的是继续进攻永远征战的行进的图画。我们吃的是草根、树皮、牛粪、毒蘑……我们挤出来的是洁白无瑕的牛奶。

因为我们只能选择生活,而不能选择死亡,我们只能选择革命,而不能选择自私和反动,我们不能选择与历史的车轮顶牛,我们不能选择置烈士的鲜血于不顾。即使我们被戴上了反党反社会主义帽子,我们谱写的仍然是对于党对于革命的赤子之歌!

那些无知的小山羊小肥鸭叽叽喳喳的小麻雀们啊,你们可进行过殊死的战斗?你们可经受过死亡的考验?你们可用生命捍卫过理想精神信念神圣和崇高节操?你们可知道"这是最后的斗争,团结起来到明天"的历史英雄主义与抛头颅洒热血的激情?你们可知道慷慨就义从容楚囚的悲壮情怀?你们可尝试过去做普罗米修斯偷来天火光耀人间?你们体会过这普罗(无产阶级)和那普罗的悲壮滋味吗?如果不体会,你们又从何去理解委曲求全的必要与强颜欢笑的毅力?没有一枚硬币的这一面,你们又如何能知道那另一面?哪个发了疯的无知小子敢说我们这一代人软弱和恐惧,甚至于说我们是明哲保身的机灵鬼?如果我们是那样的人,又哪儿来的轰轰烈烈的中国革命?隔代观火的小青蛙,你叫个什么?把你置放在那熊熊的大火里,你未必能比得上上一代人!还有那些责备中国作家自杀与杀人太少的胡言。无知永远算不上恶德,但是用无知来规范世界却不仅是好笑。你们的责备一钱不值!我们选择了生活,那不是出自同一理想信仰的精神力量吗?那冲云天破霄汉必死必争的高于一切的圣徒式的精神力量,对于我们这一辈人还不是看家的本领、吃饭的家什、炉火纯青的祖传功底和浸深化透了的玉液琼浆!你们呀,你们竟以为精神的历史从你们开天辟地!你们究竟懂个啥子哟!

这样,写到这里,打破一切小说的通例,忘记长篇叙述的从容道来的秩序和托尔斯泰、巴尔扎克的经典风范,也再不问左一个腹稿和右一个提纲的并非没有的安排,更不管一个已经写了四十多年、从而人五人六起来了的小说作者的身段吧,让我冷锅里冒一次热气,蓦地写一写刘丽芳,你!我本来没有打算给你太多的戏,我早已经忘记你的容颜。我甚至于已经忘记九十年代开始的时候我是怎么写的你?也许我根本没有顾得上描绘你的肖像?也许我将你写走了形?《恋爱的季节》初稿起始于一九九一年,那时候我还不到五十七岁。而现在,年逾花甲,夫复何言?在写作"季节"系列的过程中,在咬文嚼字的书桌前,在稿纸、钢笔、微机、键盘、双拼双音和五笔字型的陪伴下,我们又度过了多少春夏秋冬季节,我们遭遇了又失落了多少长长短短的人物和情节,我们的窗外又有多少载满欲望和奋斗的列车看也不看我们便疾驶而过!花开复花落,月圆又月缺,我们……包括亲爱的读者们又白了多少头发!逝者如斯,不舍昼夜……而绰号刘巴的刘丽芳,你又经验了多少时光流逝的悲哀与无奈,错过了多少转机、呼唤、丰满的感悟的契机与每天都重新升起的崭新的太阳?

很难说你美丽,你的脸型偏长方形,你的左腮似乎比右腮丰满,你的肤色太黄了,你可真是咱们黄种人呀。你的身材适中,你的目光灵活,你的腰肢轻软柔韧。你的眼睛圆圆的,不算大,但是很有表现力也很有精神。你的眼睛有千种角度、启阖、态势与风韵。你的笑声像银铃一样清亮,那不像是从嗓子里发出的而像是从心脏的深处响彻着的生命,你的似乎是与生俱来的永远的快乐传染着每一个人。你的嘴,呵,让我怎么样去描写你的动人的、别具特色的嘴巴!你的下唇微微凸起,那温柔的和挑逗的嘴唇!你说话的时候两个嘴角显得锐利,嘴的中间部分有点方形,整个嘴就有些像是扁扁的六角形了——这是一种多么热情而絮叨的嘴巴,连里边的舌头的运动也比常人迅速和毫无保留地信任它的每一位谈话对手。而当你笑起来的时候,你的上牙花会稍稍露出一点点粉红色的肉来,这种样子有一种类似农妇的朴实和大胆的美。注意,要提防那长着六角形嘴巴的女人!她们的爱像烈火一样!尤其是你的那一头乌黑的头发,光亮、润泽、浓密、厚丰、蓬松、细软,永远是自然的弯曲、自然的拂动、自然的参差蕴藉与聚拢,在额前和耳下,随着你的头部与面部的永无停止的迅速转移,是怎样的令人心旌动摇、意荡神怡!你的头发是一个青春的天地,是一曲少女的歌谣,是一个埋藏着无数美丽的小故事的爱与诗的渊薮!

(罪恶的人类呀!即使是最绅士最道学的男子心里,是不是也期待过假想过一个潘金莲、一个荡妇和娼妓呢?即使是最圣洁的淑女,是不是也梦到过一个唐·璜、一个西门庆、一个花花公子呢?)

你当真是苏联的青年近卫军里的刘巴、刘勃卡、柳波芙·舍芙卓娃吗?你当真是乌丽亚娜·葛洛莫娃、谢尔盖·丘列宁、奥列格·柯舍伏依的战友?她是何等的活泼迷人!而苏联的美丽健康青春漂亮的女共青团员啊,焉知道是不是由于你们的存在,使得大半个世纪以来各国青年愿意走向社会主义革命的道路?真理、意识形态之需要青春,正如青春之需要意识形态、需要真理。焉知道在中国,是不是有几百万少年男子梦到了你的倩影,感到了你的热力,从而离乡背井、孤注一掷、绝不反顾地走向了普罗列塔里亚的光荣革命?刘巴,我爱你!刘巴,我们爱你!

那么我们中国的这位被许多人叫过刘巴的女子的命运是怎么样的呢?她接受革命自然是在一九四九年北京紧接着是全国解放以后,她是载歌载舞地革起命来的。她之爱革命正如她之爱唱歌,爱跳舞,爱咯咯地笑,爱耍小脾气,爱吃烤白薯,爱用金龙药皂洗头,爱打电话尤其是爱接电话,爱一年四季光脚穿皮鞋布鞋球鞋踢着石子走路,爱看苏联电影,爱撒把骑自行车,爱忽然大模大样地长叹一声或者突然大叫:"亲爱的,我们是多么烦啊!"她也像你一样地爱与旁人——包括男和女——比试猜谜、智力测验、剁刀子、掰腕子和跳绳。她之爱革命也正如她爱考一百分,爱受老师和家长夸奖,却又爱做个恶作剧,给老师出个难题,例如在下课十分钟的时候她会学每一个老师的口头语、口音和姿势、手势。总之,刘丽芳之要革命就是因为她是刘丽芳,她之接受革命就如一个小孩子接受母亲、食品和沐浴。刘丽芳在十七岁那年之接受革命是因为革命是她十七年来接触到的最最精彩的游戏,一下子那么多歌曲,那么多歌舞,那么多腰鼓,那么多红旗和彩旗,那么多掌声和和平鸽——哪个爱玩鸽子的孩子也没有气魄与力量玩那么多遮天蔽日的洁白的鸽子。还有那么多标语,那么多横幅,那么多彩车,那么多活报剧,那么多大锣大鼓大钹大镲,那么多红旗下的宣誓;激动的笑脸,迷离的泪眼,燃烧的语词,神圣的仪式,几十万青年人和他们的长辈与儿童们一起行进,一起高呼,一起振臂,万岁万岁声声入云……这样的规模世界多少年才能出现一次?中国多少年才能碰上一次?碰上一次也就不算白走一次。碰上一次再死,也就不枉活一生!尤其重要的是,解放军进城以来就动不动停课让学生参加大活动。革命是青春,也是全民的盛大节日,真是一点也不错!反革命硬是丧尽人心,组织不起这样盛大的节日来,他们只有灭亡!

刘丽芳是从什么时候得到了刘巴的绰号的呢?那是一九五〇年的五一节,中国人第一次学会了在广场欢庆劳动人民的节日。穿上花裙子——关于女生要穿花裙子,区团委的赵林钱文周碧云等人是有布置有任务的——到天安门广场跳了一夜集体舞——这也是团委布置的任务。

> 我们大家手牵手——噢,
> 我们彼此肩靠肩,
> 反动势力马上就要灭亡,
> 人民胜利在眼前!

几十万人跳集体舞,刘丽芳跳了整整一夜。没有革命,没有革命的政党,哪里会有这样壮观的狂欢!

革命是人民的狂欢,是青春的节日,是历史的沉醉,是情感的火焰,是民族的大放光辉!

而且,我完全相信,在刘丽芳接受了革命之后如果遭遇到反动派还乡或者外敌入侵之类的考验,她也将如卓娅·柯捷缅斯卡娅或者刘胡兰,如马特洛索夫或者董存瑞,让自己的生命焕发出殉道殉事业的圣洁的强光。

然而你没有赶上那种血与铁的斗争,你的父兄已经为你赢得了残酷厮杀。你唱唱苏联歌曲,说说革命理想,跳跳革命秧歌,背诵一下艾青与田间的诗,你就是革命的了。你在解放后不久被吸收为候补团员——亏他们想出这样一个主意。他们也看出了你的革命太方便也太冲动了,也许——我估计只是因为你的嘴形与荡来荡去的乌发令刚刚建立起来的团支部的书记、委员们心慌意乱,他们不得不用不接受你为正式团员的方法平抑他们生发的青春激情,维护他们作为青年表率的道德风纪。后来你转了学,经过了一个月零十三天的漫长考验,你不但立即从候补团员变成了正式团员,而且立即担任了团支部干事、委员、副书记、书记,全部"台阶"你只走了两个多月,在革命的高潮中,真是一天等于二十年!

然后你变成了区里的干部,青春、革命、爱情,这三样东西加在一起还能不点燃全部世界与全部生命?这三样是怎样的相得益彰!青春需要革命,革命是青春的酒和盐,不革命青春就黯然失色,不革命青春就算不上青春。而革命的冲动不正是与爱情的冲动一样,生发自青春的红血球吗?青春是革命的油田、革命的源头,爱情与革命不正是青春的大潮,不正是春潮的胜利泛滥冲刷、冲决一切桎梏和罗网的野性么?谁能不为这美丽的春潮倾心?谁能不为这熊熊的革命烈火燃烧?除非你是彻骨的冷血!让革命的青年男女永远紧紧地拥抱在一起!革命就是对于生命和美,青春和力量的狂吻!岂止是聪明的带着新鲜的泥土气息的高来喜?一个世世代代为糊口而挣扎的乡巴佬家庭,到了这一代出了一个被刘巴迷住的高来喜,这是积了几百辈子的德,这是祖宗风水的哪一段紫气大放光芒!这也是几千年至少是几百年才出一次啊!哪一个革命的男青年的心里没有一个刘巴,一个疯狂地爱生活爱人类爱社会主义的勇敢的姑娘!世世代代的男儿都愿意为她赴死!她什么都敢说敢做,什么都做得到!在刘巴面前什么海伦什么安娜·卡列尼娜,什么包法莉夫人,什么崔莺莺林黛玉薛宝钗一丈青扈三娘,都给我走开!也许唯一能与刘巴的形象颉颃的女性是吉卜赛女人卡门,而卡门又缺少那种革命者的神圣庄严坚强自信。同样的,哪一个革命的女青年的心中没有一个坚毅的政委或者书记,没有一个夏伯阳或者季米特洛夫?革命至少创造了一个伟大的恋爱季节,让青春与爱情的大潮横冲直撞,滚滚奔腾,一片汪洋!

　　然后我应该写一写你与高来喜的初吻。亲爱的读者,原谅你的拙笨的作者吧,他太老实太无知了,他从小就学得乖乖的,非礼勿视非礼勿言非礼勿闻非礼勿行,以至于写了那么多恋爱竟没有好好地写一次销魂荡魄的狂吻。那天晚饭后开会前高来喜与刘丽芳掰腕子,高来喜是这样地喜欢刘巴的小而有力、又细腻、又紧凑、又光滑、又柔韧的手!高来喜当然有把握赢刘巴的,但是他不使劲,他只是和刘巴逗着玩,他要多捏刘丽芳的手一会儿,他觉得捏住这样的手真是通体舒泰、飘飘欲仙。然而,他没有想到,开始掰腕子的时候,刘丽芳也没有使出全力。没有金刚钻就不敢揽瓷器活儿,她既然动不动向男子挑战,也自有其过人之处。你逗我,我逗你,不定是谁逗谁呢!两个人正在那里逗着玩,突然,刘丽芳以迅雷不及掩耳之势加力,一下子把高来喜的手腕翻到了下面。然后,作为胜利者她把小高的手背叭叭叭打个不住。打了手背还不算完,她忽然打了小高的脸蛋一下。呵,这疯丫头的有劲的小手与乡巴佬少年的燃烧的脸庞!谁敢小看乡下人呢?乡下人敢杀猪,就不敢亲亲女人?乡下人各方面都比成天吃补药的城里人强百倍!谁知道是哪里来的灵感?就在这一刹那,高来喜叹道,呵,我的娜塔莎、喀秋莎、刘巴拉娅莉娜,然后就紧紧地与她抱在了一起。他用他从苏联电影苏联小说上学来的与自己发明的各种人名与名词叫着刘丽芳,他只敢吻刘巴的脸蛋,而刘丽芳一口对在了高来喜的少年的嘴巴上。山连着山,路通着路,火烧着火,水流着水,春潮汹涌,春风回旋,春雨缠绵,春山摇撼,摧枯拉朽,天塌地陷!是怎样的激昂燃烧了又润泽了这两个狂孩子!在实际的与你紧攥住手并且打你的手背和脸蛋的刘丽芳与假想的刘巴卡佳娜斯嘉斯薇特兰娜面前,给高来喜洗过多少次衣衫的卞迎春又怎么能够匹敌!

然后,你又让刘丽芳上哪里去了解政治思想战线的革命,共产主义与资产阶级民主主义的斗争!正在跳舞正在唱歌正在接吻正在春心荡漾春潮澎湃黑发如丝红唇如花笑声如金钟当当当的刘丽芳同志刘丽芳小姐上哪里去研究反右整风大鸣大放阴谋阳谋去!你的字典里压根儿就没有这一类词汇呀!你做梦也想不到敌人就在我们身边,革命要指向和你一起唱歌的共青团员和共产党员!这场政治思想战线上的革命来得太突然了,对于你这样的仿刘巴来说,资产阶级的进攻也正如一九四一年六月份的那个黑色的星期六,突然,法西斯炸弹已经落到了刘巴们的头上!

正像在迎接解放欢呼解放的时刻你又唱又笑一样,现在,党遭到了万恶的资产阶级右派分子的猖狂进攻,他们勾结帝国主义和国民党,妄想让劳动人民重新倒在血泊之中。你从又唱又笑改变成又哭又叫。你揭发每一个让你揭发的人,首当其冲的是高来喜。你大张着六角形的嘴巴批判右派分子,那为爱情而滚动的舌头现在变成了火力猛烈信口开河的批判枪栓!开会呀,写大字报呀,表态呀,涕泪交加地抒发自己对于党的热爱和对于阶级敌人的痛恨呀,高唱"社会主义好,右派分子想反也反不了"呀,都顺山顺水地跟过来走过来了,眼看着为你抛弃了卞迎春的高来喜"屁熏屁熏"地狼狈不堪面无人色孤家寡人,成了人人捂鼻子的臭狗屎了,你是不是也觉得有点纳闷呢?你开始不过是响应号召,表示积极罢了,你根本就没有认真考虑过那些你始终弄不太明晰的政治语词、批判词语,它们的严肃意味你哪里知道?你根本没有考虑过这样狠了又狠地批下去会走到哪一站去,你根本没有考虑哭一顿闹一顿骂一顿跺一顿脚之后就会当真把一个同志送进地狱。等到高来喜真的被开除党籍、降职降薪、打入另册、永不录用以后,刘丽芳是真的傻了。

于是刘丽芳不再说说笑笑,不再学着苏联电影的腔调说话,不再唱那么多歌曲,不再小伙子似的撒把骑车,当然也不再与男同志掰腕子。她的嘴形似乎也有了变化,显得不那么方那么带棱带角的了,这时她笑的声调也比原先降了五度。她的话渐渐稀少了,她的眼睛渐渐迷蒙有时候甚至是发直了,于是普遍认为刘丽芳反右以后进步很大噢。

又过了几个月,刘丽芳入了党。又过了几个月,刘丽芳结婚了,她的爱人是热心的满莎介绍的,他是满莎的大学同学,现在中央从事机要工作,是卞迎春的部属。天若有情天亦老,冤家路窄今世报!刘丽芳和他见了没有几次面就答应了与他结婚,在与高来喜划清了界限之后,她刻不容缓地需要一个男人,需要完成一个妇道,也就当真"结"了。虽然婚礼那天刘丽芳被身份不明的人打了一顿,却没有打到结不成婚的程度。她在受了轻伤的当晚告别了自己的少女——"刘巴"时代,从此成为有夫之妇。不知道是由于痛苦还是幸福,也许幸福与痛苦本来就是一回事,新婚之夜,她在硬板床上的呻唤响彻了隔音性能极差的筒子楼,从此也就告别了吵吵闹闹的狂热革命青春。只是在婚后两周,她有一次在东安市场门口碰到了一位中学同学,那位同学听说了刘丽芳的婚事,便问男方的姓名和工作单位,刘丽芳有一瞬间——大约十秒钟,忽然否认自己结了婚,她连连摇头,嘴里含糊不清地说:"没……没……"后来又觉得不对,便改为点头,点完头忽然又发现自己忘记了爱人的姓名与一切详情。她最后不无吃力地回答了同学的提问,并由于她的表情使老同学大为疑惑。慌忙告辞之后,她又迷失了一回,不知道自己是不是当真已经有了固定的男人。我就这么嫁了人啦?她觉得难以思议。

由于男人的关系,她不久就认识了卞迎春。她完全懂得讨上司的好的重要性,她很快就向卞迎春曲意逢迎起来,卞迎春对她一直爱答不理。女人毕竟是女人,一个女人永远不可能原谅另一个女人夺去她的未来的夫君。

卞迎春情场失意,官场得意,积极肯干,有眼力,会来事,却又寡言少语。她深受领导的器重,一再提升。她也是在"大跃进"年代结的婚,她嫁给了一位老实巴交的警卫战士,她的婚姻选择令许多人吃了一惊。只有高来喜在得知此事以后大呼:"厉害!"她与高来喜殊途同归,谁也没有忘本,最后都是走了从工农中来到工农中去与工农兵相结合的光明大道。

到了六十年代,刘丽芳转到教育行政部门做人事保卫工作。刘巴刘巴,瞬间风华,明日黄花。到了六十年代,中国革命青年对于苏联英雄刘巴乃至对于整个苏联的青春崇拜昙花一现似的消失了。一个时代就这样方便地没有啦?你几乎不能相信。过去,甚至连反动透顶的杜勒斯也想不到!再往后,你说起青年近卫军的刘巴来人们甚至会觉得矫情乃至肉麻兮兮。刘丽芳也就彻底与原来的绰号告别,成为一个保留了絮叨磨唧、黄脸圆眼、舌头翻滚,失去了银铃般的笑声、失去了嘴巴的棱角,甚至失去了浓密的黑发的一下子老了十年的平凡无奇枯燥乏味的妇道人家,一个常请病假的"泡病号"和"事儿妈"了。她从此几十年如一日地拖拖拉拉,嗯嗯哼哼,一小时的事情办一个星期,一句话说完的事情说一个小时,磕磕绊绊,跟这个抬完杠跟那个吵嘴,今天对这个不满意明天给那个告状,闹完了神经官能症再闹肾盂肾炎,闹完椎间盘突出再闹静脉曲张,每年报销的医疗费用等于她的工资的九倍……别别扭扭病病歪歪地过了一辈子!

而你的一头如山峰、如海浪、如荡人心魄的春潮的黑发,又是怎么样渐渐稀薄和干枯的呢?是由于高来喜的最终与你分手?是由于哭哭闹闹的批判毕竟也很伤中气?是由于你在婚前挨了一次揍,从此你与小高反目为仇,而小高又在他的农民岳父的帮助下打赢了官司?是由于你的床上的呻唤太辛苦太贪婪?还是由于后来生了孩子,哪个女人不是如此,生一个孩子掉去一把又一把的头发!呜呼青春!呜呼爱情!呜呼柳波芙娜·舍夫卓娃!万事无常,时间无情,何独这一代少女的不入经传的恋爱故事!只是当你晚年回忆,回忆你不成功的而且完全不成样子的革命加爱情的公案,回忆你的从刘巴到"事儿妈"的一生,想到你的一生的唯一将留下来的记载——你的字迹潦草文理不通的鸿篇巨制的病历——你又能说些什么呢?

　　这样,在一九六二年,犁原受廖珠珠的委托催促,试图为廖琼琼做点什么的时候,头一关就搁浅在了刘丽芳那里,也就是必然的了。刘丽芳不可能愿意帮助廖琼琼,谁又帮助过她刘丽芳呢?她也不可能同情廖琼琼,谁又同情她刘丽芳呢?让一个自己过得极不舒服的人去帮助别人过舒服些——这本身就已经近于残酷了。

　　廖珠珠在为自己的丈夫平反而活动获得成功后,自然全力为她的姐姐奔走。犁原固然知道此事十分棘手,但是他毕竟惦记琼琼,而且正为六十年代初期"调整、巩固、充实、提高"这八字方针的实行而鼓舞。文艺十条呀,文艺八条呀,为广大的人民群众服务呀,都使他相信领导已经汲取了"大跃进"前后的"左"了又"左"的教训,从此将会开始一个比较平稳比较温和比较通情达理的时期。他想试一试为改善廖琼琼的处境而做点什么,"这个反右斗争搞得也太过了",他私下里与不少老朋友包括张银波说过。没有一个朋友反驳他,也没有哪一个响应他。朋友们听了这话不由得点点头,然后看他一眼,嘱咐他对于这个问题还是少说为佳,唯谨唯慎为好。

　　就在这一年的七月,这一天犁原早早到了办公室,他吩咐秘书说今天他不接电话也不会客,然后关起门来读积压多时的文件。头一篇是作协一位领导同志关于可以写中间人物的谈话。他一面读一面摇头叹息,想象着这位理论家、小说家、翻译家、作协领导人的巨大的头颅与弱小的身体。那人真是一个头脑的象征,思想的载体,对于那么一位卓有成就的文学理论思想大家来说,他难道不知道文学作品从来是什么样的人物都可能写,而写什么样的人物都有自己的价值吗?或者他是以为别人都不知道个中的奥妙,或者他以为我国当真颁布过只准写什么样的人物、不准写别样的人物的法令的吗?他认为写什么样的人物是需要他的命令或者恩准的么?有什么办法呢?这位老领导关心作家爱护作家的拳拳之心溢于言表,他既怕作家闯祸,又怕作家被管束得动弹不得,既不好公然地反对教条主义,又尽量在可能的范围之内为作家们的运笔争取更大一点的空间,真是煞费苦心,挖空心思呀,也太难点儿了吧!

接下去他看到一份一些著名作家的座谈简报。有一位世界知名的作家建议,办一份内部发行,限于党员十三级以上领导干部阅读的文学刊物。盖因为不少作家对于前几年"大跃进"中的千奇百怪感受良多,不吐不快,不让他们写,是没有道理的,而且作家也很难压住自己的创作冲动与使命意识。干脆写出来吧,发表出来又会有不好的影响,尤其是容易被美帝苏修各国反动派港台特务及国内的地富反坏右利用。作家们也不愿意自己的作品给党带来损失,给自己带来政治上的麻烦。那么办一份内部高干阅读的刊物,请各位立场坚定的领导人从作家们的这些感受和描绘中获得一些参考资料,将不失为一个权宜的办法,可以皆大欢喜。

犁原看到这儿扑哧一笑,读小说也要看级别,这岂不成了天大的笑话!

犁原设想,若干年后,如果有哪一位文学史家掌握了这位作家建议办内部文学刊物的资料,人们会不会认为这位创作上赫赫有名的大作家是一个白痴呢?

或者,他是太聪明了,他是在调侃?谁能相信他是严肃认真地提出一个匪夷所思的方案!

另一位著名党员作家的意见更使犁原几乎笑岔了气。那位作家说,人们评论说工农劳动人民是从来不在自己的劳动产品上镌刻自己的名字的,而偏偏作家们会因为一篇作品而臭名远扬。这种不公正的旧俗大大加重了作家们的资产阶级名利思想,而资产阶级名利思想,是作家蜕化变质堕落成资产阶级右派分子的重要原因,是苏联变修的一个重要教训。为此,这位实绩卓然的老作家建议:把全国作家编号,以后发表出版长篇小说、短篇小说、诗歌、散文、剧本……一律不署名,只标编号,以便出了问题追查质量责任……犁原深深皱起了眉头。他又扪心自问:这是怎么了,莫非中国的作家吃多了凉药,坐下了心迷气虚之大症,竟然满嘴胡说八道起来!

笑完了不禁怃然。犁原当然明白,哪一个作家也不比他傻。傻子当不成作家,相反,在中国当作家的人都是最最聪明的人,没有点儿金刚钻儿,谁敢揽这个"瓷器活儿"!

下面他看的材料是一位地位更高的文艺界领导人与众作家谈心,谈到近年来农村题材作品所受浮夸风的影响的时候,高级领导说,作家们还是要写自己的所见、所闻、所信、所想,不能跟着风跑,不能畏首畏尾,缩手缩脚,心里有鬼。但是考虑到国家面临的大敌当前的严重局势,他老人家建议,写是尽管可以写的,写出来放一放,暂时不要拿出来发表。

真是苦口婆心,语重心长,殷殷此心,皇天可鉴!多么困难啊,领导中国的文艺工作。今后若干年后,谁能理解这一段历史,这煞费的苦心呢?

有一份内部刊物,刊登了一则某省的文艺动态,说是这个省的文艺理论工作者座谈文艺为工农兵服务的方向问题,指出,现在有一些人鼓吹以文艺为广大的人民群众服务的口号取代文艺为工农兵服务的口号,这是不符合毛泽东文艺思想的云云。

犁原读到这里倒吸一口冷气,群众真是厉害呀,领导上通过了的东西他们硬是顶着!群众革起命来硬是比共产党还厉害!而最后呢,万一毛主席支持的是他们怎么办?他连忙找烟,找着了烟又找不到火柴了。他嗞嗞哈哈地揉着烟,颇有点魂飞天外的意思。

接下来的一则简讯是说到某个省城一个地方剧团上演了《大劈棺》,还有一个地方上演了京剧《四郎探母》。

一份苏联文艺动态的材料更是触目惊心：爱伦堡的回忆录为斯大林抹黑。叶甫图申科举行大规模诗朗诵反对个人崇拜。丘赫莱依的新电影浪潮为修正主义的政治路线鸣锣开道。从流放地归来的反苏分子索尔仁尼琴的新作《伊凡·杰尼索维奇的一天》被大吹大擂。苏联作家协会的机关报《文学报》发表反华文章……全是敌情，全是坏消息。

怎么得了，怎么得了，这样的消息不断传来，怎么能不影响中国领导对作家的看法，怎么能不促使中国当局为了对付具有不良倾向的作家而采取更加严厉的整肃措施！在这样一个总的形势下，八条十条之类，还不是杯水车薪，无济于事！

犁原体内一阵痉挛感，引起了肚肠与肛门的收缩，他立即便意十万火急。这是他多年的老毛病了，有点什么事精神一紧张他就必须立即如厕。他来到楼道里的唯一一间男女不分的小厕所，恰恰赶上有人占着茅坑——他推不开门。这可把他急坏了，他先是来回踱步，接着弯下了腰。他只觉腹痛如绞，两眼发呆，颈项强直，额头冷汗，面无人色。这时恰巧廖珠珠与费可犁上楼来了，他们是来找犁原谈琼琼的事的。见到犁原的惨不忍睹的样子，以为他犯了危重病症，竟然呼叫起来，一时楼内大乱，人仰马翻，差点叫来了救护车。而犁原只是指着肚子叫苦，继而人们闻到了大便的气味，于是恍然大悟，连忙猛敲厕所的门："哪一位，快出来！哪一位，立刻出来！有紧急情况！"

叫了半天没有应声，这边救人要紧，于是行政科的两位青年用肩膀去撞门，门立即大开，才发现厕所其实无人，是因为日前下了雨，厕所的木门发涨，紧紧咬住了门框，推也推不开。经过了一番狼狈的处理，犁原才出得门来，与廖珠珠约好傍晚在家见面，自己匆匆回家去了。

作为一个做文字方面的工作的人，犁原对于某些文字十分敏感。例如形容川菜的麻辣两字，犁原敏感到近于恐怖的程度。他一见这两个字就会开始出荨麻疹,下唇发抖。另外他最敏感的是俚语"占着茅坑不拉屎",见到这七个字他的肚腹就开始绞痛。他此后写文学评论的时候,凡是读到有"麻辣"和"占着茅坑不拉屎"字样的作品,他都会不喜欢,并拒绝予以评介。

自从苏联变修以来,他也相当害怕看文艺上的批判修正主义的字样。这种批判隐含着太多的杀机,一种内里的紧张似乎始终埋伏在那里,随时都会爆发。

犁原因为虚拟的"占着茅坑不拉屎"的困扰压迫,搞得狼狈万状,回到家里以后,颇气恼难受了一阵子。一点点大便落到裤子里,这本身并不是一个大事情,生理上的麻烦,这是任何人都可能碰到的,不足为诟病。问题是,那份文艺动态简报,究竟有什么了不起?不过是一个省里的文艺部门出的发行不足三百份的内部材料,上面提到的提意见的"文艺理论工作者"和上演了某些犯忌讳的戏的剧团,都是些小人物小团体,都是名不见经传的。而他本人参加了的对于文艺"为广大的人民群众服务"的提法的讨论,是由周扬同志亲自主持的,是有领导同志的指示为据的。关于剧目政策,也不应该有什么了不起的问题。中国这么大,有些不够健康的剧目时时会冒出来,这不足为奇。再说,他内心里觉得其实对于某些剧目,也无须过分认真地板起面孔。报纸上发表的一篇杂文——该死的容易找麻烦的杂文——就说,《四郎探母》唱了几十年,也没见影响中国的抗日斗争!苏联的事,离我们也还远,与苏联的作家比,我们中国的作家真是够和党同心同德的了。从压根儿就不一样,十月革命时候,俄国作家们哗啦啦往国外跑,而中国呢,中国革命一胜利,哗啦啦作家们纷纷克服千难万险赶回来,怎么能相提并论!那么,为什么简报上动态上的语焉不详的几行字,就把他吓得把屎拉到了裤兜子里!

然后他自己与自己争辩,他不是因了简报而拉屎的,其原因恐怕是由于他头一天吃了生黄瓜。这是很有说服力的,吃生冷容易引起腹泻,这是常识。那么,你害怕了没有呢?他问自己。

我害怕了。有来头也好,有根据也好,言之成理也好,持之有据也好,只要是他实际上喜欢的,也是众知识分子喜欢的——例如文艺为最广大的人民群众服务的提法,为什么都是那么脆弱那么不堪一击的呢?都像是处于猛烈火力的扫荡夷平的前夕呢?而凡是强硬的,杀气腾腾的,挑别的文艺工作者的毛病的,摆着一副整人的架势的东西,为什么都显得那么强大那么威力无穷那么正确那么原则性那么莫可抵挡呢?这是多么奇怪呀!老延安、老文艺家、正厅局级领导干部、院长、头面人物的犁原同志,会因为一两个名不见经传的小人物的议论而吓得让头一天吃过的生冷黄瓜发挥了作用,被假想的"占着茅坑不拉屎"整了个不亦乐乎,这是多么拆烂污,乱弹琴呀!

犁原觉得沮丧,斗争确实是太严峻了,而他自己生性软弱,他永远狠不下心来。他永远处于被动的地位。什么时候情况能好一些呢?

他翻阅新来的杂志,他一眼就看见了新到的《诗歌》月刊上刊登的钱文的新诗:《快乐》。

你在田野里播下了快乐的种子,
丰收的是粮食也是心头的光亮。

犁原豁地站了起来,搓着双手,吟着这两行诗,脸色渐渐地光辉了。是他帮助钱文把诗发表出来的,一个多月前,他把钱文的手稿交给了刊物编辑部,想不到破例这么快就发表出来了。肯定是编辑同志抽换了别的稿子,而临时把钱文的稿子加进去的。真令人踌躇意满!他知道,这是钱文的又一次诞生,又一次辉煌。这是他近年来帮助重新立在文坛上的第六个青年作家,这使他非常喜悦。他脸上的线条逐渐组合出全新的图样,显出了乐观,显出了力量,也显出了骄傲。是的,个人是渺小的,但是有与没有我这个人是大不一样的。六个经受了严峻的考验的青年作家重新挺立起来,这不是小事情,而是关系着文学命运,关系着中国当代文学史,关系着我国政治生活文化生活的氛围的大事。这件大事,是我犁原做的。没有犁原,很难设想有别人会做这件事,很难设想有别人能做成这件事。在一定的意义上,文运系于我焉,国运亦有责焉——小子何敢让焉。

他笑出了声。他给自己冲了一杯麦乳精,喝了,严丝合缝,温暖熨帖,滴滴入嗌,气脉畅通,由于紧张而大便失禁的狼狈早已经丢到九霄云外去了。

这时电话响了。戏剧家协会通知他,下午有一场内部演出,是根据苏联柯切托夫的长篇小说《叶尔绍夫兄弟》改编的同名话剧。

他听了也很兴奋。早些时候他已经听说同样是五七年中箭落马的一位著名青年诗人刘纱绿改编了这个剧本,这位青年作家被送到北大荒劳动了许多年,今年年初才从北大荒回来,现在,不但早已经在刊物上发表了诗作,而且,改编的剧本也搬上舞台了,这怎么能不让人激动呢?

多么好的作家,多么好的青年!一个前程似锦光华四射的青年作家在大风大浪中被定成了阶级敌人,受尽了批斗、侮辱、处分、下放⋯⋯把一个城市人搞到北大荒改造,然后一改造归来就用自己的笔参加了批判苏联现代修正主义的斗争,紧跟党中央,紧跟毛主席,一步不落!政治的激情仍然是那么饱满,革命的使命感仍然是那样充足,自觉地反修防修的决心仍然是那样坚定,而且呕心沥血地献出了自己的力作,全世界上哪儿找这样的作家去!

下午看完话剧,他更是激情满怀。苏联变修了,苏联当真是变修了啊,而我们的作家包括犯过错误已经决心脱胎换骨的作家毫不迟疑地参加了反修防修的斗争。话剧写到真正革命的州委书记面对苏联变修的种种事实,忧国忧民,悲愤交加,犯了心脏病终于倒下了那伟岸的身躯的时候,书记说:"假如列宁还活着!"假如列宁活着,几个字真厉害呀!字字千钧,打中苏修要害!真是感人至深,催人泪下!

在剧场,他看到了钱文,他发现钱文也是感动得热泪盈眶。他告诉钱文,他已经收到了刊有钱文的新作的《诗歌》月刊,钱文喜气洋洋,五官舒展,目光明亮,似乎一下子全身都充了电。他也看到了张银波,散场时候,他兴奋地向张银波谈自己关于刚刚演出的话剧的感想,张银波小声告诉他:"听说,柯切托夫也是反华的呢。他的可以算作《叶尔绍夫兄弟》续篇的另一部长篇小说中,就有露骨的反华内容。"这话对于犁原不啻是迎头泼了一盆凉水,他立即又将眉头深蹙起来。

他都要离开了,忽然想起了什么,连忙回身到剧场后台,找到剧团的一位领导,问那位改编者著名诗人刘纱绿是否在场,他想与他见面祝贺他的成功。想不到的是剧团领导皱了一下眉,说:"今天这场演出出席的领导同志比较多,我们没让他来。"

犁原一怔,回身走了。一路上他憋闷了半天,领导同志多,不让他来,这是什么意思呢?为了安全保卫?怕他不可靠?那为什么又允许钱文来看戏呢?莫非正因为刘纱绿是作者才不准他来出席他改编的戏的演出?哎呀!

后来他又一想,这确实是一种尴尬,由右派分子执笔来反对苏联现代修正主义,这从理论上如何解释得通呢?真是荒谬呀。再说,如张银波所说,如果真有那么一种"摘帽右派按右派分子控制使用"的不成文政策呢?一大批有才华有热情的青年,就这样压他们一辈子?"大跃进"、饿死人、伤害人,这么严重的教训硬是不汲取,文艺政策就是规定了十条八条一百条又有什么用?我们的多灾多难的国家和伟大艰巨的革命呀,你什么时候才能交足学费,走上和平幸福稳健宽宏的康庄大道呢?

这样,晚上他见到廖珠珠和费可犁的时候,心情十分复杂而且不稳定。费可犁的获得平反,使犁原也极为兴奋,甭管怎么说,全中国有这么一个人就行,他先是被划为右派后来又获得了平反,这就说明并非所有的右派分子都已经牢牢实实地压在了五行山下。费可犁也怪,他心里明白,告诫自己不要因为重新处理恢复党籍官复原职就得意忘形起来。但是很自然地不知不觉地,他来到这里,就与钱文大不相同了。他的神态比较优雅,他的眼神比较清朗,他的嘴角——尤其是他的嘴角显示了一条骄傲的与富有嘲讽意味的两端下垂的弧线。他与犁原见面时连连微笑,并且尊称犁原为"前辈",但是话一说完立即又显出了那种幸运者优胜者的满足的表情。当犁原详细地询问他平反的经过的时候,他强调说是中央一位领导同志说了话,"××同志他是了解我的嘛,他说'小费本质上是与党同心同德的嘛',经过了这一段考验对自己也还是大有好处的嘛。其实,详细过程,我自己也不知道的嘛。好嘛,党重新接受了自己,自己就要好好地干的嘛。"他的口气,确实不像右派或摘帽右派,而更像办公室主任或者秘书处处长了啊。

在说到廖琼琼的问题时,费可犁点起一支烟,吸了两口,很快,烟的顶端就湿透了,他的口水总是出奇的多。从破损了的烟端,烟丝走露出来,沾到了他的嘴巴上,他忙着吐烟丝,总是吐不净。在忙于这一套多余动作的时候,他也就避免了立即回答这个恼人的和麻烦的问题。他最后含糊地说:"麻烦呀,麻烦!问题是谁来提出这个问题,谁来呈报,谁来批,谁来下这个决心呢。总不能由我们几个人拟(公)文吧?"

"我的姐姐是冤枉的,"珠珠满不吝地说,"她提了一些儿童文学方面的意见,完全是善意的,这怎么能说是反党反社会主义呢……"

犁原没说多少话,他们毕竟比他年轻得多,他的年龄、资历、身份都不允许他轻举妄动。说到廖琼琼的问题他只是叹气不止,他并且表示:"我其实是给过琼琼一些忠告的,还是要学习政治,要改造思想,要听党的话,我都是为她好,我实在不愿意看到她碰到这些挫折呀!"

"行了,行了,这些等把她放回家里再谈,"廖珠珠不满地说,"反正我姐姐的罪过到不了要劳动教养的份儿上。"

犁原没能和他们再谈下去,因为又来了不速之客,是一位最近因为主演的喜剧片成功而春风得意哪儿都装不下了的女演员,随着这位半老徐娘的到来犁原的房间里响彻了百无禁忌的笑声,似乎世界上已经是受用不尽的喜悦和幸福。廖珠珠只好告辞,犁原送他们到了院门口,磨叨说:"真没有办法,这些个人动不动就来找我,事先也不约一下。她们……实在是浅得很。"他似乎是想用这几句话来向珠珠解释一些什么。

珠珠淡淡地一笑。

犁原保证说,他会立即行动起来,援助琼琼。他不敢肯定他一定能做到为廖琼琼全部平反,但是,他认为,他总应该也可以做到恢复廖琼琼的正常生活,使她从劳教农场释放回来。

有这个保证,珠珠也就很满意了,她紧紧拉着犁原的手,说是"我代表我姐姐谢谢您啦"。

费可犁也向他道谢。

两声谢谢,使犁原眼睛湿润了。

在春风得意的女演员之后是两个初出茅庐的评论家,两个人抢着与犁原同志谈话,抢着证明自己的见解正确而又不俗,结果谁到底说了什么,犁原反而无法听清。然后是一位编辑,登门给犁原送稿费,并且约犁原写一篇评论杜鹏程新作的文章。然后是来自外省的一对青年作家夫妇,青年作家夫妇给"犁原老师"带来了一箱鲜果,并且提出要求希望犁原介绍他们二人参加中国作家协会。犁原也觉得奇怪,在我们国家搞点文艺是那么不易那么风险,在历次运动中常常是文艺家首先被揪出来,凡是在这一行工作的人都叫苦不迭……那么为什么还是有那么多有才能的没有才能的、根本不适合的和大有潜力的青年人醉心于文艺呢?是不是生活太寂寞了?多么可怜可爱可恶可悲的文学,多么不可救药!

这天夜晚犁原没有按他的习惯阅读各种新作,而是打了一系列电话,为廖琼琼的事情求援求计。他找陆浩生书记直接通话,陆书记不在家,说是住到迎宾馆开报刊工作会议去了。犁原是午夜零时三刻才找到陆书记的,他耽误了书记不少宝贵的时间。他没有拐弯子,他直截了当地要求书记关心一下儿童文学女作家廖琼琼的处境,为了强调他对这件事的关切有加,他一时冲动,告诉书记只要这个问题解决他准备与廖琼琼结婚。对此陆浩生同志十分惊喜。他顾不上问别的,而是不停地祝贺起来,同时反问犁原为什么这么好的事不早早告诉老朋友,为什么问起他的个人问题的时候他总是矢口否认,退避三舍。犁原火了,他在电话里恨恨地说:"我现在不想与你谈这些,我现在关心的是救人。您现在是书记,你手里掌握着生杀予夺的权力。这是救人如救火、十万火急的事情,其他的闲情逸致桃色新闻我们以后谈也还来得及……"

"哦,"陆浩生这才体会到了犁原的急躁与严肃,他正经地思考和回答,"这个这个这个我看嘛,"一正经,他也就带出来了官腔官调,"这个事情市委没有办法直接处理。别着急,这个问题情况与小费不一样,小费是中央同志说了话,中央同志当然可以讲,那是表达中央同志对于我们的年轻干部的关心嘛,这是很特殊的啦。我们的话就没有那么大分量喽,也不是那么个说法那么个做法喽。你知道,同志,办什么事至少要师出有名,它是有规矩有程序的。第一,这个问题是怎么样发生怎么样造成的?第二谁来提出这个问题?第三,根据什么精神什么文件哪位领导同志的指示提出这个问题?第四,谁有权力解决这个问题?第五,谁出面总管这件事情的前前后后?第六……"

"我已经说过了,造成这个问题也就是说把一个好同志定成右派的是教育行政部门,是归你们管的。老陆,至于谁提出来这更不是一个问题:本人有申诉的权利,家属也有申诉的权利。甚至于你和我,作为一个公民,一个共产党员,我还可以作为她的朋友对象也都有权利乃至有义务提出这位有才华有影响的儿童文学作家的问题。"

陆浩生没有立即回答,他沉默了一会儿,这沉默使犁原开始感到了沮丧。然后他说："唉,你的话原则上理论上当然是成立的。我与你讲的是具体的做法,也就是说我们谈的不是怎么样去办而是怎么样才能办成。我和你谈的不是谁谁有什么权力而是怎么样行使权力才能发生你所希望的效果。世界上有许多事都可以办,但是你办的事情里边可能只有百分之十或者更少得多的比例能够办成。你有很多权力,但是你的权力行使当中也许只有百分之零点一能够产生百分之百的效果。我们不是为办事而办事,我们不是为行使权力而行使权力,我不是为了应付搪塞才和你讨论问题。如果是别人,我可以告诉他怎么样去办,而不管那样办能不能办成。你说是不?那位女作家叫什么名字来着?对,廖琼琼。对,我记得她,她出席过纪念毛主席延安文艺座谈会的座谈会。她是怎么搞成了右派又搞去教养了呢?我看这有点不大妙啊。总是有手续有材料有文(件)儿的吧?了解了原来的手续原有的文儿,你才好考虑其他。比如说划右派的问题,这是在反右运动当中进行的,这是有政策有文件有规定有指示有任务有报批的全部过程的,这不是哪一家自己的事情。那么划得有问题怎么办?文件上没有说,也就是说没有人提出这个问题来。是的是的,你向我私下提出了这个问题,那么让我们设想一下,你不是私下而是公事公办地提出了这个问题,比如说你正式拟一个公文,你最好通过一下你所属的研究院的党委,而你的党委又是属于中(央)直(属机关)党委,你们的党委也是不便于直接给市委发文报文的……是的是的,你也可以仅仅以个人的名义写信,对对对,就如你说的,以一个共产党员一个公民的名义,那么按常例,一个共产党员一个公民的来信必定首先送到群众来信来访办公室处理。好的,我可以给信访办打招呼,让他们收到你的信立即转给我……"

"我也可以去找你一趟,直接把信交到你手里!"

"是的是的。那么这里……我是说在最好的情况下面,也会产生如下的问题:第一,你是以什么名义什么面目来写这封信的,这就必须先对你的政治面目进行审查,必须征求你的所在单位的意见,那么你是否认为你的本单位党委有关人员——从书记到委员到干事到秘书全都支持你为廖琼琼的事奔走呢？有十个同志支持你并不能保证把这个事情办成，而比如说有一两个同志反对，对不起，你就硬是寸步难行。难道你没有碰到过类似的事？很容易想象的一个状况就是他们会说，廖琼琼不是我们单位的，她的问题应该由她的所属单位处理而不是由犁原同志的单位处理。是的是的，如果说犁原同志与她有个人的关系，犁原同志就更应该注意划清界限，应该注意避嫌，应该相信廖琼琼同志所在的单位就是说应该更加无条件地相信组织。我们一切都应该依靠组织而不是个人。第二，这件事与陆某人是什么关系呢？市委分工由陆某人来抓右派的复查或者劳教者的复查了吗？右派的问题各自归口管，根本不存在复查问题。费可犁是例外，这个我已经对你讲过了。劳教的问题，由政法口管。陆某人什么时候分工管政法了呢？即使接到了你的盖有本单位公章的信——我们假设的是最顺利的情况，陆某人也不知道去找谁来办。你知道对于我们这些人来说，最忌讳的是什么吗？就是不属于你的分工范围的事你去插手，上级没有布置的事你去插手。叫做手伸得太长，叫做不符合组织原则，叫做无组织无纪律。其次最忌讳的就是在工作中搞出什么个人关系来，尤其是什么谁是谁的情人，谁是谁的亲戚，这些东西都拿不到台面上，这些情况的出现只能帮倒忙，同时你立刻就会被扣上丧失原则、丧失立场的大帽子……"

陆浩生苦口婆心地给犁原讲了一车话，犁原发现其实这都是共产党的规矩，他没有什么不明白的。于是他连连道歉，检讨自己打搅了老陆。

老陆最后说："别急，这也不是她一个人的问题。比如说钱文，我当初就不同意划他的右派。已经划了，怎么办？年轻人锻炼锻炼也没有坏处，至于未来，他们还是有光明的前途的嘛。你也不妨想想办法，主要是靠基层，基层其实是起决定作用的。这种事就是靠两头，一头是中央，有中央哪个领导出来说一句话事情就好办了。另一头就是基层,基层可以往上报嘛。当然,你也得适可而止,你是老同志了,你当然懂得我的话的意思。你,这个样子啊,我觉得你应该多给廖琼琼写几封信,鼓励她好好干,还是要改造思想的嘛。这也是个考验嘛……"

犁原迟迟疑疑地称是,一下子就泄了气。自己又不是小孩子,怎么会解不开这个理呢?

第二天一早廖珠珠就来了电话。犁原没有和她谈与陆浩生通电话的情况——跟她说她也不懂,他只是说,正在积极办理。犁原想起了钱文,钱文是在区里工作过的,认识不少基层的人(这时,犁原完全忘记了钱文自己的处境也并非不狼狈)。钱文家里是没有电话的,他通过熟人舒亦冰找来了钱文。钱文听说犁原找他,连夜赶了来,来得相当晚了,他来的时候犁原正在洗脚。犁原是一边津津有味地擦洗着脚丫串着脚缝一边与钱文态度凝重地谈廖琼琼的事情的。他不顾这样一件事对于钱文是多么尴尬多么难以思议,他拜托钱文找一找廖琼琼所在的学校,商讨一下减轻廖琼琼的处分的可能性。钱文一听这个任务头皮就发了麻了:我的天,我要是有这种途径,我早就为自己奔走了。我连给自己奔走都没有勇气——因为明显的是没有门路,没有可能。不但没有可能,而且显然会自找麻烦,搬起石头砸自己的脚——您老却以为我还能办成点什么事帮助廖琼琼!

然而这又是犁原同志托付的事。犁原的委托甚至使钱文有点提气——原来我在旁人心目中并非毫无价值,原来我以往的那些革命经历并非化为乌有。犁原同志并没有要自己去为自己的事而奔走,犁原同志要的是为廖琼琼的事而尽力。这倒是不能掉以轻心的,起码得想个办法让琼琼从强制教养那里放出来。

钱文勉为其难地接受了这一任务。他想起了赵林,为这事他找了赵林。好在对于犁原的名字,赵林也有所闻,赵林与钱文琢磨了半天,想起了刘丽芳,赵林约好了钱文一起去找刘丽芳。因为,刘丽芳现在的工作正好管廖琼琼所在学校的人事问题。

见面以后,赵林没完没了地与刘丽芳瞎扯。赵林说:"咱们虽然没有捞着同事,但是刘巴的大名是如雷贯耳的。当初还以为人在团委已经有了主,咱也就不好插手了。早知道你嫁给外人,还不如我早早动手呢。"

按照钱文的比较古板的想法,这些话接近于打情骂俏,赵林是真的想开了,说起话来满不吝了。刘丽芳的话比过去少多了,但还是咯咯咯笑个不住。一面笑一面打趣说:"别胡抡了,我把这话汇报给汪珍珍,不让你罚跪跪搓板才怪!"

钱文眼看着时间一分一分地过去,着急了,便把廖琼琼的事提了出来。刘丽芳立即板起了面孔,她说:

"你趁早甭管这事。你自己的问题刚刚解决,你已经回到人民队伍,就要注意和一切右派分子包括过去的自己划清界限。你张罗那个事做什么?我们凭什么重新提出廖琼琼的事?谁的错误谁承当责任,谁让她思想反动偷听敌台来着?廖琼琼的事我不能受理。"

赵林于是哈哈大笑。钱文觉得他的笑声中有一种撇清的意味:他在用他的笑声告诉刘丽芳,廖琼琼的事与我赵林无关,我来这里完全是陪绑。你刘丽芳讲得好讲得好,我这边厢为你喝彩了您哪。

钱文也是一触即溃。他本来就很怀疑这件事的合理性与可能性,他其实是碍于犁原的情面,自取其辱。

但他又对刘丽芳的斩钉截铁反感。同样的话,你至少可以采取类似赵林的态度么,同样是说不行,也还有不同的说法么。你刘丽芳又有什么可以优越的?

也许高来喜找人揍她一顿是打得好吧?他还能怎么样呢?

世界上最可怕的是什么呢?比刀剑更无情,比铐镣更阴森,比压迫更沉重,比毒鸩更窒息……它摧毁一切美丽,一切青春,一切人情,一切生命,一切希望……

时间。时间是我们的真正的统治者,它永远不会赦免你。

毫无余地,毫无办法。钱文回去给犁原回话,犁原也只有叹气而已。

廖珠珠再来找犁原,犁原硬起心肠把珠珠训了一顿:"这不是谁的个人的事情。我尽了最大的努力,我没有办法,你也不会有办法。你最好少安毋躁。你应该给琼琼写信,劝她努力改造自己,没有别的出路。"

珠珠转身就走。犁原想起,追着珠珠说:"给她写信的时候代问她好。"

珠珠回过头决绝地说:"哼,我不会在我的信里提到你。"

第 十 章

　　诗是什么？诗是情感的翅膀,诗是灵魂的飞翔。诗是梦中的另一个我,高大、光明、聪慧、善良、举止忧伤而又强大自信。这是每一个人都追觅过的,大多数人没有找到,或者即使找到了也挽留不住的,比自己本身更好的那一个我。一九六二年夏季,当忽的一下子四种大大小小的刊物发表了钱文的诗以后,钱文立刻觉得自己已经比没有发表这四组诗以前大不相同了,清俊和富有多了,焕然一新和容光焕发了。那真的是我吗？他不禁问自己。

　　他得到了封面不同装帧各异的四种刊物,像孙猴子拔下一撮毫毛吹上一口气,一下子变出了四个钱文,各抄一杆钢笔,如金箍棒——定海神针,然后每个钱文再随着刊物的大量印刷变成多个同样的钱文,奔向四面八方。一种刊物附信说是从这一期起将向钱文"按期寄赠本刊,望多支持,惠赐大作为感"这几个字胜过了灵丹妙药,胜过了如来我佛解除五行山的符咒,阴霾尽散,重压全消,孙悟空随风长成了巨人。两本是从封面上,另两本是从目录上赫然看到了"钱文"二字,那种通体舒泰,神清气爽,翩翩欲仙,泪眼蒙眬的感觉真是举世无双！谁想得到谁想得到我钱文还有今天！我的声音在一些刊物上震响,这刊物就跟唱片一样。从骑马钉装的与书籍装的刊物上听到了自己的深情的声响,自己的声音原来是这样优美洪亮。而他的名字写出来疏密有致,婆娑多姿,神采飞扬。还以为钱字太庸俗,如果不是运动里被揪耽误了一切,我还张罗着换一个酸酸甜甜的笔名呢。一本刊物的封面上有半隐形的淡色的百花图,钱文的名字就凸现在一朵大丽菊上。另一本刊物的封面是以方格稿纸为背景勾勒的图案,钱文的名字就书写在素雅的大稿纸上。写到哪儿都顺眼顺心,恰到好地方。所有的杂志都发出油墨的芳香,钱文的名字就出没在这芳香里,就乘着这些印刷品飞向远方。白纸与黑字好像是某种神秘的符咒,钱文的心思就隐藏在那神秘的符咒里。白纸与黑字又像是寄往远方的书信,你好读者,你好诗人,你好文学,你好青春……钱文的问候就托附在这一封又一封数以万计的书信里。邮亭和书店摆着发表有钱文的诗作的刊物,钱文好像正在各个邮亭和书店与读者握手,与读者拥抱。他有点不好意思,他应该谦虚,但是他仍然为读者所爱戴,被爱被传扬和被批判被孤立是多么不同啊,他开始感受到了被爱的温馨和舒畅。

而这一切都是在经过了严峻的试炼以后,是在置之死地而后生之后。登上崖石嵯峨的高山,倾听昼夜轰响的河水,这又有什么?背起一百五十斤重的背篓,跋涉几十公里的山径,这又有什么?早战夜战鏖战,深翻地收萝卜冒着暴雨栽油松树苗,这又有什么?批判斗争处分开除喝稀粥拉羊粪蛋哭哭笑笑认罪不止叩头如捣蒜,这又有什么?这一切终归过去了过去了。

  迈开大步吧,迈开大步向前走,
   向前走莫回头,旧事何必回首……

诗是什么?诗就是我的生命,诗就是我的生命之舟。发表诗就是发表我的生命,起锚行驶我的船只。生命需要发表,不发表就变成了没有声音的语言,没有风帆的死船,没有光线的白天,没有开放的花朵,没有生机没有分裂和结合的细胞。而发表了就是发出了声音,显出了形体,聚集了魂魄,掀起了浪花,成就了色泽。是的,诗人是民族的真正的英雄,是被万人倾听的发布福音的圣者。诗比个人的历史悠久,比凡俗的成绩伟大,诗甚至于比任何一个政党的历史还可能久长——除非你写得太差。他站在邮亭旁边四五米的地方看着载有自己的诗作的刊物摆放在那里,为诗也为自己而陶醉。片刻,有两个姑娘过来买了那本杂志。他快乐得要哭,要晕过去了。一个姑娘梳着长辫,一个姑娘留着运动员的短发,两个姑娘都同样的青春而且美丽。

他悲喜交加,如醉如痴,以致一个青年人走过来,叫着他的名字,伸出热情的手紧紧地与他相握,他竟然分辨不出邂逅的朋友是谁来了。

"连我都不认识了么?钱文,想不到在这里见到你!"

南方人缓缓地说的普通话,南方人的秀气,南方人的大眼睛,钱文的"文"的发音与"翁"的发音混淆不清……哦,是米其南!

米其南与钱文同年,比钱文小十几天。他的本职是一家国防工业大厂的会计,但是酷爱文艺,写了许多散文和电影剧本,发表出来的很少。他长得秀美有余而强悍不足,但整个说来也还有一种斯文和倜傥。一九五六年,他的一个电影剧本写好后寄给了一个导演,受到导演的赏识。一时舆论造了出来,说是青年作者米其南的电影新作如何如何精彩,大有从胎里出已叫响的看好局面。于是在文学界的一些活动当中小米受到了邀请,认识了钱文。那时候的青年作家当中很在意谁先谁后(发表了作品),谁(发表的作品)多谁少,谁红谁一般,就像官员很在意谁谁是什么资历什么级别一样的道理。比较起来,钱文就算走在小米前边的了,所以米其南掩饰不住对于钱文的友谊和靠拢。他表示要去看望钱文,与钱文好好聊聊……但是,他们二人还没顾得上过往交流,一场运动就蒙头盖脸地把两人全给拾掇了。等到小米的电影拍出来的时候,作者已经定性为右派分子。原来吹得不亦乐乎的广告宣传全降了调,影片审了再审查,改了再改,删了再删,并且改了片名。最后悄无声息地放映了几场,估计连制作成本也是收不回来的。片头的编剧字样缩小了字号减少了定格的时间,以至于有许多人看完影片不知道是米其南写的本子。米其南幻想了多少年的创作,搬上银幕的结局竟是如此之惨,这当然是出乎意料的。

只是在两个人都"屁熏"之后,下乡改造之前,他们匆匆见过一面,交流的不是写作经验也不是文艺界见闻,而是各自怎么被揪被斗被批判被处理……"简直如大梦初醒一般",米其南说。"说出的话泼出的水,让咱们好好汲取教训吧",钱文说。两个人的遭遇大同小异,互相勉励要努力劳动积极改造,重新开始,"好在我们还年轻",两个人同时说。

瘦削、晒得黑多了、然而仍然衣冠楚楚、头发整齐、神态翩翩的米其南一见钱文,顾不上说别的,直奔主题:"听说你又发诗了,真了不起。把我高兴坏了,比我自己的东西发表出来还让我高兴……"

对于那些做梦也是要当作家的青年人来说,见面的相互问候的话语中,没有比对于对方的创作的成绩的了解与祝贺更令人兴奋的了。当米其南把钱文最近发表的诗作历数一遍,如数家珍的时候,钱文的感觉也恰如他的作品又重新发表了一次。

这才是展翅飞翔!

"这儿就有……"钱文终于忍不住告诉了他的这位朋友。如果是别人,如果是团委那一批人或者是权家店那一伙人,他是一定要避开发表作品这个话题的。对于不写作也不发作品的人来说——他直觉地认定——一个同龄的作家一定是一个异端。大家都当齿轮和螺丝钉,你却不待下达任务不待议定大纲瞎写起来。大家都无条件地服从分配,你却自出幺蛾子干你自己挑选的你自己愿意干的事。大家都埋头苦干,做党的驯服工具,你却神气活现,成名成家,更令人发指的是你甚至挣起工资外的稿费来。这样的人的存在怎么能不让人气吐了血!前几年的那一场运动,青年作家落马的极多,据说一九五六年四月参加全国青年文学创作者会议(为了防止青年作家骄傲犯错误,会议的名称回避了青年作家四个字)的代表中,有将近一半的人都在反右运动中成了右派。这当然不是偶然的。现在他身为摘帽右派——这是钱文死活也不会忘记的——却又人五人六地写起诗来发起诗来,这是他自己也不能服气的呀!

但是米其南不同,米其南的祝贺与兴奋是最真诚的。他钱文也一样,几个月来,他今天看到了这个刊物上有一个划过右派的人的小说,明天看到那个报纸上有另一个划过右派的人的哪怕是一段千字文,一会儿是一个被全国大批特批树为"反面教员"的神童作家在一家小刊物上发了一篇插科打诨的游戏之作,再沉一沉传来哪个划过右派的人的剧本被立上舞台或者搬上银幕的最新消息,他不是同样地如同拨开云雾见了太阳一样的快乐吗?

钱文便老实地告诉小米,就在身旁这个邮亭,正在出售载有他的诗的刊物。

米其南闻听大喜,他立即冲向邮亭,要过来刊物,放在手里翻了两翻,找出钱文的诗,给钱文看了看,问售货员说:"这本刊物,你这里还有多少本?"

售货员狐疑地看了看他,没有理他。

米其南见状,知道售货员认为他是没话找话地穷啰嗦,便把钱文一推,他急急地告诉售货员:"这是诗人钱文呀,我的好朋友呀,这本刊物上有他的最新诗作呀,我要多要一点呀……"

脸红扑扑的售货员抬头看了他们一眼,又盯视了一下钱文,冷淡地转过了头。钱文的脸红得成了猪肝色了。

"我要这本刊物,有多少要多少……"米其南的情绪不受影响,不依不饶地坚持着。钱文只想拔脚就走,小米做出了一个拦阻的手势。

米其南就像疯了一样,掏钱买了十六册载有钱文的诗作的期刊,兴奋地说:"我要把它送给我的亲友,送给我的领导。你要不要再留一点……"

钱文连连摇头,他实在不想这样张扬。看到小米的这个疯样子,他真是无地自容而又窃自欢喜。

"今天晚上我就要用一、二、三、四,对,四本。钱文,今天晚上我们有几个朋友要聚一聚,就在华侨饭店的大同酒家,我正在为找不到你而犯愁呢。缘分啊,你不信也不行,早不碰见晚不碰见,偏偏现在在这里碰到了你和你的刊物!老天爷该多么凑趣!你一定来!他们也都是作家——就要出道的作家,大家好不容易凑到了一起。有两个是北京的,一个是云南的,还有一个是山东的,他们都特别希望见到你。你现在发作品又走在我们前头了,你永远是我们的带头羊啊。"

小米的兴奋劲儿就像是喝了宫廷秘方十全大补酒。让钱文怎么拒绝呢?

钱文给东菊留了一个字条,在约定的时间准时到了大同酒家。他也不无兴奋,但又多少有些踌躇,谁知道米其南会招一堆什么人来?米其南毕竟与他是两种人,他学的是财经,当的是会计,热衷的是多发作品成名成家,政治思想上还嫩得很。划成右派的时候,他对钱文就说了一句感想:"我只觉得像是做梦一样。"再说,与东菊进餐馆吃一顿是一回事,一下子许多人,就未免太张扬了,他有一种理不直气不壮生怕惹事的感觉。

好在米其南和他的一个红脸并且长着一点小麻子的矮个子朋友等候在大同酒家门口,如迎贵宾般地把钱文迎了进去。红脸人用钱文听不太清楚的广东官话向钱文大抒仰慕之情,使钱文提了点气。一张靠窗子的台面已经占好,周围坐着两男一女。一个瘦高、戴秀郎眼镜、文质彬彬,说是来自云南,现在是云南一个县政府的文书。另一个大手大脚但身材一般的男子说话声音响亮,带有浓厚的胶东口音,则来自山东,说是在一个师范学院教外语。至于红脸小麻子目前在北京工作,就在一家科普出版社当编辑,他名叫李自强。坐在红脸人旁边的秀美的女孩是红脸编辑的妹妹李云白。与她的哥哥相比,她显得几近苍白了,苍白之中又从里面泛出红晕。钱文一眼就看了出来,她是近视眼,应该戴眼镜的,可能是由于爱美,不肯戴眼镜,给人一种眼神散乱心事重重的感觉,这样的女孩子往往是自视颇高而敏感、内向而又把握不定的人,钱文有这样的经验。这样的神情使钱文产生了一种不祥的感觉,他想起了那个臭名远扬的大学女生大右派齐诗玲。

果然,每个人面前或者膝盖上都放着一本载有钱文新作的文学杂志。使钱文好不得意,而又不好意思。

米其南介绍说:"这几位都是还没有完全出道的作家。自强是我的老朋友啦,他发表过科普文章。最近还写了一个歌剧,四川歌剧团看了,反映很好。周秀才专门写云南风情,他有一本散文集,云南人民出版社已经发排了。他么?他姓祁,祁连山的祁,祁大勇,他是专写抗日战争故事的,天津出版社根据他的故事改编了连环画……至于小云,现在还在读大学,她是一个诗歌爱好者,有时候自己也写一点,然而是保密的。她听说你今天会来,特别要她哥哥带她来的。"

接着又是你一言我一语的对于钱文如何仰慕的话语。钱文连称不敢当,高兴中心里也确有些诚惶诚恐。

李自强坚决地说:"我要敬你一杯酒。为了你的才华!为了你的远大的未来!我虽然碌碌无为,但是眼力总还是有的。将来中国的诗歌就是要靠你们了,挡也挡不住,压也压不死。苏联有特瓦尔托夫斯基,有叶甫图申科,中国呢,中国有钱文!"

钱文正色阻止他再说下去,但他阻止不住。

米其南似乎觉察到了什么,他解释说:"我的这些朋友都是靠得住的,他们暂时在文学上还没有突出的成就。然而,他们的品位是不俗的,他们都热爱文学,不怕为了搞文学而付出代价。他们不是趋炎附势之徒,不是随声附和之辈。他们都不是搞政治的,没什么觉悟。他们说话也不会拐弯,可是他们的心是最诚恳的。他们不愿意巴结任何人,也犯不着说违心的话。他们只是尊敬你,而且喜欢你的作品罢了……"

"要是赵青山,只怕他请我们来我们还不来呢!"李、周、祁三位抢着说。

钱文不知道说什么好,作为一个诗人,没有比受到读者的喜爱更让他兴奋的事了。人家说他的诗写得好,只要是真诚的,这样的话他听上一句就想掉泪。多少情感,多少推敲,多少神来之笔,多少遐想深思,多少次把自己烧了又烧,冷了又冷,冷了再烧,烧了再冷,把自己的神经自己的血肉自己的细胞自己的记忆和梦全都放到作品里去了……最后呢?最后不过是平平,是与旁人或者与自己的作品撞车、重复、雷同,是晦涩,是故弄玄虚的空洞,是失控,是捶胸顿足的煽情,是概念,是先验的结论与教条,是铺张,是太满太露的声嘶力竭……当你的激动和气力达到十分的时候,传达给读者的也许有两三分,而一般读者能接受能理解的不过是两三分的两三分,最多是零点九分,你只能得到零点九分以下的效果。而当你的饱满与灵气只到达七八分的时候,读者从你那里得到的,就只剩下半分不到了。

而现在,有一些素不相识的人,分明是无求于人的人,读书识字的人,年轻的与已经活了一把年纪的人,他们背诵着你的诗句,他们惦记着你的存在,他们祝愿着你的平安和成功,他们与你推心置腹,他们与你心心相印。人生得一知己足矣,为文夫复何求?

但是为什么,为什么你又总是踏实不下来,受用不下来?你究竟在愁什么?怕什么?担心什么?防备什么?仅仅是羞怯是谦逊是常人的交际中应有的分寸感么?你为什么一阵高兴,一阵感动,一阵落泪,一阵倾听,而后是一阵分神,一阵惶恐,一阵心有旁骛,一阵如坐针毡呢?

一个很好的餐馆,广东风味。服务员也是来自广东,说着粤味普通话,特别是当她们互相说话的时候,你一句也听不懂。推着小车送小菜和点心,有冰镇啤酒、松花、卤豆腐和卤大肠、白斩鸡、蚝油牛肉、清蒸鲩鱼和碧绿的豌豆苗。咱们这个国家也怪,说没了就什么都没了,说有了又什么都有了,万岁,调整巩固充实提高!单是看看这一桌菜再联想一下权家店的一天两顿稀粥你已经怵目惊心了,你已经战战兢兢了。

还有久违了的高谈阔论,谈诗论文,意气风发,挥斥方遒。李白李商隐,杜牧杜工部,普希金与拜伦,艾青与闻捷,抒情与议论,雄浑与委婉,振聋发聩与丝丝入扣,催人泪下与暖人肺腑,如云似雾与平实明白,魅力,风格,韵脚,音节,意境,淡淡的哀愁,深深的忧虑,如泣如诉,如怨如慕……就说这些词儿也罢,我愿意为你再死三次!

至于劳动和思想改造,却原来祁、米、李、钱,在座六个人中竟有四个人有戴帽子的经历。小米是在江南的稻田里接受农业劳动的洗礼的,说起来比钱文所在的山区还要辛苦得多。然而,他们对这个话题都已经不感兴趣,他们已经完全放下了包袱,一心向前奔了。

钱文觉得他们说话的声音太大了,似乎邻桌有什么人侧目而视。他提醒大家压低点声音,他并且说:"慢慢地来吧,来日方长。当一个好的作家是不容易的,会走许多弯路,受许多考验,稍一不慎你会毁于一旦。我各个方面都太不够,你们的夸奖鼓励确实让我惭愧……差得远,实在是差得远呀……"

米其南说:"我们钱文一向是谦虚谨慎的。他是党员,又是团干部……"

"已经不是了……"钱文有气无力地说。

"那又有什么?"李自强嗓门仍然那么大,"文章憎命达,魑魅喜人过!司马迁还被人割掉了鸡巴呢……说起来我们被划个右派,浑身的家什全乎着呢,我们怕什么?我反正一点儿也不愁……"

桌上的人除了李云白以外都大笑起来,钱文觉得说得痛快,已经有很久他没有和任何人这样痛快地说过话了。而且,他飞速地,可以说是本能地对于李自强的这个话进行了"定性分析":这话虽然粗野,虽然拟喻不伦,却不含有任何可能被目为反动的内容,毋宁说,这种说法只能说明他们经(读今)蹬经踹、知足常乐、大大的良民、十分的皮实耐使、连一丝一毫的二心都没有。但他又如坐针毡,毕竟不好拿那样严肃的事情开玩笑,毕竟不能拿他们如此要死要活地拼命努力才取得了一点改造的成果的经验打镲,也不该把他们的哭泣、他们的检讨、他们的庄严的自我批评、他们的用生命和血汗做代价换来的教训说成割鸡巴之类的荒唐笑话。何况妹妹就坐在李自强的身边,做哥哥的哪里能这样说一些不干不净的话呢?

钱文看了李云白一眼,李云白一声不吭,她仍然陷于自己的沉思之中,他哥哥的话,她就像完全没有听到一样。

他们的饭量也很大,几个菜吃得干干净净,齐声称颂劳动改造促进食欲,有益健康。于是又叫来服务员,添菜。连点了几个菜,服务员都说没有了,再要啤酒,也说没了,李自强非常不悦。服务员解释说:"已经快下班了。""你们几点下班?"李自强摆出一副要与服务员辩论——摆事实讲道理的架势,其他的人也帮腔。李云白与钱文劝阻了他们。后来,只是加了一盘炸馒头,一盘炒饭,吃了,哥儿几个仍是意犹未尽的样子,竟悻悻地骂起这家餐馆来,李自强并一再向钱文抱歉。

"没有。我吃得非常饱,也吃得好,我已经好几年没有吃过这样好的饭了。"

钱文的样子十分真诚。李自强感动得与他紧紧握了握手。

由李自强付了账,六个人吃了五十多块,相当于叶东菊一个月的工资。还是由于学校领导对东菊印象极佳,才好不容易给她调整了工资,使她的收入大体与大学毕业生工作一年转正以后的工资持平。李自强说:"我最近得到了一笔稿费……"钱文觉得惊心动魄。

在钱文表示感谢的时候,李自强等异口同声地说,钱文的到来已经使他们深深感激,应该致谢的是他们。

临分手的时候他们互相留下了工作单位,通信地址,电话或传呼电话号码。李自强强调,今天不算,吃得不痛快,服务得也太差,我们下个星期还要聚一次。

分手的时候李云白对钱文说:"您记得您在一九五六年在《少年

儿童报》上发表的一首诗吧？那首关于童年的诗实在写得太好了。到现在，我还保留着那张报纸。您还有那报纸么？"

钱文点点头，又摇摇头。那首诗，也是被曲风明美美地嘲笑过一番的。曲风明把钱文以及其他一些青年作家的作品挖苦了个一文不值。他批判得得心应手，手到擒来。一个从来没有发表过文学作品的人能够把别人的创作彻底骂倒，那大概是很舒服的吧。钱文还保存着那张报吗？他不敢说。自从运动之后，他不敢读自己的旧作，在他的想象中，那些刊登着他的旧作的报刊，恰恰如同一个人的尸体，不，是他自己的尸体。而活人总是回避尸体的。

"要不，我给您寄去吧，您自己应该留一份。"李云白说，说话的时候她的白净的牙齿在城市的街灯灯光下闪烁，"我希望您再多写一点给孩子的诗，我总觉得，给孩子写的东西才最能反映出一个作家的心灵。也许一个作家会欺骗他的领导，他的同事，他的兄弟，甚至于是他的妻子，然而，他不可能欺骗孩子。与孩子对话，这本身就像是与诗神、我要说是与上帝对话。您说对吗？"

钱文点点头，难以回答。

她说话的声调轻柔，吐字清晰，一面说一面掂量咀嚼，似乎也是自我欣赏着。她简直不像是李自强的妹妹。这时，李自强正对朋友们说："我这个妹妹，就是崇拜钱文……"

话别几乎用了十分钟，在李云白以后，所有的人又都与钱文郑重地握一回至五回手，又都不无重复地讲了今晚他们已经对钱文讲过的话：他的才华，他的潜力，他的使命，读者与同行对他的期待，关于文学，关于社会，关于人民还有历史，直到中国文学的希望是在他们这些人身上……

米其南则说："钱文，过去的事已经过去了，我们的人生和事业才刚刚起头。我相信你的未来无比光明。我老是觉得你其实可以生活得更加快乐，更加放得开一些，没有自由与奔放又哪里来的诗？"

当下，钱文很感动，他紧紧地捏住了小米的手，同时他也说："我一定记住你的话,同时也希望你保重自己——现在,你知道,有时候,有些事还是挺复杂……"

小米也感动了,他几乎是要与钱文拥抱一下,由于没有得到钱文的响应,他最后只是拍了拍钱文的肩膀,走了。

回程路上,钱文的感觉如同喝多了酒。轻飘,温馨,悲伤,沉迷,他的船在河道上滑行,两岸风光如画。他想起了鲁迅的散文诗《好的故事》。街边的路灯摇摇摆摆,如由于激动而写不直的诗行。偶然一过的汽车,像是平静的海洋里倏忽一现的浪花。有一些商店的广播喇叭里放送着歌曲和音乐,"革命人永远是年轻""山连着山,海连着海""红岩上红梅开""战士的责任重,妇女的冤仇深",歌曲的旋律与器乐的潮涌按摩着他的身心。时时从商店与摊档飘过来肉食与油烟的香气。城市生活仍然充满生机。李自强的红脸,米其南的活泼,李云白的皓齿,周秀才的眼镜,祁大勇的挥过来挥过去的大手,特别是他们对他说的那些赞扬和充满希望的话——你无法怀疑这些话的真实性——组成了一浪接一浪的春潮,簇拥着激荡着戏弄着他,他熨帖而又高扬。也许他碰到他们只是偶然,也许他们因为啤酒与粤菜而言过其实,也许本有更多更多的人不知钱文和他的诗为何物,也许还不乏那样的人如刘丽芳视钱文为面目不清,身份可疑——他才刚回到了人民的队伍……然而,不仅在全中国,而且就在这一条街上,不会只是这五个人,而是更多的五个人、五十个人、五百个人,就是说毕竟有人喜欢他和他的诗。毕竟在许许多多房屋里,确实有人对他钱文会采取一种不无敬意和爱心的态度。他们至少会认为他是一个人、是一个诗人、一个好人,至少不是坏人,不该那么轻易地被忘掉或者抹杀。你仍然众人注目,你仍然风华正茂,你仍然被人需要和祝愿。当初,你为什么选择了写作?为了伟大的生活的记载,为了一腔热情和思绪的表达,为了才华和智慧的花朵的盛开,为了歌唱美好的、永不再现的一代人的青春……这都是真的。然而,与这些同时,也许比这些更要紧的,不是他对于爱的渴望么?他爱人们,他愿意把自己最美好的东西献给他们,他希望得到人们的理解、共鸣和爱。现在证明,他得到了,他不会一无所得,他并非寂寂独处,踽踽独行——其实他从来就没有失去过人们的爱,他更不是千疮百孔不可接触的麻风病患者。他能不流泪吗?

他听到了召唤,他看到了地平线。那像鸽哨一样地呼叫的声音是属于他的。那远方的新大陆是属于他的。森林即将穿过,海涛停止咆哮,他感到了一种真正的与鲜活的诗兴盎然,他的心从来没有像今天一样地充盈和温热。

他同时又觉得心里满满的。他喝掉的啤酒太多太多,他吃掉的肉菜太多太多,他听到的好听的、鼓励的甚至是捧场的话也太多太多,许多话他担待不起,他听不惯,他听着肝儿颤。文学、历史、社会、艺术,这么大的概念他跳起来也摸不着。才华、激情、灵感、魅力、篇什,这些名词,都是他所喜爱的,然而他一个人面对这么多美好的名词的时候,他又自惭形秽,他配不上。他不愿意以自己的平凡,自己的怯懦,自己的困惑与无所适从,自己的渺小与风雨飘摇,自己的私心杂念乃至失态,自己的进退失据乃至丑态百出去玷污文学之圣,诗歌之神,历史之主宰与社会之梁栋。我真的是不配的,不要夸奖我,再不要夸奖我了吧!尤其是,那些夸奖当中有一些让他不安的东西。他不想膨胀,他不要自吹自擂,甚至于他也不要作家、诗人这样的桂冠,他害怕这样的不祥的帽子。他害怕几个臭味相投的朋友互相吹捧竞抬行市,他宁愿意把自己压得低一些,那样似乎多一些平安。他说不清楚,但是他分明感到了臭味相投的私相聚集,或许可能是通向地狱深渊的急行滑梯!

他有意识地降低了骑车的速度,他干脆推着自行车走。他要好好消化一下今晚的奇遇和感受,一直到了晚九点三十多分才回到了家。

东菊也是一脸的激动,他立刻看出了这一点。东菊也看出了他过了一个不平常的晚上。他们互相催着对方说出他们的故事。钱文说了他和朋友们在一起的情形,兴奋而又有所反省和节制。东菊说得更是激动人心,她说的是,下午去医院检查,已经确定,他们的第二代正在东菊的身体里孕育着。一个新的生命在期待着他们的庇护和带领,他们正在成为绵延不绝的人类链条中华民族链条的一个环节。从今天起,他们的一切不但关系到他们自身,而且关系到他们的后代,前人已矣,后世绵绵。钱文与东菊紧紧地拥抱在一起,他们只觉得快乐而又紧张,一种无法扼制的力量,一种冲决一切的势头,一种全新的前景,一种真正的成人的生活包括新的麻烦和试炼,一种从未有过的巨大的期待和希望,撞击着他们的心房。原来人生这才当真开始,少年童年的页码这才当真翻将过去,乳臭未干而又咋咋呼呼的稚气这才开始消退,责任、艰难、勇气、智慧和手段,乃至狠心和狡狯的必要与分量,他这才开始尝到了味道。人生啊!

　　第二天钱文上午去了一趟大学,中午便回来了。他没有写作而是去街上为东菊购买物品。《怀孕须知》《科学育儿大全》《怎样做母亲》等书籍买了五本,鱼肝油、钙片、六合维他命丸、苏打饼干、槽子糕也买了一些。幸亏现在供应的状况已经大大好转,如果前两年连这些营养药品与点心食品也没有地方去买。他们的这个孩子怀上的时机好啊,时来运转,国家的困难时期过去了,个人的最困难时期也过去了。好也罢,赖也罢,幸运也罢,倒霉也罢,恰到好处也罢,阴差阳错也罢,反正他钱文与东菊与共产党共命运,与中华人民共和国共甘苦——而现在,一切都出现了转机,一切都慢慢好起来了,真是天意啊。瞧,他又开始进稿费了,这稿费不就是为东菊和他们的新一代人而准备的吗?

　　快到下午六点了,钱文准备着以他丰富的采购成果来迎接东菊的到来,他走到院门口等候。我也在等待我的女儿——他想,他认为这次东菊会生一个女孩子。这时,一辆汽车驶来,他退后了一步。汽车停在他的眼前,下来一个人,是文学出版社的梅悦春。说是今晚张银波同志宴请日本客人,有作协与文联的领导同志参加,临时三位作家因故不能来,张银波同志要她前来接钱文补缺。

梅悦春如实道来,不顾钱文脸红一下白一下。钱文还是感谢她的,她说了实话免得事情显得那样不可思议。他是又荣幸,又惭愧,又受宠若惊,又无地自容。梅悦春却认为完全不需要征求本人的意见,她催促道:"换一件衣服,快走啊……外宾说话就要到了啊。"

就在这个时候东菊回来了,见门口停着车,她很诧异。钱文急忙告诉她是出版社来接他参加外事活动,却没有说是临时补缺——世界上有些事向妻子也是难于启齿的,谁能完全不报喜光报忧呢?

也巧,恰好叶东菊给钱文买来了一件新衬衫——光穿一个新领子未免让东菊太受不了。在梅悦春与东菊的双双催促下,钱文赶紧换上了新衬衫、新中山服,上了车,走了。

他有过两次坐首长的汽车的经验了,这次是第三次。一次还在五十年代中期,他与东菊刚刚建立比较亲密的关系。他们在春天的一个星期天去西山八大处游玩,登上了最高峰——七处香界寺以后,他们不辞劳苦不肯罢休,又下山去寻访偏于一隅的八处秘魔崖。他们玩得太高兴了,却原来出北京城不算远就有别一个世界。那时,他们都很年轻,他们只知道世上有一个比一切都更重要更伟大的革命,他们不知道人还可以游山玩水,世上还有山山水水可供游玩。他们也不知道世上还有寺庙、尼姑庵、洞天佛地、古(银)杏参天、钟磬盘旋,别有一番追求,别有一番氛围。他们沉醉了。遇上什么事都喜欢分析感慨一番的钱文于是大谈人生的玄妙,哲理的迷离,信仰的魅力与大自然的神秘。结论仍然是只有今天,只有马克思列宁主义才能正确地解决一切社会与人生问题。当时,钱文以为他的这种谈说也算是"从心所欲不逾矩"了。谈起这些问题来,钱文的雄辩直如大河奔流一般的洋洋洒洒,汹涌澎湃。东菊也觉得特别有趣,她说,西山八大处确实好看,但是钱文的发表感想更让她喜悦——是更美好的一种风景。这样一说,理论分析又变成了两个年轻恋人的心意交融,他们回到长途汽车站的时候,最后一班车已经发出——比公布的时间提前了七分钟。

这一下可把他们俩给治了。他们与周围的农民探讨,最后一班车怎么可以提早开走,农民说,今天还算晚的,过去,提前半个小时也有过。五十年代中期,这里还有点荒凉,游客本来就不多,春天又不是游西山的旺季。钱文东菊知道没有什么道理可以讨论,只好按照当地农民的指引徒步向石景山方向走,打算走到那边再搭车。四月的晚上,气温骤降,又起了风,他们身上冷了起来。爬完七处再加一处以后,他们已经腰酸腿疼,歪歪扭扭。此时又紧走一阵,两个人很快就汗流浃背。风冷汗热,正在狼狈之时,嚓的一声一辆银灰色苏制汽车停在他们身边,是团中央一位领导同志的车,他在一次会议上与钱文见过面,而且很欣赏钱文的发言。那还用说么?搭上了领导同志的车,什么困难都迎刃而解了。

第二次是搭一位老诗人的车,同车的还有那位曾经让钱文舒适而又不自在的女演员。同样的荣幸,同样的舒适,同样的身心俱泰,意气交欢。

五七年的事情出来以后,当然,钱文知道自己再没有搭乘大人物的车的机会了。他们有时自觉地放弃乘长途公共汽车的机会而改为步行三十六里……他觉得快活,农民不是常常为了节省几角钱而宁愿徒步吗?

你想得到吗?你梦得见吗?现在,穿着新衬衫的钱文又坐在小车里了,而且……是外事啊,我的天,那年头与闻外事之盛跟上天做活神仙也差不多啦。

可惜离餐馆太近了,车开了不到五分钟,就到了地点了——仍然是大同酒家,与昨天是同一个地方。

然后是翩翩穿过他们头一天刚刚在这里吃过饭的大厅,钱文走起路来觉得比昨天潇洒轻盈节奏如乐飘摇如舞。然后他们进入了特间:艺术吊灯,雪白的桌布,红木家具,摆好了的酒水、凉盘以及伫立一旁的女服务员,都显出了不凡气象。

梅悦春把钱文带进了特间,自己就退出去了。钱文伸出手意欲拉她共同用餐,梅悦春做出一个鬼脸。却原来她并没有资格在这特间里用膳,她只是张社长手下的工作人员而已。钱文更觉出了自己的侥幸,从而更诚惶诚恐。

已经到了两位领导,两位领导都亲切地与他握手。一位胖的说话是湖南口音,握着他的手久久不放,说:"听说你的问题已经改(解)决了,你的作品已经发表了,很好嘛,我看好嘛,你下去一段对自己还是有好处的嘛。"他的声音洪亮,边说边咳嗽和大笑,他的"改决"问题的说法与一连串几个"嘛",都气魄十足,令钱文感佩与羞愧无地。他的心满意足与慰勉有加活像对一个刚刚打了胜仗回到后方领奖和等待升迁的少尉,钱文只觉得哭笑不得。

另一位瘦的领导过去与钱文见过面,他笑着对钱文说:"我们是老朋友了。"他询问钱文的婚姻家庭状况,一再说:"好,好。"当钱文回答他目前还没有小孩子以后,他紧接着问:"呵,上小学了吗?"于是钱文明白,领导同志关心他询问他的生活情况这本身就是目的,其实他回答不回答或怎样回答,并不重要。

应邀参加宴会的一位女作家深受钱文的羡慕,也许应该说是爱慕。她亭亭玉立,娟娟秀发,笑靥如醉,目盼如水。她早就是一位有名的电影演员了,早在解放前夕就主演过一部红极一时的故事片,这部故事片被一位竞选"参议员"的老校长包场,请全市的大中学生免费观看,作为拉票的一种手段。解放后,这位有着高等学校学历的明星又上演了几部进行革命教育和抗美援朝宣传的影片,她曾经两次去苏联一次去捷克斯洛伐克进行友好访问和参加电影节活动。"大跃进"以来,她突然成了作家,笔锋流畅,文风俏丽,感情饱满,思想完美。她的报告文学著作《铁姑娘开天辟地》《1070咏叹调》《在人民公社的田野上》等十分脍炙人口,她对于三面红旗的歌颂,对于新中国的满足,对于党的热爱表达得无以复加。许多话都说得字字撕肺,句句断肠,杜鹃泣血,孔雀开屏,激情如火,痴诚如癫,钱文真是佩服得五体投地！他只觉得世界上最美好最动情的话语已经被这位大姐用完了,他们再努力最多也只能拾其牙慧罢了。

"自然灾害"以来她改写散文游记,字字珠玑,篇篇锦绣,山光水色,风土人情,民族团结,工农联盟,蜂蜜甘甜,玫瑰红艳,青松高洁,茉莉香雅,让人读起来真是高兴真是满意真是舒展真是解馋过瘾。从她的这些作品里,钱文才懂得了"沁人心脾"一语的含义,才体会"齿颊生香"的真谛。她的作品屡受好评,她的身影出现在国内国外,她的形象宛若游龙舞凤:眉头略锁,口角微舒。举手投足,尽是妩媚变化;掠发转颈,无限惬意悠扬。出语如清溪环曲,谈笑似浪花明灭,行步如浅风婀娜,静坐如莲荷端详……钱文做梦也没有想到能在今天一睹她的芳容！打从写作以来,钱文对于自己的辞藻才华,革命激情,思想深度都是信心十足的,都是俯瞰人间的。运动以后,特别情况,自属别论。但是他读了大姐明星的作品以后,他实实是十足服气,自愧弗如。赵青山的作品钱文也佩服,但是赵青山的路子是"土",是农民气派,山药蛋风格,他是心向往之而不能至。女明星的路子他是适合的,他的问题是舍不舍得撒泼出血,舍不舍得把最最动情最最乖觉的话尽情向党倾吐出来。当然,即使都吐出来了,他也不可能有这位女子的风度与魅力。文如其人,奈何！

"大姐,向您学习！"他与大姐见面的时候一面行礼握手一面说出了自己心里的话。

大姐微笑如春,声音高高低低,大大小小,婉婉转转,吟吟咏咏唱唱。她的面孔庄严、恬静、温热、天真、调皮、诚恳、光彩照人、风度绮丽,应对恰到好处,分寸正中下怀。真不知道是修了几辈的德,才达到了这样的佳境！钱文可以说是只剩了张大了嘴赞叹的份儿了。

赵青山也来了,新推的平头,大鼻孔,微张的嘴巴,一副忠诚和驯顺。他握住钱文的手,一分多钟不撒开,钱文感动得只想给他跪下。真是大好人呀,就是比自命不凡的知识分子强得多！

还有真正的老农民作家徐老六,他识字不全,但是已经出了五本书。三本是农村新故事,内容大致是讽刺懒汉和动员参军、缴粮、水利,两本是快板诗,内容是歌颂共产党毛主席和三面红旗。他脸黑鼻红,秃头短颈,满脸皱纹。他与钱文一握手,钱文只觉得他的手如钢锉一般,真是三代贫农的手!令钱文愧煞!令钱文落泪!共产党的文化政策,那真是令人感奋!没有共产党,徐老六这样的人,无论如何也不可能坐到这里。如果说那位明星大姐是钱文羡慕的对象,那么像徐老六这样的普罗作家,就是钱文崇拜的普罗文星了。毛主席诗云:"红旗举起农奴戟,黑手高悬霸主鞭。"徐老六,这就是文坛上的红旗、黑手、农奴戟和霸主鞭呀!

有一位显得文弱、谦卑,然而目光炯炯的青年人略带羞涩地坐在门边,一介绍原来他是大名鼎鼎的王模楷。王模楷与钱文的经历十分相似,他也是早在地下时期就参加了革命,后来在市政府机关做团的工作。他在一九五六年发表过一篇以干预生活而红极一时的小说,引起了热烈的争论,一时批评意见十分尖锐。后来由于一位高级首长说了话,王模楷化险为夷,而且一下子成了青年作家的代表人物,一些报纸发表了对他的专访,一些外国记者点名要求采访他。在五六年底五七年初,各地报刊上他的大大小小的文章也发表了不少,大家都认为他是进了保险箱的幸运儿了。谁想到运动一经开始,多大的领导说过的话也就不那么算数了,王模楷被悄悄地划成了右派,也开始了他的失态的季节。今天晚宴能够把王模楷请来,钱文大为快乐。政策万岁!他直想高呼。天生我材必有用,千金散尽还复来!虽然不尽贴切,钱文还是想起这有名的两句诗。

当着众人他不好与王模楷多说什么,但是他们俩互相握手的时候彼此捏了一下,两个人脸上同时出现了灿烂的笑容,两个人的心里同时涌出了滚烫的热流。

这时进来了老作家阿古。阿古早在三十年代就已经誉满文坛,他一九五〇年国庆前从海外归来以后立即全身心地投入了讴歌解放的新中国的时代大合唱,他飞快写出了两个话剧、三篇小说、许多散文直到小的曲艺段子。他深受党和政府的器重,也深受广大读者的好评。许多读者以他为榜样督促别的老作家,认为许多老作家歌唱新社会不够积极热情,他们应该向阿古学习。而阿古呢,虽然既非党员,也不是原来的左翼,这几年还是青云直上,各种崇高的社会头衔政治荣誉特殊身份,已经数不胜数,满而溢之了。

阿古温和地而又情绪饱满地与大家问好。在听到王模楷的名字的时候他哦了一声,然后倍加呵护地向王模楷点着头说:"加油呀,还是要多写,写多了也就跟上时代了,也就改过来了嘛。"

钱文注意到他说的是"改",来代替官方用语"改造",他的分寸感精确度实在惊人。而他,并不是搞政治的呀。

在与钱文见面的时候他没有什么表情。钱文知道他不知道自己的名字,略觉尴尬,但也无所谓。

阿古被让到了沙发的正中间,他立即与几位领导同志高谈阔论起来。他说他已经与今晚即将出席的日本客人见过面了,几位日本客人对于反对修正主义都有相当的认识。阿古旁若无人地笑着说:"我告诉他们,苏联现在是凉水洗鸡巴,愈洗愈抽抽了呀!"

众人大笑不止,明星女作家英姿飒爽地挥了挥手,似乎对这种粗话有所不取又满不在乎。而钱文知道,这话是有来历、有出处的。这话已经被许多人引用过了。就叫百听不厌,百用不烦,放之四海而皆准,通俗而又形象,尖锐而又深入浅出。

同时钱文也佩服,阿古也满口的反修防修了,连苏联这样复杂这样不容易说清楚的问题他都如数家珍地挥斥方遒了,真了不起呀。连阿古这样的民主人士,这样的自由职业者说起话来也快赶上外交部发言人啦。解放前他喜欢读阿古的作品,为此还受到沈大哥的劝告,沈大哥劝他多读革命作家左翼作家苏联作家的东西,沈大哥那时候说阿古"并不进步"。呜呼,革命进步,宁有种乎!

瘦领导同志告诉阿古关于中央领导同志看话剧《雷雨》的事。说是少奇同志最近看了北京人民艺术剧院演出的《雷雨》,少奇同志认为戏写得很深刻。少奇同志很欣赏繁漪这个人物,少奇同志说,繁漪如果活着,今天一定会加入中国共产党的。阿古听了一怔,不知道说什么好。胖领导同志发挥说:"这就是革命家的高瞻远瞩了,少奇同志的特点就在于他能从一切微风中发现暴风雨,从一切呻吟中听到雷霆万钧!"

"是的,所以主席给日本友人写的鲁迅的诗是'于无声处听惊雷'!"阿古恍然大悟地说。

阿古可真是突飞猛进呀。人人在突飞猛进呀。一天等于二十年。敢教日月换新天。钱文与王模楷对视了一眼。

比预定的时间晚了十几分钟,犁原陪日本外宾来到了。于是阔尼契哇、多佐冈谋、阿利嘎多了一阵子,大家入席。共分两桌。不待分配,钱文与王模楷自动坐到了第二桌,他们这才发现,原来每张座椅前的桌面上放着一个名签。他们找不到自己的名签,正不知道坐到哪里好,一位工作人员告诉他们:"你们看哪儿有空位子就坐在哪里好了。"二人唯唯,总算有地自容。

一位日本女士和两位男士坐到了这一桌,这使钱文又兴奋起来。日本女士坐到了钱文旁边,她脸上擦着白白的厚粉,脚上穿的是一双红皮高跟鞋,身上散发出化妆品的香气,令钱文又好奇又莫名的紧张,似乎是与金钱豹至少是与金丝猴为伍。日本女士不住地用半通不通的中文与钱文说话,也使钱文快乐不安,他故意提高了答话的嗓门:"是的,天气很好。""噢,那太好了。""我吗?我写诗,我也在大学里教书。"他希望通过大声对答使全桌的人知道,他与外宾并无不该说的话。日本女士被他的大声吓了一跳,大概以为他耳朵有病,便不再与他说话了。钱文松了一口气。

吃的饭也大不一样了,光是那丰美醇厚高贵而又滴滴落到实处的气味也令钱文销魂忘身。脆皮烤乳猪,钱文过去根本没有吃过,那完整的小猪的体形甚至使钱文不忍动箸。基围虾,要下手剥皮吃,这可难为了钱文,他根本不会吃这样的虾。他皮剥不干净,也吃不痛快,再一看,自己的面前虾皮狼藉,很不雅,想到了国际影响,不禁汗流浃背。一些海鲜,白的白、黄的黄、红的红,钱文叫不出名称,一边吃一边左顾右盼,完全尝不出味道。螃蟹切成几块,加入调料炒得鲜明可爱,这种吃蟹法钱文也是第一次见到,他蟹肉没吃着多少,却刺疼了几次嘴。几种素菜做得碧绿耀眼,盘子碟子也与头一天的大不相同,钱文吃得眩目。

跟与日本人谈话时的大呼小叫成为对比,钱文与王模楷小声交流了几句。他得知王模楷有个长篇小说早在运动前已经在青少年出版社排印好了,清样早已经出来了,后来运动一搞,作品压在了那里,但最近出版社又说要付印出版了。钱文听了连连向王模楷祝贺。王模楷说:"先别祝贺,还不知道最后怎么样呢。"他的苦笑给钱文留下了深刻的印象。

钱文悄悄问王模楷:"你知道,右派摘了帽子能不能申请重新入党?"

"……"王模楷半天没有说话,他似乎常常在与别人谈话的时候陷入自己的思绪中,一时神游太虚而刹那神情不定。这差不多是王模楷的一个重要特点,钱文与他刚一接触就感觉到了。"陆浩生书记倒是对我讲过,他鼓励我争取重新入党。"错过了最初的时机,王模楷忽然又想起来什么似的悄悄说。

与他说话,有时候会有一个时间差呢。"陆书记!"钱文呻吟了一下,他黯然。陆浩生这样鼓励过王模楷,为什么就没有这样鼓励过钱文呢?

主桌的大笑声传了过来,看来人人都兴高采烈,如坐春风。主桌的作家们正畅谈中国人民并没有被三年自然灾害所吓住,新中国仍然傲然屹立,继续前进。翻译正在翻日本老作家的话,日本老作家说:"苏联已经丢弃了十月革命的旗帜,全世界人民的希望在中国。"日本老作家提议,为了中国人民的胜利与日中人民的友好而干杯,为了亚、非、拉美人民的斗争而干杯。于是全体起立,碰杯叮当,金声玉振,热火朝天,感人肺腑。明星女作家的笑声益发光明灿烂。

钱文相信只有极少数人才有进这个餐馆特间的机会,才有这种伟大崇高而又温暖充溢的就餐经验。他们是补缺也罢,反正他们进来了而别人进不来。同样是作家,一个人与另一个人是这样的处境不同。同是当了右派,一个右派与另一个右派的处境也是这样的不同。不要说萧连甲不同,廖琼琼不同,就是李自强——他甚至于有能力和豪兴请朋友们到同样的餐馆来吃一顿粤菜——也与他们是多么的不同啊。你高兴也好,不高兴也好,这不同是无法不承认的啊。而承认了这个不同,你今后是不是就会学得乖一点了呢?中国日本,反帝反修,正义在我,胜利其谁?文学艺术,红旗高擎,大虾大鱼,大酒大肉,把盏碰杯,健康友好,乘风破雾,豪言壮语,前进奋斗,心连着心,海连着海,手拉着手,坚如磐石,强如劲松,独有英雄驱虎豹,敢教日月换新天,团结一切可以团结的力量——包括李宗仁,批判一切牛鬼蛇神魑魅魍魉——包括赫鲁晓夫,如火焰,如风暴,如海啸,如翻天覆地。一顿偶然的,侥幸的,对于钱文来说却是至关重要的与富有启示性的晚餐就这样腾云驾雾一般地过去了。表面上看是口腹小惠,筷子下面却激荡着滚滚风雷滔滔激浪!若不是亲与其盛,您还上哪儿体验这么伟大的生活去!

从这伟大的局面中,钱文感到了自己的庸俗,也感到了自己的伟岸,感到了自己的尴尬,也感到了自己的跃跃欲试,感到了生活的广阔,也感到了生活的诡谲,感到了文学的高贵,也感到了作家的卑微,感到了政治的强大,也感到了政治的平凡、实在、怎么说怎么有理,感到了到处都有的美好巨大崇高,也感到了到处同时存在的琐屑世故客套虚空。然而,他只能报喜不报忧,对自己也对东菊,他确实也没有什么道理去忧,没有任何道理自己与自己过不去,自己给自己造孽。求仁者得仁,求超度者自然脱离了苦海。平凡的你我创造着伟大的光荣,渺小的聚集接连着恢宏的世界。切莫自寻苦恼,自是信心百倍。换句话说,伟人如何离得开平凡,志士也容或气短。伟人平凡是质朴真实,志士气短是赤子天真。爱情可以不永远充盈,英雄也可以有失态的旧案。绝望与希望同属虚妄,金刚与狗屎不过一念之间。弄清了的继续清清楚楚,弄不清楚也不碍大好形势。赢得固然可喜,输掉未必就不可贺。报复惩罚,天经地义,历史无情。光荣幸福,当仁不让,人民有义。天若有情天亦老,人间正道是沧桑!他只有感谢生活,感谢时代,感谢领导,感谢中外友人,感谢沉浮聚散,阴阳虚实,人生的好戏连台!好一个盛大的时代!让东菊和他一起高兴高兴吧,让他们的孩子从孕育的那一天起就不知道什么是忧愁吧。日子,各式各样的日子,还在前头,更好更好的角色,正等着你去扮演,活一天学一天,学一天长进一天,妙!妙!妙!值!值!值!

第 十 一 章

　　回忆是一种寂静的,明智的,有时候是深谋远虑的沉埋。当一个疯狂得近于夸张做作的经验变作回忆以后,它也就变得驯顺而且谦卑起来。它韬光养晦,和光同尘,随波逐流,销声匿迹。还有一个自欺欺人的说法,叫做无怨无悔,杀了人或者是被人所杀——你对谁个怨悔?如果你不是一再敦请,如果你不是一再布下骗局,诱引温存,它甚至于不愿意再冒出头来,它其实更愿意你以为它不曾也不复存在。

　　回忆又是一种起死回生的汁液,一种童话里屡屡出现的活命水。枯枝败叶,蛇蜕蝉皮,断简残编,阶苔泥藓,吉光片羽,寒冷的陨石与用大头钉钉死了的飞虫标本,在回忆的汁液里饱满,在回忆的活水里重生,每一颗死星再发光一次,每一只告别过了的蝴蝶再灿烂地飞翔花间,而那只已经哑了几十年的鸟儿,重新唱一遍召唤春天的歌。

　　在回忆的汪洋里你建构一个同样属于回忆的却是更加讲究的宫室——了却一个心愿,偿还一个心债,编织一个炫耀一时的故事。

　　回忆也是一种享受。芸芸众生,瞬间生灭,而回忆比事件和生命长久。回忆是对于生和不生的唯一证明,是对于自我和存在的唯一证明,是对于苦和甜的唯一回应和抚平。对于回忆的咀嚼,抚慰着被电光石火的压迫所戏弄的无告的生命。多情常被无情恼,恼人的逝川呀,只有靠回忆来观照。到现在,逝者如斯夫的喟叹,也只属于回忆了的那个回忆,流下清泪几许。往事在回忆中延长,伤口在回忆中抚摸,激动在回忆中平歇,光荣在回忆中弥漫、遮盖、淡漠、漂泊……各种世俗的成败沉浮乃至人我之分在回忆中融合等价,泯灭界石。而,最根本的是回忆亦即依恋。谁能不依恋恼人的人生?依恋在回忆中展放和表演,人生在回忆的依恋中重温。不论曾经是多么狼狈、多么寒碜、多么悲哀,只要是当真发生过的,也就是你的最最宝贵的而且是最有限的生命的一部分。谁能舍弃,谁能无情,谁能不眷眷有故人意?

所以你想提问,你的一切是为了当时呢,还是仅仅为了事后、几十年后的回忆?人生不满百,留下的只有回忆。回忆是人生的感觉人生的滋味人生的依据。如果在你生命的结束时刻,你竟无可回忆、无可遗憾,就是说"无怨无悔",你——枉走人间!

回忆又像一种弥合的药剂。愚蠢在回忆中变得幽默,自负在回忆中变得天真,卑劣在回忆中跨越告别,敌意在回忆中充分释放,连徒然的蠕动与期待也在回忆中成为一种富有艺术感觉的漠然凄然的心理分析。无聊是无趣的,然而关于无聊的回忆却可以成为有点意思的故事。所以,"没意思的故事"不止一次地成为中外小说家选择的好小说题目。恐惧是战栗的折磨,然而关于恐惧的回忆却可以引人入胜。在你愈来愈不怕什么的今天,你是多么盼望着怕点什么!人们,几千年来,就是为生命吃力地煞有介事地寻找着磐石,好压住惶惶不可终日的人心;寻找着话题,打发着缠绕着自己的几十年颠沛流离。尤其是当人已经老迈,当往事的堆积高度已经惊心动魄、令你肃然无语,当对往事的咀嚼已经变得有点匆匆、有点怕赶不及的时候,正像达·芬奇对于钟表的题词"我们有的是方法,来度量我们的困苦的日子"一样,我们有的是回忆来涂抹我们的糊涂的日子。对吗?

三十余年了。在当时考虑三十多年后的事那是难以想象的,依年轻人的猜测,回忆太久以前的事着实令人恐怖。而在三十年后回忆三十年前的事,一切却不过如此——这就是命运的定义。如果你快乐地与坚持地活下去,那么你也很可能要回忆四十年、五十年、六十年、七十年前的事。回忆如一个保险柜,保持着往事不使它丢失——然而它迷走了。回忆如同一个冰室,保持着往事的新鲜的外表——然而它不再幼稚和诚实。回忆又是一个无火的老君炉,以时间的酸度炼去了躁动和温柔的杂质,也腐蚀了往事的立体结构,而只剩下平面上的排列,如一个微缩景观,如扇面形排列着的一张张黑白照片。有时候回忆又如同一块顽石,被心潮拥推奋起,敲破了那面封闭的空无,石破天惊,一时瓦斯、狂风、巨鸟、一股股的酸水连同精彩的世界的五光十色蜂拥进来,令人应接不暇,而终于平息。

回忆是一份悠闲。回忆是一种宽恕。回忆是无可奈何。回忆是多余的温存。回忆是一切学问、艺术、宗教、爱情、道德、建功立业和犯罪的基石。回忆是海平线上的帆影。回忆是一切经验中的经验,是一切味道中的至味。回忆是一笔永远不能实现其价值的财富。

等到钱文衰老的时候,他喜欢回忆一些个什么呢?然而,这也许与喜欢不喜欢无关?

……都说他是一个乖孩子。小学三年级时候,有一次全班的男生与女生相骂起来。事情大概是由于女生向级任(即班主任)老师告男生的状才引起的,所有的男生都谴责女生这种无事生非的告密行为。于是全班开始了"性别大战",男生与女生,互相做着鬼脸,互相用食指羞着面颊,互相骂着"没羞!""讨厌!""丢人!""缺德!""德性!""不要脸!"和"呸呸呸呸呸!"……即使在儿童的莫名其妙的性别大战中,也洋溢出了同仇敌忾的激情、万众一心的豪迈和抵抗投降的坚定勇敢。然而,这种混战使钱文完全糊涂了,他不愿意参加到小野兽一样的嚎叫之中,他便一声不吭。比钱文大三岁的高个子女生班长,也是功课仅次于钱文的全班考试成绩最佳学生之一,发现了钱文的沉默。不知道是由于与生俱来的政治斗争的策略还是由于油然而生的真情,她一把把钱文搂了过来,于是所有的女生都把钱文视为难得的盟友,把钱文搂来搂去。而男生则把钱文看成了背叛者,看成了男奸,从此钱文孤独了许多日子。

被一个大个子女生搂在怀里,被一群女生所宠爱,无意中开罪了小伙伴,无意中使自己如此不成样子……选择的尴尬就是这样开始的吗?

钱文的回忆常常和一些歌曲密不可分,他的浑浑噩噩的童年时代是在下面这个歌的漫唱下度过的:

> 春天的花是多么的香,
> 秋天的月是多么的亮,
> 少年的我是多么的快乐,
> 美丽的她不知怎么样?

一九九〇年北京亚运会开幕式上香港运动员入场的时候,辉煌的铜管乐队演奏的竟就是这一首歌儿!

接替这首歌儿的是《喀秋莎》。"喀秋莎站在峻峭的岸上,歌声好像明媚的春光",半通不通的中文译词使钱文进入了一个全新的人生阶段。原来热烈、跳跃、光明,和春天、柔情、一种朦胧的觉醒,以及苏维埃爱国主义能够这样甜蜜地融合起来。遍地梨花的天涯,洁白无瑕的轻纱,驻守边疆的爱国军人,叫人怎么能够不向往苏联?叫人怎么能够不热爱生活?钱文在少年的新阶段——也可以说是革命的阶段——一次又一次地唱这首歌曲,这首歌就是他的人生,他的爱情,他的梨花,他的薄雾,他的河岸,他的明媚的春光,他的喀秋莎一样的姑娘。

而当这一切都变成了久远的回忆以后,当新的轻薄的歌曲代替了往日的诗性的向往的时候,当愤怒的青年宣谕着自以为是新发明的理想的时候,苏联的坍塌的碎片怎么能不使一代人遍体鳞伤?爱一首歌儿是幸福的,而相信一首歌儿是危险的。不能不把这句话告诉你,不管它是多么残酷,多么不应该过早地让你知道这过来人的心情。超脱和冷峻也许被认为是淡漠直至堕落,又有什么办法?每一代人都有自己的与某一首歌曲有关的秘密,难以传达,难以言表。

那么在六十年代初期呢?激烈的风暴以后似乎赢得了片刻的喘息。由于国内与国际政治上的原因,《少年的我》与《喀秋莎》都已经不再行时,但那天真的旋律其实并没有从心底消失。"革命人永远是年轻"的豪迈似乎恰巧回答了"少年的我是多么的快乐"的怀念与叹息,"他像那大松树冬夏常青"的严丝合缝也代替了"歌声好像明媚的春光"。风雨不透的革命歌曲多少令人胆战心惊,六十年代流行一时的《外国名歌二百首》应运而生。"美丽的梭罗河,你是我们的母亲……"南亚的缠绵的调子由于与朋加诺(即印度尼西亚民族主义领袖苏加诺)更与中共中央提出的世界革命的中心已经转移到亚非拉美地区联系而获得了在中国大唱特唱的殊荣。"风儿啊吹动着我的船帆"(《星星索》)的梦一样的抒情也似乎与革命家伟人们渴望在拉丁美洲掀起卡斯特罗式的风暴相关联。歌德作词的"路旁一朵野蔷薇……少年见了奔若狂"与号称丹麦民歌的"在森林和原野是多么逍遥,这是多么美丽呀多么美丽呀……"的唱起纾解了早先对于苏联歌曲的一元化的拥抱。一元化——要么情人要么敌人,这是多么危险。当然,《外国名歌二百首》里也包括了许多苏联歌曲。它们到了六十年代,从革命的赞美诗与圣歌情调中走了出来。人们最常唱的已经不再是《祖国进行曲》和《斯大林颂》,而是《纺织姑娘》与《山楂树》。一代有一代的歌,一代有一代的唱法。即使在严峻的日子,歌曲仍然替代着、辗转着、适应着与蓬勃着。

于是也有了新的歌唱家,除了黄虹,除了楼乾贵、李光羲、郑昕丽、张权、罗忻祖,出现了特别善于唱亚非拉美歌曲的刘淑芳及罗天婵等人,风靡一时,家喻户晓。

刘淑芳唱道:

> 美丽的哈瓦那,
> 那里有我的家啊,
> 明媚的阳光照新屋,

门前开红花。

据说这是一首古巴游击队员爱唱的歌子。

钱文和东菊唱这首歌的时候恰逢他们搬进新居,这首歌几乎可以说是歌唱他们的新居的。在沈大哥沈书记的关心下,学校借给了钱文一间教工楼里的房子。他们住了多年杂院里的平房,一年四季不见太阳,到了冬天更是寒冷阴暗,给人以昏昏沉沉的感觉。至于院子里的泼水洗菜、推车运物、儿童跑叫、男女吆喝,直到各房间的吵闹咳嗽、打嗝放屁、剁馅切面、广播说唱,全都公开共享。现在突然进入了一个方方正正、四白落地、洋灰地白灰顶子而又隔音清雅的房间,尤其是当初冬的阳光把全室照得温煦煦亮堂堂,照得遍室生光的时候,他们怎么能不痛快万分,如同上了天展翅飞翔一般呢?他们怎么能不体会"明媚的阳光照新屋,门前开红花"的光明与快乐呢?

在新居回忆起旧屋,直如在白天在晴朗的天空下,在一片明媚灿烂之中回想起凄风苦雨的夜晚。

凄风苦雨的夜晚终将过去,已经过去了。他们是多么希望过上一种美好的、真实的、明朗的,哪怕是渺小的与不能免俗的日子。

于是想起了卡斯特罗领导的古巴,想起了一面是游击队的战火,一面是红花、阳光、新屋、美丽的哈瓦那和家。在苏联据说已经背叛了列宁主义以后,出了个古巴,让钱文他们崇拜某一位外国革命伟人、革命明星的愿望找到了替补的对象。事业是国际主义的事业,没有一位外国人可供欢呼,未尝不是一种遗憾。已经有几次大游行来表达中国人民对于古巴革命的敬意了。遥想着万里之外的拉丁美洲有一位常年穿着军服的大胡子革命巨人,这是令人安慰的。要不,到处是一片变修的消息,多么叫人扫兴。人民啊,革命为你们而流血牺牲,鞠躬尽瘁,千难万险,无微不至,你们怎么硬是一个又一个地跟着变修的家伙往堕落的邪道上迅跑呢。

所以,在新居里,钱文的歌颂革命理想、缅怀革命足迹,归结为《只有前进》的长诗进展顺利。诗情也如阳光与红花,正在新屋里蓬勃地开放。

新居永远是值得回忆的。

从新居出去,穿过一条街,进入学校的大门,一进门就是花坛和树墙,即使这普通的花坛和树墙也一次又一次地引起钱文和东菊的喜悦之情。越过几幢教学楼与宿舍楼,有一所红砖砌成的不大不小、方方正正的新房子,是教工食堂。一九六二——一九六三年间,粮食依然紧张,供应略有恢复,食堂里做一些烤炉里烤就的两面焦烤饼、千层蒸饼、豆芽粉条、西红柿鸡蛋、虾皮油菜、豆腐白肉片,还吃过一次咸鱼炒青椒……对于钱文他们来说已经堪称是形状精美,营养丰富,食之怡然了。再说吃饭的人都是大学教工,细皮白肉、温文尔雅、眼镜分头、钢笔手表的居多。与在人民公社生产队或生产基地的时候吃食堂时候的氛围完全不同,令人愉悦自重,也令人怅然叹息。只是什么都收粮票,连菜里放一点黄豆、豆皮也要加收一两粮票。食堂里供应的米饭馒头,总是叫你觉得不够分量。食物虽然美好,粮票损失太大,越是好吃吃下去得越快。在食堂吃饭又没有人一起聊大天,三口两口就吃下去了。吃完了,觉得意犹未尽,甚至觉得吃的快乐尚未开始——这种沮丧只有女人的某一种不可言说的沮丧才能与之相比。食物已完,无限依依,而半斤粮票去矣,不能再买再吃了,当然。钱文不免跌足,怎么吃得这么快呢,跟猪八戒吃人参果一样,还没尝出味来呢。这也是四年劳动改造养成的习惯吧,吃起饭来是狼吞虎咽、争分夺秒,似乎晚一分钟就可能失去这为数不多的还剩给自己、尚属于自己的消受与乐趣——例如刚端起碗就叫人去卸砖,司机是不会等你个右派吃饭的。现在,人是可以踏踏实实地吃饭了,自己的心好像还没有太踏实下来。咦,在对于整齐美好的食物的咀嚼品尝的眷恋中,钱文感到了一种人生的甜蜜和悲哀。

国庆节晚上,钱文和东菊去新落成的商业区吃晚饭,坐上三站汽车,来到向阳口商场。也是崭新的一片红砖建筑,中间是百货商场,左侧是茶庄、副食店与糕点铺。右侧则是中餐食堂、西餐食堂与清真食堂。商场前方,是一片用洋灰砖砌成的广场,到了路边,则是两排整齐的洋槐树。道路也是新修的,分机动车道与非机动车道,不同的车道间是灌木与花圃,新栽培好的绿地,虽然矮小,然而充溢着勃勃生机。国庆节晚上,钱文东菊来到这里,下了公共汽车,一见这环境就心旷神怡,他们称赞这里真好,钱文开始小跑起来。东菊不乐意,东菊喜欢的是到了一个惬意的地方,慢慢走着欣赏。可是钱文马上想到了要去食堂占一个靠近窗户的座位,他紧赶慢赶地跑到了食堂前,发现西餐馆的门玻璃上挂着一个写有"暂停营业"的牌子——这是很奇怪的,因为整个商场才刚刚开始建成,建筑物散发着洋灰与油漆的气味。还没有开始,又哪里来的"暂停"?于是他招呼东菊告诉她他的这个发现与疑问,东菊没有说话。那么,他们就去了中餐馆——现在都叫食堂,叫食堂似乎更普罗一些。他们在这里吃了菜,喝了葡萄酒。厨房里传出来葱花炝锅和猪肉、糖色、酱油混合的香气,使你无法抵挡世俗的足实的生活的诱惑。而通化葡萄酒的深紫色泽与浓郁的芳香与厚涩,使你如同遇见了一个举止端庄凝重的妇人,于是多少拯救了一下自己的灵魂,使自己从葱花猪油的俗气中超脱了出来。

幸福是什么?是伟大的终极?是意识形态的规范?是超人的形而上?是乖张的怪僻与疯狂的想象?是童话?是梦?是先觉者的抛头颅洒热血?是强者的蓬勃?智者的诀窍?英雄加流氓的好勇斗狠?还是道德家的沽名钓誉的至善?都是,这些都是。钱文对它们也都是向而往之,五体投地。然而,到向阳口的商场,坐在看得到灯光街景的食堂窗边,吃世俗的猪耳朵与脱俗的葡萄酒,说一些该换汽车月票啦,管装皮鞋油上市啦,再买一套棉毛衣裤吧之类的事,不慌不忙,无忧无虑,亲亲近近,然后说到在未来几个月将要出世的孩子……这不是幸福吗?而且,钱文他们已经开始体会到那种把希望寄托在下一代身上的既乐观又悲凉,既有盼头又无奈的心绪了。这不是幸福吗?至少,不也是一种幸福,哪怕是最渺小的那一种幸福吗?

在其后的一次商场之游时候,钱文下决心买了一台旧留声机,买了一些唱片。都是往日他们最喜爱的唱片呀,其中有苏联歌曲《喀秋莎》《你从前这样,现在还是这样》《沿着彼得堡大街》《春天的花园花儿开得美丽》和《列宁山》……有中国歌曲《在那遥远的地方》《小河淌水》《信天游》……有中国戏曲《大登殿》《失街亭》与《小女婿》,有歌剧选段《茶花女》与《伊凡·苏萨宁》,还有柴可夫斯基的管弦乐作品,特别是有《如歌的行板》,这些都是他们在五十年代喜欢唱喜欢听的音乐作品。然后许多年过去了,时过境迁,人事全非,他们也已经有好久没有接触过这些歌曲戏曲音乐了。忽然,又找到了它们!别来无恙!柴可夫斯基与小白玉霜别来无恙。在中国的所有熟语当中,没有比"别来无恙"这四个字更令人感动的了。"将军别来无恙乎?"《史记》上的"赠绨袍"的故事的关键不就在这一句充满故人情谊的问话中么?钱文每次读到这里都会鼻酸流泪。别离,人生最是伤别离!我们已经分别了好久,久疏问候、久违音书了。好事无常,良辰难再,不但人与人之间,而且人与一切美好的事物之间,哪得长相厮守?欢聚如朝露,纵情只瞬间,青春似虹霓,富贵亦云烟,倏忽已分手,何时能相见?而无恙,无恙就是幸福,无恙就是祝福。洗去了浮华躁动,看淡了风头红火,无谓于花样翻新,又何必自寻烦恼?于是还有无恙,无恙就是我们的祝愿祈祷,无恙就是上苍给我们的最大恩宠厚爱了。

天时变矣,形势改矣,风气异矣,缘分休矣,然而他们五十年代喜爱的这些歌曲乐曲别来无恙。他们对这些歌曲乐曲的回忆牵肠挂肚,如火如荼。

苏联的歌曲使他们想起虽然没有身临其境过,却是十分挂牵十分熟悉的克里姆林宫和红场,许多苏联青年男女,许多活着的卓娅与马特洛索夫在鲜花铺成的道路上挽着胳臂列队而过。他们曾经把最美好的感情献给了那个国家,那个国家可以据说变修,连他们的理想与情感也要丢弃么？连他们的情感与理想也随着苏联的变修而变得一文不值只能弃之如敝屣么？而中国的歌曲使他们回到了共和国的童年时代，一种无与伦比的质朴和纯洁令他们只愿意为这个东方的古老而崭新的国家洒下一腔热血。而在戏曲的激昂与愁闷后面，他们看到了穷困无知却又咬紧了牙关，承担着民族千年重负的人民……他们一遍又一遍地听着，热泪盈眶。钱文泪眼迷离地告诉东菊，他还希望得到几样唱片，它们是贝多芬的《田园》，是《重归苏连托》与《桑塔露琪亚》，是花四宝的《宝玉探晴雯》与刘宝泉的《大西厢》，是苏联的《斯大林颂》与《肖尔斯之歌》，是所有的苏联电影的插曲，再加柴可夫斯基和强力集团作曲家的全部作品。什么时候我们能搜集全这些唱片呢？我只盼着有一天我们能把所有过去爱唱的歌曲乐曲听一遍，唱一遍，哼哼一遍，然后大哭一场！哭完了死也瞑目。这才是幸福，这才是过瘾，这才是青春的纪念青春的重温青春的永久！亲爱的友人，亲爱的同志，亲爱的伴侣，趁着我们的热血还没有完全变冷，我们的眼泪还没有完全流干，让我们痛痛快快地大哭一场！我们的光明快乐刚健而又天真愚傻的青春哟！人生能得几次哭！

  在他们最后买到的旧唱片中，有一张日本出的，A面是年轻的帕瓦罗蒂唱的《我的太阳》，B是神童唱的《鸽子》。这是在东安市场的唱片部买到的，价钱十分昂贵。当钱文试图与摊主讲一讲价钱，因之指出他们的旧唱片的价钱已经超出了新唱片的价钱的三倍的时候，摊主反问道："什么新唱片？苏联的么？"说着，他指了指旁边的一个架子，上面放满了苏联唱片，"我们这儿更便宜，两块钱三张……"摊主毫不在意地翻动着摔打着苏联唱片，好像是在拨弄一堆破烂砖瓦。钱文深深感到了屈辱，他屈辱得说不出话来。

  确实，从外观看日本唱片也比苏联唱片厚实、明亮、浓艳得多，虽然前者是旧的。他们狠狠心花了数倍于他们心爱的苏联唱片的钱，买下了这张日本造、意大利人演唱的唱片。他们急急地把唱片拿回家里,先听为快。A面放到了男高音最激越的部分,也就是唱到中文歌词"但在我心中,最宝贵的光辉,仍然是你眼中的柔和的光芒……"的时候,可能是由于过分高亢洪亮声音需要加大唱针与唱片的摩擦力度,而旧留声机的发条力量硬是顶不上,转速顶不上,于是帕瓦罗蒂到了这里就发出一种变了调的似狮吼似狼嚎的怪腔怪调,把前边的辉煌的男高音全破坏了。

真是遗憾呀,万事俱备了,然而还差那么一哆嗦。于是,你与光辉的太阳仍然相距遥远。

唱片的B面呢,意大利的神童唱起了西班牙歌曲《鸽子》,他唱得那么抒情,那么寂寞,那么忧郁,那么凄苦,而且,是那么遥远——他似乎有一种本领,控制自己的声音,叫你听着像是从远方随风传来的空旷的鸽哨或者汽笛,那音质实在是太奇特了。

东菊听着神童的唱片,眼睛睁得愈来愈大。她蓦地捂住自己的耳朵,惨叫起来。

钱文吓坏了,他连忙搂住了东菊,看到东菊的吓人的苍白的脸色。东菊有气无力地摆着手,嘴唇动着却说不出话来。费了老大的劲,钱文才明白,她的意思是不要听唱片。钱文赶紧把唱机针头取了下来,声音随之停止。他扶着东菊走开,坐到一把旧藤椅上。他问是怎么回事,东菊断断续续地说:"我害怕,我怕听这声音。这声音是灵魂的哭泣呀,这不是人的声音,这是鬼魂,是冤魂的歌。我那一次,我是说我病的时候,从早到晚听到的就是这样的声音,它让我想到人生真是太惨了……"

钱文无语,他只是抚摸着东菊的头发。

"多么不幸,多么不幸……"东菊一直这样低语。

钱文也觉得激动,有一股冷气从颈椎沿着脊椎遍布他的全身。

第二天,东菊上班先走了。钱文顾不上别的,他立即把留声机的发条上上,把神童鲁贝尔金诺·鲁莱第的《鸽子》再放了一遍。他果然也泪流满面了,是一种神奇的悲苦,是一种旷野的呼喊,是生命本身具有的无限苍凉、眷恋、天真、短促、爱惜,是生命本身的种种无奈,是万事万物万有的莫知就里的聚散沉浮依存碰撞的来由,经过一个十三四岁的孩子的声带和口腔,如赞如泣、如梦如诗、如哭如号地传达了出来。

是的,这些是有的,在天空与大地之间,在从未谋面的人的声音与情感之间,在冥冥浩浩之中,在过去、现在、未来之间,它存在着。

由于它的存在而使人生得以有所哭,有所笑,有所追忆,有所惋惜。你茹苦含辛,你遍体鳞伤,你蠢事连台,你屡败屡试,你五毒俱全十恶不赦百孔千疮自作自受……你早早地就"倒了仓",你千方百计地还是要活下去。

这是怎么回事呢?这是怎么回事?他弄不明白呀。

那一次秋游也是永远难以忘记的。钱文夫妇和钱文教的几个学生一起去香山静宜园玩,他们都骑自行车,他们像是一个勇敢的小分队。与年轻人一起长途跋涉,钱文感觉自己也变得年轻了。他不时地一直不放心地看着已经怀孕几个月的东菊,东菊虽然动作稍慢一些,情绪却是十分高涨。到了郊区,林带幽幽,农田片片,新楼幢幢,道路条条,别有一番市区所没有的景象。自从从生产基地回来,几个月没有见庄稼地了,现在以完全不同的心情和身份疾驶在市郊风景区的柏油路上,钱文感叹中透着高兴。

遍山的红叶固然是动人的,双清别墅的曲折蜿蜒的湖畔的那一棵古老的银杏更使他们称奇。在秋天当真到来的时候,它焕发了一身金黄,虽然无心,却让你感到它是有意,它在炫耀,它傲然地以一身的独一无二的美丽宣告它的一个生长季节的结束,献出它这一年的最后的风姿。他们在银杏树下照相,摆出了各式各样的姿势。

然后他们继续留影。在月亮门的下面,在石块砌成的山径上,在远山的一片红褐色之中,在绿绮窗前,在巨大的白皮松和桧柏的针叶下,在石桥石凳之上,在虎皮墙前,在欢声笑语之中,他们分别组合拍下了许多照片。

……等回到家,已经暮色苍茫。他们累得摇摇晃晃,心情却是无比的愉快。钱文一再担心东菊的身体,东菊却说是毫无问题。钱文说这是好兆头,钱文说我们的孩子已经与我们一起游了香山。

但是想不到的是,秋游以后不久舒亦冰与赵奔腾竟找钱文谈了一次话。当然,两个人的态度都很客气,满脸的笑容。舒亦冰说话很慢,他对于充当找旁人谈话的角色似乎还不完全适应,有点尴尬,有点苦笑,有点不敢正眼看钱文。但钱文又想,也许舒亦冰只是故作谦虚状,近年来的经验,使他明白了一个道理:革人家的命,宁有种乎?正像他钱文从一个聪明好学天真烂漫其实屁事不懂的小孩子可以变成并且胜任一名叱咤风云的共产党员和军管会干部、青年团领导人,又由一名胸怀熊熊革命烈火、手推滚滚历史巨轮的社会的先锋志士转而胜任了一名罪该万死的反党反社会主义、却同时又一心认罪矢志改造五体投地绝无二心的右派分子一样,谁说舒亦冰只可以当被改造的小资产阶级却不可以胜任一名找他谈话、也愈来愈频繁地找旁人谈话的自己正确了不算还要频频帮助人家革命的行政领导者呢?

先转了一个大圈:来学校工作以来心情如何?情绪如何?有什么困难?有什么意见批评?身体怎样?消化与呼吸系统可都佳妙?对于班、教研室、系、校各部门印象如何?本来早就应该找你扯一扯,哎呀,太忙乱呀……

钱文立即明白,这是在与他谈话。找人谈话本来也是钱文的拿手好戏,从关心入手,循循善诱,如坐春风,启发本人认识交代一些自己的思想工作生活问题,因势利导,使组织上更加掌握你的情况你的心你的公开的与隐蔽的各个方面。最后,直若顺便一提,给你提出某个具体问题,这才是找你谈话的真正原因与真正目的。然后给予关怀、给予鼓励、给予批评、给予警告、给予鞭挞针砭,使你遍体微汗或大汗淋漓,使你又疼又痒、又哭又笑、清气上升、浊气下降、食归大肠、水归膀胱、自省自砺、自责自强,由不得你不提高一步。当然,也会有这等事情,本来要与之谈的是一个小问题,结果在谈话过程中由于本人的痛切交代,或者由于本人的阶级本能或是低觉悟的自然流露,或是由于本人的放肆嚣张,结果以谈一个老鼠为目的的谈话,结局是找到了一只大象……就拿胡风来说吧,当初也没有拿他当反革命斗呀。阶级斗争的严峻规律,是不依人的意志为转移的。

那么怎么样被谈话呢?经过这几年,钱文也小有规范了。第一是要靠拢亲近,烂漫天真,温暖舒适。如一名最伟大的前辈科学家所说,要像一个小孩子从海滩上拾到了贝壳拿给妈妈看一样地把自己的收获心得告诉妈妈——党组织。如果你捡的贝壳很好,妈妈会摸摸拍拍你的脑袋鼓励你,如果你拾到的是毒物腐物,妈妈也会用中指弹弹你的脑门教你快快抛掉。但是仅仅有个交贝壳的心情与式样还是不够的,那么第二,要摸清谈话者的意图,是为了提拔你表扬你而找你谈话,还是为了批评帮助?是一般性的批评帮助,还是打招呼性(勉励直到警告性)的?还是怀疑你乃至认定你犯了事,预审性的?这样你就要给自己定一个比较恰当的调门:谦虚感激是一种;客观冷静地分析自己的优点缺点,闻者足戒,闻过则喜,日进一步,光明磊落是一种;心情沉重,幡然悔悟,弃暗投明,焕然一新,又是一种;如果情况还要严重,那又另有一套一套的学问了。仅仅做到这些,也还不够,那么,第三,就是不能顶,态度再好再好也不算好,检讨再多再多也不算多,冤屈再大再大也不算大。你必须从总体上无条件接受,对你有好处,没有好处就不跟你谈了,划成了敌我矛盾,你哭死也没有人找你谈了,那还有什么怀疑吗?总体上接受了再慢慢伺机校正细节,先承认人家是百分之百的正确自己是百分之百地接受再磨蹭别的,也许还能落下一个态度好的名,有些细节也有望得到校正。如果与谈话人顶起来,则不但落下了"对立情绪""态度不好""立场不对头"的评语,而且任何细节人家也就不跟你核对了。立场错了,态度歪了,情绪偏了,你再说什么也没有用了。你再说煤球是黑的不是白的也是别有用心,不可接受的了。而如果态度好立场对情绪佳妙,即使说煤球是白的,说不定也是有积极意义的可供参考的大有裨益的呢。

如此这般,在他来校不久之后,这次亲切随意之中不无严肃正规的谈话究竟是什么意思呢?他犯了什么错误了?不像,他没犯什么错误呀。再说二人的态度确实是笑容可掬,为指出错误而谈话是难于保持这种美丽的笑容的。那么难道是好事?比如是不是——是不是会是费可犁那样的幸运也要降临到他的头上?只一想他几乎晕眩过去。

赵奔腾与舒亦冰的亲切关怀嘘寒问暖之中,有一种要钱文汇报自己的情况的潜台词。被要求作思想汇报当然是一件好事,是一件令人感到温暖的事。于是钱文侃侃而谈,受到组织的关怀,有了体面的工作,分了房子,发表了作品,参加了文艺界的活动……总之,他感到的是春风化雨,是灌溉栽培,是阳光明媚,是茁壮成长。他……他应该说一些什么缺点呢?总得有一些自我批评呀。

于是他手到擒来,即兴一说就是三条缺点:第一是急,写作上有急于求成的情绪,政治上有急于改变形象的情绪,忽视了长期苦干的必要性与严肃性。第二是懒,从农村回到城市,其实是放松了自己,自行车也不擦,外衣也不及时洗,教研室的清洁卫生他做得很少,自己喝了不少茶水,却没有主动去打开水。这样下去,在农村劳动时学到的好品质有在无意中逐渐丢掉的危险。三是懈,没有提高警惕,注意国内外阶级敌人的动向,没有时刻自觉加强阶级斗争的嗅觉,而是沉浸在一种天下太平的睡大觉的气氛中。

钱文说着说着动了感情,他趁这次谈话的机会提出了自己重新入党的要求。他脸也红了,嘴也噘起来了,心跳不止。他表示,他是从少年时代就跟着党走的,他是远远没有达到入党年龄之时就成为地下党组织的秘密共产党员的,他对于自己的犯错误痛不欲生,他如果不能争取到重新入党,他是死不瞑目的。他一边说一边惭愧,这次倒是真的抬不起头来了。

"其实,斗争哪里都有,学校里也有,班上也有……斗争就是考验,考验就是斗争,你说是吗?当然,你对党的这种感情是很好的。"赵奔腾说,一面说一面抚弄着自己的手指,突然,他皱起了眉,面孔极端严肃起来。他的面孔使钱文心跳大为加速,怎么了?出了什么事了么?然后才发现,赵奔腾的严肃不是由于钱文,而是由于他自己的左手无名指指甲。他天真地,饶有兴趣地看着自己尖出来一截的指甲,一会儿把手放在眼皮子底下分析研究,一会儿把手伸平伸直,用类似老花眼的眼光打量端详,脸上做出了滑稽的应该说是讨好的表情,而且接连改换了几次鬼脸的脸谱。然后他突然把手指往嘴里一放一嚼,咔嚓,他把多余的一截儿指甲咬下来了。

这样,赵奔腾又恢复了亲切严肃而又隐含着怜悯和骄傲的高贵表情,闪烁着灵活光亮的小黑眼睛,不慌不忙地饶有趣味地盯着钱文。从他的眼神里,钱文突然意识到自己现在就好比那个人家的左手的无名指上多长出来的一截儿指甲尖,如果自己不能再细腻具体地交代点什么问题,他说不定会对自己做做鬼脸,然后蓦地一下子把自己咬下半截去。

"……这种感情是很好的……"原来,钱文说的话被肯定的只有感情而已,别无意义。

钱文告诫自己,要沉得住气。他已经积累了经验,许多麻烦都是由于沉不住气造成的。于是他摆脱了刚才提出重新入党问题时的尴尬,也做出了不卑不亢、不慌不忙的微笑的表情。

你微笑着看着我,我微笑着看着你。然而,两种微笑仍是不大相同。

此后有许多次,钱文想起他们微笑对视的这一幕。论知识、经验、口才、应变能力、思辨与表达能力以及政治思想训练与革命资历,钱文自信绝不比赵奔腾差,毋宁说是钱文明显的更高一筹两筹三筹五筹。或者再狂一下,正常情况下赵奔腾岂在话下!然而,在六十年代的那种情势下,努力微笑着的钱文,在无所谓地微笑着的赵奔腾面前,却终于是那样勉强、嗫嚅、困惑、肝儿颤。才十秒钟过去,赵奔腾不言不语,而他的嘴唇发抖,他的脸色青一块白一块,他的呼吸急急缓缓,轻轻重重,他想说话又说不出来,不想说话又觉得不说话不行,进退失据,刚柔无端,遁避乏术,自嘲难解。十五秒钟对视微笑之后,钱文是汗流浃背了。

而赵奔腾是那样稳重,那样优越,那样充满必胜的信心,那样优雅从容潇洒自如,眼珠乱转,如同天神一般。

这时候舒亦冰说话了,他直爽地说:"钱文同志,我看你应该考虑一下你接触的人……"

谢谢了舒兄!这在运动当中就叫做搭梯子铺桥,递信儿点题儿!有了题儿,底下的文章就好做了。没有题,跟你绕圈子,让你如入五里雾中。让你老虎吃天,无从下嘴,那是最整人的了。谢谢了亦冰老哥!你伸出手来了,原来是对于我接触的人有看法,原来病灶在这儿。好办好办,我一没接触美帝苏修,二没接触地、富、反、坏,三没接触台湾特务……我怕什么?

于是他蒙头盖脸地讲起自己回城以来接触的人来。犁原,张银波,他一下子就抛出了这两个体面的名字。舒亦冰连连大幅度地点头,而且微微张开了小口。但赵奔腾微笑依然,无动于衷。于是钱文解说道:"张银波同志就是陆浩生同志的爱人喽……"赵奔腾的笑容更加灿烂,而目光更加闪烁了。钱文一下子脸就红了,他的庸俗低级一至于斯!咦!

然后他说起了找他约稿的编辑。南方人,说话飞快的梅悦春。驼背高个子,老气横秋的沙力。带陕西口音的徐大姐。然后他灵机一动说到了赵青山,说到了观看《城下之盟》话剧,说到了儿童文学编辑李秀秀。接着,水到渠成地,自然而然地他说到了老作家阿古,文学与电影双栖的明星大姐,说到了大同酒家的宴会。这些,他也是说得平滑流畅,绘声绘形。他发现自己在说这些人物的时候总的心理还是得意洋洋,他其实是借这个机会向二位领导炫耀自己的文学活动与自己在文坛的地位。

只是在说到王模楷的时候,他心里突然"咯噔"一声,好像半睡不醒的时候腿动弹了一下,只觉得人一下子掉落在深坑里。

赵奔腾依然是不动声色。这些人,噢,不仅是某些特定的人,而是差不多所有的人,在与旁人谈话的时候那股子从容镇定稳如泰山的劲儿,您算是没了治了。

赵奔腾难以觉察地,微微地皱了一下眉。

但是钱文觉察到了,不是看到了,他没有看到赵奔腾的眉毛的运动,他只是直觉地感到了,赵奔腾的脸色不大好。

这里的逻辑是清晰的,找你谈话的目的是为了提高你的认识,解决你的问题,你说了一大堆你参加了的活动与你接触了的人,但都不是问题。你是有功无过,有瑜无瑕,有贤无不肖,那还与你谈什么劲儿呢?你能从这样的谈话中得到什么教益呢?领导从这样的谈话中能够给你以什么帮助呢?能从你的自我批评中掌握什么情况什么动态呢?

他谈到了阿古,他谈到了大同酒家,他谈到了王模楷,那么,他倏地一下子脸红了。

他是在——当真是在隐瞒着什么。

当真?当真。果然?果然。

什么什么什么?

"你说到了你希望重新入党,你应该对于自己有更严格的要求。"为了不伤钱文的自尊心,赵奔腾的这句话几乎是耳语出来的,他更像是自言自语。

够意思!

"我,我最近……"也怪,说到了仿佛有点意思有点情况的地方,他就开始不安了,"我碰到了米其南,他有几个朋友,他们请我在大同酒家吃了饭,就在宴请外宾的前一天。有一个叫做李自强的人,他的妹妹叫做李云白……李自强和米其南还有另外一个人都当过右派。我听他们的言谈话语,我觉得他们讲得有点过分,有一股吹吹捧捧的味道,有一股不知道自己是老几……米其南回城市来以后,也许是有点忘乎所以,他放松了继续改造自己,那个李自强,我看也是政治上不开展的一类人物,还有那个从外地来的……那天的吃喝的气味,我后来觉得……"

显然,说到这里,赵奔腾显出了感兴趣的表情。他歪了歪脑袋,莞尔一笑。

"其实我的思想改造也做得很不够,"舒亦冰发表感想说,"我的资产阶级小资产阶级的世界观的影响是根深蒂固的。思想改造是没有捷径的,但是这里也有一个关键,抓住了这个关键,一切缺陷都可以得到弥补,大毛病再也不会出现,那就是依靠组织,每事问党,这就是我的经验,这就是我的关键。什么样的人可以接近,什么样的人不要接近,至少是要少接近……要时刻依靠党……"

"谈不上接近,我与米其南、李自强他们只是接触而已。"说着说着接触,突然变成了接近,钱文一阵发慌。

"我说的只是我自己,我没有说你怎么样。"舒亦冰说。

舒亦冰的谦虚带头,使钱文想起了毛主席在中央宣传工作会议上的讲话。那次讲话中,毛主席说:"你们都不愿意当资产阶级知识分子,我来当好了……"

毛主席真是伟大,他的理论,他的实践,他的思想和表达方式改变着整个中国,改变着舒亦冰。他不由得抬起头看了看亦冰,以亦冰这样的被周碧云所"淘汰"的小资产阶级,竟也学会了毛主席的以退为进,以谦为威……他不能不佩服。

"尤其是外事活动,外事活动要先与我们讲一讲……"赵奔腾轻描淡写地说。

钱文脸红到了脖子根上。难道张银波他们还不够"组织",而只有他赵奔腾才算组织吗?难道他钱文的组织纪律还有待于赵奔腾同志的提醒吗?好厉害呀。你现在连个芝麻官都谈不上,已经"我们、我们"起来了。"你们"是什么东西？钱文"我们"革命的时候,谁知道"你们"在哪里呢？倒退上七八年,"我们"怎么样分析"你们"教育"你们"帮助"你们"挽救"你们",那恐怕还不大好说呢,我的亲爱的小赵同志！然而,现在,你是结结实实地"我们"了。而我呢,不折不扣地变成"你们"了。天大的笑话！

"尤其是外事……"什么意思？难道我参加外事活动是不合法的吗？难道,有那么多领导同志参加的外事活动,还需要你赵奔腾区区一个系的兼职支部委员的审查批准吗？

这才是不怕官,只怕管呀。

"是。是的。是。"钱文连连点头称是。

"其实也没什么,钱老师好自为之,"赵奔腾又是一脸谦虚了,"和我们这些无名小卒相比较,你就算是知名人士了,各种人等都会利用您这个知名人士。阶级斗争还是复杂的,文艺界是如此,学校里也是一样。你对学校里班里有什么印象吗？"赵奔腾头一歪,显出了一种"这才谈到了正题"的表情。

学校里班里……问题发生在学校里班里,原来如此,既然如此,与他们谈米其南他们做什么？米其南天真幼稚,我钱文并非那么天真,那么我钱文向赵奔腾这样的人汇报米其南李自强特别是年轻的视力不佳的女孩子李云白做什么呢？这会不会给他们带来麻烦呢？我我我……我还是沉不住气呀。又不是我找你们谈话,是你们找我谈话,那就请费心指出我的缺点毛病来吧。我没认识到,我认识得到也就不劳你们费时间与我谈话了……学校里,班里,我哪里知道什么学校里班里的问题？

他于是忽然又强硬起来了,他说他不知道什么学校里班里的问题,如果他有做得不周到不恰当的地方,请"你们"给我指出来。

他自己为自己的强硬措词而一惊。但是赵奔腾和解地笑了。

"其实也没有什么,以钱文同志的水平,您当然是可以掌握的。"他居然说了"您",然后他说目前社会上的思想矛盾阶级矛盾不可能不反映到学校、班级中来。前几年,在"大跃进"的形势下面,扩大招生,有一批优秀的工农兵、基层干部被招收到高等学府中来。尽管他们在具体的功课上颇感吃力,然而他们是政治思想上的骨干,他们的存在决定着教育事业的方向,这里有一个高等教育事业上的阶级路线问题。"而您上次带着去游香山的那一拨同学,恰恰是一些政治上比较不开展的人,他们不能正确地对待调干生与来自工农兵的同学,他们在班上的表现不好,而你们的秋游,会给同学以不好的影响。当然,这很可能也是您所始料未及的,我们仅仅是把这方面的情况告诉您,我们通通气,仅供参考,仅供参考。同时也希望听到您对于学校、系、教研室工作的意见。"

钱文明白,按照谈话的规矩,这个赵奔腾的谈法就算是坦诚动人,肝胆相照,够哥们儿义气的了。一般谈话,他才不给你明说呢,他要千方百计地与你转腰子,跟你蘑菇,让你哭不得笑不得急不得恼不得方寸大乱溃不成军,最后是扒光了腚匍匐在谈话人面前。而像小赵这样,实话实说,直话直说,那是对于钱文的天大信任和善良友谊呀!

舒亦冰说他想吸一支烟,他抱歉说这是一个恶习。那个年月是没有人为吸烟而向旁人表示歉意的,舒亦冰的多礼反而使钱文一怔,他当时觉到的只是舒亦冰的啰嗦。但他又从另一面佩服亦冰,他接受了毛泽东思想的改造,但是他仍然是温文尔雅的舒先生。无怪乎林娜娜最后选择了他。

既是满腹狐疑,又是全盘托出,钱文连连点首,表示对于赵奔腾的关心和提醒感到万分熨帖,同时汇报了有关他们秋游的各种情况。

如果是我找他谈话呢?也许我会谈得更加革命,圆满,丰润,完美无缺,无坚不摧。这里有一种不需要推敲,不需要辨别,不需要交锋就一定百战百胜的东西,有了这种东西,少年先锋队员也可以去联合国大会上发表演说,大字不识的放牛娃也可以战胜——例如苏格拉底。而没有这种东西,满腹经纶也无异于白痴,才华横溢也无异于废物。毛主席早就指出,中国的一个普通的工人农民士兵,他们对于中国历史和现实的认识远远高于美国国务卿艾奇逊。真是深刻呀。

于是他继续点头不已,愈点幅度愈大,愈点愈真诚,简直不能自已了。后来是赵奔腾向他做了一个不耐烦的手势,他才好不容易使自己的连连点头停了下来。同时他毫不犹豫地表态说,赵奔腾同志的提醒十分重要,极有好处,他坚决按组织上的指示办。

舒亦冰苦笑了一下,转入下一个话题。他高高兴兴地告诉钱文,最近要开市的文代会了,学校只有两个名额,经研究,校党委决定由钱文和另一个发表过大量文学论文的评论家老教授出席会议。

赵奔腾的目光一闪一闪,他的嘴一凸一凹,好像是做口腔体操。他看着钱文好像是一只高度文明而且具有自制能力的猫在看一条热带鱼。

嗯?依钱文的经验,亦冰与赵奔腾在这次谈话中是有分工的,赵谈秋游与教育的阶级路线问题,舒谈参加市文代会问题。精彩!恰如其分!在中国,最最不关心政治乃至厌恶政治的舒亦冰之流,本能上仍然是天才的政治家!

钱文又点头如捣蒜起来,然后及时刹车,然后表示感谢领导,然后天真赤诚地请示:"我去参加文代会,您看有什么注意事项么?"

钱文知道,他本来应当谦虚一下,应该说他做文代会代表不适合,应该请更加适合特别是政治上更加优秀的同志去开这样的盛会。这些都是思想修养与组织修养中的起码要领,哪能够一说让你去开个什么什么能给你带来荣耀的会你就当仁不让的道理呢?

然而他竟然做不到这起码的修养和谦虚,他没有那样说。他已经是心潮荡漾,遍体生春,暖流从脑后一直流到了尾椎骨。他快乐的眼泪在眼眶里打转,他喜不自胜,确实无力哪怕是再虚伪那么一下子了。他只是做到了像向日葵向太阳一样地仰着脸向着赵奔腾——虽然喜讯是舒亦冰向他宣布的,他的姿势和表情活像少女等待着把她掠走了的英雄骑士的初吻——等待着宠幸。

两位代表组织与他谈话的同志却大笑起来,他们忽然恢复了轻松和——应该说是有一点——庸俗。他们说,好事嘛,你毕竟是有名的诗人嘛,我们学校有你也挺好嘛,我们也光荣嘛,文代会是在市委领导下召开的嘛,是要住饭店的嘛,伙食标准至少是一天一块二角嘛,还要有宴请和聚餐的嘛,这也是载入史册的嘛,祝贺你担任我们的代表嘛。你要代表我们讲一点话嘛,文学家们要对高等学校多注点意嘛,要加强作家们与高等学校文科师生们的联系嘛……

急转直下,却原来谈话是在这个无限光明无限幸福的话题下收的尾。

你他妈的!我们祖国多么辽阔广大!五星红旗迎风飘扬!那灿烂的太阳升起在东方!青年人都有远大前程,老年人愈活愈年轻!踏遍青山人未老,风景这边独好!让蓝色的星儿照耀着我!山连着山,海连着海!

幸福激动中钱文差点忘了告辞的时候问候一下林娜娜,毕竟是与舒亦冰告辞呀,资产阶级的礼貌还是不能丢的啦。

"她住了医院啦。胆结石,已经比鸽子蛋还大啦。非得要做手术割除……"

什么?才小小年纪就这么大的胆结石?毕竟也是他们的青春的伙伴……一切都过得多么快呀。

而你呢?舒兄!你却在找我谈话!你却依然坚持吃在学校住在学校不到星期六不回家!你为什么不去陪她?你们?

然而再多问是无礼的,特别是对于舒主任来说。"祝她早日恢复健康。"钱文说,然后,转过了脸。

第 十 二 章

你到底要说什么？

你还能说些什么？

那时，你当然很年轻，然而你又是饱经风雨。你好像很真诚，然而你已经诡计多端。你好像是一腔热血，然而又是冷静得近于残酷。你有自己的选择自己的方向自己的一杆十六两老秤，你知道应该轻什么重什么要什么丢什么紧紧抓住什么与下狠心牺牲什么，你的每一个步骤都是明晰的。

你为什么明白得这样早？再多一点发昏，多一点痴心，多一点真诚的不计后果是不是更好？

然而我必须活下去，活着才有是非有善恶有回忆有评说。如果，你随萧连甲、鲁若他们结束，那么除了臭一块地以外就什么都没有了意义。

甚至，你连自己的臭味也不再闻得着。

故而在一九五七年的运动以后，你已经依稀明了，朋友比敌人更危险，要像躲避毒蛇一样地躲避朋友，要像警惕仇敌一样地警惕友人。还有，你想说的话，不一定是被认为正确的话。你想去的地方，不一定是你应该去的地方。你想做的事情，不一定是能做好做对做出成果的事情。你必须硬起心肠来，你必须成为另一个你。你必须说许多的不，不，还是不。你应该像拒绝魔鬼一样地拒绝一切引诱、一切一时的快乐和自由。你应该拒绝友谊，拒绝称赞，拒绝真诚。要比拒绝恨更加坚决地拒绝爱,到处泛滥的廉价的爱其实百无一用,成事不足败事有余。乳臭未干的屁豆子!

所以你拒绝了米其南,你已经汇报了米其南。你完全拒绝了李自强,你已经汇报了李自强。你拒绝了李云白,你已经汇报了李云白。

还有班上的那些同学,你也汇报了他们。莫非你也从此拒绝了他们?

没有。噢,还不是那样的。你其实可以学得更加圆熟,你可以一边汇报他们一边与之同乐。对上,要不停地汇报汇报汇报,可汇报可不汇报者一律汇而报之。对朋友,能维持的一律维持,能来往的一律暂时来往并时刻准备断绝之。因为赵奔腾也好,舒亦冰也好,他们其实显然并没有对于这些人和事打什么主意。他们二人之所以与你谈话是为了向你打招呼,让你注意坚持办学中的阶级路线,不让你变成政治上不开展的学生的朋友乃至旗帜。就是说这只能解释为好意,你只能按当时的情况解释,而不是往后的。他们其实并不在意你与谁谁在哪个餐馆里吃了回锅肉或者清蒸鱼。那时并没有搞运动,即使他们注意了记录了与你共吃蚝油牛肉与清炒豆苗的人的名字,也构不成任何对朋友们不利的缘由。朋友,就是朋友罢了,吃饭就是吃饭罢了,文学就是文学罢了,我们没有什么不可告人之处,我们为什么要隐瞒呢?

而钱文关于秋游的汇报只是为了说明那是秋游,他是为了给学生们辩护才汇报的。

然而,在你吃完了人家的请以后,你去向组织上汇报,这是正常的吗?你与几个青年人照了相,你立即去汇报,你没觉得这有什么不合适吗?如果有一个你的朋友,你请他吃了一顿饭他立即就要向组织报告,你不觉得倒胃口吗?你下一次还愿意与他来往吗?

这是一个怎样的悖论呀:一个说,你既然没有问题,你何必不告诉组织上呢?如果你有意地不想告诉组织,你不就是有问题吗?

另一个说,你既然没有问题,你又何必去汇报给组织呢?你是无事生非吗?你是假装积极吗?你是——是有一种打报告的偏执狂疾病吗?

……这也是报应。到了九十年代初期,一个温文尔雅的现代孔乙己,一个老老实实的业务精良的知识分子,一个绝非阴谋政客的书生,一个你本人一向对他有好感有交情的朋友,对了,你猜对了,他就是沙力。他在给你拜完年以后立即写了材料给什么清查组。然后,他振振有词地向你解释,那材料上没有任何对于你不利的东西……可怜的人!他就不想想,有没有哪一个家庭是向来一次便立即向审查部门写小报告的人开放的。

在一九五七年的事情以后,钱文是多么心疼那些爱好文学的年轻人呀。他们天真多情,他们沉湎于幻想梦境。他们清高自恃,不懂得靠拢组织和与群众打成一片。他们自命不凡,不会随和从众。他们不懂政治,以为政治是罗曼蒂克的营火或者以为政治就是赤裸裸的坐地分赃。他们爱激动爱说话常常这也不满那也不好,他们又是细声细气,经常患有胃溃疡和心律不齐。他们甚至经受不住劳动人民的血花流烂的两句粗话,你只消叉起腰来骂他们一声"操你妈!"他们立刻面红耳赤乱了阵脚。他们天生的是挨整的材料呀!毛主席在《关于胡风反革命集团的材料的按语》中写的:"反革命分子正向你们招手呢……"说的就是这些文学青年,至少是包括这些文学青年。毛主席的话里用了一个"呢"字,使充满威慑力量的话语变得具有了五四时期散文的抒情味道,俏皮温柔逗弄之态,有点可掬呢。

而他们愈是自以为真诚就愈是不被待见,愈是幻想完美就愈要被批倒批臭,愈是幻想纯洁就愈是搞得满身污水,愈是感情热烈饱满就愈要搞他一个透心冰凉,愈是心比天高就愈是要搞成一个千人唾万人辱的奴才贱坯。可怜的爱好文学的青年人呀,你们不爱文学而是爱酗酒爱昏睡爱听与讲黄色笑话爱无所事事爱虚度光阴爱手淫爱传闲话……你们爱什么也比爱文学好百倍呀!

爱文学其实是一种病,一种吃饱了撑出来的病,中国人已经饿惯了,一吃饱了就要出事,动乱或者暴乱,勾引第三者或者给领导提意见。爱文学是一种反党反社会反群体的病,几个爱好文学的人凑在一起吃饭吃酒,高谈阔论,信口开河,吹拍标榜,这不是直通劳改队的捷径吗?

尤其是那些爱好文学的女青年,青春妙龄,梦想如花,情感如潮,纯洁如玉。微微凸起的双唇期待着亲吻,圆圆胀起的胸脯期待着抚摸。心灵张开了翅膀,头脑里满满的虚无缥缈。她们相信了文学的美妙,艺术的高雅,思想的宏伟,语言的瑰丽,爱情的神奇,真理的崇高,作家的超凡入圣。而这只能反衬出人生的诸多缺陷,现实的不如人意,活人的庸俗丑恶,日常生活的琐碎尴尬和普通老百姓的随波逐流昏天黑地……文学隔开了现实的幸福,疏远了红尘的欢乐,遮蔽了真实的生命,污染了人性的期待……对于美丽的或一心美丽的少女们,文学实在是比鸦片还要毒的鸩酒,是比色狼还要阴险的诱奸犯呀!

所以,当李云白寄来了她珍藏的钱文的诗并且在信上说是希望有机会求教于钱文的时候,钱文皱着眉呆了老半天,心脏疼痛了老半天。他面红心跳,他自然是、不可能不是首先从政治上考虑问题。目前正是他命运的关键的也就是说是转折的时刻,他无法不思前想后步步为营,他不能不考虑怎么样才能一要生存二要发展——生存是前提。他不能玩弄两面派手法,一面向组织汇报一面照旧与这些人接触不误,因为他过去不是现在不是也永远不会是异端、异己者。而且,他毕竟不是学生娃娃,他要对自己对东菊也对李云白负责。从第一面,李云白就给他以一个令人不安的印象。她的苍白中的红晕、她的专注、她的可怜的尖下巴、她的不戴镜子的近视眼——那样的有着淡漠中的灼热目光的眼睛,总是过分热情却又过分视而不见自己面前的危险、过分内向而又过分不善于协调自己与社会与人群的关系、过分梦幻而又过分不懂得无法适应鄙俗的平面的周而复始的日常生活——她的时而苍白时而红润时而期待时而高高在上的冷漠着的脸孔,特别是她的瘦弱得看得到青筋因而更加需要安全的胄甲的脖子和纤细得令人不忍卒睹的手腕……都标示着她是多么青春,多么热烈,多么才华,多么幼稚而且多么危险,毫无保护!

他坚信李云白长着一副右派分子至少是候补右派分子的面孔。他不希望李云白重蹈——例如廖琼琼或齐诗玲的覆辙……李云白,你处于危险中!

他第一眼见到她就想起了大学生里那个臭名昭著的右派分子——齐诗玲。见到李云白就想起齐诗玲,见到一篇理论文章就想起胡风,见到几个人一起吃饭就想起什么什么小集团,见到一个喏喏的书呆子就想起了"披着羊皮的豺狼"。他庆幸自己毕竟多了一根弦了呵。

齐诗玲就是这样狂热地做着文学梦的人,但个子比李云白矮头发也比李云白短身材更比李云白壮。齐诗玲一心要当作家,也确实发表了几篇小说,她从而与班主席与团支部书记与系领导院领导都搞不好关系。在举国批判胡风反革命集团的时候,《青年日报》大概也是受了毛主席关于"反革命分子向你招手呢"的指示的教育,并且急于以这个伟大的思想与预见教育其他青年,于是报纸以齐诗玲为反面教员,发表了齐诗玲的种种利欲熏心,不敬师长,不敬领导,不安心专业学习,不改造思想的劣迹。报纸文章并用诗配画的方式对她批评讽刺嘲笑挖苦一番,嫉恶如仇拒绝宽容一番。报纸的目的是以齐诗玲做反面教员,以为只知道作文不知道做人的文学青年之戒,以为被反革命分子亲切招手者之戒。齐诗玲气极,一不做二不休,到处写信告《青年日报》的状,还闹过绝食自杀之类,引起过一些中青年作家的同情。

一个女学生告一家背景宏大的某某全国领导机构的机关报,能有什么结果?齐诗玲愈走愈远,结果大鸣大放的时候在校园内大闹起来,一直发展到闹民主自由私家办报的程度,一直发展到响应波兰的哥穆尔卡和匈牙利的伊姆雷·纳吉的程度。这样,她就变成了艾森豪威尔和蒋介石的应声虫,黄世仁和穆仁智的同伙,变成了无产阶级的死敌,变成了不齿于人类的狗屎堆上的屎壳郎了……反右斗争中揭露批判齐诗玲的文章漫画,可以说是铺天盖地,那个阵势钱文看了吓个半死……一个女子被批到那一步,不如干脆一死了之。

而凡是同情过齐诗玲的青年作家,也差不多都被揪了出来,吃不了兜着走啦。

……难道他要眼看着天真善良自说自话的李云白,绝对不像齐诗玲那样狂妄咋呼、那样急于表现自己的李云白,比齐诗玲可爱得多也无助得多的李云白也遭到齐诗玲那样的厄运吗?

钱文与齐诗玲见过一次面,那是一个说起话来滔滔不绝,大雨倾盆,不给别人以插话的机会的女性。钱文与齐诗玲的见面,是五七年钱文的重要罪行之一。

至于齐诗玲现在怎么样了,钱文不知道,不想想也不敢想。

而李云白要沉静得多,娴雅得多,修长得多,内秀得多。她理应有更好的命运。

为什么上帝让那么多女性倾心文学?如果她们都是丑八怪也就好了。丑女只能去追求形而上的美丽,愿缪斯保佑她们照镜子的时候脸不变色心不跳。问题在于,悲剧在于,一些喜爱文学的女孩子如花似柳。于是有了——比如廖琼琼,有了——你们知道吗?披着作家外衣的什么诗人什么小说家,他们其实是一些流氓色鬼——更可怕的故事……就拿那位著名诗人来说,他写了那么多革命的诗,但是他谈起女性来的那副嘴脸!有没有一点高雅,有没有一点人味儿,有没有一点诗意的美?

而李云白的眼睛与脖子——在专政的铁拳与老流氓的下流无耻的目光面前,她是毫无防御的呀!

他思考着,没有答理李云白的信。

结果一天晚上,李云白自行找到了钱文这里。她那天穿着雪白的翻领衬衫,外面罩了一件紫红色的春秋衣,一条洗得略略有些发白的蓝咔叽布裤子,她的头发上别着一个蝴蝶状的绿卡子,她还穿着一双崭新的黑帆布系带平底鞋。可以看得出她的全无打扮正是经过了精心的设计。仅仅是她的从头到脚的一尘不染也使钱文感到莫名的紧张。她仍然并无笑容,这种没有笑容也就是没有一点刘巴的味道的女孩子的脸,也使钱文觉得不祥乃至压抑。她抑制住兴奋,述说着自己怎样通过许多次打问才找到了这里。她的声音微弱,说话断断续续。她一会儿直看着钱文,一会儿注视着东菊,她的脸孔上充满了钦佩和羡慕,几乎是神往和崇拜。她费了老大的劲才说了一些不完整的话,然后,她又把要说的话憋到了肚里。她最后决定了什么也不说。

钱文无法想象,在她的视力不佳、聚焦不准的视网膜上,他会是什么样的形象。

钱文硬起了心肠,他皱着眉不说话。沉默终于使李云白恐慌起来,李云白手足无措了。

于是钱文横了横心,结结巴巴地向李云白做了他以为是对于她最有益的,也是最乏味的宣谕:你喜爱文学这很好,但是文学不是处于真空中的,文学本身并不能产生文学。愈是一心钟爱文学的人往往愈是一辈子也搞不成文学,并搞不成任何事情,因为文学只能源于生活、源于斗争源于人类的社会实践三大革命运动。作家也是人,也是阶级的人社会的人集体的人,作家里边也有左中右有小偷骗子流氓无赖带着花岗岩脑袋见上帝的死硬反动派。归根结蒂,社会是工农兵创造的,作家只不过是将工农兵的伟大业绩记录下来而已。因此,与作家接触其实是没有意义的,或者很可能,甚至于是有害的。你应该多与工农兵接近,你应该多与党的领导干部与团的干部,与党员团员,与先进工作者,与积极分子们接近,要从日常的伟大的实实在在的生活当中汲取艺术的营养。至于我本人,我本人的改造世界观的任务也还十分繁重……我很惭愧。我无法真正在文学的道路也就是人生的道路上向你伸出指导或者援助的手。我希望你能把自己的爱好与社会的责任,把文学与社会生活更好地结合起来。

如此这般,当然,李云白怔忡了,迷惑了,沉默了。她的嘴唇动了又动,终于什么也没有说。再后来就是消失了。

……钱文想起她来时总是给以默默的祝福。他知道自己的话是令李云白失望的,他摧毁了那么多世代的文学家呕心沥血才给人间给青春造就的一点或有的美梦。然而,他希望,从此她的一生会幸运得多至少是安全得多。愿所有爱好文学的男女青年平安!良药苦口,他的苦涩的教训只能用一种近乎恶劣的方式劈头盖脸地灌输给她(他)们了。

钱文自己也重新感到了安全。那么在赵奔腾面前,他不必有什么愧色。他对得起舒亦冰跟赵奔腾对他的谈话,他对得起校方决定他当代表去出席市文代会,他也对得起犁原同志与张银波同志。他知道文艺界有许多青年人只能给关心他们的老同志老领导带来麻烦。但是他不是这样,他有思想修养政治修养方面的童子功,他从很小就学会了怎样做一个好党员好干部好积极分子,他有政治斗争和党内生活的经验。

他不会忘记这一年九月初两个老同志紧张地降低了声音悄悄地议论八届十中全会的公报的情景,他懂这个厉害。那次在犁原同志家里,他听张银波说:"毛主席这次讲了,阶级斗争要搞一万年……"犁原一听就跳起来了,他叫苦不迭地说:"什么?阶级斗争搞一万年?这么说,一万年也搞不成共产主义了!你总不能是到了共产主义还大搞阶级斗争呀!"这些话他没有听清楚。既然是两个老同志两个领导同志在说党内的事情,那么他这个已经被党清除出去的人,就不应该侧耳倾听。但是他也完全与犁原共鸣,他也不能不在听了搞一万年阶级斗争以后感到心惊肉跳面如土色。他计算了一下,如果按三十年为一代人来计算,一万年也就是说他的第三百多代子孙,仍然要像他一样时时处于阶级斗争的紧张氛围之中,太惊心动魄了。

所以,像舒赵二人的谈话这样的事,对于钱文来说是一说就明一点就透,不劳费心喽您哪。

那么这次接触对于李云白到底意味着什么呢?她失望了?她痛恨起钱文这号人来?她从此长叹一声再不相信什么诗歌美文了?她从此改弦更张,变成了乖孩子或者假积极?她从此对于社会与环境更加厌恶绝望?她从此变得更加"反动"?她从此变成一个庸人,不失时机地嫁一个丈夫,生两个孩子,混成一个披头散发满身酱油和葱花气味的黄脸婆?

他梦见过一次李云白。走近了,他才发现李云白已经死了,她的脸上有血迹。就像他梦见过齐诗玲,梦见过已经成为死尸和恶鬼的齐诗玲一样。

醒了以后他非常恨齐诗玲,他也完全理解完全懂得齐诗玲这样的人。成事不足,败事有余;天分不足,闹腾有余;成就不足,啼哭有余。真正有成就的人不会是这等人,她们他们太急躁太肤浅太装腔作势无病呻吟空谈大话到处拉稀屎到处捅娄子……最后不知道会连累什么人。

在想到被他的官话拒之于千里之外的李云白的时候,他忽然又想起了陆月兰。陆月兰的命运他始终于心戚戚,他辗转听说她一个人闯南方,和不止一个拆白党式的人物同居,陆浩生和张银波正式与她脱离了亲子关系。又说是前不久,她的一位男人因走私罪被捕,陆月兰的处境更加狼狈。她的父母虽然名义上与她脱离了关系,但实际上还是托人想争取她回转来,然而反倒是她自己坚决拒绝回到父母身边。

是不是严峻的阶级斗争与政治斗争对于女孩子来说是更加危险的呢?不错,在政治运动中落马的多是男子,但男子也懂得适时调整自己,使自己终于过关,重打锣鼓另开张。男人脸皮厚,比较能适应瞬息万变的政治风云。而女子呢?明明是一个火坑,她们偏偏要往里头跳,明明是一个红灯,她们偏偏要往前闯,真是没有办法哟!

……所以你应该转过脸去,你应该硬起心肠来,你用不着谴责自己。不是你首先对于旁人无情,咱们没有生活在一个多愁善感,柔情蜜意,用小爪子梳理女人的头发用戴着白手套的手接过来递过去一束束鲜花的年代。我们没有可能婆婆妈妈卿卿我我,我们是暴风雨的儿子。我们没有要求过别人抚摸我们的额头,亲吻我们的伤疤,揉化开我们腿肚子上结成了死疙瘩的青筋。我们的皮肤上长满了硬鳞和倒刺,我们没有如玉如脂的肌肤等待温存。我们已经不习惯于柔软细腻,嘘冷拂热。我们的耳边常常是炮弹呼啸杀声震天,我们的眼前经常是一排排敌人更是一排排自己人中弹倒地,血流成河。我们只能靠自己深一脚浅一脚跌跌撞撞地走路,我们掉在泥坑里的时候没有什么人顾得上多看我们一眼。不论是在敌人的法庭还是同志的审判面前,我们没有权力要求怜悯。男也罢,女也罢,年轻也罢,年长也罢,聪明得像金丝猴也罢,长着令人销魂的双眼皮大眼睛酒靥如醉也罢,咱们谁也甭想活得那么惬意那么滋润。

您就断了这条心罢!

那一天东菊也在场。只是在李云白走了以后,东菊叹了一口气。他向东菊略作解释,说明他为什么要给李云白讲那么一大套道理。东菊表示出不感兴趣的样子,后来,东菊只说了一句话:"你太激动了。"

激动?他不懂这话的含义,然而他想起了东菊对于月兰的冷漠。人世间有许多话是说不出来的——甚至于对东菊。他是多么渺小,多么卑贱,多么寂寞呀!

妥善地处理完李云白的事以后,钱文全力准备出席文代会。他找出了报刊上的大量的时文,愈读愈觉得人家是意气风发热火朝天你唱我和高亢入云,而自己是——简单一点说就是自己大大地落在了后头啦!他是无比的惭愧,他决心通过参加文代会使自己汇入到时代的洪流中去。

时代的洪流。也不知谁想起来的这样的好词儿,浪涛起伏,滚滚向前,呼啸风雷,势不可当,荡污涤秽,摧枯拉朽,卷起千堆雪,冲刷万里泥,你不融汇进去,难道要落一个草棍当河,枯叶截流,于是被吞噬淹没化作泡沫一摊的下场吗?

快快投入,快快跳进去吧!

说是文代会的代表集中住在民族饭店。去民族饭店报到的时候钱文觉得自己是一个正在速滑跑道上飞奔的滑冰选手,在冰道上人从自己的重量中解放了出来,从频频迈步的捯扯忙碌与再往大里迈也够不着的短小局促中解放了出来,从走走停停扭扭歪歪的步行的摇摆狼狈中解放了出来。于是是不费力的滑行,是重心的匀速前移,是飘然而逝的洒脱,是得心应手的速度,是平地上的飞翔。他飞向了文代会的召开地点民族饭店。

他又觉得自己像是一匹小马,由于违反了比赛规则,他被逐出了场地。现在他又被带上来了,他还会跑,他的蹄子上换了新掌,他抖鬃长嘶,他跑起来定然成绩惊人。未必有谁能够像他那样真诚热烈地歌颂党的功勋,未必有谁能够像他那样从幼小就浸透了每个细胞般地感受了党的思想党的胸怀党的激烈与悲壮,未必有谁能够像他那样掬得出对于革命对于党的倾心的每一波电流每一根神经每一滴血,未必有谁能像他那样找到最美丽最贴切的语词来谱写歌颂党的交响乐章。他需要党,党也未必不需要他!

一进民族饭店他就激动起来了,那时十一层的民族饭店是北京最高最高的新建筑。他一见民族饭店就产生了一种高山仰止的感觉,想当初,民族饭店和农业展览馆新车站等十大建筑,都是在迎接建国十周年的时候建设起来的,而那时候他还处在特殊的境遇下边,他只能在山里遥望。他至今连民族饭店的台阶都没有上过,民族饭店里经常住有来自全国各地乃至世界各地的贵宾,他一个曾经打入另册的人,怎么敢随意混迹其间呢?

巨大的玻璃风门,豪华的吊灯,闪闪发光的组成彩色图案的磨光石地面,特别是一股丰厚的浓香,似乎是外宾化妆品的香气、厕所里的檀香与高级伙房的食品香气的混合,使他舒服沉醉。大字牌标示着大会的报到处,报到处的女工作人员,头发上系着蓝色的绸带,而脸上,似乎敷了一层薄薄的杏仁蜜护面乳,加上她的甜蜜的微笑,整体的"资产阶级"氛围令钱文几乎流出泪来。

"哦,钱文同志,您就是钱文同志,久闻大名了……"蓝发带笑眯眯地说,"您不需要住在这里吧?"

这是怎么说的?

看到钱文面带困惑,蓝发带解释说:"由于我们包租的客房有限,简单地说我们没有钱,原则上只有高龄的代表和住家特别远的郊区县的代表我们才安排住宿……"

真是迎头一盆冷水!那么兴奋地来到这里,不就是为了尝试一下住高级宾馆开大会的风光吗!

"我的家,不,我的单位,我们学校,我是说就是在郊区,我是说,这个,您就让我住在这儿吧……"

他们的学校恰恰住在市区与郊区之间,城与郊就是以向阳口分界,一边是郊区,而另一边,恰恰就是市区。讲老实话,他其实是完全没有必要住饭店的。然而,他确实是豁出去了,不到万不得已,他绝对不会轻易放弃住民族饭店的机会,他决不能轻易让到了手的肉包子化为泡影。几年来,他被批判被踩乎得实在是够了,他无论如何要争取一个机会,要让自己扬眉吐气一下,要让自己直一直腰,要让那些看不起自己冷慢自己的人也眼馋一回。他现在是明白了,以为躲在房间里把诗写好就可以成为一个大诗人,那实在是天真的幻想,那是白痴。你生活在一个以政治取人的社会里,你的政治地位政治身份实际上决定着一切,别人对你的观感实际上决定着一切。他也不是不懂得清高与自重的价值,当然,他并不是一个脸皮多么厚的人。但是他只能面对现实,他不能冷漠地超然地面对于他生死攸关的事务,不管这事务本身是多么无聊和细小。

……他的表现很丢人,他的私心杂念非常严重,他无聊而且下作。他必将接受自己的良心的永远的责备,他愿意在弥留的时候接受上帝的惩罚正义的审判与魔鬼的报复炼狱的酷刑。枪杀我吧!只是请略等一等。是的,现在,请让我卑劣一次!与更卑劣得多的一切相比较,我仍然算得上是天使!只有他进行了这种卑劣的争夺,只有他为自己争到了一点无聊的东西,他才能不辜负所有庄严得多郑重得多也伟大得多的一切,他也才有资格以伟大和纯洁的名义执行对于钱文他自己的死刑处决!否则,他无非像萧连甲,死了臭不上一块地!

经过了面红耳赤的试炼,钱文终于住进了民族饭店的一个房间。房间在第十一层,那个时候,钱文上了电梯,升向十一层的时候,他的感觉与升入高空差不多。又恐琼楼玉宇,高处不胜寒……笑话!

房间里已经有一个人,四十来岁,黑脸膛,满脸的短粗胡茬,满室的劣质烟草气味。

在进入房间的一刹那,钱文感到——全错了。

这房间一进去,他就发现了,那是多么平庸!四面空墙,千篇一律,两张单人床,两个半软不硬的小沙发椅,一张圆桌,一个衣架,暖水瓶,劣质茶叶筒,毫无生趣。而且,为了这间房子他要和东菊分别四五天。天啊,他怎么会糊涂到非住这样的房子不可!

同屋人是郊区文化馆的干部,他完全不知道钱文是干什么的。他介绍了自己的姓名与职业,钱文也是毫无反应。显然,他们双方谁也不知道谁,便没话找话地说话。

文化馆的干部不知从何说起了人的手,他笑嘻嘻地说:"细琢磨起来,其实人的手是最脏最脏的,哈哈,嘿嘿,不能说不能说……"他摇着头,大有深意,而钱文是不知所云。

吃罢会议提供的晚饭,天尚大早,钱文只想落荒逃走。但他一想起争取要住下时的情景就害羞而且紧张,如果他要了房子而不住,传出去就等于故意与会议组织者捣乱,组织是谁?是文联,更是宣传部,是市委,也就是中央。故意与组织为难,就不仅有思想问题而且说不定是政治原则问题立场问题。他怎么敢斗胆要来了房间却不住！

当然，也极为可能，房间从严掌握，实际开会的人来自四面八方，谁也不认识谁，给了你房间就是给了，何况还是两人一间，谁还管你住不住？何必自作多情，作茧自缚？

他就这样犹豫着坐在房间里如坐针毡。按议程明天才开会，今晚是各区县代表团团长会议，他当然不是团长，所以他是完全无事。其实他回家坐电车只不过需要二十五分钟，三十分钟后他就可以轻松愉快，与东菊谈笑风生，享受爱情享受自由享受人生享受对于自己的卑劣的几个小时的遗忘……他却硬是要在这里死坚持。天啊，被迫与东菊分别了好几年了，难道由于他的愚蠢，由于他的庸俗，由于他的胆小怕事，他还要自己给自己制造分离吗？耗了一会儿，因为劣质烟草的烟气而呛得咳嗽不止，咳嗽得喉咙都要翻出来了。他终于忍耐不住了，他向黑脸汉子解释说他落下了重要的材料，他要回家一趟取回来，明早他将会在七点半吃早餐以前赶回来。黑脸汉子向他眨眨眼，不明白这些话对他说个什么劲儿，他不是组长不是临时支部书记，他为什么要管钱文到哪里去呢？

钱文几乎是兴奋地走出了民族饭店，他庆幸自己没有被什么人看到，特别是没有被分配房间的系蓝绸带的女同志看见。量小非君子，无毒不丈夫！钱文大发其狠，他的心情如同一个雏儿第一次下水抢劫银行。他出门就迫不及待地跑到了车站，来了一辆电车就上。坐上车以后，他才发现，由于急，他坐错了车，但也是通往他家那一带的，他就决定将错就错地坐下去。错了就错了，妈的，随便！人生往往如此，错了有时也是对了，对了有时也是错了。你以为你错了，你改正错误，结果，更错大发了。眼一闭心一横，玩儿蛋去！

七站以后他下了车，总体方向并无大误。他知道这一站离他的家已经不远，许多天以前和东菊来过这里，他知道在这片新建的宿舍楼群中间，有一条弯弯曲曲的小道，走上三几分钟就可以到达他的新家。但那是在白天,这次,则天色已经完全黑下来了,他下车的时候只见眼前是一个建筑工地,几盏聚光灯把堆满木材、钢筋、洋灰等建筑材料的堆料场照耀得如同白昼。然而,更加凸显了四周的一片漆黑,眼前没有道路,也没有人影。电车开走以后,这里就像死了一样,就像船只开走以后一个被丢下的岛和它周围的海域一样。

一面是明亮的工地堆料场,一面是黝黑的幢幢新楼身影,四面是无边的寂静和漆黑。这个反差强烈的场景倒像是在反特影片上看到过,一个小特务跑到这种地方搞破坏来了。我这是来到了什么地方?我这是怎么了?钱文忽然产生了一种已经被城市抛弃的感觉,他的心紧张了起来。

犹豫了一秒钟,钱文设法判定东南西北。他说服自己,反正我确实不是特务,而只要按正确的方向走,反正能够走到的。

然而他的心怦怦跳了起来,跳得他只有苦笑。又是失态了。

他深一脚浅一脚地走着,路很软松,好像是走在了灰土上。不好,忽然,他被脚下的不知什么东西绊倒了,一个趔趄,他趴到了一个土堆上,一片刺鼻的灰尘呛得他咳嗽。他惊异于自己竟然会有这么重,回城里才几个月,还不到一年,他已经变修变胖了变笨么?妈的!他连忙起身,起得急了,脸上被一个什么铁丝划了一下。那截铁丝本来是躺在废渣土上的,由于钱文的压下去而使得一头翘了起来,正好在黑暗中等待着钱文的脸孔。钱文大惊,落荒而走,前额与左肘又碰在了筛土的筛子和支筛子的木棍上。

钱文更加紧张了,他摸了一下脸,他摸到了血迹,还好,没有太大的伤口。他有一种四面受敌的感觉,上天惩罚他?他笑了。这一切,这一切究竟为了什么呀?难道他在做贼?难道他是从俘虏营里逃出来的?

他终于狼狈不堪地找到了家,他在门前掸一掸身上的灰土。他脸上带伤,衣衫肮脏,头发如同乱麻。他只想着向东菊叙述自己这一晚上的历险经过。

家里有人,贵客,是王模楷。

他的历险心情立即化作了泡影,他轻描淡写地解释自己的形状,只有一串笑声。

"您不去开文代会么?"钱文忍不住问王模楷,他明明知道这种问题是不应该提出来的,是犯忌讳的。

王模楷很平静地说:"没有我。我不是代表。"

"这怎么可能?"钱文几乎喊了出来,但是当声音到了口腔的时候,他硬是把它咽下去了。

王模楷脸上有一种独特的应该叫做素淡的表情,似笑非笑,似愁非愁,全无所谓,上次在大同酒家吃饭的。候他还不完全是这样的。钱文想起了他向赵奔腾做的汇报,他也提到了王模楷,但没有把他当做重点。从王模楷今天的素淡的表情上,他突然体会到王模楷是不会向某个领导汇报与他在一张桌子上吃过的那一顿饭的,他一下子撒了气。

王模楷解释说:"我们那里都是作家……排名排不到我的。他们给了我一张列席证……我不一定去……"

为什么?钱文睁大了眼睛,想问却没有出声。

王模楷略略一笑,他说:"最近情况有一些变化,各方面都在收紧。我的那部长篇小说,青少年出版社已经排出了样子,忽然通知,暂不付印。所谓'暂不'的'暂',可能是两年也可能是十年二十年。毛主席说了,阶级斗争要搞一万年……"

他也在说这个!

为什么为什么呀!难道我们真的是牛鬼蛇神,站到了阶级敌人的立场上?不然,毛主席讲阶级斗争,我们又怕个什么呢?

曲风明早就给我们讲过,在斗争面前,无产阶级感觉到的是胜利的喜悦,是战斗的豪情,而资产阶级才会感到斗争的恐怖和灭亡的悲哀……讲得实在是好呀!只是不久,至少有那么一段时间,曲风明同志也被认定差不多是阶级敌人了。

王模楷的长篇小说……那么,我的长诗呢?

王模楷留下了自己的长篇小说的一份校样给钱文,他说,最后他得到了五份校样,也可以说他的书已经出版了,印数是五。他觉得很满足,"能有五个、六个、十几个读者,也还是不错的。"他笑了,然而钱文觉得他像是在哭。

"再说我也快走了。"王模楷站立了起来,伸了一个懒腰。

"什么?"钱文只觉得一惊。

"我想离开北京,到农村去,到边疆去。我想学到一点实实在在的本领,比如——理发或者是会计……文学,是太空虚了。"王模楷莞尔一笑。

"然而您能写非常好的小说,我爱您的作品,它让人觉得亲近,在我读您的短篇小说的时候我好像听到了您的声音,清晰而且温柔。说不清为什么,读着读着我就会想起一些旧事,我的各种思考一下子就激活了。我觉得有您的小说是一件重要的事,就是说,它们并不是可有可无的……如果我想到这里有您的小说在出版,我觉得一切都变得好过了一点……得了闲,读一读您的小说,这很好……"

"谢谢,"王模楷说,他笑得更超脱了,"也许,一个写小说的人忽然不写小说了,或者是一个读小说的人突然不读小说了,或者不是突然忽然而是渐渐地觉悟起来……这本身就像一篇小说,是不是?小说给人的虚幻的东西太多了,而我们生活在一个实际的年代……也许现在我们最最需要的小说就是没有小说……我要走了,我要离开北京了,也许从此再也不和什么文学打交道了,又有什么不好呢?"

然后他转身离去,不再纠缠,也不理会钱文的送别,噔噔噔噔,他飞快地踏楼梯盘旋而下,身形愈来愈小,转眼消失了,使你甚至怀疑他是否真的来过。钱文仍然不能相信这一切都是真的,今天的一切都十分蹊跷,从十一层的民族饭店房间到搭错了车到筛沙子与白灰的土堆,到并不熟悉却又是他心仪已久的王模楷的来访,以及王模楷离开北京离开文学的自白,所有的这一切都使他且信且疑。

而送走客人以后,叶东菊高兴地说:"我就知道,你今天会回来的。"

什么?

钱文于是恍然大悟,今天是东菊的生日,他已经忘在脑后。好险!他操心的关切的事情实在太多了,人生就是这样地被一会儿是这样一会儿是那样的事情填充着催促着震荡着与惑乱着,使你忘记了人生,而变成各类事情的加工部件。而东菊的特点在于从不提醒你什么,她是要时时考验你么?她不像你那样为了事情而操碎自己的心。她生活在自己的圈子里边,她等待着你的自觉,等待着你的温存和适时的觉醒。那么,那么今天晚上发生的一切就有了意义。回与不回的犹豫,搭车的对与错的辨析,迷路与绊倒,王模楷的来访,这都有了意义!

他也高兴起来了,他对东菊说了自己在民族饭店的初步见闻与感受。一说起来诸事就变得毫无意义了,到头来诸事都是自寻烦恼。于是他们大笑起来。

莫非东菊是对的?他本来也不应该去在意那些蝇营狗苟。但是,五尺男儿,活上一辈子,除了活着以外,就没有个什么追求与目标了吗?

第二天他起了一个大早,急急地赶到了民族饭店。他赶上了吃早餐,他没有错过豆浆、牛奶、油条、赤豆沙包、银丝蒸饼、花卷、咸鸭蛋、粤式香肠、五香煮花生米、胡桃酥与六必居的八宝酱菜,还有大米稀粥、煮馄饨与鸡丝清汤面条。钱文吃得感奋涕零,不亦乐乎。看着琳琅满目的食品,钱文想起了父亲常常引用的马克思的一句话:"物质发出了迷人的微笑。"

开幕式更是动人心魄。市委的陆浩生书记、宣传部长、中宣部的一位气宇轩昂的领导人、文化局长、中国文联和中国作协的负责人和一批只是提提名字也让钱文五体投地的大作家大艺术家穿着毛料服装端坐在主席台上,每个人都显得那样大方、展样、匀称、舒服、如坐春风、崇高而且风雅,再对照一下自己,几年来是小气、畏缩、如坐针毡、鼠头鼠脑、找不着感觉、卑贱而又粗俗。真是不比不知道,一比吓一跳呀。

老作家阿古主持了开幕式,他声音洪亮,意气风发,特别挚友般地介绍了陆浩生同志。他说浩生同志不但是我们的领导,也是我们的同行,早在三十年代陆浩生同志就在一些报纸上发表散文和小说,他用过十几个笔名……这时陆书记摇头摆手,插嘴说:"提不得的,提不得,提起来我是要做检讨的,那个时候还没有延安文艺座谈会的讲话呀,我也不懂马克思主义呀……"说着,他哈哈大笑。

阿古也哈哈大笑。陆书记的笑声喝喝喝吼,刚中有柔,阿古的笑声嘿嘿嘿哈,柔中有刚。于是全场代表加上旁听列席新闻记者近千人都一起哈嘿吼喝嘻叽哎地笑在了一起,没有这样的伟大的集体,没有党的领导,就没有这样千人一心的笑声呀。生逢盛世,真是生逢盛世呀。

按照西洋礼节,一个人说话另一个人插嘴,本来是不大礼貌的。可这次,老作家说话领导插话,领导说话老作家插话,显得是这样生动活泼,温暖热烈。泱泱中华,自有她独特的方法,叫做杀猪捅耳朵,各有各的门道也。

阿古继续介绍说,陆浩生同志本人就是小说家、哲学家、评论家——他早在一九四八年就在香港发表过批评胡风分子的文艺观点的文章。陆浩生同志还是欣赏——不,是鉴赏家。他也是诗人,写过新诗也写过旧体诗词。浩生书记字也写得好,上攀米芾、欧阳询,下趋董其昌、林散之……阿古正色宣布:

"现在我们就欢迎我们的诗人、小说家、评论家、书法家、鉴赏家,我们的领导和朋友、我们的陆浩生书记、我们的老陆同志给我们讲话。"

陆书记讲得丰富而又生动。高屋建瓴,先从国际形势讲起,他嘲笑了美帝,更嘲笑了苏修。他说到他最近以旅游者身份去了一趟苏联的经验,苏联的民航飞机上供应的竟然是马肉!苏联的大学女生竟然卖淫!苏联的修正主义作家肖洛霍夫走到哪里竟然有一节火车的车皮专门为他运伏特加酒!而西蒙诺夫稿费多得花不了,竟然自己盖了一幢船形的小楼!苏联的作家堕落到了什么程度!一个女诗人的诗竟然说自己是男人的睡衣,男人的地毯,男人的席梦思床垫!现在我们只要一提到叛徒两个字,苏联领导人就面红耳赤,气急败坏,洋相百出!我们就是要针锋相对地与修正主义分子们斗斗斗!我们就是要揭露他们的叛徒嘴脸!一斗他们就硬是一点办法也没有!

而国内形势呢,实在是非常好,非常好,比以往任何时候都好。三年自然灾害,特大的灾害呀!这样的灾害发生在旧社会那就要赤地千里,易子而食呀!而我们的人民觉悟有多么高!通过自然灾害,我们的人民更加团结了,我们的方向更加明确了,我们的作家也更加靠拢劳动人民了。现在,几天不下雨,不仅仅是农民心焦,城里人,教授们作家们也是心焦如焚呀!现在,下一场雨,不仅是农民欢喜,城里人,教授们作家科学家们也跟着欢呼呀……

阿古老插嘴说:"可不是!过去,一下雨,城里人就抱怨,不能郊游去了嘛。现在,再也没有把自己的郊游放在第一位啦什么的想法啦……"

"这就是立场的变化嘛!这就是毛主席所说的感情的变化嘛!毛主席说原来以为知识分子是干净的,而农民们脚上有牛屎,不干净,后来呢,经过思想的改造和感情的变化,发现知识分子才是最脏的嘛……"

阿古又插话说:"知识分子是头重脚轻根底浅,嘴尖皮厚腹中空嘛。"

陆浩生听了阿古的插话大喜,全场也大喜而笑,陆浩生兴奋起来继续发挥下去:

"思想改造这一关总是要过的,今天不过明天也得过,这次过得不彻底下次也还得补!欠了账就是要还的,欠的时间长了就要加利息。孙悟空西天取经和各种妖魔鬼怪战斗,终成正果,到了西天,一摸头,紧箍帽就自然脱落了,他就轻松了,他就成了这个……"

陆书记一时卡壳,阿古赶紧提醒说:"斗战胜佛!"

"好哇,好哇,是斗战胜佛呀!不斗不战胜怎么行呢?我们知识分子要斗要战胜的白骨精、琵琶精、蜘蛛精就在我们的头脑里嘛。你要求自由,其实你的那个自由完全是资产阶级那一套嘛!无产阶级不去占领阵地,那当然是资产阶级去占领的喽!拒绝改造其实也是改造,不过是按照资产阶级那一套来改造党改造社会主义,也就是反党反社会主义嘛!而我们的西天真经就是马克思列宁主义嘛,就是毛泽东思想嘛!取了这个经,我们就无往而不胜嘛,也就自然而然地去掉了紧箍帽嘛!"

中央有关部门的领导同志讲话的时候转引了总理的指示,说是要迎接阶级斗争的暴风雨,到底是什么风雨没有具体说,但是真让你觉得确是山雨欲来风满楼。领导同志强调,歌德说过的,愤怒出诗人,越是斗争得火热,诗就越会写得好嘛。在讲到反修防修的时候强调了文艺批判的功能,领导同志指出批判是指对于精华的批判,愈是精华愈要批判,因为正是那些精华才有巨大的影响,才同时散布了大量的毒素。领导同志举例说,三十年代周扬同志翻译介绍了《安娜·卡列尼娜》,但是周扬同志没有写一篇对于《安》著的批判。最近在一次会议上,周扬同志当着总理的面说起了此事,周扬同志说,那是他的一个错误哩!领导同志还讲到了歌剧的问题,说是总理说了,为什么我们的歌剧必须学着西洋人的样子,弄那么大一个乐队,而且把乐队摆在舞台前方?为什么不能学习戏曲,把乐队搞小一点,放在侧幕处不就行了么?领导同志讲了苏联变颜色给我们的惨痛教训,讲这是一个关系到国家命运的大问题,不能掉以轻心,搞得不好就会是千百万人人头落地,就会是亡党亡国……总之,钱文听得是心惊肉跳而又五体投地,直如全身所有穴位用银针扎了个通透见血。

全场热烈鼓掌。

然后是各种祝词贺词,只祝贺得大家腾云驾雾,心花怒放,光荣满意不打一处来,体面滋润不打一经走。

…………

由于钱文是从高等学校来的,被分配到了理论批评组参加讨论。钱文一看,这一组多半是一些名不见经传的人物,参加了这个组也不像是被承认为作家。于是他向大会秘书处请求,他说他是写诗的,他希望参加创作组的讨论。大会秘书处说是可以可以,完全没有问题,说是你去就行。钱文却觉得尴尬,希望秘书处给那一组发一个通知,秘书处说不用了。钱文重复要求了几次人家不听,于是钱文觉得是自己太啰嗦了。钱文自己去了创作组开会的会议室,果然见到一些熟人。赵青山、大姐明星、李秀秀、悔悦春都在那里。也许只是钱文敏感,这些人见到他似乎怔了一下,然后平淡地与他略打招呼,远远没有前些时候看戏的时候或者吃饭的时候热情,钱文不免不太自在。

宣布小组讨论开始以后,会议主持人,一个工人出身的老作家按照名单点名。名单上没有钱文的名字,老作家用眼睛斜视着他,于是他诚惶诚恐地报告说:"我是钱文,我本来分在理论批评组的,经大会秘书处同意,我来参加这一组的讨论来了。"

没有人作出反应,组长也没有多看他一眼。而他本来以为按照礼貌人们应该说一声欢迎或者说一声好吧,哪怕是嗯一声哼一声唔一声的。或者再退一步,一声不吭也行,只需要有个把人微微点一点头,他也就知足了。但是什么都没有,就像他根本不存在一样,或者更坏,就像他们大家都厌恶他一样。

钱文敏感起来,他现在已经是惊弓之鸟,不可能不倏地一下子心提到嗓子眼上,肚子一下子就堵堵地揣上了石头,莫非是由于近来的气候精神——阶级斗争再搞一万年?莫非不知不觉的,什么"文艺十条",什么"文艺八条"又都入了库贴上了封条?也许王模楷的想法才是正确的,而自己又是错估了形势,狗咬猪尿泡,一场空欢喜?

两天分组讨论,钱文算是开了眼,却原来现时作家们的政治觉悟都这样高了。士隔三日,刮目相看!所有的发言都和党员们的组织生活一样,不似党的组织生活,胜似党的组织生活,充满了战斗又战斗,忠诚又忠诚的气氛。想当年,他是由于早早地入了党因此提前学到了手的那些政治学习、检查思想、热烈拥护、相互感染、联系实际、检查自己、表达决心……深而又浓的阶级感情党性的严肃性等,却原来短短几年过去,这些自由散漫的小资产阶级作家文人们,也学会了无产阶级的看家本领!作家文人战斗起来忠诚起来那语言那情绪又花又火又深又狠,更是工农大众所比不了的。却原来他这个少年布尔什维克的最优越最先进的党的生活的锻炼之道,他以之领导旁人教育旁人的制高武器,已经早就不是独得之秘,早就不是他和赵林周碧云洪嘉之辈独占的山头高地了。革命觉悟,党性锻炼,宁有种乎!同样,反革命臭狗屎专政对象,宁有死地界乎?他能不惭愧吗?他能不痛心吗?他能不恐惧吗?

听听这些高觉悟的话语吧:

赵青山说:"搞创作靠的是生活、思想、技巧,这三者之中,思想是最主要的。有一分(先进的)思想,就能有(发现)一分生活,有十分(先进的)思想,就能有(发现)十分生活。活到老,学到老,改造到老,深入生活到老,当农民爱农民写农民为农民,这就是我的决心,这就是我的誓言。"

明星大姐说:"感情是不能做假的,言过其词的作品只能令人恶心。我们的时代是翻天覆地的时代,我们的人民是翻天覆地的人民。为了六十一个阶级弟兄,全中国变成了一盘棋。我们就是要歌功颂德!我们就是要感激涕零!我们就是要五体投地!我们就是要心甘情愿!我常常中夜不眠,我似乎听得到在生产斗争阶级斗争科学实验三大革命运动中的人民的呐喊,我听得到在亚非拉阶级斗争与民族斗争的战场上的隆隆炮火、赤道战鼓、哈瓦那号角,我看得到刚果红旗、苏伊士怒潮、马来亚的遍地烽火,我听得到在那些剥削阶级当政的国家,共产党员在刑场上英勇就义的时候唱起的《国际歌》声……自从盘古开天地,三皇五帝至于今,过去,人民是历史的渣滓,现在人民是历史的主人!人民,是人民在创造历史,在创造生活,在谱写新的篇章!人民的一颗心,鲜红鲜红……而我们的心,受到了资产阶级的蒙蔽,受到了私欲的污染,受到了帝国主义修正主义和各国反动派的文化侵略……与人民的伟大业绩相比较,我们究竟是做了些什么呀!我们怎么能够对得起我们的人民和我们的党!我们……我们……"她热泪盈眶,激动得说不出话来了。

全场有好几个人流出了眼泪,有的在拿手绢擦,有的则听凭眼泪在脸庞上慢慢地干掉,留下咸辣的干泪痕迹。钱文这次是真的哭了,他很感动。

主持会的工人作家继续发言,他五十年代初期发表过一篇小说,受到好评,并离开了工厂,当了专业作家。这次开文代会,人们才一睹他的风采。他一说话就开始痛斥文艺界的一些不正之风:不重视政治学习,不自觉改造思想,不把好政治思想关,向资产阶级投降。他说他最近写了一批表现劳动模范的生活爱情美好情操的小说,居然接连被某文学月刊退了稿。为什么退稿呢?因为他歌颂的是无产阶级而不是资产阶级,他歌颂的是中国共产党而不是美帝苏修,他坚持的是《在延安文艺座谈会上的讲话》的精神而不是胡风、俞平伯、丁玲、陈企霞、刘绍棠的反动货色。而那本文学月刊呢,他们退他的稿子而发右派的稿子!他们吃着工农兵的粮,穿着工农兵的布却不为工农兵服务,他们是资本家的丧家的乏走狗,他们是吃里扒外的恶狗,他们是狗掀帘子全仗着嘴,他们是三天不打就要翘尾巴的癞皮狗!他们是永远改不了狗性的狗狗狗狗!如此这般。大家一面听一面笑,似是打哈哈,又似确是击节赞赏。

钱文怵然心动,但是他知道越是人们大骂右派,他就应该越是心平气和,与大家站在一起,那才算选择了正确的立场。但他同时也有点憋闷,一位大公无私的工人出身的老作家,他还是在八年前发表过一篇二千字的小说而且受到阿古老的好评。此后,再也没有见过他的新作。他认为这一切应该归咎于文艺界的思想立场问题——看来他是一个习惯性被退稿者了。而做一个习惯性被退稿者,倒也是,那是真真令人恼火呀!那是真真令人同情呀!那是真真令人想帮助他投掷出去一个拉掉弦的手榴弹呀!

钱文"嗷"地叫了一声。他很惊慌也很诧异,因为他根本没有想出声音,他只是谨言慎行地夹着尾巴坐在后排一个边角。他的声带喉咙怎么会自动发声而且是发怪声呢?那嗷的一声直如一条狗被人踩了尾巴。那声音出自他的口腔并且震响了他的鼻腔颅腔胸腔和腹腔。然后紧接着他又听到自己哼哼哎哎唔唔地连叫了几声,他简直变成了一个发条没有上足从而失去了旋律和可控性能的八音盒子。他怎么会有胆量做这种闹场的事!他面如土色。他看看四周,完全没有人答理他。是他的嗷哔哎的声音太小,震动了自己却完全不足以震动旁人吗?是他的人微言轻,即使是在会议室仰天长啸或者哭天抢地一番也不足以引人注意,不足以引人言语吗?他纳起闷来了。

三个发言过去,会议的调子也就定下来了。钱文也发了言,他的发言很谨慎,强调的是多么拥护陆书记与中央部门领导的讲话,从这些讲话里他学到了一、二、三、四,他强调自己要走一辈子与工农兵相结合的道路,学一辈子马列主义毛泽东思想,改造一辈子世界观人生观,为人民为党为革命唱一辈子赞歌。他发现他发言的时候没有任何人注意听。明星大姐正忙于与李秀秀交头接耳,赵青山转身悄悄与参加大会的记者交谈,工人作家则闭上眼睛睡着了。他再没有兴致讲下去,便戛然而止在那里。

……许多年以后,钱文回忆起这一段仍然深感惊异:那一天究竟发生了什么声学或者生理学的怪异现象了呢?也许这里边还有语言学的问题?当一个人说话的时候,那确实是他在说话吗?当一个人不说话的时候,他确实是不说话吗?一个人不想说话却发出了声音和一个人想说话却没有发出声音,这样的事情也是可能的吗?那一天他们这个组的作家确实说了话了吗？每个人是都在说自己的话呢,还是一个人通过大家说自己的话呢？一个人不说话的时候他确实是没有说话吗？说话必须是有规范有词汇有语法有句法就是说有主语有谓语有宾语有标点符号的吗？如果什么都没有那还能算作说话吗？他钱文究竟是从什么时候学会了说话,什么时候忘记了怎么说话的呢？动物不会说话吗？还是仅仅不会说假话？哑巴出怪声算不算说话？动物是不是也有功利主义的语言？至少是猫,它为了食物可以说出多么动听的招人怜爱的话来呀……

激动、兴奋、体面、光荣,但更多的是尴尬和羞愧,充塞着出席文代会的钱文。市文代会在高昂和团结一致的情绪下面,在如雷般的掌声中,在喜气洋洋的气氛当中结束了。闭幕式仍然有许多领导同志出席,更有工、青、妇、科(技)各界代表参加。闭幕式上有少先队员的献旗,由一名女少先队大队长高举着指挥棒,上下舞动着,带领一群穿着队服的少先队铜管乐队奏乐列队而入,那熟悉的庄严而且动情的场面,使钱文再一次泪下。太伟大了,太动人了,太让人难以自已了呀。

> 我们的辫子随风飘扬,
> 我们的眼睛闪闪发亮,
> 我们的歌声欢快幸福,
> 毛主席,您听见了么?

钱文想起了说河南土话的长着小麻子的朱小成,想起了世界青年联欢节与中国少年先锋队的队日仪式,蓦地一下泪水就涌出来了。

闭幕式上钱文与大家一起举手通过了各项决议,还通过了一封号召广大文艺工作者深入生活、深入三大革命运动的第一线、热情反映我们的伟大时代的信。闭幕式上以无记名投票的方法选举出来了新一届的理事会,全部候选人都以绝对多数票当选。最后,是钱文与与会代表高唱李劫夫作词作曲的《我们走在大路上》:

> 我们走在大路上,
> 意气风发斗志昂扬,
> 毛主席领导革命队伍,
> 披荆斩棘奔向前方!
>
> 向前进,向前进,
> 革命洪流不可阻挡!
> 向前进,向前进,
> 朝着胜利的方向!

然后是:

> 三面红旗迎风飘扬,
> 六亿人民坚强如钢,
> 齐心建设伟大的祖国,
> 要把祖国建成天堂!
>
> 向前进,向前进,
> 革命洪流不可阻挡!
> 向前进,向前进,
> 朝着胜利的方向!

一唱起这个歌钱文就想起同一个作曲家创作的《社会主义好》与苏联的歌曲《莫斯科,你好》,后者是法捷耶夫作的词。唱到李劫夫的"向前进,向前进"他就想起了法捷耶夫的"向前进/高声唱/我们沿着大路穿过花园……你永远/年轻/因为你是我们的/莫斯科!"二者是十分的接近,很可能李劫夫的歌有意无意地受到了苏联歌曲的旋律的影响。苏联的歌曲是多么文学啊!钱文真不敢想下去呀。而李劫夫的歌更铿锵有力,更琅琅上口,更明快简洁,更不容分说,真是革命至极的好歌呀!

形势逼人,义无反顾,只有向前,江河流日夜,风雷震乾坤。至于个人,至于内心(这知识分子的该死的砍也砍不绝阉也阉不净的臭酸臭酸的内心呀,那纯粹是一个病灶,是病原菌!人家工农兵就没有这玩意儿嘛……),至于未来,至于自己的种种愿望、惭愧、恐惧、自卑、敏感、数不清的尴尬、在各种风吹草动下的簌簌颤抖……不过是大江大河冲刷下的一点泥沙,一粒微尘而已。

三十多年以后,曾任沈阳音乐学院院长的李劫夫同志早已去世。一位著名的歌词作家说起了李劫夫,他是李的好友。他说李"文革"中曾经说过:"在我的歌曲里,把《人民日报》和《红旗》杂志上的词儿全用上了,奉劝你们别人写歌词就不要再打《人民日报》《红旗》的主意了!"

"文革"中,李谱写的语录歌是遐迩皆知的。尤为惊人的是,李劫夫曾把所谓林彪写的《毛主席语录再版前言》谱成了泱泱大曲。

一九七一年,"九一三"事件发生,李劫夫据说也与林彪的事儿有牵连——他为林的一首破"词"谱了曲。他受到很大的打击,再没有翻过身来,终于在粉碎"四人帮"后郁郁而终。

到了九十年代的"红太阳热"当中,李的部分歌曲重新火了起来,制作了盒带无数。传媒还报道过李的遗属维护有关李的知识产权的消息。

钱文永远钦佩李劫夫的才华,同时也庆幸自己的命运,庆幸自己早在五十年代就被揪了出来,这就使他失去了犯李式错误的机会。他从不认为自己就一定比李先生优越,他也不认为一些不谙世事、黑白不分的青年人有资格评断上一代文艺人的经历。他们的是非功过,绝不像小儿们想得那样简单。

第 十 三 章

　　就像前几个月钱文突然被文艺界所欢迎所接纳所需要所善待一样,现在又突然——他突然被冷淡被躲避被搪塞被拒之于门外了。那位年纪已经不轻但一说起话来就眉飞色舞手舞足蹈的南方人女编辑梅悦春,在文代会上见了他竟像素不相识一样地背过了脸去,而仅仅三个多月以前梅悦春到他的狭小的住房去约稿的时候热烈得几乎与钱文拥抱——更不要说她是怎样地接钱文去与日本朋友共进晚餐了。那天,不知道是由于封建思想还是由于怕引起东菊的多心,钱文与梅悦春说话的时候一直偏身扭颈躲闪不已,他实在无法习惯与一个热情的女人谈话而两个人的嘴巴只距离三十一厘米,而她呼出来的气息时不时地拂过他的鼻孔和眼睛,虽然他愿意假定她吐气如兰。她身上发出的雪花膏与绛红色药皂的气味也使钱文不安,她的年龄可能比钱文大十几岁。他深深感到自己的房间是太小了,不管谁来了,他都得与人家面面相觑,促膝谈心。但是在文代会上他遭到了梅悦春的冷遇。他还有点不死心,他还以为是梅悦春一时没有看清他,他追上去叫了一声"老梅同志",他后悔于自己叫得称谓不大得体,便先有些个尴尬。梅悦春回头看了他一眼,眼皮略略一动,嘴角略略一咧,也算是打招呼吧,然后她回过头去加快了步伐,咯咯咯地迈着有力的蓬勃的步履,离他远去了。

　　这时他闻到了一股猪油炒葱花的气味。

　　而那位驼背的孔乙己式的编辑沙力,他们最近是在一个湖北馆馄饨馆里见的面。徒然浪费时间的文代会后东菊张罗着要出门吃一回饭,而那天晚上他本来是准备吃炸酱面的,他已经买好了甜面酱和面条。开过文代会后钱文只想在家多呆一会儿,毕竟几天的会打乱了他的生活方式,他的心情也与没开会前不大一样。但他不想破坏东菊的兴致,东菊几天守在家里,便想出去吃小馆。于是他们不辞劳苦地坐了八站车去到了湖北馄饨馆,东菊先去占座而钱文排队去开票。在开票的队伍中他与沙力不期而遇,沙力见到他顿时目光闪烁形容萎缩口齿嗫嚅手足无措。钱文于是觉得人生实在无聊,包括他自己。钱文告诉他他的长诗已经写完了沙力更是面如土色,直如钱文是穆仁智而沙力是杨白劳,钱文的长诗就是穆仁智讨债的账簿一样……

然而馄饨还是实在的与诱人的。他加要了一碟炸虾片和一碟凉拌腐竹芹菜,一杯零啤酒,他恶狠狠地想庆祝自己已经使编辑棘手了。这也是很自然的事,几天来的事,就算是一次对于八届十中全会的精神的学习吧。他想。

后来他的长诗被退了稿。不论什么原因,被退稿使他十分羞愧。

他去找了犁原然后找了张银波。许多细节钱文并没有对他们讲,这些细节他甚至于连东菊都没有告诉,例如东菊在馄饨店看到的东西没有超出馄饨与冷盘的范围。这次改造完毕回到城市以后,钱文发现东菊的政治敏感性或者说是政治兴趣吧,已经大大减少。这是好还是不好,他不知道。反正她敏感于政治也罢,冷漠化了也罢,他不想对她说自己在梅悦春面前与沙力面前的遭遇。

没有办法,看来人民公社的干部报喜不报忧以至于在"大跃进"中刮起浮夸风、共产风、命令风也是情有可原的了。连钱文对于东菊不也是报喜不报忧的吗?报喜不报忧是不是人类的本性呢?是不是有一点可爱呢?钱文不愿意向任何人诉说自己的不光彩的遭遇。被冷淡被拒绝已经是一种晦气了,诉说这种晦气,传播这种晦气,明知道没有什么人能够帮助你而向人诉苦——也就是转嫁自己的晦气给旁人,给自己的亲人——这就不仅是在丢人现眼上再加丢人现眼,而且是缺德了。

是的,晦气的人给世界带来遗憾,给亲人添加烦恼,给日子涂抹阴霾,让幸福满足的人喝不踏实酒吃不踏实炸虾片与拌腐竹,搞得从容坚定的大人物也皱起眉头……正像贫穷乃是罪恶一样,晦气不就是缺德么!

他是在星期六晚上吃过饭去到张银波那里的。他很抱歉于自己的打搅——他不但侵占了一位领导同志的休息时间而且没有带来让领导同志高兴的消息,没有他的噪聒,领导同志已经够辛苦的了。

张银波能约他到自己的家——也就是陆书记的家来面谈,他确实又觉得无上光荣。

陆浩生书记住的是一套四合院,他被让到最靠近大门的一间狭长的小屋,小屋里有两只沙发,破烂而且肮脏。根据经验钱文断定这绝对不是书记与社长接待客人的地方,他只是作为第二等第三等的来访者被安排在这里等候打发的。于是他知足地一笑。幸好张银波对他很亲切,给他倒茶喝。他把自己的诗稿和两家刊物以及张银波所领导的出版社的退稿信拿了给她看。

其实张银波早就应该知道这件事,因为正是她在社务会议上拍板做出了不成文的规定:根据八届十中全会的精神,暂停接受采用五七年的运动中有问题的人的稿件,在做出这样的规定的时候难道她没有想起钱文和他的诗么?

想到了还是没想到?明知道还是忽略了?粗心还是故意回避?

张银波心里不大好受,只觉得晚饭馅饼确实是吃多了。也许是肉馅不那么新鲜的缘故,她腹胀胸满呃逆欲呕。

"等一等,只是暂时的,没有谁说绝对不可以……也许今后形势会好一点……"她皱起眉,相当勉强地安慰钱文说。

钱文的神色黯淡,其实只是惭愧,但张银波以为是自己的官腔刺激了他,连张银波自己也不完全相信自己的话。暂时,最可怕的就是这个暂时,一天也是暂时,一百天一千天一万天乃至一百年也都是个暂时,人类的有生之年是暂时,物种的生灭、国家的兴亡、朝代的更迭不都是暂时吗?

于是她找一些别的话说。身体怎么样?参加什么体育活动么?

她的寒暄非常生硬。

现在是一九六三年,钱文重新进入一个暂时被社会相对拒斥的状态。这种状态起自于一九五七年,就是说,他已经暂时了五年了,相对不可以了一千几百天了——除去中间昙花一现的那几个月。

钱文的眼睛是太亮了,她没有见过这样亮的眼睛。他的眼睛不大,但是黑白分明。他的眼睛运转灵活,但又常常停留在一种倾听、期待和出神地思索着的表情里,显示出一种天真中的沧桑,一种活跃、活泼中的诚挚乃至呆傻。这眼睛使张银波一阵酸楚,她费了一些力气才使自己没有流露出不应该流露出的情感来。

这是多么不一样呀,当她在社务会议上研究五七年有问题的人的作品是否应该推迟采用的问题的时候,她面对的只是一个问题,是一个问题派生出来的一些与她的具体工作有关的更加具体的不妨说是事务性的问题:哪些字盘应该拆掉,哪些纸型应该入库,哪些校样再次严格审改后可以放行……她必须战战兢兢,谨慎从事。因为她不但是社长而且是书记的妻子,而老陆那里并非天下太平。如果她掉以轻心,她不当出版社的社长事小,搞得老陆被人参一本就事大了。对于一切问题的处理都需要考虑方针、形势、左邻右舍的约定俗成的"口径"以及这样做与那样做的各自利害的权衡比较。她面对的是问题,她选择的是对策,她伤脑筋的是任何一种拍板事后一旦受到责难时候的说法——人必须一面工作一面准备为自己辩护,这实在该死,然而这是她的金不换的经验。而现在她面对的是一个活的青年人,是一个她很有好感、很想帮助、很想运用自己的影响和能力去庇护、去提携的、倒了本来不应该倒的霉的年轻人。

她有什么权力要求一个这样的可爱的年轻人吞下他不应该吞下的药丸子,只因为那药丸是暂时的与相对的呢?

那么她又能怎么样呢？他又能怎么样呢？难道这里还有什么可以讨论的吗？

所以她现在无法帮助他了。

就是说这个问题无法解决。

事情就是这样，一个人能够帮助某一个人的时候，也就是说人人都能够帮助他，也就是说他未必特别需要你的帮助。反过来说，你不能够从而不乐意帮助他的时候，也就是他最需要帮助的时候，你不行，而且谁也不行。

这不是第一次，钱文也不是第一个人，她有过许多想帮助别人却无能为力的痛苦的经验。那个初到延安，见到什么都指手画脚的深度近视的哲学系大学生，那个爱唱"桃花江是美人窝"的小辫子，那个一夜一夜地不眠吸着劣质旱烟写思想总结的"老夫子"，在他们亟须帮助的时候她都没有能够帮助他们。她坚信他们都不是敌人派遣的特务而只是疏狂任性，太不通人情世故，太缺少现实感罢了。然而他们的命运未免太悲惨了啊。

她选择了遗忘。她只能遗忘。

在这次无用的会面之中陆浩生的警卫员小周进门告诉张银波，说是陆书记来电话找她。于是张银波离开小会客室去接电话，小周斜着眼看了钱文一眼也就走出房间去了。这一斜视使钱文一下子涨红了脸。钱文有个毛病，很可能是由于缺少阶级斗争观念敌情观念与领导教育旁人或被旁人领导教育的观念，他见到生人就打算与人家打招呼，至少是对人家笑一笑——他也期待以亲切的一笑换来一张笑脸。即使被划过右派，他从来都认为人与人之间应该笑脸相对而不是怒目横眉，一脑门子的官司，或者视别人的存在如无物。何况对于他来说，张银波的家里的一切都是亲切与温暖的。一个犁原，一个张银波，这简直就是他的生命中的两个救星。他想到他们两个人的时候就想起算卦人常用的话语，叫做命中有神人相助相护。更不要提陆浩生了，一提陆浩生他激动得想哭一场。陆、张的家对于他来说是充满了灵气,充满了灵验,充满了神力的一座宫殿,这个家庭的每一个人头上都应该戴着圆光。于是在小周与张银波说话的时候,小周虽然是脊背冲着他,他却已经向小周的脊背满面含笑了——他是多么想讨好小周的脊背呀。在小周投来歪斜的视线的时候他的笑容更加灿烂了。然而这一切都没有得到应有的回应,小周的眼角扫了他一下如同掠过一个乞儿,小周脸上是一种厌恶与轻蔑的表情。对于前门大街上偶尔出现的乞儿,他钱文的态度从来就是这样的。解放以后他对于乞儿的态度更坏了而不是更好了,因为他深信解放以后每一个中国人都应该也可能吃得饱穿得暖,解放以后只有二流子懒汉才需要陌生人的帮助。他从小周的姿势与目光中感到自己成了前门大街上行乞的二流子!他怎么会变得这样下贱!五分钟后,张银波心事重重地走了回来。莫非张银波也觉得他呆的时间太长了?他立即起身告辞,张银波却似乎没有听见。他站起来了,张银波也没有坐下,但是他们却中止了交流,互相怔在那里。这样怔了几近两分钟,张银波机械地说:"好好,再见再见。"张银波的态度似乎也变得冷淡乃至于像是在应付差事。钱文就这样走了。

他的情绪十分低落。起了风,而他骑自行车是顶着风吃力地蹬动轮子。我是多么脆弱和无聊呀,钱文谴责自己,渺小、卑微、仰面求助、神经过敏、又太顾颜面又不顾颜面……我确实是还需要改造改造改造再改造呀。

陆浩生来电话说今天他会回来得很晚。张银波本来想与浩生谈一谈,有许多事情她想不明白。她一面等陆浩生一面读钱文的诗稿,她读得很激动。她不明白一个以这样的激情和美好的语言歌颂革命歌颂人民共和国的青年诗人为什么要受到那样的考验——不,这早已经超过了考验的范围,那是纯粹的压制和不公正。她隐隐地怀有一种悲伤,工作,工作,工作,她的一生就在这永无止境、永不停息的工作中度过了。她为什么工作?为了革命的理想,什么方面的理想?社会公正和所有的人的自由幸福。理想当然不是一蹴而就的,也不是挂在嘴上的,所以她必须努力工作。而工作又是日常的,琐碎的,唯唯诺诺的和——有时候是不由分说的。你为理想而革命,为革命而工作,为工作而少进行一点理想的空谈。正是在革命阵营内部,人们习惯于嘲笑那种关于理想国的美梦,判定那只是小资产阶级的幻想。你当真是要革命吗?请!请放下你的许多许多有关理想的浪漫情怀和热血沸腾的慷慨激昂吧。

而且她常常在繁忙的工作中忘记了自己,不是由于大公无私,而仅仅是由于忙碌。匆忙中的倏尔回顾——比如早晨梳头的时候从镜子里发现了头上的一缕白发,比如晚间临睡的时候突然感到了左腿肚子的抽筋——会使她蓦地一惊,使她在一瞬间瞠目结舌,天塌地陷……好在要不了三秒钟,她又调整了自己,回到工作——事业——革命,开会(学习)——开会(执行)——开会(汇报)的轨道里。

六十年代最初几年的"调整、巩固、充实、提高"曾经使张银波欣慰了一大阵子。她在"一二·九"运动中参加了革命参加了党,她始终保持着一个大学生的理想主义——为国为民,为建设新的生活而献身。她永远不忘的是同学们手拉着手,唱着黄自的歌曲《热血滔滔》冲向军警宪兵组成的封锁线。他们以为冲过了这条由警棍与高压水龙头连结起来的防线就可以到达光明和胜利的彼岸。真想牺牲在那里呀!她后来当然懂得了革命的复杂与艰巨,她不再幻想革命一胜利就是万事大吉。但是她总是在期待着期待着,期待着有一天敌人的干扰将会缩小到最低限度,高于一切的对敌斗争将不再扰乱她们这些革命志士缔造美好的生活,他们的生活当中不再是充满紧张、警惕、冷峻、牺牲、厮杀,而是到处鲜花、到处歌舞、到处科学与文学的创造、到处苏联式的少年宫、青年宫、索契滨海疗养院……而她也可以向后人说一句:"这一切,都是靠我们当年前仆后继流血牺牲才赢得的呀。"

在六十年代初,她以为她所盼望的年代来了,至少是近了。正因为有二十八年的血流成河尸骨如山,有五七年反右的惊涛骇浪,有五八年"大跃进"的狂热的拼死拼活,有六〇年的饥肠辘辘和与之同时的对于苏联现代修正主义的深揭狠批苦大仇深,她们才赢得了六十年代的平心静气与通情达理。我们走过了怎么样荆棘丛生的道路!我们终于看到鲜花了!

然而,紧跟着风向又变了。

她永远不会忘记一九六二年九月底在副部长家里首次听到八届十中全会召开的消息的情形。那天副部长在家里召集了几个文艺界的老同志商量活跃创作的事情,大家出了许多主意:恢复青年文学刊物,举办文学评奖,扩大吸收一批作家协会会员,扩大组稿范围,再在文艺报刊上发几篇破除教条主义桎梏的评论文章等等。这个时候电话铃声响了,因足疾行动不便的副部长费力地去接电话,只见他刚说了没有几句话脸色就变了。他面色苍白,呼吸急促,一再问"什么?什么?"要求对方重复他认为十分重要而又不敢相信的话。对方似乎很急,不想多说,他还在这边"喂喂喂……"地呼叫,那边就把电话挂断了。副部长怔在了那里,无法和对方继续通话,却又舍不得把电话机挂上。他怔了一会儿,颓然坐到了凹下去一大块的旧沙发里,却让电话机悬垂到了一边。

沉默了几秒钟,他沙哑地说:"十中全会,阶级斗争,毛主席,很紧张,精神变了……"

看看副部长那个样子,大家面面相觑,大气也不敢出。然而,他们都明白,又要斗上了,又不知道要揪出来和灭掉多少犯错误的干部和知识分子……虽然关于全会一句正经的话还没有说,虽然并没有正式传达什么精神文件,但是人人明白,不行了,原来说的,又不算了……十中全会的声威已经震动到了这里。前半截的所有研究与一年多来的许多辛苦许多幻想自动作废,后半截变成了大家对于副部长的身体健康的关怀问安:"您多休息吧。""您要不要去医院?""您最好服一点中药——白术养荣丸。"

吁!这是怎么啦,这究竟是怎么啦?她也是老党员老干部呀,她也是延安来的呀,她怎么愈来愈糊涂了?她奋斗,她背井离乡,她万死不辞,她一腔热血,她牺牲了自己的儿子,她为的是什么呢?

她常常从钱文身上想起自己的在急行军中堕马的儿子陆日出。日出如果活着,他们年龄当差不多。钱文的眨眼睛,钱文的时而歪一歪头,钱文的聪明中的天真和恐惧的样子,都使她想起日出来。如果日出还活着……他也会经验类似钱文正在经验的事情么?或者,如果日出还活着,他也会像她的姐姐一样脱离开我们背叛开我们的么?

提起陆月兰来她悲伤得发怒。那是一种无端的苦楚,好像好模好样让人家折断了自己的一条大腿。得知她女儿在J省C城和一个面目不明来历不清的男人同居、挨打受气,过着低级下流贫困耻辱的生活的时候,她和陆浩生一起用同样的阶级斗争的语言议论过女儿:"甘当资产阶级的殉葬品!""变成了向隅而泣的可怜虫!""堕落了!这是堕落了!从政治上到生活上都堕落了!"他们说过这样的话,就像是在谈到一个不相干的人犯了严重错误,他们义愤填膺。

然而睡梦里她梦到过女儿。有一次她睡着睡着突然醒了,因为她听见了女儿的脚步声。醒来以后又明明听见了女儿说话的声音,女儿为什么讲得那样啰嗦?咕咕唧唧地烦人。她推醒了陆浩生……却再也听不到女儿的闲言碎语。

又有一次,睡梦中她依稀看到,她边看边忆边想边叹息。似乎是在晋察冀,女儿拿着一个蒜头在嘴边啃。由于营养不良,一周岁的女儿只长着稀疏的几根小黄毛似的头发。女儿辣得满眼是泪,但是她不撒手,她坚持吃完了一头大蒜。在怎么样的苦辣——她以为女儿这样不依不饶地吃蒜头是一种自虐的冲动在起作用——之中女儿开始了她的人生!月兰是在敌人的炮火声中出的世呀!她与浩生从来没有时间照顾孩子,孩子见到他们的面就拼命吃大蒜来报复他们,是不是呢?后来敌人战略进攻而我军转移的时候他们曾经打算把女儿送给雁北的农民,他们打算不要自己的女儿了,女儿莫非从小就是革命的负担?莫非女儿从那个时候就记下了仇?行军路上,女儿在找不到蒜头吃的时候,便干脆跳到了湍急流淌的大河里。老天!她跳下河去,女儿已经不见了。在枪林弹雨之中,敌方的炮火压得同志们抬不起头来,突然,一个小孩子浑身喷着火向敌方的碉堡冲去,而那个小战士竟然是月兰!直到这个时候她才想到月兰是她的女儿,等她跳出掩体要去救援月兰的时候,她发现她的腿负伤了……她醒了过来,完全分不清何者是梦,何者是确曾有过的真实。

孽障呀。她呻吟着,浩生被她的怪声弄得半醒,"你怎么了?"

"我梦见了月兰……"

"接班人的问题,革命能不能够后继有人?毛主席也在操心呀……修正主义呀,所以关键问题在于实现人的革命化……"他念念有词,又睡着了。

女儿在北京的时候处处让他们心烦。这个叫人心烦的孩子走了,她又觉得一下子缺少了那么多。

西屋有一架钢琴,月兰要学音乐嘛。钢琴似乎也在等待着女儿,它板着黑色的面孔,哑了声,憋着气。

那天为了让阿姨洗衣服,她搜索了犄角旮旯,一下子出现了月兰的四双鞋,五双脏袜子。她大怒,怒得掉下了眼泪。

日出死了,月兰走了,而陆浩生仍然睡得那样踏实。这使张银波动不动生气。

她总是定不下神来。倒是在八届十中全会之后,形势一紧张,她反而正常了些,不再那么挂念月兰了。这也是"阶级斗争,一抓就灵"的一例吗?她苦笑了。

当她连夜读着钱文的长诗的时候,她一会儿想起了日出,一会儿又想起了月兰。她的心里乱糟糟的,说不上为什么,她有一点怕。

午夜过了,张银波觉到了饿。方才还觉得反胃,现在又饿起来了,看来已经过去了不少时间。从理论上说,现在已经是次日了。她去到厨房里坐开了水冲了一碗蛋花,放上葱花、酱油、醋,又从纱笼底下找出了一块剩花卷,吃得津津有味。她活得也够舒服了,他们家也该算是高干之家了——能够在饥饿的时候吃到花卷和蛋花汤,带着浓浓的葱花与酱油气味。月兰小时候也常喊饿,遇到这种时候妈妈就给她用葱花酱油拌小米干饭。人民,她为之已经奋斗了半生的人民,到现在又有几个饿了就能吃到花卷就蛋花汤以及葱花酱油拌干饭的美味呢!怎么改善人民的生活就硬是比打倒蒋介石难得多!她的眼睛湿润起来……这时汽车响了,在静夜中汽车的声音显得严厉而且沉闷,为了停车而刹车的声音尤其决绝。张银波的心紧缩了一下,陆浩生回来了。

她抬起头,听见了远处传来的火车汽笛与机轮旋转声。

她想起了曹禺的话剧《雷雨》。第三场吧,鲁家的景,一开幕就是深夜静谧中传来的火车声音。这声音使她觉得陈旧,迟缓,憋气,而且酸酸的。解放以来,重新回到北京以来,她从来没有再听到过这种呜咽和倦怠的声音。今夜,她听到了,却原来天翻地覆慨而慷几遭以后,这令人郁滞和伤感的声响依旧。

只是往日她没有顾上听而已。

"你还没睡?"陆浩生在灯泡指引下直接来到了饭厅,顾不上听张银波的回答就径自说道,"团代会,重点是反修防修,各个代表团的讨论真是触目惊心。哪儿都是修正主义,一个女学生爱穿黑衣服,说是受了安娜·卡列尼娜的影响,是修正主义。一个男青年照着照着镜子,突然一拳把镜子打碎了,然后按照碎镜面里映照出来的形象画自己的自画像,当然这也是颓废派、现代派,是修正主义。爱看爱伦堡的书当然是修正主义,说是梅里美的书、张恨水的书、周璇的歌还有黄虹的'小河淌水沙浪沙'也都是修正主义!代表们甚至于说到孩子,幼儿园的孩子也有修正主义呀!吃好菜的时候就拼命地多吃,吃粗粮的时候就不好好吃……还有,说是现在的孩子都只听得表扬却不爱听批评,同志们说这也是通向修正主义的呢。"

陆浩生说话的时候眼睛一亮一亮的,每逢接受了紧急和严峻的任务,听到了惊心动魄的形势分析和政治报告,特别是当领导势如破竹地批评了某个人的时候,陆浩生就会两眼放光。他的目光中似乎包含着一种骄傲:看,我这里有最新最秘密的政治风声!我是与闻机要者也!同时,他的目光也含着警惕:小心!陷阱在前!不要玩火!不可粗心大意!他的目光中似乎也有一种趣味,似乎是又开始了一种新的、过去没有玩过的游戏。他说着,干笑了两声。

干笑的时候,陆浩生的两眼下眼皮出现了眼袋,两腮也在下垂,前额顶处有一点点头皮屑,他的笑声也带点官气。张银波觉得有些怵目惊心。

张银波笑不出来,她并不觉得新鲜奇妙。早在延安的时候,月兰上托儿所,就得到过一个年终品德鉴定:优点是活泼,学习知识技能快。而缺点是两条:一,爱吃好的不爱吃坏的;二,爱听表扬不爱听批评。她是多么佩服托儿所的老师呀!她不仅总结了月兰的,而且应该说是总结了人类的基本弱点呀!

这样的弱点却是通向修正主义的!要反修防修该是多么艰难!

陆浩生倒有点兴致勃勃,他说:"今天有个事让我纳闷。晚上听完了汇报,各代表团的人散去之后,中央的××同志忽然问我:'你说到底为什么,农村不能搞单干?'这样的问题如果是旁人提出来,会被我训斥一顿。然而,这是××同志提的呀!我反倒不知道说什么好了,单干能够多打粮食,至少是一时多打粮食,这大家其实都知道……但是为什么就是不能呢?我难道连这样的问题都回答不出来吗?我只好回答什么防止两极分化、发展农业大生产之类的人人会答的道理……自己却又有一点嘀咕。××同志总不会是为了让我讲一点中学政治课本上的道理才向我提问的吧?"

"你那样答了,××同志说什么呢?"张银波来了兴趣,她问。

"××同志只是皱着眉头哼了一声,含含糊糊地说了一句:'你这个马列主义!哼!'"

"你说他这是什么意思呢?"陆浩生百思不得其解的样子。

两个人对视了一眼,不解其中奥妙。接着,两人差不多同时叹了一口气。××同志的心思,他们又从哪里去知道呢?他们又怎么敢乱猜测呢?说到底他们做一切事只能以中央的正式文件为准。他们俩一个已经是省部级干部了,另一个也是司局级,然而,许多东西,他们硬是不懂的呀。

远处的火车汽笛,愤怒地响了一声。

她想与陆浩生谈钱文的事,却难于出口。对于全国人民来说,几十万右派分子只不过是极少数,叫做一小撮。再说,钱文才二十几岁,多摔打摔打,有什么不好?把这样的小事,自己稍加思索也会认为是把不能成立的小问题向思考着中国与国际共产主义运动的前途而又不得其解的陆书记提出来,是多么不懂事呀。

"张阿姨,张阿姨……"一阵急忙的叫声打断了他们的谈话。却原来是保密电话红电话机响了,响了很久,把住在文秘室隔壁的警卫员吵醒了,小周于是披着衣服到处找张银波,"说是从J省打来的长途保密电话,说是不要惊动陆书记了,找阿姨说就行了……"

他们听着有些蹊跷,张银波便匆匆忙忙赶向红电话机所在的文秘室,陆浩生提醒她不要着急,不要绊跤。陆浩生倒是不感到好奇,他乐得回卧室去了。每天需要他接的电话,需要他处理的事情实在太多了,不是找到他头上的事情,他——阿弥陀佛,决不想过问。

来电话的人是J省省委办公厅的副主任。他说在他们省C城,市公安局拘留了一名涉嫌与外国留学生搞不正当关系的女青年徐小毛。依照规定,这样的道德败坏里通外国分子应该送去劳动教养三至五年,而且终身取消大城市的户口。但公安部门经过外调查明,徐小毛不是她的真实姓名,她的真名是陆月兰,是陆书记的女儿。几经周折,她本人终于承认了自己的真实身份。省委领导得知此事以后,一个是指示C城有关部门与人员严格保密,一个是关照办公厅与陆书记这边联系一下,查一查陆书记是否真有一个女儿名叫月兰,是否不在身边,相貌特征是否符合。如确是陆书记的女儿,是否请阿姨去J省C城核对无误后认领回北京批评教育,内部消化……

张银波乍一听实是怒火中烧,她断然宣布:"不错,我们原来有这样一个女儿,但是她现在不是我们的女儿了,我们已经正式脱离了亲子关系。她犯了错误,与我们无关,你们省市领导可以依照政策严肃处理,不必考虑其他。"

她说得非常强硬,非常富有原则性。但是说话的时候,她自己也不自觉,眼泪已经落到了她的手背上,她的声音发抖了。

对方沉默了一会儿。J省的办公厅副主任显然很沉稳周到,他沉吟着,用好听的带齿音的南方人的普通话清楚地说:"打搅阿姨真对不起,先麻烦您千万不要惊动陆书记。我们省领导上的意见,这个事还是请您处理最好,这也是为了革命的利益。关于月兰的错误——就说是错误吧,其实说是不够谨慎最多是不够检点也就行了。总之关于月兰的事儿有些细节其实也还有相当的弹性,就是说看怎么解释怎么分析。那样处理恐怕不好,不是您个人的问题,而是考虑到更大的方面……如果您来不方便,也可以让您的或者陆书记的秘书来,或者您指定的随便什么人来,来以前用保密机给我打一个电话也就行了。省领导已经指示叫我把这件事处理好,如果您不考虑这个建议,当然,作为后辈我个人非常崇敬您的原则性,但是省领导可能怪罪我不会办事。请阿姨照顾一下,支持一下我们的工作吧。"

张银波没有松口。但是她问了并且记下来了办公厅主任的电话号码,直到挂断电话的时候她还表示她绝对不能原谅月兰。

张银波回到卧房的时候陆浩生已经鼾声如雷。工作的辛苦使他长期睡眠不足,这种健康充实而且自信的疲劳,使他获得了惊人的说睡就睡倒头就睡的能力。张银波心疼而又讽刺地冷笑了一下,哼,书记,他自以为是在为全人类的解放为拯救世界而辛劳,至少他认为他正在为全中国八亿人而英勇奋战……而他连自己的儿子、女儿也拯救不了!

张银波也立即睡着了,虽然她的心情七上八下,她甚至想叫醒浩生,把J省来电话的事对他说一下。他怎么会在她去听保密电话的时刻打起呼噜来！他漠不关心一至于斯！他连好奇心都没有？

她躺下的时候自以为是今晚无法安睡。但是同样过着紧张忙碌充实疲劳的生活的张社长，怀着对于女儿的严厉批判心情，在脑袋沾上了枕头，鼻子闻到了陆浩生的汗味以后，虽然内心里挣扎了一下，还是立即惶惶不安地睡去了。

睡了不到一个小时，她突然惊恐地大叫起来，接着是放声大哭，紧接着又是戛然而止。陆浩生被她搅醒了，知道她是魇住了，便连忙推着她的身体叫她。

张银波连眼都没有睁就把月兰的事说给丈夫了。

陆浩生沉默了一分钟，恨道："该死！"

又过了一分钟，陆浩生说："这个事我们能说什么呢？因为是我们的女儿，便要求特殊的照顾么？还是……你说，我要不要把这个事报告给中央？"

张银波完全听不懂陆浩生的话。

"复杂，太复杂了，"陆浩生还在喃喃自语，"树欲静而风不止。我们播的是龙种，收获的却是跳蚤。我们播的是希望，而收获的却是背叛……"他的鼻子响了一下，冷酷无情。

而张银波终于忍不住了，她大喝一声道："少来这一套好不好？"

张银波的激动使陆浩生莫名其妙，然后他也沉默了。他忽然觉得十分扫兴，十分无趣，用一种我党惯用的政治术语来表达，他现在的状况，叫做"被打下了嚣张的气焰"。他心里乱了起来，他握住了张银波的一只手，并且把这只手往自己的胸前放下了。他打了一个嗝儿，有点萝卜味儿。

张银波倏地把手抽了回去，她哭了。

陆浩生长叹一声，他断断续续地说："是很倒霉，我心里也不好受呀，我们都是快六十岁的人啦。还是中央说得对，要警惕出修正主义呀！我们一代人又一代人，毁家纾难，背井离乡，昼夜操劳，流血牺牲……我们用了多少人头才换来了社会主义的新中国。如果新中国在我们的手里变了颜色,我们不等于完全白干了吗?"

"反修防修的方针我拥护。我现在说的是月兰!我们,只有这一个孩子……"张银波啜泣着说。

"你放心吧。这个事我负责。我会安排一个人去把她接回来的。接回来,管起来。不行我可以请假,我去接她,我和她谈话。再不行我可以下来,我做她的专职辅导员好了……"陆浩生也呜咽了。

这个星期六的晚上,犁原同志来找张银波,谈起钱文来,两个人不住地摇头。"他还年轻嘛,让他再多经受一点挫折,再多积累一段经验吧……"张银波说,"要不,哎,你……不妨和他谈一谈,我们让他试一试。看能不能换一个名字把稿子投寄到外省的文学刊物去试一试。"张银波话锋一转,又绝处逢生般地说。

犁原连连摆手,"我已经试过了。"他告诉张银波,他给三个省级的文学刊物的主编写了信,回信都说是不好办。最近是愈来愈紧,包括赵树理的农村题材小说都受到了非议。一篇描写杜甫的小说被说成是攻击"大跃进"等三面红旗,一篇描写陶渊明的小说被说成是讽刺反右运动和散布颓废绝望情绪,一篇描写农村基层干部的小说被说成是夸大农村的困难,一篇描写失足青少年的改造的小说被说成是污蔑新社会,一篇描写抗日战争的小说被说成是宣扬和平主义,还有一篇描写牡丹花的散文被说成是配合蒋介石反攻大陆……总而言之是什么都不要写了,写什么都会挑出你的问题来。写一篇发表一篇就一定被人批一篇,写什么批什么,写得愈多批得愈重。现在只能发表战士与工人的习作。再说,现在要求各文学杂志建立作者的档案,你寄来稿子,先要外调,查你的背景,随便化名,谈何容易!愈是有希望的作家愈是有自己的风格,还不是一眼就让人家看出来!现在各编辑部的人都炼就了火眼金睛,不但眼睛看而且鼻子闻,每天从来稿中寻找可疑的符号和气味。"呵,不得了,呵,了不得,呵呦呦呦,哈哈哈……"犁原呦哈起来,倒像是刚刚吃了过量的辣椒,刺激得满口烧火。

"我们年初制定了发稿计划,新的长篇小说稿有十种,现在重新审查,能马上用的一部也没有了,搁置起来不知道需要等到何年何月。其中八种都是因为作者的历史或者家庭或者前几年运动中的问题,剩下两部稿子,作者倒是工农兵,但是写爱情呀,写落后人物转变呀,这种题材也容易惹麻烦。现在要求作者大拆大改——简直是要人家重写。你知道阿群吧?那是个最不惹是生非的女书呆子,写了一部历史题材的小说,我们的编辑连看也没有看就给枪毙了。现在出历史小说?不是借古讽今也是……"

"可是青年出版社正在印《李自成》呀……"犁原疑惑地说。

"那是有毛主席的批示呀,你阿群要是能有主席的指示我们立刻就给印,没错!"

"那……"犁原想说,那样讲的话,全国岂不是就剩下了一个总编辑,咱们的毛主席了吗?他嗫嚅着,没有说出口。

他们愁眉苦脸地议论着,不时用食指指一指上面,像是在议论天象,在分析当下的寒暑湿燥,在猜测次一日的阴晴风雨。他们的脸上都有一种天意不可说、天意不可测、天意不可违的无法是好的表情。他们觉得很为难,觉得难以理解,却也必须那样去做。他们发现,虽然他们有相当的革命资历,他们也算是文艺界的头面人物,其实他们什么也不知道,什么也做不到。让他们做,他们就似乎很有的干,不让他们做,他们就只剩下了一起叹气的份儿。

"让浩生也向上反映一下嘛,我们这条战线的工作也太难做啦!"犁原恳切地说。

"他能说什么?他是一句话也不能说!三天两头地反右倾,这几年,他在生活会上已经检查了好几次了。到现在还有人攻他,说他与右派划不清界限……他们这些人,更是多一个字也不敢说,多一件事也不敢做,他们连在生活检讨会上发言都是念稿子,参加合唱比赛讲话也是念稿子,我只怕他再当两年书记,跟我说话也念起稿子来……"

于是无言。他们只能等待,一年不行就再等一年,五年不行就再等五年,他们不是初出茅庐的小孩子,他们已经积累了经验,比黄金还宝贵的经验。等待的必要是无疑的,是不可以讨论的,讨论这个问题便只有更加漫长地无边无沿地等待下去。

告辞的时候犁原说了一句"就这样吧",这是他参加会议或者洽谈工作时宣布散会结束时候常说的一句口头语。但今天他说完"就这样吧"以后,只觉得满目苍凉。就哪样呢?究竟是个什么样儿呢?

"你等一等,"在犁原刚刚转过身去的时候张银波突然又叫住了他。她把月兰的事对犁原讲了,她讲得满眼是泪。她憋得太难受了,而甚至于她的感情都很少与浩生交流。

犁原听了月兰的事皱紧了眉头,他喘将起来,如牛吼一般。幸亏他出门时早有准备,从公文包里取出药液与喷雾器,张开口向喉咙里喷了一回药,才慢慢地调匀了呼吸。他说:"J省我认识许多人,有一位大姐与我非常好,很早以前写过剧本,我是不是先托付她照顾一下月兰?当然这个事你们得管,怎么能任凭他们把她送去劳动教养?那不是个办法,那不是个办法……"说到这里他想起了廖琼琼,他又喘起来了。

他一喘,张银波非常不安,她连忙道歉,并说她只不过是与犁原说说心里话,并不需要犁原做什么,月兰的事知道的人愈少愈好。她告诉犁原,陆浩生已经保证会想办法。她说:"真是讨厌呀,弄一个家,又是丈夫又是孩子……你看人家胡志明、伊巴露丽都不结婚,那才是真正干革命的呢。"

犁原只有苦笑。干革命而不结婚的人还有我呢,他想说。然而调侃不起来。

周末晚上犁原的家自然是宾朋满座。一壶不断续水、不断淡化的茶,许多大小式样各不相同的瓷制、玻璃制和搪瓷制的杯子,一碟无人问津的劣质糖块和话梅,周围是一圈自斟自饮的客人,说着各式各样的话题。

一位留欧的女歌唱家,穿着灰色干部服,但是烫着这种年代少有人做的弯弯曲曲的发型,向犁原述说自己的困惑。她说是她努力学唱一些民歌,但是一位特别有威望的领导同志指出她的洋嗓子难以为工农兵服务。领导同志建议她唱歌的时候不要张那么大嘴,中国人不习惯,难看。领导同志做报告的时候还举她做例子,说是领导同志接见文艺工作者的时候大家一起唱《洪湖水,浪打浪》,这时拍下了一张照片,照片上所有的人的口型都是正常和文雅受看的,只有这位留欧歌唱家大张着口。她听了领导同志的报告羞愧异常,只觉得无地自容。她说得大家笑成一团,而她自己苦恼万分。她说:"这玩意儿,要是不把嘴张大了,我硬是唱不出来呀!我中毒太深了,不可救药啦!"听众们更是笑得前仰后合了。

犁原的眉头皱得紧紧的,他很矛盾。他知道这位洋嗓子歌唱家当真是很积极很要求进步很重视领导上的批评,他也知道所谓意大利式的美声唱法是一种很专门很严格的训练的结果,这样训练出来再让她恢复成本色的民歌唱法是太难为人家了。他同时完全知道中国的老百姓很难接受美声唱法,老百姓对于那种意大利歌剧式的唱法有一个生动的评论,叫做踩了鸡脖子。中国人民认为:只有鸡被踩到脖子之后,才会那样震颤着发出花腔女高音的华彩段落般的 solo 来。这样,领导同志批评她嘴张得大,声音无法被工农兵接受就是非常正确的啦。如果不是共产党的领导,谁又可能过问一个在欧洲学了七年半声乐的留洋歌唱家如何发声呢?你即使不爱听也得鼓掌喝彩,连连称是呀!但是,从另一面说,那么伟大的国家领导人却要指导另一个在本行本专业里确实也还是比较伟大的歌唱家,这使犁原感到害羞,感到不好意思,感到为难。他为难得就像是自己要去唱歌一般,他莫知所措。他感动地说:"是呀是呀,与工农兵相结合是不容易的……"底下他不知道说什么好了,他只希望快快改换话题,便转脸问候另一位女艺术家。

另一位风华正茂的女士是京剧演员,她立刻向犁原提出了一系列问题。显然,她的消息十分灵通,她说的是一批传统剧目的事。《李慧娘》《蝴蝶梦》《探母回令》《南北合》《盗御马》等等一批剧目,或者是"鬼戏",或者是涉嫌"投降主义",或者是涉嫌"污蔑农民起义",或者是涉嫌"恐怖、色情"什么的,长久以来是禁演的。一九六一年底以来,这些剧目渐渐放开,各地演出了不少。最近突然又紧张起来,哪儿都不让演了。风华正茂的京剧演员一说起这些剧名来就上情绪:她顺口叫一板或者云一云手,做一做兰花指,包括叙述语言也是用京白的腔调有板有眼地讲出来的,听她讲话就和听筱翠花在《坐楼杀惜》里的阎婆惜的道白一样,抑扬顿挫,有滋有味。最后,她把手一翻,说道:"您猜怎么着,我看这风声是大大的不妙也!"

又是一阵笑声。

犁原笑不出来,这些都是政策问题乃至政治问题,不兴这样调笑。素日他是很喜欢这位京剧演员的,但是今天她的表现使他讨厌。文艺人呀文艺人,给上几天好脸儿就硬是不知道自己是老几呀!也许党就是对的呀,隔几天就得收拾收拾,不然,成个什么样子!

犁原板着脸转过身去,这回他面前坐着的是儿童出版社的女编辑李秀秀。犁原家里就是这样,常常是各种文艺人都来。正因为是都来,乱乱哄哄,经常是谁也不用想与犁原认真地谈上几句什么话,犁原对各类不请也来请也来的客人从不费心招待。但是大家还是愿意来,这里相对有一种比较自由的气氛——但也不会过分。犁原多才多艺,一身而兼作家评论家票友收藏家护花使者,又是老革命老领导……与他谈文章、谈书画、谈戏、谈《人民日报》社论或者中央文件、谈上层动态或者民间趣话或者行业专题,都行。犁原知识丰富,不温不火,不像一般领导干部那样枯燥乏味满口的教条,又不像一般的文艺人那样自由主义情绪化遇事没有主张。当然,这里还有一个重要的原因:犁原是一个人过,而且房间比较宽敞,本来应该属于妻子的空间和时间现在被每天众多的来客共了产。他这儿成了一个事实上的文艺沙龙,虽然那个时候"沙龙"云云不被认可。

为他的客人众多,五七年的运动中他还被"帮助"了一回。甚至还组织了外调,似乎是这么多文艺人天天聚集在犁原家里决无好事。自然,运动开始后有大半年时间犁原这里是门庭冷落车马稀。最后呢,查了半天什么问题也没有查出来。后来一些被揪出来的人也就不再来了,不来了也没有多少人过问,总是有问题呗。更多的没有被揪出来的人时过境迁好了伤疤忘了疼,照旧来他这里串门不误。甚至他们有通过在犁原家里出现来传播信息——"看,我没有问题"——的意思。

张银波曾经劝过他:"你和文艺界的人来往还是要注意,听说天天晚上你那儿老是一屋子人。"

犁原不高兴,他抱怨说:"我有什么办法?他们要来,他们一不是反革命,二不是小偷流氓,可以说百分之九十九都是正派人,是热心于文艺的青年和一些个演员、作家。他们也都是党的朋友,许多人几十年来与我们党共命运。但是党现在顾不上管理他们,他们迫切地需要党的关心和指引,无产阶级不去关心他们他们就只有去找资产阶级。我的任务是在文艺这条战线上多交朋友多做工作,这是党的任务。我与他们多接触接触,我这是为党而广交朋友呀!抗日战争期间周总理在重庆,交了多少文艺人做朋友!现在呢,掌了权了,见到说了一两句自己不爱听的话的人就生怕给自己找麻烦,就拉开距离乃至避之唯恐不及,这是共产党的作风么?"

犁原有一个特点,平时不喜欢讲政治原则之类的话,但是到了某种场合,他会突然大讲起政治来,满脸的马列主义,气呼呼地不容许有半点反驳的余地。

果然,张银波哑口无言了。

……现在,儿童文学杂志社的女编辑李秀秀坐在他的铺着厚棉垫子的藤沙发上,说话前先向犁原一笑。她问道:"王模楷离开北京走了,您知道吧?"

犁原未置可否。

"他走以前没有到您这儿来告别吗?"李秀秀又问。

犁原歪了歪头。

"说是他有一部长篇小说书稿,写学校生活的,您看过,是吧?"

犁原皱了皱眉,他不想与李秀秀谈王模楷的事。王模楷的事正像廖琼琼以及钱文的事一样,同样使他痛苦,使他心乱。

"有人说王模楷的长篇小说写得很好,也有人说情调上倾向上也还有许多原则性问题,您说呢?"李秀秀好像是在对犁原进行采访,如果不说是进行审问的话。

"这个你可以问出版社去,稿子是你们的姊妹出版社处理的。"犁原不耐烦地回答。

李秀秀笑了,笑得那样妩媚。果然,犁原尴尬了。看来,文艺界所传犁原专门喜欢右派的文章的说法是有道理的。李秀秀属于那种好事者,她的交际与活动的热情大于好奇心,好奇心大于口才,口才大于智力,智力大于经验,经验又大于学识。她是文艺界的万事通、新闻发布人与三年早知道。无论如何,大家都认为李秀秀是一个好人,至少也不是坏人。但是好人起的不一定是好作用。党的八届十中全会以来,气候剧变,这个刊物撤稿子,那家出版社毁纸型,这个领导挨批评,那个作家被点名,使她十分关心,觉得她有义务最早最直接地掌握第一手消息。看到犁原不自然的样子,李秀秀大受鼓舞,有情况呀,您哪。她不但不停下来,而且更加锲而不舍地追问下去:"那么钱文呢?您在诗歌座谈会上说钱文是中国最有希望的诗人,您是这样说的吗?"

"是的,我说过。然而我说的话是有前提的,"犁原恼怒了,他提高了声音而且咳嗽起来,"我是说如果方向正确的话,就是说我是要求他改造思想,符合党的文艺方向的。有人攻我专门为右派说话,那是……(犁原想说'那是放屁!'但是没有说出口,他毕竟是一个出身书香门第的文文雅雅的人)那是不实事求是的与别有用心的而且是不负责任的。"他一生气就会把句子搞得繁复冗长,这是他的重要风格特点之一。

李秀秀笑得更得趣了,她的里里外外发出绛红色药皂的香气。笑完了她抿了抿嘴,使犁原想起了嘴部动作灵活丰富的小兔子。然后她用兔子一样活泼清丽的神态再问:"说是毛主席批评了周扬同志,说是周扬再不下去,就派一个团解放军战士把他押下去。这是真的么?"

"你既然什么都知道——我知道的你都知道,我不知道的你也知道,真有其事的你知道,没有那么回事的你也知道,你还没完没了地问我这问我那干什么?"犁原终于找到了一个机会,反唇相讥说。

犁原的话使众人大笑,但是李秀秀并无恼愧之色,听了犁原的讽刺性的话,她反而更加洋洋自得起来了——这也知道那也知道云云她是当之无愧的,既然名副其实,那么讽刺也白讽刺,因为讽刺在这种情况下只能变成夸奖。

有人敲门,是清秀的米其南带着傻乎乎的李自强来了。

米其南向犁原介绍李自强,显然,李自强是第一次登犁原同志的家门。犁原对李自强只是随便以眼睛的余光扫了扫,至于米其南的介绍他一个字也没有听见。李自强则激动得涨红着脸而且结结巴巴地述说自己的创作情况——可以想象一个需要自我介绍自我推销的作家绝对不是行时的成功的作家了。犁原心不在焉地听着,他这里历来如此:如果有一个文学青年甲得到机会与他相识并到他的家拜见,那么紧接着第二次或第三次四次前来的时候甲又会带来另一位文学青年乙,然后丙,然后丁。然后从甲乙丙丁处各介绍一个新的同样有着深厚的生活基础、杰出的文学才华与辉煌的艺术前程的戊己庚辛……他上哪里记谁是谁去?

李秀秀并不甘心自己的谈话对手被新来的客人吸引过去,她再问:"听说钱文写了一部长诗,犁原同志您的评价很高呢。"

"放一放,这些事情只好先放一放,阶级斗争的形势太复杂,不是哪一个人的问题。比如说国际形势,现在和苏修的矛盾愈来愈尖锐。苏联作家一个又一个成了反华的吹鼓手：叶甫图申科在反华，特瓦尔陀夫斯基在反华，连在苏联国内站在正确立场的柯切托夫也在反华。他们说中国是小资产阶级，真可笑！我们干脆说他们是无产阶级的叛徒，是帝国主义的走狗，还是我们理直气壮！理直气壮了才能痛快！你们听到那个政治笑话了吗？说是赫鲁晓夫见到斯大林的一座铜像非常畏惧，就去推它，推呀推呀最后铜像倒是推倒了，可是铜像一倒，把赫鲁晓夫砸在底下了……"不等大家笑，犁原先大笑起来。看到迟到的梅悦春正要说话，而新来的米其南和米其南带来的客人也要说话，可能还有好几个人要说话要提问题，犁原干脆不容他们说，自己把话头抢过去。他继续讲讽刺苏联与东欧几个国家的关系的政治笑话，然后大谈国际形势，古巴、朝鲜、越南、阿尔巴尼亚、印尼、柬埔寨、伊拉克、埃及、罗马尼亚、刚果、澳大利亚共产党（马克思列宁主义）主席希尔、新西兰共产党领袖威尔科克斯、美国黑人领袖马丁·路德·金、苏联人民是要革命的、修正主义的寿命不会长久、克里姆林宫的红星终归是要大放光芒的……

犁原气喘吁吁地讲个不停，他宁愿讲这些大问题大道理，反正别人怎么讲他也怎么讲，没有一句话是他发明的，也没有一句话会说错。愈是这样讲愈显得他水平高立场坚定思想境界不一般，看他关心的是什么！他讲这些话也不需要费什么脑筋，张口就说就是了，他已经读了不知多少有关文件，听了不知多少形势报告，参加了不知多少次讨论，发了不知道多少次言了。他只要打开龙头就可以这样喷涌般地讲下去，入情入理，有声有色，义正词严，颠扑不破……讲得你也高兴，我也高兴，你也提高，我也提高，除了苏修美帝以外是皆大欢喜。他再不想和大家谈文艺的事情，即使唱歌嘴张得再大，他也不想发表意见。这么说不一定合适，那么说也不一定正确，正确了不一定自然，自然了不一定恰当，恰当了……恰当了也就没法再说了。右派的问题，那更是……包括那些领导了文艺界反右运动的人，最后他们也傻了，他们也不知道这些在转瞬间定为阶级敌人政治敌人的人会伊于胡底……他又能说什么呢？

这样，他总算把话题引导到了国际形势上，他们谈形势一直谈到十一点多，于是他不客气地下逐客令，他说他还有一批东西要夜间阅读，"还要加班！"不能再陪各位聊天了。

众宾客一一告辞，犁原态度冷漠。他一不是拿架子二不是不喜欢这些客人，他对客人从来都是不欢迎也决不拒绝，去者不挽留也决不当客人的面带喜色松一口气。客人坐下来他不厌烦也不主动搭讪，谈起来一边听你讲更主要是他讲——讲一晚上最后自己也忘记了讲什么。正因为他这种无可无不可的态度才维持了常年宾朋满座的盛况，他的宾朋常满实是无为而治的胜利。

但是第一次见面的李自强不走，他给犁原送来了他的电影剧本初稿。他介绍了自己被冤枉地划为右派的情况，他还透露说他也见过钱文，他本来希望钱文能够帮助把他的电影剧本推上银幕，但是钱文使他失望。再说钱文也和他一样处境，好一点却也有限，他自顾不暇，又怎么可能帮助他？他坚信自己的剧本写得极好极好，如果推上去，将是一件大事，他深信犁原同志一定能够帮助他。

犁原极其疲劳也极其耐心地听完了他的话，然后他一句话也没说就把客人送走了。看着客人留下的稿子，他欲哭无泪。

"无聊！"他把稿子扔到了字纸篓里。

第二天早上上班前他收拾自己的文件包，他看见了中央转发的关于文艺问题的文件，一个是草案——征求意见稿，也就是"十条"；一个是正式文件，也就是"八条"。他像烫了手一样地立刻把手缩了回来，他不敢看也不敢想。曾几何时，那样认真地讨论呀座谈呀修改呀推敲呀激动欢呼呀奔走相告呀喜泪涟涟呀，现在也还是非常正规非常庄重穿靴戴帽板着面孔站立在那里，现在也没有任何人说是这两个文件作废了。然而，然而，这究竟是怎么回事呢？

我弄不清楚呀，我实在是弄不清楚呀。

第 十 四 章

所以你必须等待,你必须面对再一次无声的拒绝、再一次的没有期限的废黜搁置,悄悄地瑟缩到一个角落里去。你何必激情满怀?你何必心潮澎湃?你何必目光炯炯、神交天宇?你何必苦苦地把自己当做一个奋勇的骑手、负重的车头、耕耘的犁铧和泣血的歌人?你已经被打入另册,你已经眼枯喉焦,你已经被人民所抛弃被历史所淘汰,你的花蕾还远远没有开放却已经败落凋零,你的歌喉才刚刚发声便突然在一次恶性传染病的大流行中被病毒所吞噬,喑哑失音,噤若寒蝉。你已经与诗神无缘,与沸腾的创造历史的生活无缘,与千千万万高歌猛进的人民大众无缘——只有徐大进那样的领导才痴心妄想着你重放奇葩异彩。

悲哀吗?也许最可悲之处在于你的悲哀正好成全了大时代的欢腾雀跃。在一个或几个你以及与你相似的文人灰溜溜哆嗦嗦无计可施霉味十足的同时,出现的是一派东风万里,繁花千树,万方乐奏,百凤朝阳的良辰美景!毛主席讲得多么美妙,简直是浪漫!敌人一天天烂下去,我们一天天好起来!你能不为这样绝妙的语言喝彩么?这气魄,这生动,这精辟和这诗意盎然!你就乖乖地在一边赞叹在一边张口结舌在一边无地自容在一边捶胸顿足在一边杜鹃啼血吧您哪!您就"头颅落地夸快刀"地五体投地吧您哪!

……可不是吗,就在你知道你的文字事实上已经封禁的同时,有多少读者在新华书店门前排起长队购买《红岩》《雷锋之歌》《烈火金刚》《创业史》《甘蔗林·青纱帐》《野火春风斗古城》《红旗歌谣》《王老九诗选》《骑马挎枪走天下》……人间壮志、世上豪情,已经被这些诗人们放声唱尽了哟!

但是如果你更聪明一点,你就该快快回到你自己的小巢里,你应该有自知之明,丢掉幻想,承认事实,静下心来。你应该乐天知命服从客观的规律服从历史的意志——只准规规矩矩,不准乱说乱动。起床,上班,开会,学习,拥护,赞成,是是是,完成任务,下班,早饭午饭晚饭,大便小便,拥抱和抚摸妻子干妻子每周一——二、二——三次,假日带上购货本去购买粉丝、火柴、肥皂、芝麻酱、甜面酱、古巴砂糖、一号干电池和虾米皮。你应该装蔫充愣,表明自己没有胆量没有不同见解没有胡思乱想没有神神经经没有哭哭笑笑没有二心二肝,尤其是没有口才没有文才没有风度不会穿衣裳最好是结巴磕子大舌头车轱辘话来回说而又前言不搭后语诚惶诚恐毕恭毕敬唯唯诺诺嘿嘿喝喝男女无才都是德一棒子打不出一个响屁来。于是你大彻大悟脱胎换骨通大虚无得大自在乃大欢喜,看电影爱电影,看打仗爱打仗,看甩手榴弹爱手榴弹,看先进爱先进,看劳模爱劳模,什么都看的时候什么都爱,什么都不看的时候也是什么都爱,人民警察追不上美蒋特务的时候你应该着急,恶霸地主伏法的时候你应该鼓掌欢呼喜泪盈眶,你应该吃窝头爱窝头吃大葱爱大中小葱爱屋及乌爱屋及鸟既然爱大葱那就干脆连洋葱头与蒜瓣直到韭菜一起爱,你应该心满意足心旷神怡心广体胖一通百通一了百了,你应该读故事爱故事读人物爱人物读抗日就大骂小日本鬼子读渣滓洞就怒发冲冠斥蒋匪美帝走狗。而如果你读了耕云播雨你就应该沉入云雨情中,你读了漓江之梦就该梦断烟雨桂林,你受了批评就赶紧检讨,受了表扬就立马惭愧,受了冷淡就赶紧退缩,受了礼遇就低头含羞微笑涕零舒服不语。你应该谢天谢地感谢历史感谢世界感谢冥冥中的上帝,你一没有肝癌二没有入狱坐老虎凳往指甲肚上钉竹签三没有打光棍干撞墙四没有疔疮五没有降工资六没有平地摔跤摔折腰椎骨七没有生在刚果与卢蒙巴一道牺牲八没有与许多欧洲人犹太人一样在二次大战期间被送入奥斯维辛集中营化人炉更没有被枪毙:勾巴一声,脑袋开花。历史绵延千古,百年只是一瞬,个人轻如鸿毛,洪流排山倒海,你受的苦不是苦而是甜,你是掉到了蜜缸里睁不开眼身在福中不知福,如果你生在六十万年前,你也许与猿猴一起为老虎恐龙之属填了肚皮;如果你生在一百五十年前的非洲,你也许被卖到美国做黑奴泪眼汪汪被白人的皮鞋踢中鸡巴不但疼得满地打滚而且从此毁了好事枉去人间走一回;如果你在十七年前生在中国生为女子,那么在东单广场被美国海军陆战队下士皮尔逊强奸的说不定就是你,你的妇科检查病历将会在国民党统治区的所有报纸上全文公布,不如开个展览;而如果你是生在二十世纪一十年代后期,生在静静的顿河边上而且是一个胸凸臀丰的哥萨克女子,那么说不定你被白匪军轮奸活活被野兽们操死。

于是你明白了,你是多么幸福!只有忘恩负义狼心狗肺的混蛋才会磨磨唧唧心情抑郁闹什么鸣冤叫屈怀才不遇,臭!

丢掉幻想,准备过日子。日子,这就是幸福这就是真谛这就是通向共产主义的艳阳天金光大道。早晨,从今以后起床以前不要忘记与妻子的温存,要把你的头依偎在妻的柔软的胸膛上。鲁迅引用过哪个哲人的话来着?天堂就在马背和女人的胸脯上。你要好好地闻你的妻子的头发上衬衫上皮肤上的热烘烘的人气与物美价廉的肥皂气,从而确证你虽然于党于人民于国家无益也还是一个有着种种气味的苟且偷生的活物,已经是活物了也就再无别的办法可想。然后你要一步跳下来,在二十秒钟内穿好衣服,给妻打好温度适宜的洗脸与漱口水。你应该选择蓝天白玉中华黑白诸品牌优质牙膏,轮换使用,常有新意,人常臭而齿常芬芳……并从而体会祖国轻工业生产的大好形势。你应该正确认识幸福与牙膏,牙膏与理想,然后是牙膏与牙齿,牙齿与口腔、与胃与肠与血管与激素与睾丸与生殖器与脊髓与大脑与灵魂的关系。如果让你选择发表你的一首诗与拔掉你的一颗并无病变的牙齿,你要诗还是要牙呢?身体发肤受之父母,未敢毁伤,孝之始也,牙齿的问题并不完全是一个形而下的问题。而如果你是司马迁呢?在睾丸与《史记》之间,你选择哪一样呢?至少,你不会那么从容潇洒地舍双球而取艺术与名誉的吧?好吧,何况你即使放弃了睾丸与牙齿也未必创造得出《史记》与《神曲》来。那么,睾丸与牙齿俱全,不也和写出了准《史记》亚《史记》准《地狱篇》亚《地狱篇》一样地令人庆幸吗?

而你曾经相信你们这一代人是多么伟大,你曾经以为是历史选择了你们那个年龄段,你们是"四九人""五四人",而一九四九一九五四以前的多少年来多少代,全他娘的白活了,而以前活过的人——除了创造了四九和五四的革命家以外——全是奴才、废物、癞蛤蟆、蛆。你相信你的一切思想和作为将决定历史,为了历史的使命你可以弃睾丸与牙齿直至全部鲜血于不顾……那么历史呢?历史如曲风明同志严正指出的那样,已经毫不犹豫地把你这一类的小崽子送入了它为尔等特设的垃圾堆里去了。

……然后你们偷偷地用电炉煮两个鸡蛋,用刚刚从锅炉房打来的开水冲一点代乳粉。中国的代乳粉真是高级配方,以黄豆粉为主要原料,加上蛋黄粉、奶粉、砂糖、植物油和钙、镁、磷,拿来给大人喝不也是很好吗?就让我们返老还童,永远过被照料被科学地安排营养成分的幸福生活吧。

代乳粉,真是一个好听的名字。代乳即乳,代乳非乳,非乳代乳,乳非乳代,非乳即乳,乳非乳,乳即乳,乳乳乳代乳,乳代乳乳乳,代得你的心痒痒的!代乳代肉代股长代科员代粮代你代他,干脆说你就是个代人民,不是代人民还是正式的人民?你倒是想得美!

还有义利食品公司出的果料面包,三毛钱一个大的,一毛五一个小的,遍体褐红。桃脯、杏干、葡萄干、瓜条、核桃仁、瓜子仁、杏仁,像一个小家碧玉的梦!

你爱大家闺秀,更爱小家碧玉,小家碧玉才能与你厮守缱绻,温存销魂,抚慰你一辈子!

　　你爱牛奶但更爱代乳粉,大人而喝牛奶,自然是资产阶级的习惯,再说牛奶毕竟没有经过科学的配置,让人喝起来缺乏一种服从科学的安排的良民的自信心。奶而可代,人与人生又怎么不可以更科学地代一代呢?发明与制造出一个代钱文来吧,写一点代新诗代古体诗来吧,一定比你可爱得多!

　　妻上班远,她先走赶无轨电车去了,你应该全心全意地清洁你的住室。金窝银窝不如你的狗窝或代狗窝,多么精辟,多么求实,多么举一反三!何况你这里并不是狗窝,而是美丽的阳光照耀着的古巴式的新屋。代狗窝之所以照样美好,由于它是属于你的。一切不属于你的你都不必羡慕,一切属于你的你都应该爱惜。敝帚自珍,你并不寒碜。四川大地主刘文彩的庄园倒是琳琅满目,无所不包,然而他早已经死了,早就臭了一块地了。×××的文章写得好,名满寰宇,也早被党和人民批成了逆风恶臭三千里的烂狗屎。你虽然晦气,但总还正常地过着幸福美满的好日子。你没有偷盗,你没有白痴,你总算是发表过一些叫做诗的东西。写起来要死要活,写完了也不过如此。这也跟革命一样,说起来伟大得能让你疯了,做起来也还是一点一滴,进一步退几步地较劲儿。呕心沥血的诗篇最后也不过是默默无闻地进入字纸篓——进入垃圾堆是你们和你们的作品的注定了的共同命运,问题只在于时间上或早或迟或像你那样的委实太早与垃圾堆本身的风景是否一定就不令人心旷神怡而已。

　　又是一个晴天,上午的阳光把居室照得光明。把掇布洗净,擦过之处家什闪闪发光,拖把使花砖地的众花朵盛开妩媚。把头一天暖水瓶里的水凉到玻璃瓶里,用新开的水冲七毛四一两的一级茉莉花茶,静室生香,心平气顺。心平气顺,心平气顺,天,为什么就不能心平气顺!把头一天看过的报纸整理好,你不写书照样有好书,你的稿子不登报照样有好看的报。规整的铅字与纸张昭示着一种完成、秩序、威猛与辉煌。阅读这样的出版物意味着自己也参与了至少是认同于和谐于这种威猛与辉煌。在报上发表文章的都是一个又一个的天之骄子人五人六。现在真好,也不用来什么文人相轻了,有左派有右派有中左还有中右,全划分好了,哪哪哪,谁谁谁,都明晰了,都搁好了,齐啦——你不敢轻人家,人家也压根儿用不着轻你。你不是了不起吗?就是不用你不要你,活活把你晾在一边,叫做离了你地球照样转!怎么样?舒服了吧?

你读着这些辉煌和威猛的文字,对人五人六者口角流涎,只想给人家磕几个响头。同时你一边呷着清香扑鼻的茶水,一边想着什么"不幸中之大幸",什么"夹起尾巴做人"和"比上不足比下有余"的道理——你感到的是什么呢?是幸福,是温馨,是惬意与满足!

然后你在明窗净几中阅读备课。教材参考书讲义,字典词典与辞源,都是已经准备好了的。语法有统一的格式,词汇有固定的含义与使用方法,历史有明晰的分期,作家有先后的次序和各自的归属,作品自有定评和分类,思潮梳成了一条又一条黑白分明倾向确定的辫子,方法是科学的与全面的,观点是牢固的与清爽的,立场是坚定的与明朗的,战斗性是充足的与坚挺的,声音是嘹亮的与自豪的。你一个人又能做些什么?说些什么?一个人算得了什么?你顺着既定的思路温习熟练,填平补齐,顺风顺水,得心应手。你用半个小时已经备完了课,你还未到课堂上就已经是先验地立于不败之地,稳操胜券,不战而胜了。

然后你读一点近日的文学期刊,花团锦簇,豪情壮志,先进典型,大好河山,天清气朗,万里无云,快乐满足,载歌载舞,细节细部,转文嚼字,何其好也。在中国当作家都是多么有本事的人哪!你看!

电铃响了,是来收电费和房费的,电费一元二角,房费一元七角四分——上哪儿找这么便宜的生活去?衣食无虞,住行俱善,夫妻团聚,阴阳和谐,爱恋随时,工资八十多大块,居于首善之区,自从解放以来始终过着物质上完全有保障的生活。这样的幸福能够等闲视之么?

然后你匆匆走下楼梯,下楼如轻盈起舞,上楼如奋勇攀登。你像一阵风一样地从楼上走到楼下,沿着楼前的灌木丛前行,过两个路口,到达本片的副食店。经过了如许的变故试炼,你轻盈得仍如一只猴子,你在一个最恰当的时间排在了买豆腐的队伍里。近几年的豆腐颜色渐渐暗淡了,质地也渐渐糟烂,每斤豆腐要收半斤粮票——大概只能算是代豆腐了。尽管如此,豆腐仍然有它自己的魅力,特别是——你为了买它就必须排队。排队就有所等待有所期盼,就加倍珍惜来之不易的植物蛋白,排队还可以加强秩序纪律与集体主义观念,破除小资产阶级的自由散漫。排队之乐乐无涯,豆腐之美美无边!

在成功地为豆腐而花去了半斤粮票之后,你又拿出副食本子去买带鱼。过去,东菊是很不爱吃带鱼的,感谢六十年代初的三年自然灾害,使百分之九十九的偏食、厌食、异食症患者痊愈,饥饿的后果是全民的肠胃的健康与强化。中国人民在吃食上的兼收并蓄、有吃无类、抗毒抗腐、耐劣耐糙、敲骨吸髓、咂喔舐吮、尽情消化、充分利用方面的能力首屈一指,保证了中华民族的生存繁衍,万世绵延不绝。谁也甭想灭咱们中国!

你把带鱼豆腐拿到房里,骑上自行车去学校。骑车也是舞蹈,重心活移,身体摇摆,车轮转动,车把处于掌握与自由运动之中,既有领导又有控制,既有机械滑轮杠杆又有身心腿脚意志主观能动性,既有规律又有怡然自得。通过骑自行车你悟到了毛主席建设一个又有集中又有民主又有纪律又有自由又有统一意志又有个人心情舒畅的政治局面的理想是多么理想!正是一年好季节,正是一生好时光,正是天津飞鸽自行车名牌,正是伟大首都新市区阳光普照的花园大道。飞驰电闪,你进入了学校,你进入了教研室,你填写了教研室日志与工作记录,你开始看学生作业。你已经从赵奔腾那边弄清楚了阶级形势,你也想明白了批发作业的阶级路线:谁能没有亲疏远近?没有亲疏远近就没有政策,就没有天下。对于调干生,对于党员,对于原劳动模范,你都给他们较好的评语和分数,而对于思想言论有问题者,出身不好表现不好对领导态度不好者,则必须压低他们的分数。一切的一切都是如此,这就叫做阶级路线,谁也不会因为这样做而不安,相反,倒是不这样做才会犯错误和因怕犯错误而忐忑。别人怎么做你也怎么做,你与别人并没有什么不同,但是又可以说有一点区别,那就是你做事又快又好讲逻辑讲效率讲根据讲条理,同样的工作你硬是事半而功倍,一个小时干人家三四个小时才干得完的事。因此你仍然应该骄傲,虽然绝对不可以把骄傲的心思透露出来。

你想起夏天参加高校作文评卷的情景,连续三天,在酷暑中挥汗评阅高等学校入学考试的作文试卷。扣题二十五分,主题思想三十五分,叙述或论说层次结构逻辑二十分,语法修辞十五分,卷面五分,此种划分与标准固然可笑,但事关一个高中毕业生的命运,判起来仍然是不可大意。每个考生的试卷都要由三个评卷老师评阅,三个教师商量着给分。你的困难在于你用五分钟看完的卷子另两名教师硬是二十分钟才能看完。你看得太快了并为之不好意思,你觉得自己有赶时间草率从事之嫌,有不尊重任务不遵守程序企图压倒旁人之嫌。于是你虽然读完了,有了相当明晰的印象与判断了,有了相当的把握了,但仍然要勉强自己再读一两遍,皱眉歪嘴,踌躇万状,拿不定准主意,尤其是十二分的谦虚。第二遍与第三遍的阅读观感与第一次毫无区别,这证明第二次特别是第三次阅读完全是多余的。你转头一看,两位与你同一组的老师还在正襟危坐、攥拳瞪目地与那篇作文较着劲儿呢,所以你必须继续原地踏步,你不能显山露水儿……

然而这并不重要。重要的不在于效率,不在于机敏,不在于能力,重要的在于可靠与忠顺,在于品德,在于谦虚。叫做夹起尾巴做人,叫做小的有罪,罪该万死。判卷子的时候你最怕的就是被别人发现自己看得飞快,你必须按捺住自己,你必须同样地正襟危坐与攥拳瞪目,你必须同样地皱眉叹息诚惶诚恐莫知所措,一副力不胜任如履薄冰汗流浃背如牛重负而绝不是快刀斩乱麻游刃有余得心应手的样子。后一种样子不仅是轻浮幼稚,而且干脆可以说是不负责任,是别有用心,是目空一切,是猖狂反动,是在伟大的人民面前化为齑粉。钱文啊,不仅判卷子,从今往后,你的标准神态就不可以是别的样子。你注定了必须、只能是一副可爱的愚痴呆驯……直到完成任务,居然给你发了三十六元的防暑费。你欢欣雀跃地买了两个大西瓜回家,只是在吃西瓜的时候眼睛里才恢复了灵动的神采。

多么可爱的夏天!西瓜是上苍的杰作,吃西瓜是夏天的幸福的极致,幸福、理想、诗意与西瓜同在。在酷热的折磨中,在炼狱的威逼下,在你的呻吟和抱怨、挣扎和潦倒中,你得到了天助,得到了上苍的恩宠,得到了一股清流,一派清新,简直是一个崭新的生命。既是啜饮,又是吞噬,既是收纳,又是吐弃。踢哩秃噜,滴滴答答,三拳两脚,张飞李逵,一个西瓜就进了肚。除了西瓜,什么东西可能吃得这等痛快!夏天吃个瓜,豪气满乾坤!伏天抱个瓜,清风浴灵魂!盛夏抱个瓜,飞天怀满月!春风风人,夏雨雨人,何如西瓜瓜人!有物曰西瓜,食之脱俗尘!有瓜甘而纯,食之乃羽化!清凉,甘洌,柔润,通畅,安抚,洗濯,补养,透亮,如玉如珠,如液如浆,如花如鸟,如云如霞,如饴如脂,如鲲鹏展翅逍遥游于天地之间直到六合之外!当你吃得肚胀欲爆,满身瓜汁,暑气全无,过瘾解恨之时,你与东菊相视而笑,为什么笑?为什么笑得这样傻气这样饱满这样莫名其妙?这里有多少盈亏、虚实、得失、雅俗、积泄的哲理!瓜中有道,瓜中有仙,瓜中有万物之仁,瓜中有好生之德、有消长之理、有相克相生阴阳五行八卦、有禅趣有瑜伽有烟士皮里纯!夏日吃瓜,这就是人生,这就是思维,这也是创作!对于这个世界,不哭,不笑,而是要理解!就从理解吃瓜开始吧。这又是何等的幸福!从此钱文不做诗人,只做瓜人!

你为什么而活着?

以前,你会回答是为了革命,为了什么什么主义。而现在返璞归真,铅华落尽是真纯,叫板道:"为了夏日啖瓜,人间且走一遭!"

而现在已经是秋天。你轻松地在教研室完成了你的阅卷任务,你不必担心有谁看见你的敏捷与轻松胜任。完成了工作以后,你干脆读书。一边读书,你一边可以哼哼苏俄的歌曲与乐曲。虽然苏联现在是变修了,是我们的敌人了,我们应该憎恨他们并准备与之决一死战,但是毕竟青春对于人只有一次,而我们的青春时代是由苏联歌曲由俄国乐曲陪伴着度过的,那些曲子使我们温馨,使我们热泪盈眶,使我们做梦使我们恋爱也使我们凄怆。"在那矮小屋里,灯火在闪着光",这个歌儿歌唱一个纺织姑娘。"卡玛一座城,在哪儿也说不清呀",这是根据高尔基的原著改编的电影《童年》的插曲。"遥远的地方,那里弥漫着浓雾,微风轻轻吹来,掀起一片麦浪……"在苏联至少还让人们抒情呀!所以他们终于修正主义从而十恶不赦了。"哆咪咪哆法咪""咪梭拉梭咪",听不完的柴可夫斯基!小声一点,再小声一点,就这样含着泪偷偷重温自己的青年时代吧。也曾一心革命,也曾一心苏联,也曾一心光明,也曾一心向前!再见了!从此韶光不再,你毕竟在炎夏还有西瓜可吃哟!

中午买回了金黄的烤饼与两碟素什锦。今天的素什锦居然没要粮票,万岁!票到用时方恨少,粮非种过不知难!做驴做马,吃糠吃屎,你如何对得起权家店的父老乡亲!一面吃午饭,一面听广播,毛泽东又发表了一系列诗作:"四海翻腾云水怒,五洲震荡风雷激""冷眼向洋看世界,热风吹雨洒江天""为有牺牲多壮志,敢教日月换新天""中华儿女多奇志,不爱红装爱武装",真棒啊!全是烈火熊熊,战鼓咚咚,大潮澎湃,翻江倒海!你钱文何物,竟也敢在毛泽东时代班门弄斧!

而你呢,你只有赞叹击节擎着好儿的份儿啦,你小腿抽筋心跳肝儿颤上啦。斗争得愈是红火,你能不愈是自惭形秽么?

换一个台。社论、新闻、编辑部文章,正在批国内外阶级敌人的狰狞面目,猖狂反扑,丧心病狂,倒行逆施,正在歌颂三面红旗的浩然正气,光明美妙,不可阻挡,势如破竹。广播员的声调铿锵,节奏分明,令人闻之起舞!

再换一个台。人民公社就是好,锵锵喊锵锵喊;毛主席来到咱们农庄,昂吭昂吭昂;山连着山,海连着海;东风吹,战鼓擂,现在世界上究竟谁怕谁?不是人民怕美帝,而是美帝怕人民!呼儿咳哟,他是人民大救星!

再换一个台。京剧《杨门女将》,"我不挂帅谁挂帅,我不领兵谁领兵!"再换一个台。山东快书,"指导员的一番话,说得小王乐哈哈,小王说,我这个假不请了,支援世界革命要紧呀!"

……关上收音机,往床上一躺,想休息一会儿。室内光线太亮,怎么也睡不着,心里怦怦的。

半睡半醒。是不是半睡半醒?突然你只觉得到处是雷鸣电闪,是青白的强光,你闭不上眼,你躲不开探照灯的照射,你陷入一阵狂响之中,而世界上只剩下了你一个人,左面是空旷,右面是虚空,前面是茫茫,后面是苍苍,而无数道强光射向你,无数束声波震向你,无数枝钢枪瞄准你,无数发子弹射向你。东菊东菊,你在哪里?我们只怕是见不到了呢。

你站立起来。你仍然怦怦然,你以为你是在前线,在战火纷飞的原野。你以为你年纪轻轻就得了心脏病,你的心脏是不是正在变成一枚定时炸弹?你不知所措,你不知逃向何方。东菊,你这时想起的只有东菊,你这时想起了东菊的肚子。在这样一个不平凡的时代再多出现一个生命,你这是负责的么?你好大的胆子!而,最最可怕的是,现在的时间是一点四十四分,你躺下不到二十分钟,东菊下班,嗯,你还得等差不多五个小时。天啊,你怎么样度过这五个小时呢?你还能坚持五个小时么?你会不会就在这五个小时内突然发作——脑溢血或者心肌梗死?尤其是,你会不会在过了三小时以后突然决定结束自己的无价值的生命?你已经不能唱歌,不能读书,不能写作,不能思想,你已经连西瓜也不想吃了呀!

走来走去,嗯一声再哼一声,撇一撇嘴再咬一咬牙,坐下来再站起来,看看墙上挂着的照片,竟什么也看不见。结婚的时候你曾经在借用的机关单间住房里挂过俄国画家的油画,是彼得堡沿着涅瓦河大街的一架马车……墙上还悬挂过你们在北海公园太液池前的合影,你们都认为北海公园是你们相爱的见证和象征。夏夜,那湖水的溅溅令人心碎!后来,到了六十年代,你们已经不能悬挂这些图片了。不能表现对于俄国人还有感情,不能表示对于革命前的彼得堡还有感情,不能表示对于自己的脱胎换骨以前的小资产阶级情调还有留恋,甚至于也不能留恋北海。无论如何,北海公园的绮丽风光是与反帝反修的斗争形势不大合拍的,北海公园只能是为修正主义效劳的。所以现在,墙上是一片茫茫,桌上是一片茫茫,地上是一片茫茫,心里是一片茫茫。

只有退稿信是真实的,当北京对你说"不"以后,其实哪里也不会对你说"请"了。其实外地比北京更胆小怕事,外地比北京更心里没底,如临深渊,如履薄冰。"大作收悉,因篇幅关系不拟采用了,请谅。""大作拜读,因故不拟采用了,请收。""尊稿不拟用了,请原谅。"等等,连一个希望继续赐稿,继续支持之类的套话客气话假话也没有。

而在短短两个月以前,你还在对纸感叹,运笔生情,发掘语言的矿藏,整理思想的轨迹,漫游于形象与比喻的海洋,沉迷于音韵与节奏的交响,自我欣赏,自我省视,自我梳理,自我抚摸,自我膨胀,顶天立地,啸傲山河,热血沸腾,抚今思昔,沧桑巨变,尽收眼底,在纸与笔的包围中攀登精神的珠穆朗玛,登高望远,挥手扬眉,无限的风光气概。写起来连身高都增加了好几十厘米,连体重都增加了好几公斤,只觉得自己像是放了酵母的面团,正以小时以分秒计算地增加体积、攻占空间。

然后是礼貌与冷淡的拒绝,为什么你会这样傻?为什么你会自讨这样的没趣?于是你觉得羞愧,你觉得脸上无光,你觉得诚惶诚恐,你觉得自己当真是有了罪。你说服自己回到过日子上来,你已经取得了很大的成功,你是一个通达的人,你不是萧连甲,你不是鲁若,你甚至也不是自找苦吃却又撞上了大运的费可犁与酸溜溜的郑仿。你心如明镜,智如秋水,你不是花岗岩的脑袋,你——既然爱文学也就是全面地爱人生,爱欢乐也爱痛苦,爱大江东去也爱小桥流水,爱慷慨悲歌也爱浅吟低回,爱五百行豪言壮语的放声歌唱,也爱七分钱一斤的薄皮脆瓤消暑败火的黑绷筋儿西瓜。是的是的,我可以很好。

然而你确实是偷过一次钱包,你被警察抓住了手。你确实是在大庭广众之中突然发现自己没穿裤子——你东躲西藏,硬是找不到隐藏自己的罪恶的鸡巴与屁眼儿的地方。你考高中却落了第,你卖白薯却蚀了本,你急着想尿尿却硬是找不到厕所,你站立在麦克风前却发现自己已经失了音,面对着美味佳肴你却失去了牙齿和舌头,面对着良辰美景你却不再有眼睛!你哭呀哭呀,哭出来的却是恶臭的污水……从前你以为革命是何等的美妙,你以为牺牲将换来怎样的天堂乐园,你以为你是真心信仰了革命的经典,你以为你是中国的与人类的解救者,你以为你播种的是为真理而献身的高扬的精神,收获的必定是光环与花岗石纪念碑,你以为你播种的是爱情,收获的必定是鲜花和欢呼。你看过莫斯科世界青年联欢节的纪录片,千百万男女青年向着会场中心由活人和彩旗组成的巨大的斯大林像图案欢呼,你以为这就是革命者的生活,万世万人,无与伦比……你还沉醉于诗,你以为你的人生将是崇高和壮丽、温柔和娴雅的万古传诵的诗篇:

> 不,我们不苦闷,也不忧伤,
> 生活之路并不使我们惊惶,
> 不,陌生的变心的感觉,
> 没有激动我们的心房。

这是奥列格的青年近卫军战友万尼亚朗诵过的诗篇,水夫译。"青春幸福的年头,挨次汹涌地闪过,成群结队的梦想,顽皮地挤满心灵……"诗里有这样一些句子,这样的句子已经够你和你的五十年代的青年朋友哭一鼻子的了。请问,有过什么时代什么国家,让青年做起成群的美梦?

谢谢了,谢谢马克思、恩格斯、列宁、斯大林、斯维尔德洛夫、加里宁、毛泽东、周恩来、季米特洛夫、罗莎·卢森堡、卡斯特罗和胡志明……我们毕竟做过这样美妙的梦!

如果是梦,要不要醒来呢,能不能醒来呢?会不会终于梦见更好的结局呢?

不要着急。人生一世,最要紧的恰恰是耐心二字。

耐心高于智慧,耐心重于道德,耐心战胜了而且必将继续战胜任何的对手。

然而这一下午已经茫茫无措,你无法集中自己的精力,你无法认真地去做点什么,你精神恍惚,拿出了鲁迅却又想着带鱼,打开了报纸却又刷洗起茶杯来了。然后看一看表,刚刚三点,时间呀,你怎么过得这样慢?

……《时间呀,前进!》这是卡达耶夫的长篇小说的标题,是歌颂苏联第一个五年计划的。多么豪迈充实!而他现在也要说时间呀,走快一点吧,只是为了自己的精神的空虚,卑微。一个诗人可以变得怎样的高大迷人,一个狗屁诗人也就同样可以变得怎样的矮小龌龊!

> 心比天高的疯狂嚎叫啊,
> 诗人全无是处。
> 于是不再哭泣,
> 也毋庸狂喜。

东菊你什么时候回来?你今天能不能按时回来?如果你晚回来十分钟,天!如果你晚回来一个小时,我的东菊,你还能看见活蹦乱跳的钱文吗?

你改而考虑自杀的几种方法、可能性、后果……共产党是断然否定自杀的,同志们说过,自杀就是叛党。多么伟大的党!多么渺小的个人!

于是在这一天的下午,人生的基本问题:关于生存,关于死亡,关于未来,关于前途,关于艺术的有意义或无意义,关于精神危机或超越危机,关于目的、目标、坚持、动摇和修正主义、机会主义,关于安身立命的大道,关于两个阶级两条道路两个阵营两种意识形态的消长和改造的痛苦与必要,全部决定于东菊能不能按时回家了。

你于是匍匐在地,感谢上苍!匍匐在地,感谢东菊!匍匐在地,感谢党啊亲爱的党!她回来了!你快乐得满地打滚!你快乐得抱住东菊吻个不停!你引吭高歌革命歌曲:反对武装日本/反对武装日本/我们抗战八年/千百万人民流血牺牲/美帝国主义要武装日本/我们坚决不答应!(众呼口号:反对武装日本!)

你剁鱼的时候由于兴奋几乎剁断一根手指,你连疼痛都感觉不到。你找出了通化红葡萄酒,你找出了加蓝仿水晶玻璃酒杯。你抱住东菊要和她就地跳舞,她推开了你说是两天后就到了预产的日子。你看着她的挺挺的大肚子,你跪下来给她的肚子磕了一个头,我不写诗了我不写诗了,我也不再妄想重新入党了……只要不写诗不入党,我就可以和所有的普通人过得一样的好,我就可以满足于坐着,满足于带鱼和二锅头,满足于每个月八十多块钱的工资——比大多数同龄人都多呀——满足于住在北京,占有北京的正式户口,满足于坐北朝南的方方正正的楼房和满室的阳光,满足于不用背篓上山和一天一次检讨就能过关,满足于回家的时候不必搜身,满足于夏天的西瓜冬天的白菜春天的韭菜秋天的香果鸭梨槟子大海棠——你过着权家店的老乡做梦也做不出来的好日子!

于是,你可以高兴也可以不高兴,你可以幸福也可以不幸福,你可以满足于垃圾堆里的生活也可以不满足,你可以自以为是马克思的战士也可以检查自己实际上已经堕落成了杜勒斯的走狗,你可以麻木不仁也可以百感交集,你可以写激情满怀的长诗也可以不写诗,你可以充满革命的壮志豪情也可以充满庸人的委琐苟且。你是保尔·柯察金也是阿Q,是孔乙己也是普罗米修斯,是强奸喜儿的黄世仁也是红色娘子军吴琼花,你是呼风唤雨的推动着地球旋转的共产党人季米特洛夫也是被钉在历史的耻辱柱上被革命处决的布哈林,你是才华洋溢的莱蒙托夫也是失去了记忆力的白痴,是大写的人也是缩写的猪,是高尔基的暴风雨中翱翔的海燕也是卡夫卡的由活人变成的爬虫,是年轻力壮热血沸腾的丹柯也是饱经沧桑岂有豪情似旧时而又心如刀绞无能为力的王尔德的快乐王子!你什么都是什么都不是,你什么都有什么都没有,你是不折不扣的大混蛋!

多么痛快!多么风凉!多么天高地阔,水碧山青!各位人五人六,各位装腔作势,各位利欲熏心,各位心无底气,各位蝇营狗苟,各位吹牛冒泡,各位臭虫和跳蚤,你们谁敢承认自己就是那个大混蛋!来呀,来,说:"我是不折不扣的大混蛋!"说呀,怎么缩回去啦?呸!

就这样幸福得发疯的你得到了一个大儿子。也许我的儿子会比我有出息?你想,你才将将三十岁,你已经体会到了把希望寄托在下一代的欣慰和凄凉。你向着襁褓中的婴儿引吭高歌:

路是我们开哟,
树是我们栽哟,
摩天楼是我们亲手造起来哟,
好汉子当大无畏,运着铁腕去,
创造新世界哟,创造新世界哟!

这是沈大哥宣布吸收你入党的那一次,你独自一人边行走边唱的歌。那时候还是处在国民党的贪官污吏的统治下面,那时候只觉得自己是扭转乾坤的志士,开天辟地的英雄,在暴风雨中展翅搏击的雄鹰,在荆棘丛生的原野上点燃起熊熊烈火的雷电……岂有豪情似旧时?花开花落两由之……而儿子居然响应着你的高歌呵呵地喊叫起来,莫非他也感染了革命的豪情?但愿生儿愚且鲁,无灾无难到公卿。这是杜冲告诉你的一副对联,杜冲说这副对联是周恩来年轻时他的一个长辈送给他的。你听了这副对联再听了杜冲的天知道是真是假的介绍,你竟然面色死一样的苍白起来,周恩来总理和这样的反动荒谬的对联,真是让世界天塌地陷呀!

于是你改唱:

> 大黄牛,肥又大,
> 土改以后归我家……
> 你是我的大黄牛啊啊哈……

这个歌的词你已经完全忘记了,但是你还是有滋有味地唱了起来,唱得泪流满面。土改的时候你其实与农村相当隔膜,但是你还是为了歌剧《白毛女》小说《太阳照在桑乾河上》而激动不已,你多么希望重温那种对于人民革命、土地革命的天真的向往呀,让革命的烈火永远燃烧不息吧。倒是这几年你总算在农村体验了一下两下……为什么这个欢乐的歌颂土地改革的歌曲,现在重新唱起来竟使他觉得如此的酸楚,一下子,那么多权家店的孩子,满身是泥,大肚子——由于常常吃不饱他们每次都特别贪吃,拼命地噇(读床),愈饿愈贪吃,愈贪吃愈饿——的形象,出现在他的眼前……

这就是生活:贪吃和饥饿,永远的贫穷,让孩子一代拥有自己的大黄牛的梦,也许这才是真实的革命……按照权家店的情形来说,这个梦其实是没有实现的啊。

这就是生活,不是话剧《卓娅》里歌唱的"生活是多么幸福,生活是多么美好……让蓝色的星儿照耀着我……"所说的那种苏俄式的"生活",不是少男少女的充满诗情画意的,让人一听就心驰神迷的所谓生活。让苏联电影苏联小说里的嗲声嗲气的生活见鬼去吧,权家店的农民也好你也好,属于你们的是脚踏实地千苦万难地挣扎着喘息着凑合着的活着。为了儿子的刚刚开始的生活,你要拿出最宝贵的时间来给他换尿布、把屎、洗奶瓶、试体温,拿着购货本为了一斤粉条二两芝麻酱而排长队,在公共汽车站排队等车,车一来一哄而上挤成一团横冲直撞。"多么野蛮的生活啊",这是契诃夫的话剧里的台词,你开始觉得莫名其妙,觉得契诃夫这个旧俄的小老头儿可怜。后来觉得这是真的,生活本来应该像诗剧里吟诵的那样好,而实际上却居然到处都是蛮横、肮脏、破旧、衰败、琐碎、自私和卑鄙。野蛮,太野蛮了啊。于是你走向了文学,走向了诗,走向了无尽的叹息。却原来,害你做右派犯错误的罪魁祸首不是别人而是脉脉含情的戴着夹鼻眼镜的小老头儿契诃夫。你终于觉察出契诃夫的幼稚的资产阶级习气来了——生活,生活又能是什么样子的呢?您抱怨野蛮,您又能指望些什么呢?脊背朝天,土中求食,屎尿交加,苟延残喘,捉襟见肘,委曲求活。为了生活你必须爬行,为了生活你满身的脓血和泥泞……然而你乐于年复一年日复一日地迁延下去野蛮下去。为了生活你每天计算着收入和支出,不但要计算人民币,而且要计算粮票。为了节约三分钱,你宁可少坐一站无轨电车,提前下车后再跑路。东菊不赞成你这种节约你就不惜与东菊争吵,不惜自己先下车然后气喘吁吁地跑过去。购物的时候,为了秤高或不够高即分量足或不够足,你会和售货员争吵而且出口不逊。为什么,为什么这样呢?你会问自己。然后,你回答说,因为我有儿子,我不但要自己活而且要创造条件让儿子将来能够活得比自己更好些。

儿子哭起来了,他哭得既柔弱又顽强,温柔,无望,悲凄,委屈,乞怜。他哭得孤孤单单,无依无靠,像一只被世界抛弃了的小猫。于是你们给儿子起名叫猫猫,猫猫不太好听,又说是叫毛毛。叫了几天毛毛,你突然想起了毛是主席的姓呀,怎么能随便管自己的把屎把尿的婴儿叫毛毛?一个毛不行居然弄出两个毛来?莫非是吃了熊心豹子胆?你吓得不轻,索性连猫猫也不敢叫了,同音字也是回避为上。于是你叫他宝宝,偏偏东菊来了劲,非叫他毛毛或者猫猫不可,真是要人命啊!

啊,宝宝,啊,毛毛,愈哭愈伤心,涕泪滂沱,无边无际,太苦太苦,太细小也太没有保护,而世界是这样陌生。也许,来到这个世界上正是被造物所丢弃所惩罚的结果？没有选择，没有商议，没时没晌地来了，又饿又冷又肚子疼又动弹不得。你有什么资格什么准备迎接宝宝的到来？儿子没有办法，来到人间并非出自自己的意愿，便只有号啕，只有叫屈，只有哭尽三江五湖，只有为过去为未来为自己也为旁人一恸！凄惨惨，惨凄凄，哭得你万念俱灰，只想让他少哭那么一小会儿。你甚至只想与他一起大哭一场，不是为了自己的什么遭际，不是为了一个时期一个地方！

儿子一哭，小肚子上就出现一个小鼓包。东菊和你都十分紧张，去了医院，医生说是小肠下的隔膜没有长好，如果孩子少哭一点，发育成长得好一点，多半今后就会自然痊愈。如果成长过程中再发生了问题，则有变成小肠疝气的危险。

你倒吸一口冷气。别哭了，别哭了，这已经是一个严重的问题。为了儿子不哭，甘愿放弃自己的一切。很迅速，很自然，一切的一切都过去了，从今往后活下去只是为了孩子。

从此，便懂得了怜悯与服侍的意义。换尿布，洗床单，喂牛奶，喂菠菜水，都说抱起来不利于婴儿的健康，还是白天黑夜地抱个不已……总想着再劳动，再做一点什么，却并不知道它的意义或无意义。

儿啊！这一声出自内心的喊叫使你想起了自幼痛恨的旧戏。旧戏里的男人扮演的奇丑无比的老旦都是这样叫板的……所有的雄心壮志，愤世嫉俗，特立独行，傲然不群，飘飘的与柔柔的诗意……你们都哪儿去了？儿啊……

第 十 五 章

叶东菊变得不是那么爱说话与爱激动了。说了又有什么用？她不无悲哀地,却又是平静地想。她觉得她自己和别人已经说过许多话了,她和他们之间也相互听了许多话了,太多太多的话了,这些话的一百万或者一千万分之一能够变成事实那就是天堂的日子了。她经历的是怎样吵嚷的青春岁月!

"让我们谈谈好吗?"这是她学生时代最喜欢讲的话之一,那些共产党员、共青团员,党、团、与学生会的干部是怀着怎样的新鲜感与神圣感来学会个别谈话、思想交流、征求意见、批评与自我批评这一套本领,不仅是一种本领而且是新时代的一种人人都要做的自我完善自我净化的生存方式的啊。现在呢?她不那么愿意"谈谈"了。为什么?

就拿不要乱放东西这么一个最简单的小事情来说吧,她辛辛苦苦地整理好了屋子,没过半小时,又"跟狗窝一样"了——这是钱文爱用的语言,这语言使东菊痛不欲生——到处放满了钱文翻看过的报刊和他随手摘下来的手表和脱下来的左一只与右一只的袜子——如果两只袜子在一起就应该谢天谢地。东菊为此"谈谈"了又"谈谈",说破了嘴。钱文一面接受批评一面解释说,他的工作需要随时翻看各种报刊,读完一本再读一本是不成的,必须同时读多本。而他之所以读罢没有收起来,是因为他并没有确认自己确实已经读完。至于袜子,对不起,前几年在郊区劳动改造期间,由于生活条件的关系,他染上了脚气,学名叫做脚癣,又名香港脚,他必须努力创造脚趾缝通风除湿降温的条件。东菊火了,她说:"我并没有讨论你的工作与阅读参考资料的问题,做案头工作与阅读参考资料的人也多着呢,没听说过人家都把房间堆放得乱七八糟的呀!至于脚气,首先是认真上药和讲讲卫生好不好?脱袜子也可以放到一定的地方嘛,你总应该尊重我的整理房间的劳动嘛!"

钱文不服,他举例说,例如正在读书报杂志,吃饭了或者来了客人了,你立即将一切读物收拾干净。干净则干净矣,整齐则整齐矣,然而吃完了饭或者客人走了呢?你还要继续阅读继续思考的呀!你不能把时间用在取书放书找书理书上,你不可以时时打断自己的思路嘛。再说袜子,你放到哪里去呢?放到哪儿你都不喜欢,也的确没有哪一家用正在穿着的袜子做装饰品展览品,要放就要把它们叠起来或者藏起来掖起来。叠起来藏起来掖起来,还能达到通风除湿和降温的效果吗?如果袜子没有通风除湿降温,而是捂味憋潮保暖,那么即使脚丫子再干爽凉快又有什么用呢?

这是一种什么毛病呢?他以为找到一种脏乱有理的说辞就会让我高高兴兴地在狗窝中生活下去么?东菊想。他们分析一切,找出一切的道理,然后他们以为就能够用他们找到的道理说服一切,而只要说服了一切也就做到了一切——原来要打离婚的不打离婚了,原来没有儿子的从此有了儿子,原来穿不上裤子的从此盖上了新房子。有好几出戏就是这样的,丈夫说服了妻子,儿子说服了母亲,书记说服了厂长,于是生产发展、男参军、女模范、敌特就擒、万事如意、吉庆有余。如果他们认定了煤球是白的,他们一定找得到煤球确实是白色的说词,他们真能说呀。而且显然你说煤球是白的,要比说煤球是黑的更美妙动人,更有伟大的理论色彩,至少是更不同凡响,一鸣惊人。他们说话说得上了瘾,不把死人说活了不算完,你一天不服他就一天不停地说,你再不服他就把你说死。反正最后他们最最有把握说服的是他们自己,越说越觉得自己有理,没理的事也振振有词有了理,有理的事更加十倍百倍的有理,唯独他绝对不可能听进你的一句话去。

世上最可恶的事情莫过于雄辩了。你需要的是爱情,他给你的是关于爱情恰恰存在于雄辩之中的雄辩。你需要的是整洁,他给你的是不可能这么整洁也不必要这么整洁或最大的整洁就存在于不整洁中的雄辩。你需要的是幸福,他给你的是不必要幸福或者早已经十分的幸福了的雄辩。这可真要你的命呀!如果你和他辩论,那么正中下怀,你们的家将变成滔滔不绝的辩论厅!

狗窝和辩论厅!"可是我不愿意在狗窝里生活,我希望生活在一个好的环境里。"东菊绝望地喊道。

钱文一怔,他笑了,"狗窝不狗窝的,那只是幽默呀!总要有一点幽默感嘛。"

而且这个时候钱文兴犹未尽,他继续发挥说:"屋子是为人的活动服务的,不是人的活动为屋子的整洁服务。如果人的一切活动的目的在于保持与改善房间的整洁,那么好了,我们每天整理一遍房间,然后我们离开房间并且把房间锁起来,晚上上床以前共同欣赏赞叹房间的整洁美丽……君意何如也?"

她哭了。

一见她哭,钱文大大的老实了起来,赶紧整理杂物擦桌子扫地收袜子叠衣服,坚决与狗窝现象做不调和的斗争,做出表现良好已经完成了脱胎换骨的改造的样子。

而当她恢复了好心情,脸上显出了笑容的时候,钱文蔫蔫地磨唧着:"乡巴佬没有见过樱桃,叫做'小杏(性)儿'呢。"

她噗嗤一声笑了。儿子毛毛听到妈妈的笑声,也受到了感染,铜钟般地响亮地笑出了声。

三个人同声大笑。

听到了妻子和儿子的笑声,钱文喜出望外,他大声唱起歌来——在权家店的河滩上看过的电影《徐秋影案件》的插曲《丢戒指》,后来萧连甲说这个电影被批判也就是被消灭了,这个歌曲呢,似乎也有人在报纸上著文批评它不够革命不够这不够那,这些该死的问题呀!

　　姐呀啊啊啊哈儿呃呃,

　　花园安安诸中嗯,

　　绣哇啊哈丝日啊啊日绒嗯啊哈

　　咿个呀儿哟……

　　来一个呀蜜蜂儿呀啊蜇我的手噢噢吼心儿……

真是奇迹呀,儿子竟随着啊哈啊哈呃喝呃喝噢吼噢吼也啊也啊地大唱起来了,像一个洋嗓子的男高音歌唱家。儿子的宽广洪亮的声音使钱文感动得泪下了。

享受着与儿子齐唱民歌的乐趣以后,钱文突然打一个寒战:难道我的快乐只剩下了养儿育女了么?

他觉得,他的快乐是假的快乐,而与此同时,东菊的快乐是真的快乐。她竟不在乎他的处境,天!

说话是没有多大作用的,还不如两滴眼泪,还不如沉默。在与钱文的摩擦中,没有比默不做声更厉害的武器了,叶东菊有什么不高兴就干脆一声不吭。钱文于是抓耳搔腮,于是赔小心,于是三省吾身,低头认罪,重新做人,处处留意,事事小心,乃至使东菊心疼起来。

……有时候东菊想起一九五〇年在市里参加全市优秀少先队辅导员大会的情景,团中央书记与市委领导给他们讲了话。讲了什么,她已经一点也记不起来了,但是难忘的是开会前大家一起唱歌。歌是她指挥唱的,当然,他们这些个少年儿童组织的辅导员都指挥得了也喜欢指挥唱歌。大庭广众之中,扬起臂膀,目光如炬,摇头甩发,如醉如痴……人生能有几次自发的指挥歌唱的机会呢?问题在于歌是你自己真正愿意唱的,任何仪式和功课哪怕是最好的仪式和最有价值的功课上的歌唱也不能与她当年指挥的那些歌唱相比。正是解放才给青年人开辟了这么多学习和展示自己,燃烧和抛掷自己——大出风头的机会,劳动人民解放了,歌儿也解放了,一下子出来了多少歌曲! 陕北的东北的,云南的西藏的,苏联的朝鲜的,匈牙利的阿尔巴尼亚的,撒尼族(过去连这个族名也无人知晓呀,别说唱他们的歌儿了)的鄂伦春族的,歌曲像雨点一样地敲击着你的心扉! 真是神话一样的日子! 革命是真正的中国歌唱节! 东菊几乎可以想象,让国民党和共产党面对面地展开一场唱歌比赛吧,共产党唱罢一千首好歌,国民党也拿不出一个像样的来! 就看他们的"党歌"和"代国歌"吧,"三民主义,吾党所宗……"调子像念经,还不如老和尚念经呢。这样三唱两唱,国民党不败才见鬼呢! 人民革命的胜利是歌曲艺术戏剧艺术和舞台艺术的伟大胜利! 即使只是为了体会一下歌唱节的盛况参加这个革命也值得!

在那次全市优秀少先队辅导员大会上,她指挥大家似乎是唱完了所有的共青团少先队的革命歌曲,然后又唱起不那么革命的歌:

　　……鸟儿们呀在歌唱,
　　鸟儿们呀在舞蹈,
　　少女呀你为什么苦恼又悲伤?

然后是:

　　顿河的哥萨克饮马在河流上,
　　有个少年痴痴地站立在门旁,
　　因为他想着怎样去杀死他的妻子,
　　所以他站在门边冥冥地思量……

一首歌是丹麦的,另一首歌是俄国的。一首歌陶醉在青春的诗意里,一首歌酝酿着"大雷雨"。真奇怪,革命不但使她沉浸在与鸟儿们一起舞蹈与歌唱的狂欢里,革命竟也使她渴望体验一下将要杀死妻子的疯狂的爱情。难道革命与杀妻之间有着相通的魅力与激动? 革命使丹麦民歌与俄国的戏剧《大雷雨》插曲焕然一新,革命使接受了革命的中国青年万众一心,高声歌唱,如火如荼——不论唱什么都那么信心百倍,应允并且礼赞着一个全新的又是极其刺激的光明世界。

在反右之后,一、二,这样的歌曲消失了。在调整巩固充实提高之后,一、二、三、四,这样的歌曲又多多少少地出现了。

五十年代,他们曾经议论根据这一个奥斯特洛夫斯基的戏剧改编的苏联影片《无罪的人》,影片是根据《大雷雨》的作者奥斯特洛夫斯基的话剧原作改编的。据说有一个中国文艺界的领导干部因为干涉《无罪的人》电影的演出而受到了处分。她完全不明白这里边有什么奥妙,就像她完全记不住《无罪的人》究竟有什么或者缺少什么教育意义。她记得的只是她和她的同学们同志们看了这部电影以后十分激动,含着泪谈了许多感想,所有的感想都与革命有关都与党的伟大苏联的伟大有关。其实如果当时他们看的不是"无罪的人"而是"有罪的猪",他们也会同样激动地从中体认到种种伟大的。

从一九五四年以后她好像就不那么积极了,这里似乎并没有太多的政治或者思想上的原因。她从来不像钱文那样检查和深挖自己,同时她也从来不把自己的变得不那么积极的原因归之于环境,归之于政策之类。她只是觉得活动太多太费时间,活动了一大堆她终于觉悟到学生还是要学好功课,再说各种活动她参加得已经够多了,各种歌她已经唱过了,青春么?她已经非常非常的青春过了啊。

……这样,当五七年的暴风雨成为过去,她被革命似乎是相当彻底地"清除"出来以后,当阵痛和震动过去以后,她甚至感觉到了一点轻松和自然——她今后会更自然地按自己的愿望活下去。

有或者是没有风暴,青春的燃烧总是要过去的啊,谁又能不呢?

这样想,是她的快乐抑或是悲伤呢?

钱文常常要与她谈话,谈自己的种种体会、认识、疑问和忧愁……而东菊大部分时间不想谈这些,这些已经是过去的事情了,没有什么可谈的。对于已经发生的事情她不需要什么理论,更不需要什么激情,甚至她也讨厌感想,讨厌咀嚼自己的过往。她要的是平静,是正常,是和大家一样地自然而然地活下去。

她终于得到了一个在小学代课的职位,她很高兴,不是为了每个月三十二块钱人民币的收入,而是为了接触和教育儿童使她快乐——一见到孩子她就心花怒放,得心应手。她从来没有为糊口操过心,如同报纸上所说,解放后的青年人,都是泡在蜜罐子里的,叫做身在甜中不知甜。她是一枚蜜饯小吃。

而后去了中学。据说她到中学之前,那个学校的领导找党员与积极分子开了秘密会议,会上宣布将会有一个出身可怕、背景可疑、历史复杂、思想危险的人物来他们这里,支部号召大家提高警惕,注意敌情和阶级斗争的动向,这是后来党支部书记自己告诉她的。她来中学半年不到就给上下左右那么好的印象,使党支部书记与她谈起体己话来。这是为什么,说实话她自己也说不明白。她只是喜欢孩子也找得到与孩子相亲相知的道路,学生们特别喜欢她——这使她仍然感谢做少先队辅导员的经验。同时,她以为她尊重学生,从来不说侮辱学生的话,也不在学生当中搞什么小汇报,拉一批打一批各个击破分化瓦解。她认为这是很重要的。而她的同事们动不动说学生:"你们的脸皮比城墙还厚,比屁股还厚!"说这个话的老师一面说还一面拍拍自己的屁股。真是奇闻!骂完学生他们就找班干部分析情况,把学生分成积极、中间、落后、对抗等四类。他们把政治运动的种种招数用到孩子们中间,分化瓦解,有打有拉,彼此汇报,以孩制孩,他们尽情享受整人玩人弄人的乐趣……没有比这更可怕的了。

她与他们学校的其他人最大的不同,大概还在于她从来不背后说任何人的闲话坏话。而寂寞无聊的他们,却是要靠咂摸、传播和加工旁人的趣闻乃至丑闻来调剂和装点自己的呆闷的生活的。她同情他们。

难道仅仅这两条优点就使她取得了各方的信任了吗?那不是太不够了吗?支部书记是一个和她年龄相仿的女同志,就像她没有到校以前,布置要对她"提高警惕"一样,书记认真地一次又一次地与她谈话,对她的遭遇愤愤不平,表示支持她申诉,去"解决"她的"政治和组织问题"。书记的潜台词是,那些问题解决了,我就可以把你当做党员骨干分子来使用了,那是多么好呀。经过了那么多风浪,现在还有这样天真的支部书记,这使东菊惊异不已。

我早就骨干过了呀,她想。

她感谢书记的好意,但是不打算轻举妄动。这一点她与钱文完全一致。他们已经不那么年轻,他们已经体会到,许多事,与其自找碰壁,不如耐心等待。一切决定于时机,时候到了石头里也会孵出小鸟,时候不到火焰里也照样透心冰凉。

也许她比钱文还多了一层冷静,当钱文开始重新发表诗作的时候她固然欣喜,却并不太热。钱文甚至因此而生她的气,似乎是她并没有分享他的再次辉煌的巨大欢欣。

而她不想分辩。她已经愈来愈不喜欢那种"啊,娜塔莎,我幸福死了"式的夸张的感情表露。即使前好多年,那么多人特别是男同志欣赏刘丽芳式的风风火火的时候,她说起"刘巴"来也曾经摇头——"那有一点可怕,"她说。何况如今?刘巴早已是明日黄花。病后,她愈来愈不在意一时的顺利或者挫折了,她有一句话,说出来会使钱文大发其火——"这与我们有什么关系?"有一些钱文看得比泰山还重的事,东菊却认为与他们并没有多大关系。比如,文件精神又有什么突然的戏剧性的变化,甚至发表或者不发表钱文的诗,这其实并不是他们自己的事。"发表你的诗,你是诗人,诗人也是人,诗人也可以可爱或者可厌。不是这样吗?而如果不发表你的诗,你就不是你自己,不是诗人了吗?"她问钱文。问了一半就不再问了,因为钱文的心情写在了脸上,那心情有一千斤重。而她只在乎钱文是不是钱文,钱文是不是对她好。她略略表示一点这种心情,并且试图劝告钱文对自己的一时遭际稍微看得淡一点,钱文就会激动地反问:

"对你好不好,难道这还是一个问题吗?政治,事业,难道我们脱离得开它们吗?难道我们的爱情能够发生在象牙之塔里吗?我倒是希望任什么事都不管过自己的日子,办得到吗?我希望自己在事业上能够获得更大的成就,能够在政治上也活得舒心一点,难道只是为了自己而不是同时为了你吗……"

男人的逻辑——我的一切都是为了你,所以用不着再怎么为了你——仍然是雄辩的,和不能讨论的——带着对于预设的驳论的排除:象牙之塔,她叶东菊什么时候主张过设想过象牙塔里的爱情呢?东菊迷惑了。

也许对于东菊来说,政治也罢,事业也罢,都只是生活的一小部分,或者,说得更明确一些,那些只是她的生活的外在世界的重要部分,却不是生活本身。而她自己的生活,只属于她和钱文两个人,现在,加上了儿子,真正的他们的生活只属于他们三个人,其实她从来不进行何谓生活的抽象思辨。而对于钱文这种有抱负有作为的人来说,生活成了他们的作为、他们的事业的一小部分——一个准备或者是歇息,一个中转站或者候车室而已。

过你自己的日子,管那么多做啥?这就是东菊的想法。然而,她常常做不到。

东菊有那么一点点失望。她无意与钱文进行我中有你我就是你你不必你的哲学讨论,她宁愿意钱文多注意一下她的发型和裙子。当他滔滔不绝地讲述自己关心的大事情的时候,当他听说她怀了孕就连忙准备钙片准备摇床独独没有与她心贴心地温存一下,或者一谈话就离不开最近的中央文件的时候,当她换了一身装束却没有听到他的任何反应的时候,当他自称是为了锻炼身体与节约几分钱而宁可放弃与她共坐一辆无轨电车的机会,要在地上跑步的时候……她是多么的失落呀。

不可说不可说不可说。钱文有时发现她的情绪并不是十分好,便追问她。她能说什么呢?她的经验是说了比不说更不好,愈说愈不好。而这个经验一旦总结起来,就比不予总结十倍的不好。她只能说没有什么,一切都好。既然一切都好你为什么不高兴呢?钱文的质问是合理的。钱文穷追不舍,她无话可答,只能偷偷地落泪了。

"你哭了!天!你到底怎么了?我到底怎么了?我怎么你了?"

她的沉默和落泪使钱文焦躁起来,"或者是沉落,或者是奋起,我们正进行着决定命运的战斗,"他说,"形势是严峻的,任务是艰巨的,"他又说,"但是你应该告诉我,你究竟是怎么了。我希望你能帮助我,如果帮助不了多少,那就站在一边助威或者哪怕是静静地观察也行。如果不愿意观察或者关注,你就去做自己喜欢做的任何事去吧,你可以每天改变头发的式样也可以多吃几次糖拌西红柿。可是,请你告诉我,我到底怎么啦?从早到晚,我擦了桌子也扫了地,我买了菜也煮了鸡蛋,至少最近一个星期,我从来没有乱放过我的袜子……我做了你要我做的所有的事情……我都奇怪,我为什么找不出我在家里时有什么缺点来……"钱文的特点是不说还好,愈说愈激动起来,"无论如何请你说出来,你哭什么?"

又是预设的荒谬:她对于他的事情连观察和帮助的兴趣也没有。难道你还不许我哭么?东菊在心里说。她不想与钱文争论什么。

钱文却听到了她心里的话,他赔笑说:"不是说不能哭,你告诉我呀,我知道到处都有让人不高兴的事,你告诉我,让我陪你一起哭好么?"

东菊忽然觉得热乎乎的,钱文居然回答了她刚刚一想并没有说出口的问题。如果他能更多地与我默契……她的心就要融化了。"你说我不关心你,你说我不但不帮助你还妨碍你,你说我一味地让你扫地和买菜……"

"怎么成了我的问题了?我什么时候说你不关心我了?我什么时候说你妨碍我了?我什么时候说你……"

"你刚刚说完了就不承认……"

"不,东菊,我们说话总要讲起码的逻辑:是你不高兴在前,我问你为什么不高兴在后。我问你为什么不高兴你不言语,我急起来,才说了这个和那个,我说得不对,全等于放屁……但是,你总不能说在我还没有说话以前你已经为我将要说的或者是可能说的而不高兴了,对不对?"

真是不可救药的傻子啊,他居然讲起了逻辑。他居然听不出东菊向他抱怨其实就是向他伸出了和解的手。

"我想起了鲁若。"东菊说,说完她又后悔了,这个恶作剧未免太过分了。

轮到钱文沉默了,这是一个尴尬的话题。鲁若是什么?同志?难友?敌人?烈士?狗屎?情敌?陌生人?天生的不走运者和危险的带菌者——就像一个年轻轻就染了鼠疫的夭折者?

"他没有能走过来。唉……"钱文没有能说下去,他无话可说。

东菊感到了一种近于报复的快意。

他们学校新来了一个体育教师,浓眉毛,深眼窝,黑黢黢的皮肤,他长的样子令人想起鲁若来,只是比鲁若更结实也更单纯一些。第一天见面他就主动与东菊搭讪,大谈他怎么样爱看小说和电影《野火春风斗古城》和《铁道游击队》,还说一看见她就觉得面熟,甚至问她小时候是不是在上海演过电影。

你们甚至于连他的名字提都不提了。鲁若本来应该活下去,他也许可以经办一个歌舞团,他也许适合担任一个街道食堂的经理,他至少应该娶妻生子。他喜欢向女孩子献殷勤,而女孩子也许恰恰需要这个,至少喜欢这个胜于喜欢逻辑。那么多的讲逻辑的好人,那么多的讲道理的模范,他们都预设旁人是荒谬的,这样一心帮助人而又不容人的好人太多了,世界会更多纷争,而且会变得多么寂寞。想到这里东菊的眼泪又涌了出来。她从来谈不上喜欢鲁若,但是她也同样从来没有觉得鲁若有多么讨厌,更不会想到他该死。无论如何,那是一个与人无伤无恶的翩翩少年……她不喜欢轻浮的人,但是她想一个社会不可能个个都沉稳深刻。刘丽芳也轻浮,但是她并没有遭殃,她还神气得很呢,而鲁若却丢了命。想到鲁若,她的眼前出现了一场大火,一些人在大火里辗转。她恐惧起来,她的面色使钱文惊叫,钱文搂住了她。

她与钱文说起了新来的体育教师。她没有再说鲁若,更没有说体育教师长得像鲁若。许多话她甚至于无法对钱文谈,至少不谈比谈了好,这是多么令人沉重啊。

钱文点点头。他有一种说不出的感觉,他想的是这位体育教师大概是少不更事的吧? 否则,说什么东菊小时候——当然是四九年以前啦——的上海和电影,这不也是理应忌讳的吗? 他钱文可不敢说起解放前的事儿,除非是控诉和批判。一棵棵嫩芽在生长过程中变得复杂和沉重起来,请问在一个严峻的时代,谁有权利天真? 谁有再谈论解放前的电影的胆子?

从此钱文对她更是小心翼翼,处处呵护,而且与她一起的时候时不时地看她的颜色。为什么要这样呢? 这并不是我想要的呀。她想对钱文说,却仍然是不说。你要的究竟是什么呢? 这是她自己也回答不清楚的,自己也回答不了的难题为什么要出给钱文呢?

政协俱乐部的那一位舞伴李大林给她打过两次电话,约她和钱文去跳舞,被她谢绝了。还不是跳舞的时候。李大林往学校寄了一封信,信里有他吹萨克斯管的一张相片,相片并没有照好,焦距似乎没有对准,人像是泡在水里的。李大林说是送给她做纪念,并且托她代向钱文问好。东菊觉得这封信暗示他今后不会再来信或者电话了,她觉得有一点可笑,也有一点悲伤。那是一个有些酸溜溜的大孩子,常常穿一件已经没有哪个无产阶级穿了的呢大衣,瘦而高。他为什么给自己一张照片呢?

她把照片放到教研室自己的办公桌的抽屉里。她想找一个好一点的机会与钱文谈这一件事,至少得等到孩子不再拉稀。最好是周末,与他谈李大林,同时也把照片给他看,如果他不喜欢,就把照片毁掉也行——本来这就不是一件事,她也确是为了钱文放弃了跳舞的。

四天以后是星期六,孩子的消化器官痊愈了。她想把照片拿回去,同时想应该怎么起这个头,如果钱文问:"信是刚刚收到的吗?"

她该怎么回答呢？又能有什么别的想法呢？

然而就在那个抽屉里,照片没有了。

她找了又找,把抽屉从里到外翻了一遍又一遍,还是没有。这怎么可能？

这是不可能的,没有人会因为任何理由私开她的抽屉,包括公安局和党支部,更不会独独拿去这一张模糊不清的照片。她哭了,觉得这里边有一种不祥之兆,觉得是她自己受到了某种惩罚或者警告——如果不是惩罚的话。

一九六○年底,正是食品供应最困难的时候,有一天她在家收拾床铺的时候从床脚下发现了一张当月的油票,她不知怎么想的就把油票揣起来了,她把油票给了她的母亲,她知道母亲那里特别是继父那里食品是怎样的短缺。一星期以后,钱文忽然说起他丢了一张油票,这使东菊非常不安,因为这使她想起钱文为了换全国粮票省下油票而如何对陌生人低三下四,而她是如何的不能容忍来了。她别别扭扭地把油票的事告诉了钱文,钱文低下头不知道说什么好,显然,他想起了换全国粮票的事。她也不知道说什么好,一个明明不是事情的事情,是怎么样地成了事情的了呀,没有比这个更晦气的啦。

我一定比钱文清高么？她问自己,觉得没有把握。她相信,李大林的相片的不翼而飞与她的把拾到的油票给了母亲有一种类似或者关联。

她哭了。哭完了一阵轻松。没有——确实是没有了这张照片,是照片自己消失了的,她又能怎么样呢？

她与钱文说了这件事,钱文并没有什么反应。他只是哦了一声,然后说,世上有些东西不见了,你愈是找就愈是找不着,过几天,你忘了它了,它也许突然出来了。

她觉得无限的温存,她心里说钱文真上世界上最好的人,而她自己只是世界上一个不算太坏的人罢了。她把这个话告诉了钱文,钱文大笑起来,她也大笑起来,她忽然想那照片的神秘的失踪是多么好,天意——那张照片她本来就不需要。

过了几周体育教师写来一个纸条,说是星期天约她同去逛十三陵水库。她觉得怪可笑,便在课间他走过操场时赶过去告诉他:"不行,星期天我得抱着儿子去动物园……"那个面孔红黑的体育老师脸上显出怎样惊奇的表情来了啊。他马上出了汗,豆粒大的汗珠成串地挂在他的额上和颊上,使东菊觉得他怪可怜的。

学校的教师当中不断传出了这样那样的准桃色新闻来:化学教师是一个高大健壮的女子,在六十年代她居然时时挺着高耸的胸脯,就像中国没有发生过"大跃进""扫五气"和三年自然灾害似的。她经组织批准与丈夫离了婚,她的丈夫许多老师见过,是一个戴眼镜的体面的胖子,是某个大学的副教务长,都说他每个月的工资超过一百元。许多人为化学老师的离婚而摇头而惋惜,但是知情人说,那位胖子那个家伙儿不行。听到这个解释大家都愣了,都为化学老师而愤愤不平起来,同时都觉得说不出的窝囊。除了叶东菊以外差不多人人时时都喜欢议论这件事,议论中平凡的人们挤眉弄眼,感到了一种趣味。所有的女老师都在尽情议论中欣慰于自己的丈夫毕竟还是有家伙的,即使弱了一点或干脆不知道(无法知道,无法比较)是不是够强也罢。所有的男老师则用怪相和轻蔑的语言暗示自己的性能力是不受怀疑的,他们个个都对维护自己的家室的阴阳和谐充满信心。化学教师受到了从支部书记到广大群众的关心爱护,离婚不到一个月,光本校的同事为她介绍的对象已经超过了一打。规规矩矩的教师们谈起她的事儿又有些艳羡起来,"瞧人家……"大家这样说,相形之下只觉得自己的机会已经永远地逝去了呵。

化学老师后来选择了一个右派,嫁给右派了。一个右派能够娶上这样人高马大"劲儿"也大的美貌女人,艳福不浅,大家点头称赞分享右派的满足感,这也反映了摘帽右派们的光明前途——大概也得算是党的政策的一个胜利。如果所有的戴过右派帽子的都能娶上这样的女人做老婆,倒也算是"堤外损失堤内补",要得要得,罢了罢了,一些男老师谈论起来直咽吐沫。据说这个右派英俊潇洒,人品出众,学历、能力、健康都属上乘——毕竟是因为做了右派所以没有能娶上黄花闺女,只能接受"二手货"了。倒过来说,以化学老师那样的人才,毕竟是二婚头子了,只好许配给一个摘帽右派。于是人们又摇头叹息,同时觉得万事万物自有公理,天道有常,疏而不漏。自己没有戴右派帽子的灾难,也没有配偶办不了事的尴尬,便也从而失去了再搞一次对象再物色一个伴侣的机遇,正是天经地义,谁不服气也是不行的喽。

  暑假过后分配来了一男一女,男的教地理,女的教语文,男的家在东北,女的家在郊区,男的长得小头小脸,抽抽缩缩,同事们说是好像和好了的面硬是发不起来,北京话叫做"纠筋儿"。女的脸蛋红润如香槟子,只是鼻头扁平,教师们称这种类型的面孔为柿饼脸。两个人都没有地方住,学校就暂时让他们住在混合着福尔马林与氯化氢的气味的实验室管理间里,两个人中间只隔着一层临时搭起来的三合板。有人对这种住法提出异议,革命群众说思想不应该往邪路上走,学校不止一次安排过性别不同的人住到那里,从来没有发生过有违共产主义道德的事件。战争期间,还不是常常男男女女住在一间屋子里?不同性别的游击队战士睡在同一个火炕上,男女间放上一挺歪把子机关枪事儿就齐啦。这个学校的师生员工中其实并没有谁参加过游击战争,但是都对于游击战争似乎挺内行——这大概也是看战争题材的电影的功效吧——已经许多年了,一进电影院就是枪声震耳,手榴弹乱甩,硝烟滚滚,充满火药味儿。

  没过一个月传出了两个人搞上了恋爱的消息,紧接着两个人为申请房子的事整天在校长书记主任的办公室哭哭闹闹。然后是两个人又打又掐,不但打烂了三合板,也打碎了好几个试管烧杯。再接着就传出了语文女教师已经怀孕一个半月的报道(就是说住进去第一天,两人就"搞上"了)……然后说是学校答应了给他们房子,但是对于两个人的作风问题提出了严肃的批评,要求他们深刻认识痛切检讨。两个人已经分别（领导上要求分别写检查而不是合作）写了多次检查，可惜认识始终提高不上去云云，于是又是一阵叽叽喳喳唏唏嘻嘻。有了这样的故事，枯燥的千篇一律的生活也变得有滋有味儿些了。

东菊把这些事儿缓缓地告诉了钱文，他们也笑，笑完了又觉得不那么是滋味。钱文的笑渐渐变成了冷笑，东菊有些异样地看着他。

"怎么了？"她问。

"什么怎么了？"

"你说什么怎么了？"

"我如果知道是什么怎么了，也就不用问是什么怎么了呀。"

"我不知道你究竟问什么怎么了，怎么回答你什么怎么呢？"

"可你明明知道的。"

"我不知道，是你知道。你才知道。"

"我不知道，是你知道。你才真的知道。"

然后两个人都沉默了。

他们似乎都在想，我们在做什么，在练习绕口令么？

钱文想东菊对他也有一点狡猾呢，把体育老师追她的事混在化学老师、地理老师、语文老师的故事里，这不也是一种避重就轻，蒙混过关的伎俩么？

他又应该怎样期待东菊的叙述呢？当然他没有认为这里边会有什么当真值得一说的事。

笑谈，多么可悲！不管是别人的还是自己的。从前，他们谈起爱情、婚姻来，是多么的看重，多么的为之感动呀。不论是对周碧云的弃舒亦冰而取满莎，高来喜的弃卞迎春而取刘巴，祝正鸿与束玫香的婚前的到底意难平的纠葛，乃至洪嘉与战斗英雄的没有希望的订婚，以至于对后来嫁到了海军基地的吕琳琳的单方面的淡淡的思念，他都怎么样的为之倾心为之温柔为之泪流满面啊。

有花名勿忘我，

开满蓝色花朵,

愿你佩戴于身,

长思念我……

这个德国民歌也使他落泪不已。是在威廉·皮克与格罗提渥、乌布利希的民主德国,德意志民族的第一个工人阶级祖国,拍摄了根据德国民间故事改编的电影《冷酷的心》,电影有一组镜头是表现美丽的女主人公缝嫁衣的场面,由她的众女友唱起了这个歌。那个时候,不仅是《共产党宣言》或者毛泽东在党的七届二中全会上的报告或者刘少奇的《论共产党员的修养》会使他们感动得落泪,就是《冷酷的心》和波兰民歌《小杜鹃叫咕咕》、匈牙利民间舞蹈《瓶舞》的插曲,也同样对他们发生党课的效应,使他们心潮澎湃,激动不已。世界上没有比爱情和革命更神圣更崇高更美丽更激动人的事情了。

他向往崇高和美丽,他害怕世俗和平庸,他喜欢纯洁和诗意,他恐惧自私和低级……他错了么?

而现在呢,现在人们谈论起别人的爱情故事就像在谈一些个笑话,谈一场场闹剧,谈一个个的白痴故事。甚至像是在谈论一个相声里瞎说过的,一个不负责任的医生所做的,把刀子剪子都丢到了病人的肚子里的盲肠割除手术!人们甚至于公开半公开地议论起化学老师的性生活来,我的天!这样的爱情还有什么美丽什么诗意!这样的爱情不是愈来愈与性交易或者配种站的操作接近么?

莫非诗意呀浪漫呀温柔呀激动呀蓝色的花朵呀西班牙的烈士呀革命呀爱情呀勿忘我呀本来只不过是乳臭未干的孩子们吹出来的五颜六色的肥皂泡?

他无法接受这一切,尤其是无法接受讲述这一切的闲谈与说笑的语气。如果是肥皂泡,就让我再吹它几个美丽的泡泡吧,或者干脆与肥皂泡一起破灭。如果是梦,就让我做完一个再做一个吧,或者与梦境一起消失。我们毕竟有自己的肥皂泡和梦,他又热泪盈眶了。

许久以来,他是多么的痛恨喜剧和闹剧呀!他只要正剧、诗剧、悲剧、浪漫主义和乌托邦！他只要圣诗和赞美诗！他只要契诃夫和托尔斯泰,鲁迅和巴金。喜剧和闹剧无非就是对于人生戏剧的最美好的一切的亵渎,喜剧闹剧无非就是苟活,就是随波逐流,就是你臭我比你还臭,你低我比你还低,就是永远跌入庸俗和下流的深渊,把最好的一切付诸东流。

青春与喜剧势不两立。

而东菊呢？你当真就是这样平凡么？你当真就是与你的柿饼脸的语文老师一样,与你的发不开的纠着筋的地理老师一样,与鲁若或者亚鲁若鲁若加一撇一样的庸俗不堪起来么？罩在你的身上我的身上的那一层金色的光辉已经荡然无存了么？

他皱起了眉。

东菊的思路则是别样。她正在拌西红柿,她喜欢把西红柿洗净用热水冲泡一下,剥下皮。这样,西红柿肉显得无比鲜亮红艳。她用不锈钢勺子将西红柿切成片,看着西红柿的汁液和小小的籽儿流淌出来。然后放上白糖,红白相映得精彩,再一搅拌,令人垂涎欲滴。即使没有那些事先毫无准备的政治风暴,她觉得人生也会经历差不多类似的发展。你不是年轻过吗？激动过吗？请吃便宜好吃富有营养的糖拌西红柿吧。重要的是两颗心的重叠,是永远的相互照耀。谁能妨碍你对我多说一些温柔的体贴的话？谁能妨碍我把拌好的西红柿拿给你？你又难受些什么呢？

"所以你应该写作,为自己。你不用管什么十条八条或者二十四条,你自己先写下来嘛,写下来先放到抽屉里嘛,不发表就等一等嘛。还有,你应该穿得整齐一些,请你看一看,周围有几个人像你穿得这样破破烂烂？起码要讲一个清洁整齐……"随着西红柿的拌好,东菊的心情更加好了。

钱文想不到东菊会这样说,他头一天晚上还叨叨不休地向东菊诉说了他最近的退稿遭遇,他尤其要说的是党的八届十中全会公报带来的社会生活的变化:就像变戏法一样,前一段试探性地发表文章的那些个摘帽右派作家,在十中全会以后,突的一下子全部消失了踪影——这像大变活人呢!他说,惨笑着。

接下来钱文叙述了近日再一次去张银波家的情景:他希望张银波伸出援助之手,张银波也是面有难色,和他说话的时候心不在焉,中间站起身来接了三次电话,好像是她的女儿月兰出了什么事情。还有犁原,他本来约好了要与犁原好好谈一谈的,但是他到达犁原家的时候他家已经有十几个各行各业的客人,中间你出我进,始终未有停止,他没有插话的份儿。而犁原甚至没有想起钱文是事先与他特别约会了的。犁原本来可以说话,可以让那些不速之客谈完了最必要的事情先走,而不必在那里东一榔头西一棒槌地瞎扯。他很难过,他觉得对他最善意最热心的两位老领导老作家显然也无能为力了,他好像是得了不治之症,再不断地麻烦医生,则会使最慈悲的大夫厌烦。他……应该做的只是静悄悄地等待死亡的到来。

而东菊竟不以为意!竟不考虑他的遭遇,竟没有让他说完这方面的话,而站着说话不腰疼地说起风凉话来!

于是他告诉东菊:说什么尽管写就是了,哪有那么简单!五代时期的一位君主,当听说老百姓没有足够的粮食吃,饿殍遍野的时候,问他的大臣:"何不食肉糜?"今天东菊对他的劝告,甚至使他想起了这位君王。

写作,这不是吸一支烟,不是养两盆夹竹桃,不是去北海公园划一次小船。现在甚至于带上宝宝再去北海划船也找不回来原来的感觉了,岂有诗情似旧时?我的青春小鸟一样不回来!何况写作?写作是一种社会行为,写作期待着理解、影响、共鸣,写作需要知音,需要成功,至少,我要说写作需要读者的爱!没有千千万万的读者的目光,我能写出什么?我上哪儿找寻写作的激情和灵感去!当我感受到的只有孤独只有恐慌只有狼狈和耻辱的时候,你怎么能期待我写出光辉灿烂的时代篇章?何况写作还是政治是意识形态是阶级的感应,在我丧失了自信的时候,我能写作吗?在党和人民认为我不具备写作的资格的时候,我偷偷地写,写完了再偷偷地存放到抽屉里,这会是一种什么性质的活动呢?在这一切都没有解决的时候穿得再好有什么用?最多不过是多一个鲁若罢了。

他觉得他失言了,说到鲁若,他立即捂上了嘴。

他提到鲁若特别是他的何不食肉糜的例证使东菊也大为恼火了,她只觉得热血往上涌,脸豁地燃烧起来,红里透青了。她用不锈钢勺子砰砰地敲着瓷碗,愈敲声音愈大,简直是翻江倒海。

钱文心疼家里的那个不大不小的红花瓷碗,便提高了声音:"你这是干什么!"

东菊回答不出一套套的词儿来,她只是简单地说:

"你自找,你活该!"

"活该当然是活该。"钱文的回答毫不迟疑,"一个走背运的人是不会讨人喜欢的。如果没有这些风浪,如果我的长诗已经发表,如果我已经是中国作家协会的理事,如果我出入于党和政府的高级文艺领导部门,如果我挺胸叠肚神气活现,如果走到哪里都有一群群一队队男女青年簇拥着等我签名,更主要的是如果我的诗已经使百万千万读者倾倒,我将是多么可爱呀!就比如说是两条狗吧,你是喜欢一条被主人照顾得干干净净的,吃得饱饱的,毛色金光闪闪的良种狗呢,还是喜欢一条已经饿了三个星期的丧家的癞皮狗呢?难道这还用问吗?"

天啊,钱文什么时候准备好了这样恶毒的回答呢?不用哪怕是稍加思索,一张口就是一大套呀,全都准备好了,全部现成!为了对东菊说出这些恶毒的话,他已经储存了等待了很久?

东菊捂上了耳朵,她最不喜欢的就是听这些个难听的话。癞皮狗,天呀,听到这三个字她只觉得浑身发麻,鲁迅的关于打落水狗的名言也曾使她不寒而栗。还有毛主席关于"脱裤子割尾巴"的教导,都是她不能坦然接受的。也许正因为斗争中的这一类刺激性词汇实在太多了,所以她对于自己的被"开除"反而感到心安。

她的捂耳朵的动作又刺激了钱文,"你应该知道,我并不是一条癞皮狗,我对于人生对于事业充满了最美好的幻想,但是我的处境是严峻的。斗争的哲学是严峻的,时代的逻辑是严峻的。或者是乘风破浪的海燕,或者是一个历史的牺牲品,每个人向他啐一口吐沫吐一口痰,那么即使是雄狮是大象是苍鹰是长鲸,最后也就变成了不折不扣的癞皮狗!东菊,你怎么会不体会我的这个处境呢?"

又是癞皮狗,又是啐吐沫又是吐痰,东菊再也忍不住了,她面色惨白,一把把西红柿碗推到地上,咣当一响,红花碗摔得粉碎,西红柿流淌在地上,竟如血肉模糊的一团死尸。她一面哭叫一面呕吐起来,钱文这才傻了。他陡然明白,他说得太过分了。

……无论如何,你这是转嫁你的精神负担,这不是一个男子汉的作为。你不应该歇斯底里,你应该更沉稳更镇静地对待生活的考验。尤其是,当你被一次又一次的打击击打得站不稳脚跟时,你不应该哭哭啼啼,更不应该唠唠叨叨,不应该使自己变成一个牢骚与悲鸣的发射龙头,不应该把本事发挥在用各种词语来叫苦连天上。可耻的诗人和作家,你们的全部本领难道就是贩卖一己的苦水?难道其他行业的人的难处就比你们少?无非他们不像你们这样能够花言巧语而已。尤其一千倍的不应该的是,你怎么能够把精神负担转移给自己的亲人自己的妻子!

不要叫苦,被打落的牙齿应该吞到肚里,不要接受任何人对于你的伤口的抚摸。当别人问你近况如何的时候,你应该现出笑脸,你应该告诉他:很好。当他们意欲帮助你的时候,你应该含笑致谢。如果你确实非常想哭,那也不要把哭声写到诗里,你要在诗里保持尊严和男人的硬骨。当然,你可以找一个没有人的地方,找一个夜静更深的时候,你就像一只癞皮狗一样地真正地打着滚嚎啕一次抽搐一次疯狂一次撒泼耍赖一次吧。人们会允许你,这一生只允许一次,而且,这是你一个人的绝对的秘密。任何泄露,都是廉价,都是背叛,都是无耻,都是犯罪。

而东菊想的是,男人毕竟是软弱的,不应该对于男人的英雄主义和钢铁意志抱有幻想。他们冲锋陷阵,他们到处碰壁,他们遍体鳞伤,他们永远处在前沿,他们随时有一败涂地的危险。他们当然计较一时一事的得失,他们是最想不开的短见者。他们又常常在理论与概念的方阵中迷失,在形容词和副词中晕眩迷醉,动不动东倒西歪,给自己套上枷锁套上紧箍帽。他们忽冷忽热,他们时时准备发作,他们时时表演痛苦并因为这种表演而赢得掌声和鼓励……但事情毕竟是他们做的呀!有了这一条,全部的道理就又属于他们了。你已经为了你最心爱的男人发过一次疯了,再发一次再再发一次吧,你就微笑着分担钱文的严峻吧,这就是命。

这天夜里,在宝宝熟睡以后,他们紧紧地拥在了一起,从东菊生产以来,他们已经好久没有这样无间地结合了,带着愤怒也带着原谅,带着委屈也带着歉疚,带着期望也带着无可奈何,带着饥渴也带着惭愧,带着忠诚也带着许多不能用语言只能用两个人体的灵与肉说出来的话。他们哭着叫着闹着,长长地一声又一声地叹气。生命的大洋,涌出了真正的巨浪,排山倒海的冲动,使他们忘记了世界。

而当高潮刚刚过去,他们渐渐平静下来的时候,谛听着儿子的均匀的呼吸,感受着东菊的体温和气息,感受着自己的多年不遇的忘形和忘情,钱文忽然觉得眼前一片漆黑。这算什么?也许我钱文已经死啦?万事皆无头绪,而我们——我们这不正是腐朽透顶的醉生梦死?当人变得可疑的时候,他能够有真实的快乐吗?当一个人不知道自己将走向何地伊于胡底的时候,他的爱他的高潮究竟能够意味些什么?压力呀,就是在这种时候他也觉到了那无边的浓雾,正无边地向他压过来。他如同大海上陷入风暴眼中的一叶孤舟,舟上的任何欢乐温馨都不能代替失去航标失去舵轮失去罗盘所带来的恐惧、迷茫、痛苦。在这样的孤舟上将怎样痛饮生命的美酒?也许即将灭顶,也许已经灭顶,已经陷入了万劫不复的虚空和鄙弃。谁能救你?

第 十 六 章

　　赵青山出生在一个据说祖上也小有发达过,到了爷爷这一辈却是一垮到底——一贫如洗的农民家庭里。说是赵青山的曾祖父是一个能工巧匠,盖房,缝衣服,炒菜,打家具直到拔牙,全活。唯生性好赌,绰号小金手,斗鸡斗蟋蟀纸牌麻将天九满贯掷大点押宝也是全活。最最走运的时候,他们家拥有过两处房产十亩水浇地外开一个小赌场。后来为赖赌账与人打起架来,打死了一条人命,自己也受了重伤,没等过堂审案子就死在拘留所里了。赵青山的祖父为还赌债变卖了差不多所有的财产,而且为父亲的横祸与家道的骤然衰落所打击,加上兄弟几个的财产纠纷——他的几个弟弟怀疑他私自侵吞了上一辈人的财产,与他争得一塌糊涂,还经了官过了堂。按民间的说法,他得了"夹恼伤寒",急火攻心,才五十多岁就偏瘫了,接着是下萎,水肿,半死不活地过了许多年,经常浑身屎尿,到了五十六岁上死掉了。可人们都议论他太长命了,本该一得偏瘫就死。原因是他的儿子也就是赵青山的父亲赵红利是在他的祖父打死人吃官司的时候出生的,从在娘胎里就受到了惊吓,又在月子里受了风,坐下了羊痫风病,自顾不暇,根本管不了也不想管他的偏瘫老父。赵青山的妈妈本来是个很体面的女人,家道也还凑合。不幸的是自幼长了一头的秃疮,头上寸草不生,长年累月围着一块蓝布。由于癞痢头,二十好几了没有人要,才下嫁给了又穷又有羊痫风病,又有一个老病而不死的爹的赵红利。全亏共产党,在一九四八年来到了这里,土改一搞,赵家不但分了房子、地,而且赵红利成了积极分子,入了党当了乡干部,斗倒了地主,又被送到专区医院治好了病。连妈妈的癞痢头也得到了组织上的关怀,经过一番医治,奇迹般地长出了不少根头发。旧社会把人变成鬼,新社会把鬼变成人,《白毛女》里的这两句著名唱词——据说也就是全剧的主题思想在赵家得到了验证。这时赵青山已经十一岁,工作队长让他上学,说是长大了要把文化从资产阶级手里夺回到无产阶级手中来。他本来就会写自己的名字,会数数,会唱"东方红,太阳升,中国出了个毛泽东",上了两天半一年级以后校长让他上三年级。上了一年三年级以后,直接上了五年级。他深受学校重视,当上了儿童团团长。这样,赵青山从小就觉得从自己的骨头里血液里遗传给他的父精母血细胞(那个时候赵青山当然还不知道遗传基因这个词)里都燃烧着强烈的热爱党热爱社会主义的炽烈感情,真诚朴素,阶级觉悟,天生具备。何须培养寻觅表白分析?人们说他们全家,吃每顿饭时候都要想起共产党,感谢毛主席,说是没有共产党吃不上白面,没有毛主席同样吃不上白薯,没有共产党他们一家压根儿就不会活到今天。早在"文化大革命"以前,他们家就是见毛主席像就鞠躬直至下跪——可见"文化大革命"的发生并非全是偶然或仅仅是江女士林元帅的阴谋。

　　后来几次运动,地富反坏右天生反党反社会主义和后来反党反社会主义的坏人都变成了垃圾狗屎罪犯——用他们家乡的说法叫做小猴儿戴锁链了。他们村一个狗地主,是当年与赵青山的曾祖父为赌账斗殴致死的那一家的后人,儿子女儿都年过三十,硬是没有人敢嫁没有人敢娶,三十多了成不了家。说是老地主反动急了眼,竟亲自下令让自己的儿子乱伦娶了自己的女儿,这是一九五五年的事。后来此事犯了,老地主以反革命流氓罪被枪决,他的儿女双双自杀。这件事给赵青山的印象是太强烈了。

　　而爱党爱社会主义的人都变成了向阳红花,心明眼亮,透体生光,谁看了谁爱,谁看了谁羡。人们争先恐后地表态,竞唱唱不完的赞歌,到了"大跃进"当中农村也开开了赛诗会,看谁的颂歌最好听。赵青山在这方面实在是拿手。他们一家深信自己的真情最宝贵,最可信,最有过硬的内容,最被公认——就是说虽然那时候是人人热爱共产党,可只有他们赵家爱得最诚挚最强烈,谁也比不了。他们全家对这一点充满自信。特别是赵青山歌颂起党来充满了幸福感。真诚颂党,这是五十年代、六十年代、七十年代直到以后的中国人的最大福气,是幸福的源泉又是幸福的结果,是幸福的表现又是幸福的核心。党带来了幸福,但是这幸福首先属于真诚热爱和歌颂党的人。如果你站在党的对立面,那么你就只有痛苦,只有失败挫折倒霉灭亡,没有也不可能有一点幸福。歌颂党才带来更直接的幸福。愈真诚愈有觉悟,愈有觉悟愈被信任,愈信任也就愈幸福快乐美满,而愈幸福快乐美满自是愈自觉主动地强化自己的真诚。愈有福愈热爱,愈热爱愈实在,愈实在愈有福,这可真是货真价实的良性循环。

赵青山自幼就听到大人讲自己的曾祖父的发家与败家史,讲家道败落特别是他祖父晚年与他父亲早年的惨状。那么除了政治上的正道——跟着共产党闹革命以外,赵青山牢记着家祖的教训,道德上也是从小就循规蹈矩,决不越雷池一步。对于赵青山来说,道德上同样也是良性循环,愈有道德愈听话就愈受夸奖,愈夸奖也就愈幸福,有道德变成了一种福气,一种时运,一种骄傲和成功的光明并光荣的不二法门。

赵青山的形象透露了他的多种美德——农民中少有的大头:也是少有的聪明。平平的坦荡的后脑:调理驯顺,绝无"反骨"。中等身材:随众趋俗,打成一片,不落伍也不冒尖——至少表面上要这样。大眼睛大鼻子厚嘴唇:忠厚、老实、诚恳、正派而又分明、不蠢、不糊涂,是一种富有中国气派的劳动人民的男性美。这里关于他的眼睛应该多写几句:他有极秀美的双眼皮与排列舒展的有着动人的眼角曲线和褐黑色眼珠的大眼睛。他的水灵灵的带点女性气质的眼睛透露出了他的精明乃至像是还有几分多愁善感。他的眼睛着实地给人以好感——那目光即使有些躲闪和狡猾,也仍然是毫无疑问的善良。他大手大脚:贫农子弟。笑起来露出牙花:实在,不失赤子之心。说话略带结巴,并有一点点唐山"老塔儿"口音:不轻浮,不急躁,有分量,双足踏在多难的中国土地上。尤其是他听别人说话时候的表情,给人以最最难忘的印象:专注,傻傻地半张着嘴,皱着眉苦着脸,一副智商偏低不明事理听不明白旁人的话而又极力向众人学习的可怜巴巴的样儿……于是你不得不多费唇舌给他再重复地讲解一次。在旁人由于你的重复已经听得不耐烦了的时候,他突然明白过来了,恍然大悟地张大了嘴巴傻笑起来,一边笑一边重复你的讲话,觉得你的话真是奥妙无穷,滋味悠久,似乎他从你的话里得到了许多受用。同时你会觉得给这样的人讲点什么真是过瘾。总之,赵青山的外表与举止,堪称是既充满泥土气息,又洋溢着时代的青春活力,既是能工巧匠的后裔又是党的嫡亲的绝无二心的忠诚儿子,既谦虚厚道与人为善易于驾驭又十分懂分寸知进退粗中有细——细起来保准比谁都细。任何人看到他都会产生好感,并坚信这样的美形美德会给他的主人带来丰盛的美运。

由于解放,他读书一路顺风,上到了师范学校,然后留在本校当教员。他到处介绍说,他的拿起笔是由于党支部书记的建议,那时候他还只是一个学生,为了宣传合作化他被建议写一个话剧。为了写话剧他连夜详读毛泽东《在延安文艺座谈会上的讲话》,他总共读了一个星期,一共读了二十多遍。毛主席的话句句都讲到了他的心里,他认为毛主席是在替他和他的阶级弟兄姐妹说话。特别是毛主席说到了知识分子要把屁股从小资产阶级大资产阶级那边挪到无产阶级和人民大众这一边来,不要以为劳动人民手上有老茧、衣服上有牛屎就不干净,其实比较起知识分子来说,他们是比较干净的……读到这里,赵青山说他是哇哇大哭,感动得痛哭流涕。他拿了这一段给父母念,父母感动得落泪,给朋友念,朋友也感动得哭……

他的话剧谈不上成功,但是他根据剧本改写的小说却登到了省报上,很快被十几家报刊转载,受到了很好的评价。一位身居高位的文化工作领导人兼散文家兼评论家兼小说家被文艺圈子里的人称作白部长的,找他谈了话。赵青山向白部长讲了自己是怎样走上写作道路的。这位大人物为此写了一篇文章刊登在人民日报上,文章指出赵青山的出现是中国文学运动史上的一件具有划时代意义的大事,是一个里程碑。这说明随着无产阶级在全国范围内的胜利,完全新型的、为列宁和毛泽东天才地预见过但历史上并未存在过的作家正在出现。他是一个新生力量,是作家,更是党的嫡亲儿子,是普通劳动者的一员,是共产主义式的人人劳动人人创作人人发明创造的理想正在成为我们亲手创造亲眼目睹的事实的报春的燕子。

研究院与作协为此召开了专门的研讨会,赵青山受到了各种领导人的接见,参加宴会参加外事活动,还被请到了北戴河疗养。而他是愈表扬愈谦虚,愈发表作品愈朴实,愈被接见愈诚惶诚恐,到了北戴河,呆了两天他就提前回来了,说是不习惯海滨的疗养生活,而且想念家乡的土地。他早早回到了家乡,说是参加了抢收小麦和担水浇地浇伏水。浇水的空隙中他又写了一篇小说《报春燕》,写一个农业劳动模范到省里去开英模会,结果他悄悄溜号,回家抢收白薯去了。

小说引起了一点争议,外地的一张报纸对于小说提出质疑:"抢收白薯固然重要,去省里开会也不应该抹杀:大家去开会表面上看是一部分人少收了一点白薯,可是它对全国人民的教育与动员作用却大大超过了他们能收起的那少量的白薯。如果赵青山的小说能够成立,全国的评选劳动模范的工作、学先进赶先进的工作就要土崩瓦解了……"

赵青山见了这篇批评文章差点没有吓出病来,他几夜睡不着觉,睡着了也是光说胡话。五天过去,他瘦了一圈,体重减少了四公斤半。

不太久,他看到了犁原为他辩护的文章。文章指出,文学的任务不是解决具体的规则问题,如果赵青山去出席劳动模范会议,他其实是一定非常遵守会议的纪律和规定的。文学的任务是在宣扬一种伟大崇高的精神,在这种精神的感染下,人民,正是人民会创造出人间的奇迹。请看赵青山同志的作品吧,他宣扬的是一种什么样的精神呢?热爱土地,热爱人民,充满了对于祖国大地的深情厚谊,充满了对于劳动人民的深如海洋的感情,这种感情是无比珍贵的,这种感情是造就一个优秀作家的首要条件。问题不在于抢收多少白薯,而在于抢收白薯所象征的精神,有了这种精神多少白薯都能够抢收回来并且保存好。至于具体故事,则只应看作文学艺术的合理夸张曰革命的浪漫主义。我们不能因了现实主义就否定浪漫主义,我们也不可以因了浪漫主义便否定了现实主义。因为正如毛主席指出的,我们要的是革命的现实主义与革命的浪漫主义相结合……

从此他感激犁原的呵护之恩,对犁原和对那位高级人物白部长一样,充满了信赖和感激之情。同时也暗自沉吟:好险好险!差点儿没捅了娄子。他深感教训之重大:小说小说,"说"虽小而意莫大焉!白纸黑字,谁不惊心?吃一堑长一智,从今往后,再也不能犯同样的错误了。

反右派斗争开始了,他眼看自己过去艳羡过的比他更知名更高产更有学历和见识,包括穿衣说话和做派都比他神气活现十倍的同辈作家一个又一个地失蹄落马,他是又怕又傻,又庆幸(没有落到自己头上)又惺惺惜惜惺兔死狐悲,凄凄惶惶,难以终日。

领导上还是很器重他,反右派斗争搞了一段了,大报小报都来采访他,他就一遍又一遍地讲他的走上写作道路的经过和他以及他们全家对于党对于社会主义对于新社会的感情,愈讲愈真诚,愈讲愈自信,愈讲愈放心。然后他想起了堕落成右派的那些作家,想起当初他们是何等的名扬遐迩,神气活现,口袋里的稿费凸了又凸,以及在一些文艺界的集会上他们是何等的张牙舞爪,不可一世。他们可美炸了呢!想到这里,他也就自然而然地对那些右派作家产生了仇恨与批判的感情，批判的话也就说得有声有色，愈说愈真诚，愈说愈理直气壮，他的批右言论受到了领导与运动积极分子的高度评价。

运动后期，一个他很熟悉的青年作家被揪出来了，这位作家的主要反动言论是责备某些老干部进城后停妻再娶。赵青山又是吓了个屁滚尿流——他也说过同样的话。在半年前党的生活会上，他发过批评现代陈士美的言，人人都听见了的，推不掉的。如果那位青年作家是右派，那么，同理，他也跑不了，至少，他永生永世甭想当左派了，也就是说，他完蛋了。于是他去找犁原同志，犁原听了，只是不停地嘬牙花子，吆吆哈哈，然后上厕所，然后口齿不清地说："这算什么问题呢？连这样的话都不准说吗？这个这个，说这些个又做什么呢？不说这些就不行吗？"然后他突然激动起来，他口齿清楚地说："不，你不能承认，你不能检讨，绝对不能。"然后他又嘬起嘴来了。

于是他去找找他谈过话的那位被称作白部长的文学大人物，准备好了检查交代，准备好了低头认罪——他提出愿受任何处分，愿意回家务农直到思想改造好为止。大人物仔细地听了他的话，指出他的关于老干部婚姻问题的说法确有片面性的缺陷。但是大人物指出，看问题不能光看现象，更要看本质。从现象上看你和那个最近刚刚被揪出来的右派说过同样的话，没有大的区别。但是本质上是不一样的，你是从骨子里热爱党热爱社会主义的，而他从骨子里是反对党反对社会主义的，两者怎么能够相提并论呢？至于某些老干部处理自己的婚姻事务上有缺点，这也不是没有的嘛，怎么能够不准提意见呢？问题是那种右派分子，他们提意见是假，仇恨老干部推翻共产党是真，项庄舞剑，意在沛公，右派提意见意在夺取无产阶级的铁打江山。是可忍孰不可忍？而你，你是党的嫡亲儿子，你是由于热爱党热爱老干部才提那些意见的。我早已经讲过了，我对我讲的话是负责的……

于是赵青山感激涕零，他进一步明确了自己的党的嫡亲儿子的身份与感情。他对这一点是充满自信而且坚定不移的。但他感到困惑的是他的那位熟人,就果真是意在推翻无产阶级的铁打江山?他觉得难以置信。也许是白部长掌握什么秘密文件证明那人已经是凶恶的敌人了?也许是他只看到了那人身上披着的羊皮,而白部长他们已经看到了他屁股上的狐狸尾巴了?他无计可施,只好这么想。

赵青山同时思来想去,比较着犁原和白部长两人,同是老同志,为什么白部长说起话来就那样斩钉截铁,掷地有声,而犁原就那么没用?莫非这里也有嫡亲与"表亲"乃至出了"五服"的亲焉匪亲的区别?真真让人叹息!他知道作家们对于白部长有许多议论,说是他从在延安就是在各种批判运动中打先锋的,说是他的作品虽然写得不怎么样,但是批判起别人来却是最凶的。一个已经划成了右派的延安时期的老革命老诗人曾经说白部长是"没有著名作品的著名作家"……说这个有什么用?人家白部长就是说话算数,肩宽膀大腰直气壮!

白部长仪表堂堂,衣服从来都是一尘不染。他喜欢在与别人说话的时候不时用指甲弹一弹袖口和领角的灰。他有一双忧郁而又神秘的大眼睛,然而他从来不使自己的目光与任何人的眼光接触。他说话的声音也非常好听,有很好的鼻腔共鸣,使你总是认为他正患有优雅的感冒症。据说白部长还常常流泪,批判那个嘲笑他没有著名作品的老革命右派分子诗人的时候他就流出了眼泪,因为他深深地为一个那样优秀而且党曾经寄予厚望的诗人的堕落而痛心。说到谁堕落了,他就会哭一次,他每哭一次,也必定有一两个作家堕落一次。白部长喜欢穿大衣,一穿一脱一抖身上的大衣,一皱眉一微笑,都是仪态万方,令赵青山羡杀愧杀。

一个坚定地站在无产阶级立场党的立场的领导却是这样地风度翩翩,活像一个资产阶级贵族,真是叫人纳闷。赵青山有时鼓着勇气这样地想。

看来什么阶级不阶级的最主要的是看政治,看骨子里的政治态度。只要政治上铁定拥护,政治方向时时分明,政治热情永远炽烈,什么风度不风度,衣裳不衣裳,乃至于男女关系呀停妻再娶呀什么的,都问题不大,即使偶尔说错了一句话也问题不大。问题总是出在骨子里头。而在骨子里头,他赵青山才是最可贵的。他好像明白了许多。

在"大跃进"当中的赛诗会上,赵青山是以农民的身份参加的。他的诗作作为农民诗收进了《红旗歌谣》,同时他的与农民共甘苦的事迹也发表在许多报刊上。

六十年代初期调整政策的时候他是又喜又忧。喜的是政策一下子放宽得令人难以置信,他自己也用不着那样地时时绷紧阶级斗争的弦了。忧的是,一下子钱文呀米其南呀王模楷呀全从报刊上冒出来了,发表作品的时候与他赵青山的署名一样,赫然在目,一样的字号,一样的仿宋体或者楷体,一样的观感。从这样的安排上,哪里看得出谁是亲儿子,谁是干儿子,谁是孝子,谁是浪子,谁是逆子——哪怕是已经表示要回头的逆子呢?浪子回头金不换,是有这么一句话。但是能从这句话里得出浪子比嫡亲儿子还金贵的结论来吗?再说,他们的回头,是真的回头吗?批倒批臭了,没了路了,他们能不低头?一有个风吹草动,他们靠得住吗?党能够完全信任他们吗?他不是为自己而是为党,捏着一把汗呀。

幸亏十中全会,提出了千万不要忘记阶级斗争的号召。阶级、形势、斗争,毛主席的指示高屋建瓴。随即那些未经认可的干儿子与已经公认的不孝的儿子忤逆的儿子不管曾经表示过怎么样的回头之意,一阵风就从报刊上全部消失了。党是多么英明呀,真是洞察一切呀。与此同时,他也紧张起来了,他的任务更重了,党对于文学创作的要求也更高了,他怎么样去回答党报答党呢?他应该拿出什么样的货色来呢?他写的东西里边有没有什么漏洞什么辫子可能被人揪住呢?他又发起愁来了。

他带着自己的兴奋和惶惑去请教白部长,白部长用高雅的微笑和茶壶里的泡白了的冷茶水招待了他。白部长眯着眼睛歪着脑袋,半躺在沙发上,用时而听得见时而听不清——听不清赵青山也不敢问——的声音向他宣讲了当前文艺问题的严重性:修正主义已经是一个现实的存在了。白部长说,不要以为修正主义只是苏联有。这话使赵青山头皮都发麻了,宛如看到了一只凶恶的狗向他狂吠着扑来。各种反动的文艺思潮正在泛滥。思潮两个字也使赵青山感到了面临山洪暴发的惊恐,各种思想成了潮,铺天盖地而来,大浪推着小浪,无产阶级的事业在危险中,同志们顶住,同志们冲呀,人在阵地在,即使战斗到了最后一个人也是宁死不投降呀!他似乎听到了厮杀的呐喊。

比如中间人物论,说人民是中间人物,等于说人民是群氓是混蛋,如果人民都是中间人物,那么革命是从哪里来的?是少数人硬造的吗?中间人物论实际是反革命的理论,你说是不是?

是,是,是,是!幸亏我还没写什么中间人物。

历史剧《谢瑶环》,那是借古讽今嘛,最后来俊臣给谢瑶环上刑,什么"猿猴戴冠",康生同志就说,那不是"戴帽子"又是什么呢?

什么"为广大的人民群众服务",那是篡改党的文艺方针的嘛。

周扬领导文艺领导了几十年,毛主席说,要他下去搞社教,他再不下去,派一个团的兵力把他押下去。

那是什么样的小说?说是杜甫经过安史之乱回到家乡,看到乡亲们吃的是大锅清水汤……这就是攻击我们的"大跃进"嘛,和赫鲁晓夫的用词完全一样嘛!

还有陶渊明,陶渊明也抬出来反党来了。还说是什么嵇康如果活到现在可能担任音乐家协会的主席,什么意思?这是有意地让人们从古人的所谓遭遇里联想今天嘛,就是为地富反坏右鸣冤叫屈嘛。

少奇同志说了,农村有三分之一的基层政权并不在我们手里,那么文艺界呢?文艺界恐怕是三分之三不在我们手里……

最近,发生了一些事情,毛主席很生气。说到这里,白部长压低了声音,而且故意含糊其词,赵青山根本听不清。但是他不敢多问,他已经紧张到了极点,却也光荣到了极点了。

…………

赵青山同志,要准备好战斗呀。光是你自己热爱党还是不够的啦。我们面临的是严峻的考验,我们能不能及格,就要看在眼前的风浪里我们能不能交出像样的答卷来啊。

汗流浃背,醍醐灌顶,五体投地,又惊又喜。喜的是这样机要的精神白部长竟然毫无保留地透露给了自己。惊的是原来中央对于文艺界的工作是这样的不满,问题是这样严重——这不是说文艺界已经烂掉,因而要重新改地换天了吗?汗流浃背的是文艺界到处是荆棘到处是地雷而自己几乎可以说是毫无觉察。好险呀!弄不好自己也会踏了地雷陷进泥坑的呀。醍醐灌顶的是东一句西一句,左一分析右一说道,却原来是阵线分明一清二楚,却原来敌退我进杀声震天和指挥打仗一样!真是高瞻远瞩!真是洞若观火!真是成竹在胸!真是如数家珍!五体投地的是舌尖底下涌大浪,脑袋里头起风雷!一场大火即将熊熊燃起!他贫农的儿子共产党的后代赵青山是在大火中化为灰烬还是在大火中显出伟力真身炼成降魔罗汉?那就看他自己的了。想到这里他只觉得遍体酥麻,骨头都酥了。

又兴奋又恐惧又感激地握着双拳鞠着大躬告辞以后,赵青山决定立即到犁原那里去。

(十五年以后,在对于"文革"中的"三种人"——造反起家者、打砸抢者、群众组织的坏头头——的"揭、批、查"过程中,赵青山被定为"说清楚对象"。在"说清楚"过程中,他十分强调他在这一年的拜访完白部长后的犁原同志家之行。他说,他是有意识地向犁原同志通风报信,以便犁原这样的好同志有所准备。他说他虽不才,对于极左的东西并非全无认识全无抵制。他说他虽然受到了"四人帮"的赏识,但是对于文艺界的好同志他一直是与人为善,助人为乐,结善缘,求善果,决不让自己变成篡党夺权的穷凶极恶的"四人帮"的爪牙打手。他的这一说明非常具有说服力——特别是,当时,犁原同志正担任着赵青山所在的文学团体的揭批查工作小组的组长。这件事十分雄辩地改变了赵青山的命运,使他得以逢凶化吉,遇难呈祥。也可以说,一九六三年在去过白部长家后立即去犁原处,是他的决定性的一着棋,是一子"胜负手"。)

现在让我们回到一九六三年来,当时,他去犁原那里的心情十分复杂。他知道与白部长相比,犁原是办不成什么大事的。但是他又知道,白部长在文艺界的人缘远远不如犁原。白部长绷得太紧,脸上的肌肉的运动非常不自然,与他说话乃至握手的时候好像戴着厚厚的面具,白部长的手实在不像是活人的手,它死硬、冰凉、僵直、毫无力气,更像是假肢。即使白部长有时微笑有时哭泣有时变幻表情,也不过是摘掉了一个面具再换上另一个面具罢了。绷得太紧的面具令人担心它会一朝被戳出个窟窿来。而且最最主要的,又是不能与任何人明说的,他赵青山根本不相信白部长是那样真诚地热爱着党拥护着党。热爱党拥护党的人他能相信的只有他自己这一类:苦大仇深,在旧社会已经走上了绝路,天大地大不如党的恩情大,爹亲娘亲不如毛主席亲,千好万好不如社会主义好,谁要是反对他谁就是我们的敌人!这首歌曲唱的,对于赵青山来说句句是实情字字是心里话声声是有血有泪有情有义。而他白部长,那不是真正的精神贵族吗?反右斗争中,报刊上批判精神贵族,他很纳闷,什么叫那个精神贵族呢?是农村的老地主那种样子吗?后来见到了白部长,他无师自通地一下子就明晰了:所谓精神贵族,一准就是白部长这个样儿。共产党的考验,多着呢,他精神贵族式的白部长就准是那样靠得住吗?

未必。

在白部长向他透露一些上面的精神、上面对于文艺工作的严厉批评的时候,赵青山立刻想起了犁原,因为只在一天以前他还听到犁原在研究所的讲话,犁原对于近年来的小说戏剧创作给予了很高的评价。很明显,犁原马失前蹄栽跟头就在眼前。犁原对他有恩,再说在家靠父母,出门靠朋友,将来谁用上谁,那可不一定咧——他不能坐视。

他来到了犁原那里先是东一句西一句地说闲话,反正犁原那里永远是宾客盈门高朋满座,反正犁原从来不会问一个来访者"你有什么事"。赵青山说完了闲话,便不再说话,却硬是不走,反正犁原也不会问"你怎么不说话了"。他坚持到最后,直到连最后一班公共汽车也错过以后——可以看出他的决心有多么大——也就是说在所有的客人除了他都走掉了以后,他把白部长告诉他的机要情况全告诉给犁原了。说到主席生气,他也故意压低了声音,并且含含糊糊起来。但是,他看得出来,一说到这儿,犁原立即睁大了眼睛,全身都警惕起来了……

"赵青山,毕竟是一个好同志呀。"许多年以后,犁原提起赵青山来依旧是心存感激地说。

"靠得住吗?"犁原迟疑地问。

"我只能把我听到的我认为是靠得住的情况告诉给您,供您参考。我这样做是会犯错误的。我不能再说什么别的了。"

犁原连续进了三次厕所以后,把赵青山送走了。他不仅送客送到了大门口,而且一直送到了胡同口,这对于自命为洁身自好的犁原来说,是破天荒的。赵青山步行回家,他走在人迹已经稀少,但是天下太平、绝对安全的王府井大街人行道上,心里十分高兴。赵青山何德何能,竟也能给犁原通风报信,算是报答了犁原为《报春燕》辩护之恩。施恩于施恩者,这是一大快事。他相信自古以来就是善有善报,种瓜得瓜,助人即是助己。至于通风报信可能带来的风险,他也不是没有考虑过,反正两人面对面地谈话,只有两张嘴巴四只眼睛四只耳朵,只要犁原自己不去坦白,没有任何人会知道。而如果犁原竟然发疯去招供,只要他赵青山一口咬定并无此事,一口咬定那是犁原这样的虽然长期混迹于革命队伍、阶级立场却并未得到根本的改造的异己分子对他赵青山这样的党的嫡亲儿子的阶级报复,也就什么也确定不下来了。话又说回来了,他即使真的与犁原谈过什么也并无大麻烦,他这是宣讲党的方针呀!他又没有拿来机密文件给犁原念。他已经直觉到,他比犁原更富有忠诚可靠、充满阶级感情的政治优势——所以,他也就比犁原胆子更大一些了。他半自觉半不自觉地认定,通过这次深夜的谈话,犁原他算是拉到了自己的身边了。好。

送走了赵青山,看看表已经是午夜一点,但犁原还是叫通了给张银波的电话。由于已经入睡而声音沙哑的张银波听了犁原的话以后,略略沉默了一下,然后她说:"大概,不,可以说就是真的。是有这回事。"

"怎么没听你说……"犁原更急了。

"老陆稍稍说了那么一两句,你知道咱们这位书记是最讲原则性的,不归我这个级别的人看的文件他是从来不让我看的,没有传达到我这个级别的上级精神,他也很难对我讲上两句……"

"你没有见到老刘同志吗?"犁原急问。

"老刘到杭州养病去了。他这一次病得不轻呀……"

"这是什么事呀,这样教条还行?我的一篇评论文章马上就要出来了,我肯定了一些写历史题材的作品,这不是与中央唱对台戏吗?这不是自己往枪口上去撞吗?我说老同志老朋友你们哪……"他说不下去了,他能向张银波提什么抗议呢?

电话总算是打得很及时。看来张银波自己本来也是二二乎乎,因为讲原则讲级别讲政治待遇的陆书记并没有向她原原本本地"传达"什么领导讲话与文件精神,她自己也还蒙在鼓里。犁原的电话转述(应该算是"转转转"述)加上她丈夫一星半点的透露,两者一对,茬口正合适,严丝合缝,真相大白。更重要的是,本来会给犁原带来麻烦的那篇文章,经过核对,得知是要发表在一本由市委管的杂志上的,就是说是在陆浩生的职权范围之内的事。犁原可以抽回自己的稿子,编辑部如果有异议,犁原可以找陆书记,陆书记为了贯彻中央精神,当然有权下令让编辑部抽稿子。

这样说完了,电话挂断了,犁原忽然觉察出不妥来了,他立即再挂电话给张银波,他说:"恐怕不太合适吧……"

张银波不用犁原说完也就明白过来了,她说:"是不行,让市委下令抽你的稿子,这还了得!编辑部马上就会敏感到是你出了问题,是你犯了政治上的错误,否则怎么可能有印好的文章被撤掉之理……然后一传十十传百,都知道犁原出了事情了,然后好事之徒左一篇批判右一篇揭发就都出来了,到那个时候没有问题也就有了问题了!"

"是啊,是啊。"犁原连连称是。

张银波从电话里看到了犁原愁眉苦脸的样子。

最后张银波建议,稿子不能抽,只能改,要改得与中央的精神一致,但又不能抢在中央头里将枪打响,既不能往枪口上撞也不能瞎抢头功。总之,要用犁原自己的语言讲一些严厉的意见,当然也不要讲得太过分。

"这可怎么办?让我讲得严厉一些?我上哪儿严厉去?我认识不到呀。我能胡给人家扣帽子吗?我不是成了打冲锋的了吗?"犁原抓耳搔腮,拿着电话来回踱着步子,如果不是电话线不够长,真不知道他想把电话拿到什么地方去。

哼哼唧唧,叽叽喳喳,犁原只是想和张银波继续说话却不知道自己要说什么。电话那边传来了张银波的哈欠声,犁原只好挂断电话,自己生了许久的气。怎,怎能这样,怎么能这样,他躺下了又自言自语。

按照他的习惯,虽然天时已晚,他并不急于睡觉,而是拿起了一批新到的文学期刊,翻翻这个读读那个,不知怎么了一篇好作品哪怕是或可一读的作品也没有。堂堂中国,竟然连一篇像样的小说或者诗歌也读不到了,他很丧气。

半睡不睡的时候他听到了一个女人的笑声,许多女人的身体似乎正在向着他压过来。他挣扎,就是醒转不过来。这是他的最可怕的噩梦了。

……如此这般,费了许多唇舌,连蒙带哄,连哄带骗,总算让编辑部在三校已毕、即将付印的时候重新把大样送来,请"他老人家"再改一次。其实他并不算老,可能是编辑部主任让他气糊涂了,便尊称他为老人家起来。

"我知道我这样做会给你们带来麻烦,真是没办法。可是,你们要想一想,如果我不这样做,也许会带来更多的麻烦。我们总要顾全大局……"编辑部主任没有等他说完,说了一句半小时以内把大样送到就挂断了电话。

犁原感到自己的尊严受到了侵犯,便又不高兴起来。他一直在想一个简单的问题,怎么许多小不拉子的家伙敢对他这样的态度?以他的资格级别地位,他们怎么敢不毕恭毕敬?如果他不是搞文艺而是当局长,不论是教育局长还是城建局长,尤其如果他是公安局长,他们谁敢对他这样?同样是搞文艺,为什么白部长就那样威猛庄严,所向披靡?为什么所有的青年作家一见白部长就跟耗子见了猫似的?还不是因为他犁原没有架子,他和善可亲,他与人为善?没有架子就没有尊严,可亲其实就是可欺,而与人为善的结果只能使自己掉价!马善有人骑,人善有人欺,莫非世界是为恶人准备的?一生真伪有谁知?他的眼圈红了。

果然半小时以后,大样由一位年轻女编辑送来。小女孩对他敬畏有加,他高兴些了。

愈看自己的文章大样愈是不服,自己的文章言之有物,言之有据,既有文采,又合乎毛泽东思想,深入浅出,长幼皆宜,言之谆谆,论之凿凿……现在有几个人能写出这样的文章?现在,硬要自打嘴巴改掉这样的文章,原来说长的,现在硬要说短;原来说白的,现在硬要说黑;原来说好的,现在硬要说值得警惕;这不是比吃活人脑子还惨吗?

正在为难生气之际,钱文来了。钱文似乎来得很急,他的上衣竟然扣错了扣子。犁原对此并不注意。不管钱文来做什么,犁原自己先是叫苦连天一番。他虽然不大在乎,也还是讲一定的原则的,以钱文现在的身份,他当然不便把中央精神再转转转转述给他,他只是让钱文看他的文章大样,并说:"我的观点有什么错?可硬是得大改特改!"

钱文卡芯起来。他本来已经决心不再来打搅犁原同志的。他今天来这里是因为他忽然收到了"周秀才"的一封信。周秀才是那天(第一次)在大同酒家与他一起吃晚饭的人当中的唯一的没有戴过帽子的人,当然他也是米其南的朋友,是吃了点文学的迷魂药的人。米其南介绍说他出过一本描写云南风情的散文集。他的信的地址写错了——钱文就不记得给他留过自己的地址,辗转试投了几次,误了两星期才到达了他这里。信上说,与边疆的一个地区级文学刊物联系后,那个文学刊物愿意发表钱文的作品,不介意他当过什么右派不右派。现在,急需一篇反映学习雷锋的长诗,他希望钱文迅速写好寄来。

钱文已经对发表作品死了心,见信后很不愉快。从接到信的第一天他就不信,全国一盘棋,哪有这里在乎那里不在乎的道理?这不是成心折腾人吗?让一个他这样的人去歌颂雷锋,那合适么?周秀才当然是好意。可他小小年纪,自己又没戴过帽子,整天和摘帽右派们混在一起做什么?而且他的字迹潦草,连名字都看不清楚,到现在只能叫他周秀才,社会主义社会又哪儿来的秀才?什么呀……

但是他又抑制不住自己的暗暗的激动。真的?不可能是真的。如果是真的呢?真的岂不更好?你只不过是怕不真罢了,你不过是怕自己做梦吃肉包,空欢喜一场而已。你其实是暗中对于这个消息太重视太指望太有所期待太有所幻想而已。

然而只要是发表出来,哪怕是天涯海角!

还有就是这位周——他靠得住吗?

以自己的身份抒发对于雷锋同志的感情,写成长诗到处乱寄,会不会被认为是不知自爱、自重、缺少自知之明呢？乃至于会不会被认为是不甘寂寞，不甘心做普通的工作呢？也就是说，会不会被认为是对党的现行政策不满意，因此要挖空心思想办法突破党的规定，乃至被认为是与党争夺对于学习雷锋的领导权呢？他已经熟知了这些逻辑，对于这样的分析他已经是行家里手，他不会掉以轻心。

他和东菊提了一下，东菊不以为意地说，想写就写不想写就不写……她就不知道这是钱文的一个刚刚愈合的创口吗？她就不考虑考虑重新剖开创口的可能的后果吗？

他无法和东菊深入地商量，于是他来找犁原，不是在晚上他宾朋满座的时候，而是早上他本来会是去上班的时候。他的运气不错，找到了犁原，却碰到了犁原正为自己的文章为难，也就是犁原自顾不暇的时候。犁原说来说去，都是说他自己的事，向他宣泄自己的情绪却不肯告诉他事情的原委。他是怎么听也不明白，却知道大事不好，犁原自顾不暇。他感觉到自己今天是来错了。

发了一通牢骚，不停地摇头，叹气，说是"没法干了，没法干了"，然后含含糊糊地对钱文说："很紧张。现在的形势是很紧张的呀。"

钱文明白了：完了。便起身告辞。

只是在钱文告辞之后，犁原好像想起了点什么，他对钱文说："现在这个时候，多读书吧，活到老学到老。你还年轻嘛，来日方长。不要着急。不要轻举妄动。不要发牢骚。不要说怪话。多锻炼锻炼，也还是有好处的嘛。"

钱文垂手，俯首，一副敬受教诲的样子，一副暖在心头的样子。

钱文发现了上衣扣子的问题，慢慢把扣子重新扣好。

然而他透心冰凉。他再次决定，以后不再来犁原这里了。他说得多么好，不要着急，慢慢地听其自然吧。他应该等待，再等待，锻炼，再锻炼——锻炼，这是一个多么好的词儿！到时候人人都会对他说，锻炼锻炼吧，有好处，永远有好处，当然。还能怎么样呢？

钱文走了。犁原心绪恶劣地面对着自己的清样，动也不好不动也不好。

又有几个来访者,都是到了单位见他不在改而来他家的。又接到了几个电话,新的消息纷至沓来:全国文学领导机关已经派去了工作组。提出写中间人物的领导已经调到一个搞外国文学研究的单位去"养老"去了。历史戏《谢瑶环》《海瑞罢官》《海瑞骂皇帝》已经停演。某老作家在某外国首都与一苏联作家相遇,二人竟互相拥抱亲脸三次,为此,我驻外机构密报了回来,引起各方震动。一位老革命老文化人老文化界领导人,由于前几年说过不要把电影故事片搞得火药味那么浓,已经被调离了岗位。上海方面提出,社会主义文学应该写社会主义,也就是应该写解放后的十三年。大写十三年,一时成为最革命的文学口号。题材居然能够决定文学的意识形态与政治属性,题材的范围突然划得这样小,犁原闻之惊讶颤抖不已。一位摘帽右派青年作家,月前还发表了小说,最近竟因继母上吊自杀被街道居民委员会控告为虐待老人罪,被法院判处有期徒刑一年半,缓期一年执行,为此作家协会决定开除他的会籍。开除就开除吧,开除的文件不是说是不是虐待了老人了,而是先说该人"不重视政治学习,不重视思想改造","在资产阶级右派向党猖狂进攻的时刻,堕落为反党反社会主义的右派分子","进行了右派劳动改造"(右派劳动改造云云,这是第一次见经传,这是一个新词,犁原过去没有在正式文件中见过)……泰山压顶的架势。

……各种各样的消息,如同一片又一片的雨云,正在聚集,文艺界是一派密云欲雨的形势。犁原想起了周总理讲的"要迎接阶级斗争的大风大浪"来了。在文联全国委员会扩大会议上,周总理语重心长地讲了这个话,他当时还不大明白,总理讲这个是指什么——讲得那样诚恳,那样沉重,那样慈祥,那样关心呵护而又那样抽象——简直可以说是讳莫如深,简直可以说是打哑谜。他并没有告诉你是打土豪是打日本是什么具体的阶级斗争!虽然总理也讲了些批评文艺工作的话,现在看来竟像是避重就轻,为文艺界打掩护:什么乐队的声音不要太吵闹呀,什么西洋唱法的口型不好看呀,什么搞交响乐人家听不懂他周恩来也听不懂呀,什么他最喜欢唱"洪湖水浪打浪"呀。他实在不知道周总理究竟要告诫文艺界一些什么,但又觉得总理确有许多知心话要与文艺界讲……果然,来了,大风大浪已经无可避免。总理真是苦口婆心!看来大风大浪总理也是只知其必来欲来而不知其所以来。如果这场暴风雨是总理发动和控制的,他的讲话不会是这种爱之忧之告诫之无可奈何之的语气。如果事情由总理来指挥,他或者是不到火候不揭锅,秘而不宣,引而不发,或者就干脆发出战斗的号令也就行了。一个司令员一个元帅,在他自己发动的战役打响以前,怎么可能对士兵尤其怎么可能对敌方透露消息呢?要知道,如今文艺界的阶级斗争就在革命的文艺界内部,谁是敌人还不一定呢。那天听周总理的报告的人当中,经过大风大浪,能保存下来几个人,谁知道?说谁是谁也就是了。包括他自己,在总理所预告的大风大浪中将扮演什么角色,他将得到的是胜利的殊荣?是灭顶的大祸?是勉强的存活?是夹击的窘境?说不一定。犁原有一种极凶险的感觉。

  他越发感到了周总理事先预报的弦外之音。周总理已经预感到了一点什么。他心头一阵热浪,随即泪眼模糊。与此同时,豁然贯通,他的文章当然要改。总理的意思无非是要文艺界的同志善自珍重,不要冒傻气,不要执迷不悟,不要自讨苦吃,也不要掉以轻心。不可以掉以轻心,这是总理最爱讲的,最富有周恩来风格的话。总理的意思无非是要文艺界多保留一点创作的力量,多保留一点艺术的生机。他怎么能够不体会总理的苦心?他怎么能够不懂得顾全大局、小道理服从大道理的大道理?我们进行着严峻的战斗,我们面临着众多的敌人,我们的困难如山,我们不能只看到自己的局部,我们不能只图逞一己之快一己之勇,我们只能坚持真理修正错误而不能坚持错误修正真理。这才是最大的负责,这才是最大的勇敢,这才是最大的坚定,这才是最大的尊严。

当然如同他对张银波说的,他也不想把自己搞成战斗的急先锋,文艺的打手。他毕竟是有经验的,他办这一类的事这回也算不上第一次。他拿起自己文章的大样,大拆大改,把原来的各种肯定的语句一律改成模棱两可难以苟同心存疑虑欲说还休的字样。

原来有一段评论《谢瑶环》的文字,说是:

> 尽管时代不同了,产生谢瑶环与来俊臣的条件早已经一去不复返了,但是谢瑶环的坚持正义不畏权贵和不以一己为重的斗争与献身精神仍然发人深省令人感奋不已……

他略一思忖,改成:

> 时代已经大大不同了,所谓谢瑶环与来俊臣斗争的故事只能令人困惑不已。这样的故事对于高举着三面红旗从胜利走向胜利的我们究竟要说明一些什么,这是我百思而不得其解的。

改完他撕掉了。撕完,又恢复了。他又腹痛起来。

这天晚上,犁原因腹痛去协和医院看了急诊,留在外宾(因为犁原是局级领导,所以享受外宾待遇)急诊部观察室接受观察和吊针注射葡萄糖和生理盐水。然后症状缓解,离院,再发病,再住院,全面检查全身的各部分器官,反复验血和大便小便,然后找不出病因,然后会诊和召开专门会议研究他的病情,然后不得要领,然后本人坚决要求出院。然后给了他一些维他命丸和肠胃消炎片以及胃蛋白酶与酵母片……如此这般,二十多天过去了,当然改不及大样了。为了对党也是对读者负责,他不能草草一改了事更不能不负责任地原稿照发,他以此为由彻底抽回了稿子,没有自打嘴巴地进行一百八十度的修改,也没有执迷不悟地去往枪口上撞,如他自己所说的那样。许多年后,他仍然感谢自己的腹肚敏感机制,由于腹肚的敏感,他知难而退的典故很多,他曾经对张银波说过,如果不是肠胃有病,他早划成右派了。由于肚腹突然而来——不,适时而来的剧痛和剧泻,他的知难而退使他保持了头颅也保持了清白,而这两样本来是很难同时保住的。

犁原有时也对于自己的经验进行哲学的思考。东方哲学确实充满了以退为进,以愚为智,以不争而争,以无为而无不为,难得糊涂。究竟是东方的哲学创造了东方的现实呢?还是东方的现实产生了东方的哲学呢?在我们这里,一切是怎样的不同啊。打死洋鬼子他也弄不清你的奥妙呀。

他也就不再关心钱文米其南王模楷之流,现在的事情已经超出了他的影响之外。他有时候思考一个道德上的悖论:一个自身没有受过救护训练也干脆说是不谙水性的人,见到旁人落水他究竟应该不应该跳下水去救援呢?跳下去,你救不了他们反而要把自己的性命搭进去。不跳,眼睁睁地看着落水者被水淹没,这是很痛苦的事。但这样一可以不做无谓的牺牲,二可以使你下次在另外的场合——例如下一次不是有人落水而是有人家起火——能够奋不顾身地冲到火光中去,救出许多生命财产。如果所有有助人的美德的人都在既帮不了旁人又害掉了自己的蠢事中牺牲殆尽,这个世界上剩下的将是一些什么人呢?

然后文艺界一片紧张,各刊物抽稿子的抽稿子,换标题的换标题,你延误,我脱期。连一些文艺单位的内部会议的记录稿也是查封的查封,收走的收走,有的还在事后紧张地修改记录。然后各种说法满天飞,这个犯了错误,那个即将去职,这个明升暗降,那个打入冷宫,连动不动就用生动的文学粗话胜任愉快地批判苏联现代修正主义的党外老作家阿古据说也"抽抽"了,他因为在政协会议上的发言不好而在内部报告中被点了名,现在连外宾也不让他见了。

犁原在性的问题上是一个有洁癖的人,他从来都十分反感于以"鸡巴"比喻苏联,哪怕苏联的确是修得一塌糊涂了,他也不管不论这个妙喻的来历有多么伟大。由于阿古喜欢用这个妙喻,犁原有时觉得阿古也有一些讨厌:你又不是什么国际政治家外交家国际共产主义运动的活动家或马克思列宁主义理论家,总而言之,你既不是季米特洛夫也不是倍倍尔,既不是胡乔木也不是苏斯洛夫,既不懂什么叫第三国际也不懂什么是九国共产党和工人党情报局……你何必那么多嘴?解放前,你压根儿就是反苏反共,你当我不知道吗?无怪乎苏联《真理报》讽刺李宗仁说:这位新出现的国际共产主义运动的明星,为国际共运指出了方向——粉碎苏共。现在倒好,你也被凉水洗了一家伙,你那话儿也抽抽啦……犁原笑了起来。过了一会儿,犁原为自己的笑的卑劣自己的心理的肮脏而恶心欲呕。知识分子确实是一批恶劣的贱种,如果没有党的领导,如果不经常敲打敲打,收拾收拾,哼!

第 十 七 章

不见棺材不落泪,不到黄河不死心。钱文终于还是把自己的长诗寄到了云南,又终于肉包子打狗一去不回,从此无消息。他到了也没有写出歌颂雷锋的新篇,而是在原有的行进式与回顾式的长长的抒情诗中加进了一些学习雷锋的内容,加了一些响亮的口号。这样改完了,他觉得以自己的身份而大声疾呼向雷锋同志学习,有点硬往高里拔之嫌,不免有些抱愧。

周秀才那边,即使不用,总应该把稿子退给他呀,说几句应付的话一推,不也就行了么?其他刊物不已经这样退给他不止一次了么?为什么连影子都没有了呢?他分析,一种可能是邮寄中丢失,但这种可能性极小极小。第二种可能是实际上在现时的气候下面,那边也无法发表他的作品,但他们又心存侥幸,以为过些时日事情有松动的可能,便把稿子先压在他们那里。当然,这里的前提是他们欣赏他的稿子,认定了他写得好,这也算是一丝安慰。第三种可能就是说他们碍于情面,转不过弯来,无法刚要去了稿子立即又退回来,用编辑人员的行话来说,叫做搁在了那里。第四种可能是周秀才也罢,边疆的地区级文学刊物也罢,都已经"犯了事",他们已经搞不成文学了,连同他们向钱文组稿以及钱文向他们寄稿,都是阶级斗争的表现,都是树欲静而风不止——该死的钱文呀,你怎么就不能彻底静下来呢?

写作的人是多么可怜!你看他又是灵感又是激情,又是高度又是境界,又是名人又是才子,所有这些的前提是稿子没有退回来,是稿子变成了铅字,刷刷刷地出现在几万几十万几百万份报刊上。而当稿子退回来的时候,他是怎样的瑟缩无助,怎样的羞愧难当。他赔了稿纸赔了墨水钢笔又赔了时间,更赔进去了自己的尊严和等待,使堂堂一位著名诗人变成等候宽大和宣判、等待侥幸和援手的罪人,于是他自己也会怀疑自己:那些在薄薄的格纸上涂抹的方块字,究竟有什么价值?

想来想去觉得是咎由自取。钱文干脆连再写封信去问一问也不想做不敢做了。诗诗诗,有什么了不起,什么呕心沥血,什么字字千钧,什么灵魂的呼号、生命的韵律、智慧的结晶、崇高的事业、时代的黄钟大吕,一旦不答理你了,你也就抽抽了,渺小了,不足挂齿了。一些日子以后,钱文再想起自己的诗来只觉得空洞没劲,无颜见人,他再也不想哪怕只是去问一问稿子的下落了。嘘,他伸出手掌,向前吹出一口气,把穷极无聊的诗意吹到爪哇国去。

于是到了一九六三年的秋天。早在最最炎热的八月初的一个早晨,钱文醒来,下楼去做早操。一阵风吹过,钱文感到了几个月来从未有过的凉意,钱文一激灵。这时他听见了近处的杨树上的一声蝉鸣,他听到的不是聒噪,而是凄凉;不是合唱,而是独悲;不是盛暑的难熬,而是光阴的倏忽。却原来秋风就兴起于盛暑之中,却原来在暑热得令人透不过气来的时候,也就是秋天悄悄来到的时刻。

这一天天气特别的热,最高温度是三十五度。然后连续几天温度都在三十度以上,没有人找得出丝毫秋意。然而,钱文仍然满怀叹息:时不我待,逝者如斯,季节更迭,每一个日子都永不回头,万物就这样悄悄地起着变化,而他只能静观只能等待只能无所事事,日复一日,年复一年!

翻开报纸,打开广播,真是熊熊燃烧的岁月,后来称作"火红的年代"!到处是豪言壮语,到处是火热战斗:三大革命运动包括科学实验;三大国际敌人包括帝修反;城市五反反贪污盗窃,反投机倒把,反铺张浪费,反分散主义,反官僚主义;农村四清清工分,清账目,清财物,清仓库;学大寨学大庆学铁人学永贵;困难像弹簧,你强它就弱,你弱他就强;吃大苦耐大劳;天大旱,人大干;先治坡,后治窝;白天和黑夜一个样;领导在场和不在场一个样,当班和不当班一个样;甘当革命的老黄牛;见困难就上,见荣誉就让,见先进就学,见落后就帮;比学赶帮超;不比不知道,一比吓一跳;成绩不说跑不了,缺点不改不得了;小土群;蚂蚁啃骨头;鸡毛能上天;开顶风船,坐争气车;西方资产阶级做得到的事情,难道东方的无产阶级就做不到吗;我们要为党争光为人民争气;小车不倒只管推;被敌人反对是好事不是坏事,敌人反对得愈起劲,就愈是证明我们的工作大有成绩;养猪就是好,浑身都是宝;开发小球藻;米饭双蒸法;忙时吃干,闲时吃稀,不忙不闲时吃半干半稀;四个第一,三八作风,三老四严;硬骨头六连;南京路上好八连;宁为公字前进一步死,不为私字后退半步生;为有牺牲多壮志,敢教日月换新天;冷眼向洋看世界,热风吹雨洒江天;小小寰球,有几个苍蝇碰壁;芙蓉国里尽朝晖……

火热的生活,凄苦的个人,钱文,你也太渺小了呀。

而且又出了一件事。

一位同学找他辅导现代文学,与他交谈了对于鲁迅先生的一篇著名杂文的看法。鲁迅先生在文章中说,一个婴儿过满月,众宾客对孩子说了许多孩子将会大富大贵的阿谀奉承的空话假话,只有一位客人讲了真话:他预言这个孩子最后是要死掉的。结果说了假话的人受到欢迎和感谢,讲了真话的人却被痛打了一顿。鲁迅先生慨叹说实话之难。那位同学问道:这个著名的例证不是有一点牵强乃至有一点矫情么?

钱文嗫嗫嚅嚅,他说,鲁迅讲的是真假问题,而同学讲的是情理问题。本来,在人家婴儿过生日的时候,客人们讲一些吉利话讲一些符合主人的心愿的话算不上多么虚伪;而在这个场合宣讲人人终有一死这个婴儿也终有一死这样一个并无新意并无新发现也并非众人所不知晓的话语,实在有悖情理,甚至也颇无聊,因为从最终的结局来说，包括讲这个话的人也难逃一死。但是鲁迅先生恰恰是从人们的心理情理上看到了人们的讳言真实与喜爱奉承——哪怕这奉承相当虚假——的天性。

他与学生的这次交谈传了出去，传来传去变成了钱文附和了学生对于鲁迅的这一杂文的质疑。于是情况汇报上去了，赵奔腾找钱文谈了话，钱文做了解释。赵奔腾说听了钱文的解释更证明他就是附和了那位走白专道路、出身于资产阶级家庭、政治上并非与党同心同德的同学的错误观点。

赵奔腾的洞察一切、判断一切、用现成的结论解决一切、永远正确、永远纠正别人，实际上是取消一切，和张开预设的罗网等待钱文之流自投的姿态使钱文大大地激怒了。这位赵奔腾自以为政治上有什么优越性，便处处压人一头，便自以为立于百战百胜之地，便自以为可以主宰真理！钱文十分反感：政治呀政治，你姓赵的又懂什么政治？我钱"文"革命的时候还没有你呢！你不学无术，自以为是，目空一切，夸夸其谈，浮皮潦草，浅尝辄止，自我陶醉……你能懂多少马克思列宁主义？你可知道马克思主义的三个来源和三个组成部分？你可知道杜林、费尔巴哈、贝克莱、马赫？你可知道列宁与普列汉诺夫的分歧？你可通读过《资本论》《联共（布）党史简明教程》（特别是这本书的第四章第二节）和《做什么》与斯大林在联共（布）第十四次第十五次代表大会上的报告？你又懂什么文学？你可懂得那种面对世界文学大师的经典著作时候的战栗感与幸福感？你可知道什么叫艺术与艺术感觉？你可有过那种像闪电像清风像天光突然显现的创作冲动？你除了党八股式的公文以外，可写得出一篇有一点小小文采的东西？除了千篇一律的套话和告别人的状以外，你还会说一句风趣智慧有想象力有创造性的话吗？

想到这里，钱文冷笑了一声。

这冷笑的声音使钱文自己一惊——迄今为止，他只是在电影里看到听到过这种面对面的冷笑。这冷笑使他觉得残酷，阴险，富有挑衅性,干脆可以说是具有一种流氓腔调。

我成了什么样子了呀?他呻吟了一声,又憋回去了。

赵奔腾眯起了一只眼睛,看着钱文,像是看一个怪物,也像是在说:"这是你么?真是木头眼镜,看不透你!"然后,他轻描淡写地说:"你再想一想吧。党还是相信你的,你也是受过党的多年的教育的嘛,你总是可以有一个认识的嘛……"他把两只手轻轻一举,做出一个束手无策,无能为力,后果自负的架势。

不能低估赵奔腾的反应。他举重若轻,他使钱文倒吸一口冷气。钱文明白,这里没有什么可以讨论的,因为他钱文已经很久没有和任何人讨论过任何问题了。他懂,如果,他与赵奔腾掉换一下角色,他也会做出类似的反应,即使他比赵奔腾读过更多的马列的书与古典文学名著,更富有艺术细胞和创作实践的经验,更有文采、风趣、智慧或者叫做什么深度什么悟性也罢。因为现在他们要讨论的不是文学,不是哲学,不是哪一个命题或例证的合理或者不尽合理。现在被他们所关注的是立场,是态度,是倾向,是阶级感情,是阵营的归属,是敌我的界限和左、中、右的划分,是谁有权力用"党"这个字做主语。这样,一切对于既定结论的质疑都是只知其一而不知其二,都是三心二意匪忠匪诚,都是别有用心的颠覆和进攻,因而都是绝对不能容许的。这难道还需要赵某人的提醒和说服么?

所以你必须低下头去,你必须改掉你的爱思索爱提问的恶习。你要改掉,也不允许你的学生滋长这种恶习。你应该一脸的谦虚一肚子的接受一口的是是是一身的匍匐敬畏一脑门子的虚汗如注一腔热血地随时等待一声令下就为了事业而喷洒而肝脑涂地。

就这样,钱文接受了赵奔腾的批评,并做了自我批评。

赵奔腾频频首肯,宽容而又严肃,亲切而又得意。他早知道,事情就会是这样的。

临走的时候,赵奔腾好像突然想起了什么,从他的办公桌抽屉里拿出一个信封,交给了钱文。

是文联的一个通知,要钱文参加即将举行的读书会。

信封上写的是"S大学中文系钱文同志"。

钱文一片狐疑。又和上次一样,先打招呼、批评,直至训诫,然后通知你一件体面的事儿。是巧合么?

为什么明明写着他的名字的信件却放在了赵奔腾的抽屉里?莫非他有权检查他的信件?至少,他钱文能不能参加某一个活动,其实是攥在赵奔腾的手心里的。懂得了这个道理,也就懂得了什么是在婴儿的满月宴席上指出婴儿的迟早必死的正确性了。

然而,毕竟是文联!是文学艺术家的联合机构。他们没有忘记我!钱文热泪盈眶了。

在这样感人的文联的通知面前,赵奔腾是否检查过——也许就是应该检查欢迎检查感谢检查呢——已经太不重要了。文联文联,何等的体面。人毕竟不是狼,人不能孤孤单单。

一周后,钱文来到了西山八大处一处的招待所。捷克造的大型公共汽车左一个弯右一个坡地来到了给人以远离城市的感觉的西山,钱文只觉得是登堂入室,满身的非凡。光看一看各省来的人选也就够提气的了。这个省的文联的主席,那个省的党组书记,这个艺术学院的院长,那个文工团的团长……全是头头脑脑,全是人五人六,全是革命的左派。只有北京,有他钱文一个,还有一位老教授,一位去过延安的老画家,三个人都是五七年的运动里有问题的,这也绝了。外地的同志,对于来一趟北京学习学习,看的是很重的呀!

讲话动员。传达报告。这次学习的中心是反修防修。上午读文件,下午看反面教材——包括西方国家的舆论报道与一大批苏联电影。真是令人震惊、令人起舞又令人毂觫伏地!

一篇美国人写的文章说:苏共二十大之后,在社会主义阵营中掀起了新浪潮……新浪潮三个字的下面打上了加重的黑点。天!钱文该死,谁知道他是不是不知不觉之中也卷到了什么危险的敌对的恶浪邪潮里!

345

美国人论述了丘赫莱依、邦达尔丘克的新浪潮电影。着哇！苏联现代修正主义就是已经与帝国主义的思想战心理战合流了。

由于看电影要进城，他们每天吃完午饭就急急忙忙地上大轿车出发，一小时后到达电影资料馆，电影开始放映的时候恰逢他们睡意袭来——他们都有午睡的习惯。一面是照例的午间困倦，一面是神秘的与充满警觉的我们的死敌们制作的电影的强大刺激；一面是对于我们的敌人的厌恶与提防，一面是人人皆有的好奇心；一面是站稳立场的自我告诫，一面是自己看到了别人不可能看到的东西的自豪感与对领导的感谢之情；人们就在迷迷糊糊而又浑身汗毛倒竖，同时还美不滋滋的情况下看了一个又一个作为反面教材给他们放映的电影。

先是美国的纪录片：摇摆舞与呼啦圈，男人和女人居然撅着腚跳舞，女人居然长着那么高的乳房，纯粹的妖魔鬼怪！一男一女居然挨凑得那么近，脸和脸，腚和腚，鸟和蛋，红、白、黑都贴在了一起。音乐居然那样疯狂，打架子鼓的人的长头发不男不女，而且披头散发。弹电吉他的女人活像是一只野狼，吹萨克管的人鼓唇瞪眼，一副眼镜蛇的形状……尤其是穿着露屁股的裙子的女孩儿一人身上一个呼啦圈，圈儿旋转不停，如同魔鬼的妖器。过来一个跳舞的女人似乎脱掉了裤子，观众中的男人留着钱文认为只有杀人犯才会留成那样的大胡子。架子鼓咚咚咚咚，小号破破碎碎，萨克管歪歪扭扭，乐曲怪声怪气，狼哭鬼嚎，牛鬼蛇神，魑魅魍魉，群魔乱舞。男女挤在一起，耸胸拧乳，撅腚摆腰，伸脖瞪眼，纯粹是世界的末日，纯粹是腐朽堕落的极端，纯粹是一群正在发情的野兽。

不知道哪位老人家喊了一句："太恶心了！"于是全场咳嗽，钱文也咳嗽不止，他真怕当场呕吐起来。

然后是苏联纪录片：赫鲁晓夫与艾森豪威尔在戴维营会见。哦，叛徒哟！货真价实的对于国际无产阶级的大背叛哟！

然后是苏联新浪潮影片《明朗的天空》。影片骂的是斯大林呀！

是丢了无产阶级对付国际资产阶级的一把刀子呀!

一位英勇的苏联飞行员,由于被俘虏过便受到了怀疑和歧视……战争、英勇、牺牲,为谁英勇,为谁牺牲?英勇了也牺牲了,换来的又是什么呢?

用心是何等恶毒!毒死人!真该活活地毙了你!

一双女人的脚,高跟皮鞋,走过来再走过去。普希金的诗里写过,走遍俄罗斯大地,找不到一双像样的女人的脚——普希金如果活着,他会不会变成修正主义?影片上长着玲珑的撩人心绪的脚丫的女主人公等待着为她的丈夫——一个勇敢的,受伤被俘的飞行员,因为被俘所以背了黑锅——平反。多么凶险的特写镜头!

最后,她为丈夫领到的是苏联英雄勋章!钱文一瞬间竟然为之兴奋了一下。好,多么好!忽然他看到了毒蛇,毒蛇缠绕到了他的身上,快跑!滚开!白骨精的美丽的女性的脚丫子!滚开,抹杀了阶级斗争的平反!

毫无疑问,他批得了批得倒这部片子。

想毒害我么?没那么便宜!

第二天,是美国拍的爱情片,描写某处苏美两国的大使的一子一女发生了爱情,于是两国大使馆如临大敌,监听,钉梢,信检,一片乌烟瘴气,最后一对青年男女逃到了大海之上。天!这是策反片!看多了这样的电影,便不再斗争,不再忠于革命,丧失了阶级界限,背叛了自己的誓言……最后葬身于大洋怒涛之中!

多么危险,多么恶毒,美国人对于革命做的是釜底抽薪!万一觉悟不高受了这种电影的影响,就等于抽掉了脊梁骨,割掉了生殖器,换走了心肝,成为革命的叛徒历史的罪人!真可怕哟!

不能,不能!一千个不能,一万个不能!住手!想宣扬资产阶级的爱情观,宣扬资产阶级的人性论,阉割掉革命的锋芒吗?痴心妄想!

第三天看苏联电影《雁南飞》,这是渲染战争恐怖的片子。青年,幸福的青春,战争,第一次执行侦察任务,砰的一枪,天旋地转,天旋地转,他死了。多么可怕的死亡!年轻轻,就这么死了!修正主义竟然抬出了死神来吓唬我们!钱文,你怕什么?

钱文怕死。所以钱文怕修正主义。他恶心。他觉得自己在死神面前一点也不坚强。所以他很可能成为叛徒。天呀!

也许这是钱文最大的软弱和悲哀,砰的一枪,钱文体会到的竟如同自己挨了枪子,脑浆的炸裂,元神的大恐怖与大虚空,身体的痉挛,体温的消失,还有那最最可怖的疼痛,他竟然都体验到了!他为什么动不动就感同身受呢?在权家店的时候,有一次看阉割牛的睾丸,看得他几乎呕吐,看得他自己的睾丸似乎酸疼起来……他的这些无聊的同情心呀,他这个没用的人呀……

莫斯科大轰炸。死神光顾每一间房屋。乘虚而入的坏男人。打耳光!打完耳光一男一女搂在了一起。说这是什么弗洛伊德呢!弗洛伊德也帮助修正主义!修正主义的声势浩大呀!苏联文艺堕落到了什么程度!苏联男男女女堕落到了什么程度!真是令人作呕呀!竟把爱情与扇耳光连在了一起!

然后是何等的残酷。一群女人,母亲和妻子聚集在一个火车小站,她们听说军车将从这里通过,她们怀着与自己的儿子丈夫多见一面的希冀来到了这里。远远地火车开过来了,她们已经喜泪涟涟……然而,火车是根本不在这个小小的车站停留的呀,风驰电掣,火车在由低渐高,又由高渐低的托普勒声学效应中愤怒地、决绝地一闪即过,无数张苏联男儿伟大的红军战士的面孔歪曲着扭变着混杂着撕扯着黯淡着掠过去了,然后火车站上是女人的一片喧哗,哭的哭,号的号,叫的叫,闹的闹,撕心裂肺,惨绝人寰!为什么这样糟践伟大的苏联伟大的红军伟大的苏维埃妇女!一帮女人哭喊成那个样子,还叫人怎么革命怎么斗争怎么胜利怎么英勇不屈!太恶毒了!太反动了!太缺德了!太刁狠了!可杀的丘赫莱依!

然后是悲观失望空虚,革命意志的彻底消亡。战争胜利了,人们到车站迎接自己的亲人的归来。然而,死者是再也回不来了,他们已经无法接受妻子的花束了……

第四天看苏联著名的老电影导演格拉祖诺夫的新片《人与兽》,美丽的风景,不知所云的内容。什么人人都有兽性的陈词滥调,什么最卑劣的是兔性……似乎有一根针企图向包括钱文在内的人们扎来。然而,这当然是徒劳的,屁!

又有了新学习材料,叫做反面教材。毛主席的政策真伟大,让你看反面教材!叶甫图申科的咒骂斯大林的诗,诗里捎带骂了中国和古巴。阿克肖诺夫的《带星星的火车票》,一个修正主义的小痞子。一上来几行描写爵士乐……读了他的小说,钱文脑子里立刻涌现出一副堕落的苏联青年的画面:他们在子夜时分大跳摇摆舞大奏爵士乐——群魔乱舞,他们奏响着切分得如同疟疾发作的疯狂曲调,然后他们的男青年随意地按倒女青年胡作非为如一群流氓野兽,资本主义就这样轻而易举地俘虏了苏联毁灭了苏联,列宁和斯大林的革命精神哪里去了?布琼尼和伏罗希洛夫的军团哪里去了?卓娅、马特洛索夫的血就这样白流了吗?如果他们知道他们的流血只是换来苏联青年的花天酒地,他们还愿意为国牺牲吗?

最最可怕最最刺激的是英国的一家出版社的《苦果》,副标题一看能让你吓闭过气去——《铁幕后知识分子的起义》。我的亲娘!里面收了杜金采夫的《不仅仅为了面包》,纳吉宾的一篇反斯大林小说(钱文曾经那样喜爱过的纳吉宾呀!),而最最惊人的是里头收了王模楷的作品。钱文看了目录就惊呆了,他的第一个反应竟是:会不会把王模楷处决呢?既然苏联处决了布哈林,既然匈牙利处决了伊姆雷·纳吉,既然我们过去处置了王实味,我们今天为什么不应该处置掉王模楷或者还有旁的什么人呢?

反面教材的作用就在于使人警醒起来,如同用重机枪向你的胸部连发射击,叫做"当头棒喝"!叫做"同志,你走错了路"!叫做置之死地而后生!你看到了硝烟弥漫人头滚滚的血腥场景,你警惕、紧张、肃然、吃惊、倒吸冷气、浑身汗毛倒竖……同时又深为自己受到信任,得以接触这些机密材料得以了解天下大势而五内俱热。反面教材的作用果然是无法替代的。太英明了!

在一种高度紧张、严肃、兴奋而又诚惶诚恐、感激涕零的情绪中,钱文在学习会上做了精彩的批修发言,他联系自己,把自己摆进去,大讲了修正主义文艺的恶毒与欺骗性,他说修正主义的文艺是颓废的、背叛的、痉挛的、颤抖的、绝望的,他们实际上跪倒在了国际资本主义的面前,那是叛徒的自供,是蜕化变质的哀鸣,是空虚自我的挣扎,是帝国主义的同盟军,是包括他在内的一批中国文艺家犯错误的祸根……

他一说到这里,首先是一九五七年犯过事的老教授激动起来了,他颤颤巍巍地站了起来,一面哮喘,一面说:"我们这些人犯错误都是赫鲁晓夫这个秃子造成的,我要控诉他!"说着,他的脸也红了,气也粗了,手也抖了,嘴唇也哆嗦起来。他的表情使钱文想起周碧云在批判会上由于激动而几乎昏死过去的情景,他连忙去扶老人家,老人家一把推开了他,大叫一声:"我对不起党呀,我对不起党!"老泪纵横,忽然倒在了钱文身上。

老教授其实从抗日战争时期就在重庆参加进步活动,曾经多次被周恩来同志接见,在重庆谈判期间他发表过和毛泽东的《沁园春·雪》的词章,他在香港也撰写过批判胡风文艺理论的文章——他是一路追求革命而来,非常珍视自己的革命者身份的。这样,他对于自己在五七年犯了错误确实是痛心疾首。众人见状唏嘘不已。

紧急叫来了医生,就地卧在长沙发上,量血压,输氧……忙了一阵子。老教授自己缓缓坐起来说:"我没事,我就是恨赫鲁晓夫这个秃子呀……"众人连忙首肯,安慰他老人家身体要紧,革命的道路还长,犯了错误不要紧,今后不右了就是了,至于那个秃子绝不会有好下场……并恳请他再多躺一会儿。

另一位有过同样的问题的画家似乎并不健谈,但见到钱文、教授批修都批得很出色,不免感到了压力。在老教授平静地躺下,会议继续举行以后,连忙结结巴巴地抢着说话,话又不能顺顺当当地出来,便憋得面红耳赤。及至把话说出口,却又是谁也听不清的宁波口音。有道是"宁听苏州人吵架,不听宁波人说话",老画家见大家对自己的话缺少反应,又因为老教授的医疗处理影响了注意力,便更着急起来,气色也就更不好。众人发现,也着了急,已经有了一个发言发得发病的,岂能再来一个?连忙安慰,而且大家频频点首,表示听懂了并且十分赞成他老的话。这位老画家也是老革命老进步,在抗美援朝时期,他曾随代表团赴朝慰问过志愿军,经历过美军的大轰炸,据说表现很好,还获得过朝方的奖章勋章。

会后都反应钱文的发言精彩,文、情、理并茂。一位外地的领导同志诚恳地对钱文说:"你是有才华的,只要方向正确,前途无量!"钱文只觉得身上又凉又热,又感激又惭愧,本来批修正主义批得口吐莲花的他,面对领导同志的好心好意却说不出话来。

这种学习会是人生中最快乐的体验之一。围坐在一起,观看着窗外的开始变色的树叶,喝着香片茶,跷着腿,玩弄着红蓝铅笔或者香烟,根据天气的变化时而走过去关一关窗户或者开一开窗户。然后静下心来聆听别人侃侃而谈,谈得入情入理,一心一意。谈完了都得到了提高,交流了也统一了思想认识,好高兴!

来自东北的一位美术学院院长,一面开会一面为与会者画各种侧面的速写,他画得最多的是钱文的头部。他把钱文的脑袋画成等腰钝角三角形,额头是顶,后脑勺一个锐角,下巴一个锐角,煞是有趣。会议休息中他拿了给钱文看,他说看到你的脑袋我就想动笔,就像传说中的刽子手见到陌生人就琢磨怎么下刀砍那个人的头一样。钱文听了脖子上冒凉气,直缩脖。这位画家哈哈大笑起来,画家又说,由于自己几年来做领导工作,每天忙着传达文件安排课程处理纠纷,连素描的基本功也荒疏了。钱文觉得他非常可爱。

与会的有一位上海作曲家,他开着会低声吟唱外国古典音乐的旋律不止，而且常常边哼吟边闭上眼睛。他常常吟咏的是门德尔松的e小调小提琴协奏曲的主旋律。钱文坐在他身旁几乎也会背诵这个旋律了——他已经许多年没有欣赏这个曲目了。难得的是，这种开会方法并不影响作曲家的思想收获，他虽然五天学习只发了一次言，但发言铿锵有力，直把卫星上天红旗落地的苏联批了个体无完肤。

有一位年纪比较大的作家一开会就睡觉，一睡着就打鼾，一打鼾就醒转过来，一醒过来就大骂一声："叛徒！赫鲁晓夫这个混蛋！"大家都微笑着会心地点头，并由衷地感到了他老的由衷的反修激情是多么可贵。

有一位来自边疆的话剧团长兼导演，他也做正确的发言，但经常用一些土里土气的词儿，如说是苏联共产党太孬，说是赫鲁晓夫巴结艾森豪威尔，说是当共产党又老是怕死，那还能不当叛徒？说是越尿越吃亏，越冷越撒尿（读虽）。他随身携带一小扁壶白酒，甚至于开着会也喝一口，呷一口，咂哈咂哈，如入无人之境。他喜欢写毛笔字，前几年他花一个月的时间用漂亮的行书抄写了一九五九年发表的《列宁主义万岁》一文，他带到了北京来给读书会的朋友们看。他的字中规中矩，又时有龙飞凤舞的潇洒，见者十分称道，心里却不以为然。难道能用这种方法反修么？

看来，除了三位前几年曾经打入另册的人以外，大家都挺舒服。人们能如此自然自在质朴快乐地反修防修，令钱文叹息，令钱文艳羡不已。众文人聚山而居、而学习反修，接触反面教材而又同仇敌忾，同承党和人民的恩泽，同享革命集体的不似一家却亲过一家的衣食住行、油盐柴米、吃喝拉撒睡。发言在一起，吃饭在一起，愤怒在一起，舒服在一起，战斗在一起，休息在一起……固甘甜隽永，人生大幸、人生至味也。

阴雨。

这也是不健康的思想情感吧，你从小就喜欢雨天。你不那么喜欢炎热和强烈的反差。你不喜欢干燥。你不喜欢刮来刮去的大风。你宁愿意更潮湿些,更清凉些,你宁愿意在雨中打着伞,在伞下营造一个安全的小小空间,感觉着万物的被润泽的欢喜,想着一些没意思的事。你承认你也想过一些没意思的事,于是你不再浮躁膨胀,不再自寻烦恼,不再顺着一条筋一味地绷紧。你愿意叠一只小船,装上你的幼稚人生的梦——所有的活人都是幼稚的,在想象里把它放到大海里去,放给它一条破浪前进的广阔水路。

所以,当你在山水依依的湖面上赏景的时候你也许不应该嘲笑你自己的昨天。今天永远是明天的昨天,正如昨天永远是今天同时也是明天的昨天。任何一天成为昨天以后才获得了永生。强有力者可以消灭你的今天乃至于明天,却无法挪动你的昨天一毫米。昨天永远比今天无比的漫长。你在雨天的时候不应该嘲笑炎热的晴天,你经历了风波以后不应该嘲笑风波,就像你吃饱了饭以后不应该立刻埋怨饭做得不够好。你现在就坐在了你昔日叠就的纸船上了,你就是被上苍放到湖波上的一只小船。你曲折蜿蜒,你寻找无物,你经过了亭台楼阁,你绕过了青峰翠嶂,你在岸边,你在桥下,你戏弄月光,你看与被看,你回忆往事,你已经至少是正在老着,你本身正在变成昨天。你其实没有笑出声来。

然而,谁又说是嘲笑呢? 就假设你是一个智者,你是一个饱经沧桑的老人,你的经验已经使你洞幽烛微,把不可捉摸的浮生掌握在自己的手心里,你的丰富与透彻使你笑而不言,你的知识已经涵盖了过去未来大千宇宙,你就觉得你有权力嘲笑儿童的天真、少年的多感、青年人的火热吗? 你的行将就木就使你有权力嘲笑生命的热烈天真、生命的傻乎乎的忙碌吗? 你享有着昨天的一切成果,于是你就有权力嘲笑一个时代、一个转折、一种努力、一种悲壮和牺牲精神吗? 你就有权力嘲笑例如一张画、一首普希金的诗、一道彩虹、一个少年人第一次给女孩子写的求爱的信和一次激越的宣誓吗?

而且我们曾经相信,相信黑夜过去就是黎明,相信所有的种子都会发芽,所有的秋天飞去的燕子第二年早春还会返回到同一个屋檐下边,相信所有的鸳鸯都能双双对对,相信只要是相信就会万事大吉,相信所有的萝卜都能治好癌症。我们相信只要不停地检查和克制就能够成为正果,相信在汗水和泪水的浸泡下我们自己才能洗清身上的污秽。我们相信得有多么众多,有多么真诚,有多么清洁——以至于后来你甚至于害怕对于清洁的提倡。

这是嘲弄么?这是喜剧么?不,那只是额上还没有长出皱纹的孩子们的廉价的误读。这只是间离所造成的奇妙的接受误区。比如现在的潺潺的秋雨,你已经感动过一次了,你必将再感动一次。你已经迷蒙过一次了,你必将再迷蒙一次。淅淅沥沥,淅淅沥沥,也许这并不是哭泣,也许这并不是迷蒙,也许这并不是美丽,当然更不是嘲笑,不是与游客有什么过不去,不是六朝,不是南宋,不是岳飞,不是秋瑾,不是许仙与白娘子,而只是匆匆的邂逅,只是一片水光和天光的混淆。水光潋滟晴方好,山色空蒙雨亦奇——它只是它自己,即使什么都不是,你不也照样感动,照样为之流出你的纵横的与混浊的老泪?当你为它说出了一千种解释的时候它只是它自己,当你为他死了三次又复活了三次的时候它只是它自己,当你为阔别而涕泪滂沱的时候它也只是它自己。多么奇怪呀,人们愿意这样说与那样说它,愿意为这样说与那样说它而绞尽脑汁而满肝的虚火而互相拼个你死我活,却不愿意弄清它自己的本来的样子。多么奇怪呀,人们弄不清它的面貌却依然为之感动不已。

天地不仁,以万物为刍狗。而人之仁,是劳而多思多误多争。我们都有过一次旅行,都有一些见闻,曲径通幽、花明柳暗、风起云涌、沙平浪阔、曲终人尽、云消雾散、千里长棚、盛筵必了……都有自己的晴朗的天空与多雨的秋日,我们缓缓地划过湖面,我们有意无心地听取着导游的解说,听取着那曾经头破血流、摧肝裂胆的古代故事,边听边忘,边醒边醉。多么好的风景和故事呀,我们不由得叹息,我们于是觉得满意。

秋雨,秋雨使天气骤然变冷。讨论虽然激越严肃,山居却带来一种悠闲。越紧张就越悠闲,一紧张完了,立即悠闲。学习反修期间他们享有很好的伙食,叫做吃好了准备战斗。一吃起来就津津有味,早上有绿豆大米稀饭,有豆浆油条,有咸鸭蛋煮鸡蛋,有八宝酱菜芹菜拌黄豆,还有花卷豆包四鲜烤麸腐乳油炸花生米。居然最后还上一杯红茶牛奶,往里放整齐的方糖,仅仅是使这种方式就使你销魂沉醉。中午和晚上更是琳琅满目,回锅肉与干燆鱼,麻婆豆腐与烧冬笋冬菇,爆三样与油菜粉条,摊黄菜与清炒虾仁,鱿鱼卷与梅菜扣肉,酸辣汤与馄饨细面,富强粉馒头与小站米饭……吃得好不快活。盘呀碗呀筷子勺儿也都井井有条,整齐干净。不必去商店排队购物,不必下厨房闻油烟,也不必刷锅洗碟投掇布。吃饱了谈反修防修的深刻道理与看反面正面教材的心得体会,让人高兴,让人进步。你一言我一语,愈说愈热闹愈说愈合辙入港、同仇敌忾、众志成城、颠扑不破、步步紧逼、层层高涨。我们要团结起来,我们要万众一心,我们要并肩拉手,维护革命的锋芒与旗帜。你唱哆,我唱来,他唱咪,她唱发,然后大家齐唱哆来咪发梭,梭发咪来哆,一丁点儿杂音也没有。真是高兴,真是斗志昂扬,真是呼风唤雨,胸怀世界革命。大家一起一心一意地革命而没有人不革命是多么快乐多么幸福!和一些穿戴齐整、举止优雅、手脸清洁、谈吐高尚、口齿锐利、在社会上很有地位很有威信的同志聚集一堂坐而论革命之道,用同一个节奏同一种语码大讲特讲反修防修世界革命的道理是多么快乐多么幸福!人生能有几次这样的幸福!钱文再也不会重犯过去的错误了。

而在没有反面电影看的日子,或在看完电影以后,钱文回到自己的房间,立刻就产生出一种高雅闲逸,因雅而闲,因闲而高,因高而逸,因逸而雅。他和旁人一样,住一间虽然面积不大,却很舒适实惠的房间。钢丝床,毛毯,单人沙发,纱窗纱门,窗下是小写字台,写字台前摆着一张漆着紫褐色油漆的雕花高背木椅,写字台上是一架台灯,台灯的瓷灯罩里面是白色的,外表是墨绿色的,开开灯,灯下一片光辉,全室绿光温煦。独自呆在这样的房间里即使什么也不做什么也不想,仍然会有一种享受,一种怀疑,一种微醺,一种孤单而又自满自足的体验。他坐在椅子上。他站起来。他在室内缓缓地踱着步子。他打开窗子。他看到了黯淡的灯光。山里的夜是平静的,夜里的空气是芳香的。他关上窗子。他吹起一声口哨,吹不响,从前他可以吹得很响。苏联亚历山德洛夫红旗歌舞团来中国访问的时候就表演过一个描写卫国战争期间的游击队战士生活的合唱,歌词一共七段,演唱最后一段以前,是集体吹口哨。伟大的苏联! 不但唱得好,而且口哨也吹得好。在此以前,钱文以为口哨是只有流氓才吹的呢。

而现在,他已经吹不出口哨来啦。亚历山德洛夫红旗歌舞团,小白桦树歌舞团,乌兰诺娃的莫斯科芭蕾舞团,庇雅特尼斯基民歌合唱团……还有那么多有关苏联的记忆,"有谁知道他呢"(注),叫做往事不堪回首月明中!

他冷笑了一声。把嘴一撇,做出了一个无情的决绝的表情。

他忽然想吸一支烟。长这么大了,他还从来没有吸过烟。这里是有一个卖香烟火柴的小卖部的,但是天晚了,他现在买不到烟。他坐立不安。一个不吸烟的人忽然犯了"烟瘾",他觉得不可思议。

真像是天意。他在烦乱之中发现了窗台上的半支烟屁和一个火柴盒。他不知道在他之前是谁住过这里。他只是略略犹豫了一下,接着他想,听天由命,就看一看火柴盒吧,如果盒里有火柴,就是说他可以吸这半支香烟,如果没有呢,那也就罢了。他深为自己的思想的灵活与反应的迅速而高兴。他的对策是多么精彩呀! 他真聪明! 他笑出了声。

走过去,拉开火柴盒,只剩下了两根火柴。嗯哼,有意思。他用左手的食指和中指夹起了半支烟,用左手的其他三根手指拿起火柴盒,用右手取出火柴,哧拉,划着了一根。当火柴头带着硫黄气味闪出光来的时候,钱文立即把烟屁放到了自己的嘴里。然而,他的动作太快了,带起了一点风,刚刚燃起的火柴熄灭了。

非常懊丧。这里似乎有一种不好的预兆。他把烟放下了。

他坐到处于台灯罩的阴影里的沙发上。他想起那年夏天与东菊一起去香山来了。有趣而又无解。

……他最后还是吸上了这半支烟,他久久不能想起那最后一根火柴是怎么样点起来的,因为第一口烟就让他沉醉了,有那么一点点晕眩。他不再关心往事,不再关心戴帽子摘帽子反修防修长诗短诗。他缓缓地吸着气和吐着气,他努力去寻找一种味道、一种忘怀、一种沉静,他努力去体会自己的鼻孔、喉咙、气管、肺叶、神经、呼吸……

我这回是真长大了。他想。

其实人生很悠闲也很从容,即使在反修防修的学习高潮之中,散了会,吃了饭,从会议室回到房间,你一下子就沉静下来了。于是四面一片秋山,一片夜雾,一片安谧,一片秋虫秋叶的寂寂与喁喁。你似乎可以回到童年。一种苦香在你身边弥漫。你想与自己交谈,一个钱文对另一个钱文说:你好。你累了么?你在激动些什么?你下一步做什么呢?

另一个钱文不想说话。于是这一个与另一个相互保持沉默。

这一个钱文只好让步,随你。他走开,到窗帘前边去了。

  八路军的独立营,
  谁来参加谁光荣……

他哼起了秧歌调,流畅的小调唤起的是孩子气的柔情。

学习结束了,再纷纷谈收获。确实,精神上已经筑起了反修防修的钢铁长城,由于反修批修,已经磨钝了的革命锋芒重新寒光闪闪,他们的思想已经成了出鞘的利剑,已经在日常生活也就是在过日子当中不免庸俗平淡了的精神氛围又重新激越抖擞了起来,一个个鸡鸣起舞,气冲斗牛,热血沸腾,摩拳擦掌。

当天晚上聚餐,中宣部、文化部、文联,还有戏剧家协会美术家协会的领导同志们来了,人人都是精神奕奕,洒洒洋洋。他们都做了简短的即兴发言,随意亲切却又同仇敌忾,笑骂苏修丑类,怒斥美帝虎狼,喜论中国的大好形势。文人艺术家即使说起同样的话也仍然与众不同,十分的生动活泼神采飞扬。一位剧协领导本人又是大戏剧家痛斥赫鲁晓夫,说得兴起,指着自己的一毛不长的光头说:"我也是一个光头喽,但是此光头非彼光头,我是反对赫光头的呀!"短短几句话,说得全场哄笑如潮,掌声如雷,心心相印,满室生春。人们从领导同志的发言里感到的甚至于可以说是家庭般的温暖。

钱文、老教授、老画家等都纷纷向领导表示他们经过学习大大提高了认识,今后要好好改造思想。领导同志们对他们很信任也很关心,对老教授说:"你是党的老朋友了,党对你是了解的。"老教授热泪盈眶。接着又对老画家说:"我们要给你办个画展……"老画家为之雀跃,钱文也一下子又热了起来。领导对钱文说:"你还年轻嘛,你的前途还是远大的嘛,现在的关键是要到生活里边去,到三大革命运动的第一线去嘛……"一边说一边急促拍响着钱文的手背,亲切而且清脆。钱文甚至于感到了手背的疼痛,愈疼愈甜,愈疼愈舒服。这种父辈的关爱之情,令钱文泪下。

吃饭的时候他们频频举杯,为各自的健康,为文艺的繁荣,为美丽的秋山,为战斗的豪情,为卢蒙巴、马丁·路德·金和格瓦拉的健康,为亚非拉美人民的斗争干杯,再干杯!然后他们自发地搞了一次小联欢,一位作曲家唱起了他新近为毛主席的词《满江红》"小小寰球,有几个苍蝇碰壁"谱写的歌曲,他的喉咙已经嘶哑,低音和高音都唱不大出来,但是歌声仍然有味,赢得了许多掌声。一位外省的文联主席说了一段快板《人民公社就是好》。一位女演员唱了京剧《杨门女将》,使人们深深体会到我国人民自古以来的战斗到底的传统。钱文也被要求出节目,他犹豫再三,没有敢朗诵自己的诗作,而是响亮激动地读起了赵青山的一段散文。大家都很高兴。

饭后明月东升,青光遍地。人们相约游山,来到山脚下这么多天,只是在学习结束以后才想起游览来。他们多么忙碌!"快点打口哨,同志,是战斗的时候了!"钱文想起爱伦堡的名著《暴风雨》里的法国游击队的歌曲,他体会到了战斗的幸福,战斗的悲壮与行色的匆匆。他惭愧而又向往,沉迷而又畏惧。现在。当然,爱伦堡也是我们的敌人了,呜呼……

月夜下的西山,层层皱皱,明明暗暗,果然醉人。山影树影,纵长压下,银光遍洒,轮廓柔和。月光下的佛塔和庙宇,比白天更加谦逊和坚定,更深远也更神秘,建筑里面似乎隐藏着一些人和狐妖、蛇和蜥蜴。有许多古老的故事存贮在这里,蒸发在这里,盘旋在这里。山更大了,树更高了,房屋更古老了,山径更崎岖了。月夜的西山原来是别一番世界,超越、清凉、含蓄,也许还有一点孤独。钱文有一种害怕自己的一行人惊扰了什么、踩碎什么或者踏破什么的感觉。

于是人们在这个时候这个山里似乎又变成了古代文人,他们三三两两,吟风赏月,绕树登阶,说说笑笑,声音在山间碰来撞去,嗡嗡嗡地反复回响。他们似乎又变成了遗世独行的一些人了。

走过一株高高的杉树的时候钱文忽然想独自坐一会儿。他找了树边的一块巨石,斜靠着坐了下来。他仰起头,隔着杉树叶望着月亮。他发现月亮是那么清明,纤尘不染。因为她高。他想,而自己总是那么多阴霾。多么好笑,多么庸俗,多么低下呀。

庸人自扰。他想起了这个成语,对着月亮——她永远也不会自扰——他反省自己。秋山无语,而他是多么沉不住气。对着山峰,他反省自己。

一阵风。好凉。古人在山里出家,大概是很凄清的吧。三仙庵,是女人修行的地方。好好的女人,来到山里,能够是快乐的么?

还有在宝珠洞里坐化。这也有一点怕人。这些风景点他白天都来过。然而,白天是一回事,夜间,又是另一回事了。他自己也是如此,白天与夜晚,心境竟是这样的不同。他需要的是白天?是夜间?

难道他还不该静一静?

月夜静坐,山风天籁,四大皆空,钱文惭愧之至。

一阵人声，混乱中夹杂着惊惶，前面有人在急急前行，看不清是什么人，然后是他们学习会的伙伴们纷纷转回来了。

"怎么回事？"他急忙站起打问，心怦怦跳将起来。

人们悄悄告诉他，前面的一个山谷里发现了跳崖人的尸体，警察已经封锁了现场。

钱文吓坏了，怎么月明风清的仙境般的西山里竟仍然摆脱不了人间的种种麻烦？多么扫兴！多么不道德！只是考虑到非礼勿视非礼勿闻非礼勿行非礼勿言，他不好意思表现得太好奇，也就不再打问。这当然不会是什么好事，不是好事你还问个什么劲？

第二天下山。下山了，人们坐在中型公共汽车上还在悄悄议论着这件事。一传二，二传三，说是一个女中学生昨天在这里自杀了。人们说着各种吓人的细节：脑浆，骨骼，肋条，鲜血染红了的山谷里的落叶……钱文简直不敢听下去。

什么？钱文忽然呆在了那里，他想起了李云白。会不会是她？不应该瞎猜胡想，不应该自找麻烦，不应该自己发神经。世上没有那么巧的事。每天都可能有人自杀，每天也都有人被救起，每天都有十万倍百万倍的人活得好好的。不可能人人都与他相识，不可能人人都与他有关。但是他仍然不能自已，他想起了李云白的忧郁的和神经质的近视眼，她何必要爱好文学？他对她是太冷漠了。对于寄来她保存的他钱文早期的儿童诗的李云白，他的官腔足以把一个女孩子杀死，如果那个女孩子当真相信过诗，相信过文学的话。

中型轿车走得很顺当，山路上平地上都那么平稳。当然，不必步行三十六公里。他再一次体会到人类的现代科学技术的伟大，比如他们发明了汽车。他坐在汽车里，就是说他享用着现代文明的美妙果实，他很幸福。而那个死去的女中学生已经享受不到人生与科技的美妙了。

他希望能驱逐掉由于一个莫名其妙的女孩子的自杀引起的沉重的思绪，那思绪却由于驱逐而更加缠绕不去。他驱不掉李云白的喷着血的不戴眼镜的近视眼。他忘不掉李云白的暴露着青筋的小细脖子与纤细的手腕。脖子扭断了,而手腕摔得粉碎。这些形象像是西游记里描写过的仙人索,那绳索捆在孙猴子身上,愈挣扎愈紧。一种疯狂地认定自己杀了一个爱好诗歌的女中学生的想法已经绕住了他。啊……他大喊,声音刚一出口他又把声音强咽了下去。坐车的人用异样的神情看着他,他假装若无其事,很狡猾也很镇静。于是异样地看他的人不再看他,他们认定,刚刚听到的怪声不过是幻觉罢了,而更多的人压根儿就什么也没听见。但他无法不去思想,去体味从山峰跳崖跌入山谷的恐怖与浪漫。他瞒得住别人却瞒不过自己。夜晚,秋风习习,一个满脑子美丽的诗情画意从而无法再活下去的女孩子决定跳崖。她的脸庞苍白,她的脸庞还没有因为男孩子的亲吻而绯红过。她的身体瘦弱,她的身体还没有因为心贴心的交融而火烫过。就这样,她摔碎了自己的头颅,跌断了自己的肢体。钱文揪心地体会着这一切,就像是他自己跳了一回崖一样。我是这样自杀的吗?我为什么要这样死去!

人是会在无意中杀人的,他坚信这一点。她相信了他的诗里的美丽,她从精神上希望依靠他。然而,他躲开了,她跌入了深渊。他觉得自己处境狼狈,自保要紧,然而在精神上也许李云白觉得他是强者,因为他戴着诗人的桂冠。他假惺惺地诌出来过清纯委婉的诗,但他根本就没有诗人的宽宏诗人的忧思。他完全不具备一个作家的分量。

也许那并不是她,但是这并不等于说他的怯懦与冷漠不足以杀死一个人。一个人认识到自己已经具备了杀人的动因,采取了足以杀人的行为,这就足够了,不一定非得等到那被砍下来的头颅滚动在你的脚下。如果那个死的人不是李云白,也一定是白云白、张云白、袁云白。杀她的人如果不是钱文,也是与钱文类似的梁文、林文、贺文……他永远无法开脱自己。

回家以后,他接连做了好几天的噩梦,一会儿梦到别人,一会儿梦到自己,变成了血污一团,等待着掩埋和解剖。他在梦中闻到了浓烈的福尔马林与血腥的气味。他被自己的梦所惊吓,他醒过来自慰一番。之后,一闭眼,噩梦又续上了,仍然是一样的血腥,一样的难解难分,一样的闭住气喘也喘不出来。东菊问他怎么了,他支支吾吾,他深深感到了自己的怯懦和自私。细想起来,他杀掉的人还不止一个。比如说苏联作曲家索洛维耶夫·谢多依,他做了脍炙人口的《我们明朝就要远航》,他不就是钱文杀的吗?他愈益相信自己碰到的一切都是咎由自取,罪有应得。他是一千个应该,一万个应该,他就是应该千人踏万人嫌,永入另册。他不但不伟大,而且,他不能不正视的是,他并不善良。想到这里他哭了,他知道自己是流出了鳄鱼的眼泪。在人们死去的时候,他无法用廉价的眼泪来宽慰自己。他就是没有资格挺起胸来,他已经永远不可能赎清自己的罪过了。

你已经黔驴技穷,你已经穷途末路,你已经无地自容。你在这个得天独厚的城市已经度过了太多的容易的日子。你已经美了个美!你知道什么叫求食,什么叫蔽寒,什么叫气力,什么叫艰苦,什么叫奋斗?历史的风雨已经栉沐得你身轻如燕。你期待风暴,你欢呼浪涌,你享受激流,你充实生命,你骄傲地挺立在潮头,你懂得了人可以怎样地膨胀,人可以怎样地成为巨人、成为大人物。人就是要呼风唤雨,顶天立地。你出尽了风头,品尝了叱咤风云的滋味。你才那么小小年纪,你还想干什么?

于是你吃了苦头,这也是少年得志的报答么?你品尝另一壶苦酒,你出尽了洋相,你知道,你心平气和了,你知道你实在没有什么了不起。当风浪把你推向浪尖的时候你自以为是弄潮儿,少年壮志,挥斥方遒,天降大任,无往而不利。而当风浪把你卷入漩涡,打入浊流,一连灌上几口脏水,再砸到乌龟王八蛤蜊虾鳖的处所以后,你才知道人本来也可以有另外的际遇,渺小如沙,轻薄如纸,混乱如泥淖里的落叶,盲目如垃圾堆上的蝇蛆!

于是你挣扎求救,你呼天抢地,你两眼漆黑,你希图侥幸,你苦苦哀求,你自打嘴巴,你唾面自干,你乞求施舍,你感激涕零,你甚至于占卦念佛,只求上级的原谅领导的体恤妈妈妈妈的宽洪爸爸爸爸的大度饶我一条小狗命饶我一勺黑血,您就当一个家雀一条虫豸把我给放了吧,给我一次做真正的孝子贤孙的机会,给我一次变犬变马肝脑涂地效死效命恪诚恪忠的可能吧。

　　于是你才知道了为什么说天大地大不如党的恩情大,爹亲娘亲不如毛主席亲。失去了健康才知道健康的可贵,失去了家庭才怀念家庭的温暖,失去了党的信任才知道这信任的不可或缺,缺了没命,我的亲爹!

　　于是你再求一搏。你还要改造改造再改造,你还要忠实忠实再忠实。你应该离开这座城市。你应该迎接塞外的风沙。你应该磨砺自己的过于纤细的神经,使之变成钢索,变做皮条。你应该锤打自己的过于薄嫩的皮肤,使之变成铁甲。你应该焚毁你的小悲小喜小猫小狗小花小草小男小女小打小闹小品小诗。你应该绝情于你的所有的过去。你应该离开那些咬文嚼字的书虫和纸张的霉臭,离开那些清谈那些抒情那些文采那些害死人的才华那些温柔缱绻拿腔拿调莺声燕语的廉价美丽的梦。到大漠去,到高原去,到野地去,到草屋泥屋土屋里去,到泥巴、荆棘、碎石、季节河、积雪和龙卷风里去,到祖祖辈辈吃不饱饭穿不上衣服不认字也不会唱歌跳舞的饥饿的苦大仇深的人群里去。他们粗暴了或者将要粗暴了,他们早该粗暴了其实早已经粗暴了!走吧,走吧,走吧。

　　于是你品尝告别。你必须离开,滚!说走就走,从不粘连,从无反顾。于是你决心离开这已经生活了三十年的城市,离开自己的心脏,离开夏天的洋槐与秋天的菊花,离开灰黑的瓦顶与摇曳的路灯,离开涮羊肉锅子与啤酒桶,离开一路又一路的既不挡风也不遮雨,又脏又破发出各种怪声的公共汽车无轨电车,离开平静得让你没有办法的白塔与愈来愈少的白鸽,离开玻璃缸里豢养的金鱼,离开八角玲珑的竹笼子里的短命的爱叫唤的蝈蝈,离开用绳套套牢的猫咪,离开花盆里的不再开花的夹竹桃,离开贫嘴呱哒舌的儿化的乡音与对你的尊称——您,离开臭味相投的朋友,离开豆浆、油饼、爆肚、蜜麻花、木樨肉和鸡丝汤面,离开公用电话传呼和你已经熟悉了的骑起车来歪歪斜斜的邮递员,离开阅览室和电影院照相馆……一句话,你渴望离开你自己、你太熟悉了并因而厌恶了枯燥了无趣了的你自己。

你渴望告别,你渴望改变,你渴望死亡,死亡了才能再生。你活了,你是为了重新活一遍才活第一次的。你愿意付出一切代价,为了使自己面貌一新,你身体力行毛主席的教导经风雨见世面烈火高温千锤百炼。猪圈难养千里马,花盆岂得万年松?你那时候还不知道这出处不详的两句诗,但是你已经有了这诗的心境。你活了三十年了,这三十年全不算,把这三十年全部埋葬——只求从三十一岁开始!

请给我出了膛的炮弹的决绝。请给我出了鞘的刺刀的锋利。请给我金石的铿锵。请给我铁匠的臂膀。请给我炸药包的激越。请给我火焰喷射器的彻底。请给我大河的荡涤。请给我牛马猪狗龟的谦卑与忍耐。请给我砖石混凝土的负荷。请给我天山的沉默。请给我天眼的洞见。请给我缆绳的坚韧。请给我天塌地陷的轰鸣和气势。请给我白浪滔天的雄浑和威严。请用万吨巨砣把我砸烂再予以夯实。啊唷喝,啊唷喝,啊唷喝!

请给我以智慧、充实与灵感,请给我以雷打不动的坚决,请给我以下一个崭新的骄阳如火天卷狂飙杀声遍野铜人滴泪流铅水一泓海水杯中泻的伟大季节。

注:曾经在我国十分流行的一首苏联歌曲中唱道:

> 晚霞中有一个青年,
> 那青年站立在我家门前。
> 那青年不发一言,
> 单把目光向我闪一闪。

有谁知道他呢，
　　为什么目光一闪？
　　为什么目光一闪？
　　为什么目光一闪？

　　现在这首歌已经差不多随着时间的推移而消失了。子在川上曰：逝者如斯夫，不舍昼夜。此亦一例。

　　陆月兰曾经最爱唱这首歌，其实她并唱不好。她终于还是被父母"收回"到了身边，想方设法地在一家美术杂志为她安排了一个收发登记稿件的工作。她以后的故事就不是本条注解所能叙述得清楚的了。

1995年2月——1996年12月

写于北京——深圳创作之家

——香港中文大学——朗根布鲁希伯尔之家

——烟台

人民文学出版社 1997 年初版